U0032793

嗩吶煙塵

三部曲之一——艱辛童年

沈寧——著

獻给媽媽

序一
那一代的故事

吳文津

香港《明報月刊》一九九九年一月號和二月號連續登載了沈寧的兩篇文章：〈為了不能忘卻的過去〉和〈無法癒合的心靈創傷〉。這兩篇都是回憶和紀念性的寫作，簡單地敘述了他父母（特別是他的母親）、弟妹和他自己，生活在中國共產黨統治下的一些悲哀的遭遇。這兩篇文章具有很大的吸引力。因為沈寧的父母——沈蘇儒、陶琴薰——是我在重慶中央大學外文系的同班同學；他的外公陶希聖先生是我所敬佩的長輩學者，也曾相識；沈寧本人我在文革後不久去西安時也曾見過。讀完這兩篇文章，我有很多感慨，久久不能釋然。蘇儒和他的家人在大陸的情形，我以前略有所聞，但不知其詳。沈寧這兩篇文章才填補了很多空白，特別是琴薰在文革中，她去世前所受的苦難，也讓我深深地體會到沈寧和他的弟妹們對他們母親的無法替代的愛。

在這兩篇文發表不久後，沈寧給我來信，說他已完成了他母親的傳記上部。從他母親出生到一九四九年獨留上海這一段時間，大約有四、五十萬字。下部打算從共產黨進入上海到一九七八年他母親受迫害至死為為止。他問我是否能抽空看看他的稿子。我答應了。收到稿子後，我詳細地看了一遍。沒有想到，除了琴薰的身世資料外，還有很多關於陶希聖先生的敘述，這些都是很珍貴的歷史資料。我給沈寧提供了一些意見。後來又把這篇稿子介紹給當時台北《聯合報》副董事長劉昌平兄，蒙他們在《聯合報》副刊（題名「嗩吶煙塵」）和美國《世界日報》（題名「陶盛樓記」）連載，之後又蒙聯經出版公司（前任）發行人劉國瑞兄鼎力支持出書。琴薰坎坷多難的一生藉以公諸於世，非為頌其德，乃為其時代作一見證耳。

這本書所記載的事都是屬實。沈寧為了要強化他母親為人女、為人妻，和為人母的情懷，在史實上有加上些創作和想像，用了許多細節來描述補充。所以此書可以說是一本傳記小說。雖然如此，它仍有它的歷史價值。二十世紀上半期，中國經歷了不少動亂和變遷，琴薰正在這個時期成長，她的經歷多多少少也反映出這個時期中國社會政治的背景。此其一。再者，琴薰和陶希聖先生的父女關係極為親密。書中關於這一點的敘述，引用了希聖先生給琴薰的手書，包括抗戰時期的。這些都是中國近代史上極珍貴的第一手史料，無法在旁的地方看到的。所以，我認為這本書不但是陶琴薰的傳記，也可以說是陶希聖先生的別傳；不但是陶琴薰一個人的經歷，也可以當作她的同輩人的經歷。

一九九八年，沈寧和他的弟妹（沈熙和沈燕）編輯了一本紀念琴薰逝世二十週年，用來贈送親友，題名為《懷念》的書。在書的「前言」裡有幾句話，我轉錄於下，或可以用來描述沈寧這本書的旨趣：

> 我們謹以這本小書紀念媽媽，也紀念無數與媽媽同時代，受盡苦難的中國人。我們但願我們的後代子孫不再經歷這種苦難，也不必再書寫如這本小書中所書寫的那種浸淚的文字。

於加州門羅公園

序二

家族離合悲歡，世紀風雨塵煙

——讀沈寧巨著《嗩吶煙塵三部曲》

杜學忠

沈寧所著《嗩吶煙塵三部曲》一書，從清末民初寫到蔣介石退守台灣（原版兩冊本），從一個特殊家族的悲歡離合，映照出中華民族半個多世紀的歷史風雲和社會變遷，文史並重，極具價值。

這部鴻篇巨製的核心是「高陶事件」。人生百十年，在歷史長河中只是一瞬，但對每個人來說，卻又是漫長的。在漫長的人生歷程中，誰敢說自己的每一步都走在正確的道路上。特別是在風雲變幻、波詭雲譎的動亂時代，誰能對變幻莫測的大小事件都做出正確的判斷，並依照自己的正確判斷行事？希聖先生棄學從政後，跟著汪精衛走了一段彎路。書生論政，依然是書生。不管其主觀動機如何，在客觀上和歷史面前都是錯誤的，都是對民族生死存亡道路的誤判。所幸的是，當他看清了所謂的「主和」實則是投降，《汪日密約》實則是賣國密約，在無法讓汪精衛改弦更張，無力扭轉汪偽投降賣國路線的情況下，便毅然懸崖勒馬，與汪偽分道揚鑣，冒著生命危險和高宗武一起逃離上海，並在香港公布汪日密約，揭露日寇亡我的狼子野心和汪偽的賣國真相。

無論是在當時，還是在今天來看，高陶事件都是可以彪炳史冊的光輝一頁。就個人的生命歷程而言，希聖先生此舉不免有自我救贖的成分，但主要的還是出於民族大義的愛國之心。在國難當頭，棄個人生死於不顧，成就了這一震驚中外、驚天動地的偉業。大而言之，是利國利民，小而言之，是使希聖先生自己的生命人格得到昇華，完成了個人生命人格的完美鑄造。毋庸諱言，希聖先生跟錯過人，走錯過路，但在民族危亡的關鍵時刻，迷途知返，懸崖勒馬，將功補過，可謂大節不虧，無愧為中華民族的優秀兒女，理當列籍於國史忠魂的冊簡名錄。

由此，我想到應該如何評價歷史人物的問題。魯迅先生主張要看「全人」，不能以偏概全。比如陶淵明既有「採菊東籬下，悠然見南山」的一面，也有「金剛怒目」、「猛志固常在」的一面。倘有取捨，便陷偏頗。即便是英名蓋世的人物，也有日常生活，也會「性交」。倘只將「性交」拍成照片，放大了掛在牆上，尊其為「性交大師」，真實自然是真實，然而「豈不冤哉」！汪精衛二十七歲，孤身潛入北京，冒死刺殺攝政王，未果入獄，在獄中慷慨賦詩、壯懷激烈，辛亥時追隨中山先生為革命奔走呼號，如果僅從這段人生經歷看，他不愧為萬人敬仰的義士豪傑。而後來他卻走向為虎作倀、賣國投降的不歸路，蓋棺論定，他終於被釘在民族罪人的恥辱柱上。

在《嗩吶煙塵三部曲》書中，「高陶事件」這一中心事件，起到了「一石數鳥」的作用。圍繞著這一事件，展現了外婆、媽媽等人的形象，凸顯了人物性格。外婆嫁到陶盛樓，因為生了兩個女娃，備受姑婆歧視，過著忍辱負重的生活。及至隨夫到了米珠薪桂的上海，丈夫月俸不高，為買些便宜蔬菜，寧可不辭勞苦跑遠路，還要從牙縫裡省下錢來，給丈夫做件出門穿的新長衫。在險象環生的日子裡，她相夫教子，洗衣做飯，操持家務，甚至被誤認為是陶家的女僕。

如此這般的一個賢妻良母、家庭主婦，在緊要關頭，卻做出了驚人之舉。沈寧在書中說：「她一輩子洗衣做飯養孩子。但是每逢危機當頭，總會迅急決斷，調度有方，救外公於危難之中。」為了使希聖先生脫離日偽特務直接操控的愚園路，她拖兒帶女，從香港跑到上海，為丈夫搬到環龍路和家人同住找到正當理由。是否要在《汪日密約》上簽字的問題，讓希聖先生寢食難安、焦慮成疾，乃至想過以何種方式自殺。不簽，覺得對不起汪精衛對自己的器重和信任，而且必被日汪七十六號特務殺害。簽了，必將淪為萬劫不復的千古罪人。「為了中華民族和子孫萬代的獨立、自由和生存」，「死也不會在那密約上簽字」。在這緊要關頭，外婆問外公：「簽了字比死好些嗎？」又問：「一是汪精衛，一是中國，你怎樣選擇？」並且凜然說：「我把我的性命來換你逃走。如果走不出去，我們一家都死在這裡，那字萬萬簽不得。」媽媽聽外婆講這番話時，「感到外婆此刻何其悲壯，簡直像高歌待發的荊軻，或者烏江邊上的項羽。」

高陶逃離上海，安抵香港後，外婆又毅然帶著媽媽親赴汪府，同意帶兩個幼子去香港把希聖招回上海，三個大孩子依然留在上海讀書。有三個孩子留作人質，汪氏夫婦便放行，讓外婆帶著兩個孩子離滬赴港、成功出走。事後陳璧君一直耿耿於懷，多次對人發狠說：「老娘一生玩英雄於股掌之中，想不到栽在一個鄉下婆手裡，日後必殺之不能解恨。」

一個長年累月與柴米油鹽打交道的家庭主婦，在大是大非面前，在中華民族生死存亡的緊要關頭，表現得如此堅定、如此果斷決絕，一個有勇有謀、膽識過人、大義凜然、義薄雲天的巾幗形象矗立在讀者面前了。希聖先生在給女兒的信中說：「汝母雖未受學校教育，然二十年與我共患難，一切苦頭均一身當之，所歷既久，所見亦深，彼絕非如彼等所想像之鄉下舊式女人。蓋學識之來源在社會而不在於課本，汝母於社會，身經目睹，蓋亦甚為豐富，故其見解多非青年所能及也。我一向優柔寡斷，汝母則堅決矯捷，說做就做，說走就走。每當困難之大關大節臨頭，汝母常能立即決斷。近來雖挫折刺激，腦力較差，然其決斷仍為我所不及。」希聖先生這段發自肺腑的話，是對外婆最為精當的評價。

在高陶事件中，媽媽琴薰的性格也得以充分彰顯。這位十八歲的少女，滿懷愛國激情，極力說服希聖先生脫離汪精衛，並大聲對他說：「爸爸，你不要簽字，我們一起死在這裡好了。」當外婆告訴她，希聖先生決定逃出上海，不在《汪日密約》上簽字時，她高興地說：「爸爸不在賣國密約上簽字，中國人不會再罵他。」在她帶著兩個弟弟逃離上海的過程中，她按著萬墨林的周密安排，從容脫離虎口。當她知道自己和弟弟已經脫離危險後，馬上跪下磕了三個頭，當面感謝萬墨林等人的救命之恩。這些情節充分表現了媽媽的愛國情懷，不懼生死，處變不驚、機智沉著、知禮重義和感恩圖報的高貴品格。書中的描寫完全印證了陶恆生先生對其姊陶琴薰的評價：「年僅十八歲的姊姊為了拯救父親，與母親苦思脫身之計，為了保護兩弟脫險，挺身與敵偽特務鬥智周旋。她在危機下表現出異乎常人的堅強與勇敢。」

杜月笙、萬墨林等人幫助高陶和琴薰姊弟逃離上海的情節，讓我對杜、萬有了新的認識。以前大概是從大陸書報或影視得來的印象，覺得這些人類同於天津的青紅幫。日據時期，天津青幫頭子袁文會，投靠日偽，霸占碼頭、設賭場、開妓院，欺男霸女，無惡不做，新中國成立後被槍斃。而杜、萬在汪偽統治的上海和日寇占領香港期間，聽從蔣介石的指令，站在民族立場，保護正義、與日寇汪偽鬥智鬥勇，保持了民族氣節。特別是萬先生在被日本憲兵隊拘捕後，多次受到殘酷刑訊，灌涼水、上老虎凳，在雪地裡挨皮鞭，而他堅強不屈。他腦子裡記了許多重要的地下抗戰人員姓名地址，其中包括蔣委員長駐滬代表蔣伯誠先生等。但是他無論怎樣受刑，始終沒有供出一個姓名、一個地址，真不愧是中華民族的仁人義士、蓋世豪傑。陶希聖先生一家對杜、萬等人的慷慨相助和救命之恩沒齒不忘，直到多年之後還登門拜年致謝。

在我們這一代人的腦子裡，蔣介石「四一二」叛變革命屠殺共產黨人、五次圍剿紅區、躲在峨眉山上、積極反共、消極抗日，抗戰勝利後跑下山來摘桃子。在沈寧的書裡，則恢復了史實：對蔣的反對投降，力主抗日做了正面真實的紀錄。而他當機立斷，要等陶希聖的三個孩子逃離上海脫險之後，再公布《日汪密約》，後來力排眾議，把陶希聖留在委員長侍從室任職，又都表現他思慮細密和富有人情味，讓我們看到了蔣介石的另一面。總之，沈寧的大著圍繞著「高陶事件」展現了外公、外婆、媽媽、杜月笙、萬墨林，乃至汪精衛、蔣介石等人的真實性格，完成了眾多藝術形象的塑造。

《嗩吶煙塵三部曲》隨著陶希聖生活和工作的變遷，寫了陶盛樓大家族裡的人情冷暖，上海的「五卅運動」、「一•二八事件」、租界劃分、棚戶區慘狀，北伐時期武漢的亂象、盧溝橋事變後敵戰區日寇的殘暴、黎民百姓的流離失所、香港被日寇占領後日本軍人和土匪的橫行霸道，以及大後方陪都重慶的校園生活。自清末至日寇投降、蔣介石敗走台灣半個多世紀，中華大地發生的重大事件和社會動盪，在作品中都得到了真實而生動的反映。時空交錯的故事構架（指原版結構），新穎別致，顯示了作者駕馭宏大題材的功力。書中對古人書畫、京劇藝人、現代劇作的論述，顯示了作者的學識修養。對江浙菜、廣東菜、京味火鍋的敘述，對川菜宮保雞丁、麻婆豆腐名稱來源和茶文化、酒文化、宗教文化的論述，以及對各地景點風貌的描寫，都豐富了這部長篇巨製的內涵，增加了作品的知識性、可讀性和趣味性，也證明了作者知識的廣博。

讀著書中所寫的北京和平門、六部口、廠甸過年時嘎嘎作響的風車、一米多長的糖葫蘆，引起了半個世紀前我在北京過春節、逛廠甸的回憶。現在這一年俗活動改在北京地壇公園舉行，熱鬧依舊，但不復當年景象。讀著重慶南開中學嚴格的學習和住宿制度，讓我想起了我在天津南開中學六年的學習和住宿生活。那是多麼美好的歲月！總之，書中的許多章節，我讀起來都感到十分親切。沈寧以這部記錄家族歷史的巨著，紀念先輩、昭示後人，外公、外婆、媽媽、爸爸，如果地下有知，定然感到十分欣慰。我本想為這部書寫一篇書評，但學識不足、身體欠佳，深感力不從心，謹以此文權作一夕之談，並對這部書（三卷本）的成功問世表示遲到的祝賀。

目次

一

長江北岸，湖北黃岡地方，有個倉埠鎮，鎮東十幾里，有個村落，叫做陶盛樓，後靠河堤，前對菜園，孔埠坐東，武湖在西。四百餘年前，陶姓一族從江西遷來此地，聚族而居，男耕女織，安居樂業，至公元一九一七年，已然過了二十代人。

聽家公講，湖北人把外祖父稱作家公，他少年時代，每逢歲尾年頭，他的父親，我的曾外祖父，湖北人呼太家公，領家公寫祖宗牌位，於五代祖父母外，還有一位先師李先生。太家公告訴家公，李先生是明亡之後的遺老，不肯為滿清做事，隱其名字，躲避鄉間，受雇陶盛樓一個農家做長工，不多言談。一年夏天，農人聚在稻場乘涼。某人將扁擔橫在地上，問是什麼字？大家說：一字。那人把耙倒在地上，問是什麼字？大家答不出。村裡幾百年無人識字。不料那李姓長工從人後說：是個而字。大家問：你識字嗎？他說：認得幾個。自那日起，陶氏宗族成立起一個私塾，請李先生教幼童們讀書寫字。

陶家在湖北地方，四百年來，累世農家，素不識字，從此開始學念學寫。祖先輩中李先生的一個學生，頭一個中了舉，朝廷封了官。他感念李先生啟蒙之恩，立家訓曰：陶氏宗祠永遠供奉李先生一個牌位，後人須年年祭祀，不得有誤。

從此陶家詩書繼世，代代作舉業，求功名。光緒年間，我的太家公到武漢，在兩湖書院作精舍生，治漢四史。辛丑年太家公京試中一等第四名，不料同榜第一名姓梁，慈禧太后看了不樂意，斥為梁頭康尾，一榜及第人士全部廢棄。太家公困京無望，外放河南做官。孫中山先生領導辛亥武昌起義，建立中華民國，宣統皇帝下了龍椅，還留在紫禁城裡住。我的太家公也還留在河南官府。陶盛樓還是老樣子。

我的家婆，湖北人把外祖母稱作家婆，被大轎抬進陶家黑漆大門那天，陶家沒有男人在家。太家公在河南任上。家公兄弟兩人，同在北京大學讀書。本來定好家公前一日會回到家，不料兩千五百里路，火車江舟，一天兩天沒有趕到。

過門的日子和時辰，是一位瞎眼的算命先生，在家公家婆定婚之際，問明雙方生辰八字，掐著指頭算出來的。就是這一天，這個時辰，他說了，一天不能早，一刻不能晚。事關婚姻兒女，不可怠慢。所以，雖然新郎不在家，新娘還是要抬過門。午後一時出發迎娶，七時整進門，不能錯了時辰。不誤過門，成親只好晚一天了。

陶家二百人的迎親隊伍上路。臘月時節，天晴地寬，所有人都穿了黑棉襖。武湖凍了薄冰，田野一片赤裸。樹葉都落完了，禿枝迎風，顫顫巍巍。嗩吶朝著天上劃出抖著邊的大圓圈，尖厲的高音在湖面上迴旋飄蕩，傳得很遠。破裂的鑼鼓聲，一陣接一陣，震得地皮發抖，把方圓幾十里的鷹雀鳥兒驚得全叼著兒女搬了家。四百隻腳穿著結結實實納了底的黑布鞋，揚起十幾里土路黃塵，遮得天昏地暗。牽著馬的，抬著轎的，扛包裹禮品的，跌跌撞撞，叫叫嚷嚷，你踩我，我絆你，一路朝東北走，往萬家大灣去接新娘子。

萬家大灣在倉埠鎮南邊，要過武湖才到得鎮上。可從陶盛樓來萬家大灣，不必繞倉埠鎮，再渡湖南下。順武湖南岸東行，便可走到。

眼看著西南方向，黃土煙塵隨了震耳的嗩吶鑼鼓，漸漸長大，來到村口。我家婆的娘在屋裡，又把幾天裡已經說過幾百遍的話再說一次：「冰如，我教給你織布縫補，燒茶做飯，我也教你讀書寫字。為的是讓你能夠服侍丈夫和公婆。」

家婆靜靜地坐在床沿邊，穿著一身大紅的大襟袍子，憂慮惶恐。兩手捧在胸前，筒在袖子裡。頭髮是娘花了兩個鐘頭梳好的，黑亮黑亮，整整齊齊，一絲不亂，從前往後，在腦後紮個結。地方上的習慣，未出嫁的女子可以蓬頭散髮，一過門了，就得在腦後紮起來了。頭髮上面蒙著一塊大紅的蓋頭，不過沒有蒙住臉，前面一角掀起在頭頂。家婆臉色十分蒼白，濃重的胭脂也沒有增添什麼喜慶的顏色，眼睛直勾勾地望著前方。她身後，放著一大堆陪嫁，箱箱筐筐的。娘家幾個親戚聚在屋外，交頭接耳。新郎不來，有什麼熱鬧可看呢。哪個也提不起精神來。

黃岡萬氏於明代三百年間，已經累世官宦。滿清入關，開科取士，萬家父不會試子不科場。崇禎舉人萬氏兄弟，不肯剃頭應試，閉門作詩，概不會客。至康熙年間，有萬家子弟鄉試中舉後，仍回家隱居不做官。直到乾隆初年，萬家方有子弟進京會考，中進士，點翰林。自此，萬家代代科場得意，世世朝廷為官。

家婆是家中長女，自幼幫助母親做家務，粗活如舂米、磨麥、篩米、曬醬、餵雞鴨、餵豬、打掃房屋，細活如紡線、漿線、牽布、織布、染布、做鞋、裁衣、縫衣、挑花、刺繡等等。家中兄弟們從先生讀書，姊妹們做完家務，也可以上學旁聽。鄉下話說：養女不要貼娘罵。女孩子出嫁以後，沒有生活能力，要讓人笑罵娘家。所以家婆出嫁時，她的娘不住地囑咐她到婆家要手腳勤快。

從飛揚的煙塵裡，漸漸顯出人馬，迎面的一切都是紅色的，花轎，禮箱，行李，衣裳，鑼鼓，遠遠的天邊也是一片紅色。

家婆的娘還在嘮叨：「進了人家的門，你就是人家的人了。可是，你又不是人家的人。娘知道你是個剛性子人。娘就擔心你這脾氣。記住，忍著。聽婆婆的吩咐，忍下小姑子們的欺侮。什麼都忍著。要是娘這一輩子能教給你一個字，那就是，忍。不要抱怨，不要還嘴。忍著，聽見沒有。」

家婆的娘用乾枯的雙手蒙住臉。淚從她彎曲變形的手指關節中間滲出來，滴落下來，說：「噢，心肝寶貝，你哭一下吧，哭吧，哭吧。讓娘再聽一次你哭，就跟二十年前娘聽見你落地嚎哭一樣，哭一次。寶貝，哭吧，哭哭會覺得舒服一點。」

家婆依然無聲地坐在那裡，微微轉頭，透過窗子，望著那已經到了屋前的紅色。然後，她默默地轉身，下了床，對著娘，跪到地上，重重地磕了三個頭，站起身，轉過去，娘把家婆頭上那塊紅蓋頭放下來，蒙住了臉。牽娘扶著家婆，走出廂房，到堂屋門口，站了一站，跨出門去，走進那一片紅色之中，仍然沒有一點聲音。

轎窗外面，是一片混亂，男方留下帶給女方家的財禮，又把新娘子要帶去的陪嫁綁在扁擔上。嗩吶依舊在吹，鑼鼓依舊在打。稻場上看熱鬧的人奔跑喊叫，爆竹劈劈啪啪響成一片。家婆坐在一色大紅的轎中，靜靜的，似乎沒有喜，也沒有憂。

按照祖上傳下來的規矩，女孩子一二歲的時候，有時還在娘肚子裡，就許配給人家了。而且，一經定下，就不能更改。十六年以後，不管那男人是富是窮，是殘是死，是雞是狗，都是一樣地嫁過去。現在，家婆上路了，要去看看她的丈夫是什麼模樣？是高是低，是美是醜，一隻眼還是三隻眼，凶狠還是溫存。謝天謝地，如果能進京去念大學，他至少不是一個呆子。

什麼也沒有聽到，忽然之間，轎子顫動起來，紅色開始晃動，一上一下。家婆坐在裡面，隨著那紅色搖動。頭上蒙著蓋頭，除了紅色，什麼也看不見。

鄉裡人大多練出了走路的功夫，十幾里路大約三個鐘點也就到了。鑼鼓嗩吶夾雜著遠近人聲，在漸暗的天色中沸騰。陶盛樓全村的人都跑出來，擠在路邊，爭看村裡大戶排場的婚禮，你推我搡，萬頭攢動，頸子揚得痠疼，眼睛睜得要裂開，口水流在前邊人的後脖子裡。那吹嗩吶的，敲鑼打鼓的，扛箱抬櫃的，更是抖動精神，走得有聲有色。尤其肩上抬一頂花轎的，搖搖擺擺走開花步，把個花轎晃到天上，贏得村裡人一片一片讚嘆和驚呼。

遠遠看見陶家大門了。門前一大片空地，可以放下十幾頂馬轎。難怪，老爺在外面做官，回家來時總是前呼後擁，幾十人轎，前有旗牌，後隨跟馬。高大的門樓，堂皇氣派，門前高挑的幾十盞燈籠，讓晚風和人聲掀得左晃右搖，把門裡門外照得通亮，大晚上，人還能看見地上自己的影子前前後後搖擺。

走到跟前，才看到，大門樓頂披紅掛彩，一串串裹滿大紅綢花。飛簷門洞掛了六盞大紅宮燈，下面鮮黃的穗子直垂到石板地面，每個上面有一個巨大的囍字，透著光亮。厚重的大門板上，也貼了兩個巨大的鮮紅囍字，一人多高。吹鼓手們留在門外繼續熱鬧，四五個人舉著長竹竿，掛了十幾串鞭炮，劈劈啪啪，響成一片，青煙瀰漫，升起丈餘。

轎子進了大門。家公的大姊二姊，按湖北方言，隨媽媽稱呼，我叫大姑婆二姑婆，都在門邊，穿著繡了花的紅襖，寬寬大大的綠綢褲，兩雙裹過的小腳釘在地上，兩個胳臂捧在胸前，一手托著瓜子，一手取一個丟進口，扁著嘴嗑得嘣嘣響，瓜子皮吐一地，有的還飄到鄰人的肩膀上。僕人們都擠在後頭，明知看不見新娘子，也要湊熱鬧。其實去年大少爺結婚比這還氣派，也見過了。何況今年二少爺不在家，沒有新郎騎高頭大馬的威風了。

轎子還沒放下，太家婆就不高興了。她坐在堂屋正中高椅子上，望著前院大門。直至花轎進了院門，始終沒有聽到新娘子在轎中嚎啕大哭。這成什麼規矩。老祖宗幾千年一個樣，新娘子過門要大哭一路，抬一百里，哭一百里，眼睛裡哭出來血才顯得懂規矩。這丫頭一路上死了似的，一點聲音也沒有，讓全陶盛樓的人看個清清楚楚，心裡怎麼想呢。陶家的媳婦不懂禮數，把陶家人臉丟盡了。

太家婆早就下令要家公昨日回家，可是延到此刻，新娘子過了門，仍不見家公的影子，不成體統，太家婆本已就滿肚子的氣。可是她捨不得罵兒子，而且兒子也不在面前，罵不成。看到新媳婦不守祖宗規矩，自然更氣得忍耐不住。她身子顫顫，臉色鐵青，不等新娘子下轎，便一轉身，出了堂屋，回到自己屋裡，咣噹一聲，把門閂起來。堂屋門口的男僕二福一見，馬上揮著手，跑下高台階，指揮前院大門上的僕人雜役，將擠在門邊的村民們趕出去，一片聲地喊叫：「好了，好了，看夠了，看夠了，二少爺不在，今天不拜天地。等二少爺回家，再請諸位來。」

僕人們喊叫著，把黑漆大門關起來。立時，大姑婆二姑婆都解放了一般，丟掉手裡的瓜子，撲上前去，從扁擔上拉下新娘帶來的陪嫁細軟。鴛鴦枕套，鯉魚跳龍門的被面，荷花蓮耦的帳幔，喜鵲登枝的窗帘，伴著家婆十幾年青春歲月，每日坐在窗前，一針一線地縫繡，扎破了手指，絲線把細細的血珠帶進圖案裡去。那一剎的疼痛，常常教家婆心裡甜甜的，這是她用她的心血織成的。多少童年的夢想，少女的溫情，多少美麗生活的憧憬，她要告訴她的丈夫，還要告訴她的兒女，他們的生活將會美滿。

眼下，所有這一切，她的陪嫁，全被大姑婆二姑婆扯散了，分開了，拿走了。抬轎的人看見這場面，都嚇得跑掉。留下新娘子一個人坐在轎子裡，蒙著蓋頭，靜靜地坐著，沒人搭理。

天黑了，人散了，燈滅了。大姑婆二姑婆的屋門都關了。幾位年長一點的女僕過來，掀開轎帘，把家婆扶出轎來，帶進她的新房。那間房子，屋簷掛了大匹紅綢，紮了綢花，簷下也掛了兩個有囍字的宮燈，沒有大門口的那般大。兩扇門板各貼一個紅囍字，兩旁窗上也都貼著紅囍字。可是，這一切，彷彿都暗暗淡淡，毫無喜慶的氣氛。

女僕們隔著紅蓋頭，趴在新娘耳邊悄悄地說：「二少奶奶，你怎麼不嚎哭呢，這是祖上的規矩呀。你破了規矩，惹老太太不高興了，二少奶奶你以後怎麼過日子呢。」

家婆聽著，靜靜地，沒作聲。

陶家這座莊院並不很大，因是祖業，後人不敢大興改造，大宅大院都蓋到別處去了。陶家在倉埠鎮有許多房屋、商號、產業，在外地也有一些物產工礦，陶家人分散居住，各管一處。幾房陶家也有人在外面做官，許多家小也跟著住在外省官府裡，江西河南四川陝西都有。所以守在陶盛樓祖業上居住的，便只有各代長房長子一家。

大門口走進去好幾丈磚路，正對面是堂屋，坐北朝南，廊柱高大，飛檐威武。堂屋裡朝南正牆上掛一幅巨大的工筆畫像，畫中一個老人，留一撮小山羊鬍，細長的眼睛，頭冠頂戴花翎，穿著六品大紅朝服。那是陶家頭一個中了京試，在北京朝廷裡做官的祖先。畫像旁邊掛一副大字對聯，右寫：「肝腦塗地千秋勛業光天下」，左寫：「功名貫天萬世福德照黎庶」。堂屋左右兩面牆上也掛若干小些的畫像，都是陶家祖先考中進士做官的，穿著上品的官服，頂戴花翎。幾里路外，陶家宗祠裡掛的祖先畫像便更多，中了舉人的，中了秀才的，都掛在那裡，各房後人每年朝拜。

堂屋左邊廂房是太家婆的睡房。裡面雖有絲綢錦緞，一色精工紅木家具，但太家婆是個持家過日子的人，屋裡並不奢侈豪華。一張大床掛著帳幔，一個已經油漆剝落四角磨圓的紅木四開門大櫃橫在窗前，一排掛著四個大銅鎖，幾把鑰匙日夜不離太家婆身邊。這櫃裡放的是陶家多少代的帳簿子。只有太家婆叫帳房先生來算帳時，才會開櫃取簿子出來看。

太家婆睡房後面接一個小走廊，順廊可以走進堂屋背後的餐廳和廚房。餐廳裡自然是一張大桌，一圈坐椅，四壁花架上放著些花瓶瓷器古玩之類。餐廳旁邊接著一間花廳，太家婆用這間花廳作牌屋打麻將。一張八仙桌，幾把太師椅，兩邊三幾個小茶几準備著放小吃食用的，也都是紅木精工。花廳四壁牆上掛幾幅字畫軸卷，顏真卿一幅〈多寶塔碑〉，點如墜石，畫同夏雲，鉤似屈金，戈若發弩，縱橫有象，肥厚濃重，端莊雄偉。趙孟頫一幅〈壽春堂記〉，乾淨利落，斬截飛動，點畫圓轉，豐滿秀勁，墨氣飛潤，酣暢自然。蘇東坡一幅〈赤壁賦〉，端莊流麗，剛健婀娜，淳樸凝重，勁峭豪放。懷素一幅〈食魚帖〉，高華圓潤，放逸清勁，筆走龍蛇，紙落雲煙，隨手萬變，淋漓盡致，不知和尚怎可存那般狂放的心態。

堂屋右邊廂房是太家公的外書房。太家公在外做官，不在家鄉，常年空著。裡面四環書架，放滿了書，一張大書案，紙筆墨硯，一色齊備，靠牆兩排太師椅，都鋪著椅墊。這裡家具卻都不是紅木，而是黃梨木，透著一種雅致。外書房實際是太家公在家時會友的客廳而已。他並不在這裡看書寫字。外書房後面一道小門，通一個小門廊，上幾層台階，便到了太家公的內書房。這內書房才是太家公看書寫字的地方。裡面也是些書架書案坐椅之類，但都較為散亂隨意一些。內書房隔壁是太家公的睡房，裡面不過一張床，支了帳子，床頭一張小桌，桌上放盞油燈，燈下常年放著漢四史幾冊。桌側牆邊幾把椅子，鋪了軟墊。一邊立個小櫃，裡面放了幾件官窯彩瓷，都是皇親國戚高官學士贈的。一冊《太平御覽》綁了一條黃綢帶，從來沒打開過，說是書裡有光緒皇帝寫的兩個字，只有太家公看過。

前院裡長著一棵大槐樹，總有了上百年，巨蔭如蓋，上面有喜鵲搭窩，隱在枝葉之間。左側有一排大瓦房，前邊一進一出兩間大房住的是陶家大少爺，我稱伯公的夫婦一家，眼下沒有人在，屋門鎖住。伯公在北京大學念書，沒有回家。伯婆總是生病，伯公不在陶盛樓時，就回娘家去住。後面兩間屋是已出嫁了的大姑婆二姑婆在娘家時住的，一人一大間。裡面什麼樣，沒人知道，兩個姑婆脾氣古怪，從不准人進屋去坐。前院右側也有一進一出兩間瓦房，是陶家二少爺，我的家公住。現在披紅掛彩，布置成新房，剛過門還沒拜天地的新娘子，孤零零地躺在裡屋床上。外屋門口地上放著新娘子從娘家帶來的兩個箱子。

一條石子路從二少爺房門前通過，順側面院牆，繞過堂屋餐廳廚房花廳，直到後院。後院裡也長幾棵樹，樹間空地搭了兩處工棚，做木匠，紡線織布。靠院牆一排小房男女僕人們住。院角一個小門通到高大院牆外面的村路。

陶家祖業有良田幾百畝，租給陶盛樓村裡人種，每年收租，一家人吃喝不愁。倉埠鎮上陶家的房屋產業商號，每年進帳頗豐。太家公還在湖北大冶開了一間源華煤礦公司，陶家本房男女各有股份，每人可又多得許多進項。這些，新過門的二少奶奶都還不了解。

家婆第一次離開家，離開娘，獨自一人在別人家過夜。新郎不在身邊。這裡人多，可是誰也不認識。又沒有想到，忽然地把太家婆惹惱了。怎麼跟娘說呢？娘會怨的。家婆心裡思量著，翻來覆去，一夜昏昏沉沉，沒有睡著。

朦朧之中，聽得雞叫頭遍，想起娘說過，要勤快伺候太家婆，家婆趕忙起身，換了平常衣服，悄悄開門走出自己房屋，輕手輕腳摸到太家婆臥房門口，垂手站著守候。聽得屋裡有了一點動靜，家婆飛也似的跑到廚房，從女僕手中搶過茶盤，輕手輕腳端著，走到太家婆屋前，推門進去，跪在床邊，服侍太家婆用早茶。然後，兩手端著臉盆，跪著服侍太家婆漱口洗臉，又穿衣穿鞋。整整一個時辰，太家婆一句話也沒說。她不能原諒家婆昨天的過失，丟陶家的臉，非同小可，不是盡盡媳婦的職責就能寬恕的。

太家婆不說話，家婆就也不敢說話。扶太家婆出了臥房，進了堂屋，在太師椅上坐下，家婆倒退著回到廚房，幫忙刷鍋洗碗燒火做飯。家婆記著，女人家，兩個手別閒著。不知道該做什麼，就進廚房幫忙，或者縫縫補補，總沒錯，手不空著，就好。

陶家每天中飯晚飯，都是四碟六碗。今天午飯是雞和武昌魚。武昌魚是專門從武昌送來擺婚宴酒席的。婚宴要等二少爺回來拜了天地才擺，有得多，大廚做了兩尾，給老太太嘗鮮。家婆扶太家婆走進餐廳，在上座坐下，然後垂著手站在太家婆身後，等太家婆吩咐。

滿人家裡，重姑娘，輕媳婦。貴族高官家庭，規矩尤其謹嚴。清制三百年，中原漢人自然受到滿人影響，特別許多在朝廷做官的人家，也學得滿清習俗。所以在陶盛樓，大姑婆二姑婆雖然已經出嫁，卻常年住在娘家，還是做姑娘的脾氣。聽到喊吃飯，兩個姑婆走進餐廳，看也不看家婆一眼，氣沖沖地坐下，一句話不說。

大姑婆只把桌上的飯菜看了看，就叫起來：「天天是雞，天天是雞，煩死了。」

「今天有兩尾武昌魚，剛從武昌送來，很新鮮。」站在一邊伺候的男僕二福小心地說。

二姑婆橫了二福一眼，說：「有什麼稀奇。」

大姑婆接著叫：「他們能不能想出點別的花樣來吃。把大廚身上的肉割一塊下來嘗嘗。」

二姑婆也點著頭說：「對，多加醬油。」

大姑婆坐著不動手，盯著面前的盤子碗，忽然用筷子揀起一塊肉，故意掉在桌面上，然後站起，說：「我掉了飯菜，只好離桌。」

家婆睜大眼睛，才曉得陶家吃飯有這樣一條家規。

大姑婆得意地微微一笑，轉身就走，手臂搖動時，把那塊掉在桌上的肉碰掉到地上。

二姑婆馬上跳起來，叫道：「你瘋了，你把我的鞋弄髒了，你看看。你混蛋。」

「你罵誰？」大姑婆站住腳，回轉身，擺開架式，喊道：「你想打架，是麼？來，來。」

二姑婆撲過去，扭住大姑婆，兩個人嘶喊著，打起架來。

家婆從沒見過這樣的陣勢，縮進一個屋角，渾身打顫，緊閉眼睛，耳朵裡嗡嗡作響，什麼也聽不清楚。過了一會，家婆睜開眼，看見太家婆站著拍桌子，張大嘴巴罵。大姑婆二姑婆扭成一團，撕頭髮，抓衣服，踢腿跺腳，哭著叫著。大姑婆氣極了，見到窗台上有什麼東西，都隨手舉起來，朝二姑婆打過去，瓷盤花瓶，砸破在牆上桌邊，碎片四飛。二姑婆跳著躲，一邊尖叫。大姑婆從旁邊茶几上拿起一個關雲長泥塑像，舉起來，又要朝二姑婆砸過去。

太家婆大叫：「放下那個，放下那個。」

一邊二福也趕上前要去奪，一邊叫：「大小姐，這個萬萬不可，這個萬萬不可。」

二姑婆對大姑婆招著手，喊：「砸呀，砸呀，有膽子砸呀。你等著二弟回來剝你的皮。」

大姑婆舉著那泥塑，卻不敢動。二福趁勢奪下泥塑，喘氣道：「大小姐，可不能呀。二少爺今日回家，這個打壞，可要大家的命。」

大姑婆突然坐到地上，打著滾哭鬧。二姑婆跳著腳，尖聲大笑。這時，一個僕人跑進來，指手畫腳說鄰居吳老太到了，大姑婆停了哭，二姑婆停了笑，兩個一齊跑進花廳牌屋。家婆忙扶太家婆也走過去。大家坐到麻將桌前，開始說笑打牌。家婆什麼也沒聽見，身子發著抖，站到太家婆身後，給太家婆搧扇子。

打過幾圈牌，吳老太拿眼瞟著家婆，手裡摸著牌，說：「這就是新過門的媳婦嗎？模樣還可以，不算俊，也不醜，身子倒硬朗，該是個幹活的好手。就怕不勤快，媳婦總得管教一陣子才能服貼。」

她剛說完，太家婆便叫起來：「你會不會搧扇子？半個鐘頭，你就累了麼？你睏了嗎？打瞌睡？我年輕剛過門的時候，每天給我的婆婆搧五個鐘頭扇子。連眼都不能眨一眨。你懶骨頭。站直，用力。」

家婆沒有作聲，繼續搧扇子。

二姑婆突然叫起來：「你偷牌。你偷一個八點，我看見。拿來……」一邊喊，一邊站起身，伸手到大姑婆面前去搶奪。

「你敢，你敢。」大姑婆右手晃著拳頭，左手把桌上的牌糊到一起，誰也分不出誰的牌了。

二姑婆跳起來，把桌上的茶杯抓起來，對著大姑婆砸過去。大姑婆低頭讓過。那茶杯砸到牆上，打碎，茶水濺開一片，染了牆上掛的一幅字。大姑婆看到，跳著腳拍著手叫：「好呀，好呀，你弄壞了趙孟頫這幅字，看二弟回來剁了你兩隻手。」

一邊太家婆大叫：「二福，二福，快把這幅字弄乾淨。」

二福忙跑來，手裡拿一團棉花，小心翼翼的擦字幅上的茶水痕跡，一邊說：「這是宣紙，拿些清水擦擦，擦得掉，二少爺看不出。」

大姑婆拍著手，喊：「我會告訴二弟。」

太家婆叫：「你不許。」

大姑婆指著二姑婆，幸災樂禍地嚷：「我就要告訴，就要看二弟發脾氣，打死她。」

二姑婆看弄髒了那幅字，好像有些心裡發毛，站了半天發楞，不知該怎麼辦。看大姑婆手指著她，她突然伸出胳臂，抓住桌布，把麻將一包，說：「我再跟你打麻將，就剁掉我的手指頭。」

說著，她把桌布包的麻將抱在懷裡，衝出屋子。

大姑婆叫：「她又要燒我的麻將，她又要燒。還我麻將。」

太家婆氣瘋了，操起一把藤條雞毛撣，轉身照著家婆沒頭沒臉地抽打起來。家婆倒在地上，縮成一團，竹撣雨點般地抽打在她身上。她渾身打著抖，血從她的牙齒和唇邊擠出來，順著腮邊淌到地上。她仍然默不作聲，也沒有眼淚流出。最後，她似乎沒有了呼吸，也不再動彈。太家婆停了手，把她丟在牆角。

一個鐘頭以後，新的牌桌擺好了，新的麻將局又開始了。大姑婆二姑婆又坐到一起玩起來。家婆到廚房擦乾嘴邊的血，不回花廳。太家婆派她到後院工棚去紡線。紡車轉著，嗡嗡響，棉線打著抖，拉長。家婆坐在紡車前，默默地紡線，胳臂上還留著竹條抽打的紅印，嘴角還結著血痕。一想起兩位姑婆，再想起從沒見過面的丈夫，家婆便禁不住打抖。

時間慢慢地過去，草房外日頭西斜。聽到前面喊開晚飯，家婆趕忙丟開紡車，跑到廚房，洗手，端飯，伺候太家婆。兩個姑婆一直談論牌局，興高采烈，一頓飯算是平平安安。飯畢，家婆伺候太家婆清水漱了口，扶去堂屋坐穩，捧上瓷盞花茶，然後回餐廳收碗筷，突然間，聽到前院裡二福從大門口高聲傳話進來：

「老太太，外面人報，二少爺進了村了。」

家婆聽了，渾身打個抖，說一聲：「我去後面紡線。」便忙跑出餐廳，趕到後院草房。手裡搖著紡車，耳朵豎著，聽前面動靜。

一時，聽得前院男女聲雜作一片：

「二少爺好。」

「二少爺萬福。」

家婆手裡的線扯斷了，一個線頭在空中飄蕩。她的心提到嗓子眼，眼前一片模糊。她想站起，但兩腿軟得很，站不起來。

二

這新郎，我的家公，他回到了家。

家公跟他的哥哥，我的伯公，兩個同在北京大學讀書。伯公讀土木工程，家公讀法律。北京大學按西洋方法，每年根據陽曆放寒暑兩個假。農曆春節，總趕不上學校放寒假，只有除夕開始另外放五天年假。眼下雖然臘月，卻是寒假已過年假未到之時，學校照常上課。太家婆命令家公請假回家完婚，不得有誤。別的事情可以改日子，算好了的結婚日子，為了將來闔家安好，多得兒孫，可是絕對改不得。所以家公一個人回陶盛樓，伯公沒有一起來。原本說是該昨天到，可家公算準日子，偏偏拖延一天。坐京漢鐵路火車，中午到漢口，坐黃包車到碼頭，搭上二姑婆家陳鴻記運貨的船，下午到倉埠鎮。下了船，他又在鎮裡閒逛一個鐘點，在搾房街陶家屋裡翻翻幼時讀過的書經，在老屋邊的小攤上，吃了一碗餛飩，給了街上那瘸一條腿的老婦人幾個銅板，再也無事可做，無話可說，這才慢慢騎上家裡僕人牽來鎮上，等了他兩天的馬，回陶盛樓去。

一路慢慢騰騰，東張西望，口裡還喃喃背些之乎者也，好像散心。僕人心急如火，卻不敢催促二少爺，只好忍住氣，在後面跟著。直到晚飯時間，家公才終於到了家門口。未及下得馬來，那隨行的僕人早將他的皮箱提進大門，一路小跑，送到堂屋裡去了。家公於是再不敢慢慢吞吞，急步跟進家門，跨上高台階，走進堂屋。

他個子不高，但也不算低，身體瘦瘦的。眼睛不大，但是挺亮，有神，機靈。摘下頭上的皮帽，露出一個比平常人略大些的額頭，向前崛著，在堂屋燈下發著亮，有點可笑。他穿著一件半舊的藍色長棉袍，裡面套一條學生西裝褲，身板筆直，顯得精神，也算一表人才。

他走到堂屋中央，一手撩起棉袍下襬，跪下身去，對面前的太家婆拜了一拜，口中說：「母親大人，兒遵母命請假回家來了。」

太家婆說：「你晚了一天，曉得嗎？」

家公仍然跪著，不敢起來，說：「前天學校有考試，不能耽誤。所以昨天才得以啟程，今日方到。報告母親大人，前天的考試，兒子又拿到全班第一名。」

太家婆點了點頭，嘴邊上的皺紋舒展開去，對地下的二少爺說：「起來吧。」

家公這才站起身，拍拍西裝褲的膝頭，放下棉袍下襬，向側面退了兩步，站好，直起頭來。這時，他棉袍胸前衣襟上掛了個什麼，小小的閃著亮，吸引了陶家女人們的目光。

大姑婆手指著，問：「二弟，你那棉袍上掛的是什麼？」

「這是西式鋼筆，自來水的，新式寫字工具。」家公從袍上取下筆來，遞給堂屋裡的女人們開眼，邊說：「這是我在北京的報紙上登出第一篇文章的獎品。我知道我會寫文章，而且寫得好。我平常還是寫小楷，並不用這筆寫字，我只帶著它，會有好運氣。」

陶家的女人們手裡傳著這小小的新式筆，嘴裡讚嘆著。陶家男人真是不得了，二少爺才十九歲，便考進京城，念的全國最高學府，已經在報紙上登出文章來，還得了獎品，前途無量。太家婆沒說話，左右看看，家婆不在堂屋，想是躲回屋去了。

太家婆吩咐：「二福，把二少爺帶回來的東西，送他房裡去。」

二福應著，提了家公帶回來的書包、書箱、衣包，一起提起，出了堂屋。

太家婆對家公說：「到後面去吃晚飯吧。」

家公急忙應一聲，就往後面跑。

「站住，」太家婆又喝叫一聲，對站在門邊的家公說，「二福給你搭了床，今晚就在花廳裡睡了。你回家晚了，怪不得別人，明天拜了天地，才可以回你新房裡去。」

家公低著頭，應了一聲：「是，母親。」

其實家公並不急著要見到新娘子，否則他也不會故意在路上耽擱，拖延回家時間。他躲出堂屋，在餐廳裡磨蹭，四碗六碟，吃過晚飯。又到花廳，看著二福挪桌安床，鋪褥蓋被，又在屋角點起了一個火盆，一切都妥了，才說一聲：「二少爺安臥。」然後輕輕退出去，掩了門。家公哪裡睡得著，搖頭晃腦，看一陣顏真卿趙孟頫等幾幅字，拿著關雲長泥塑彩像看了許久，聽聽前面後面都沒了聲音，便輕手輕腳從後面側門出了花廳，繞石子路，悄悄走回西邊自己屋裡去。

這屋子家公一個人住的時候，原本擺設很簡單，外屋不過一個書案，兩個小桌，幾把木椅，一排書架。裡屋靠裡牆放一張大木床，床頭一個小桌，上面立個蠟燭台。對面一個衣櫃，旁邊一把木椅。現在要成家了，太家婆親自安頓，二福帶著僕人搬動了一些。外屋牆上貼了大紅囍字，正中擺一個八仙桌，桌上立了一個高大的油燈。圍著桌邊，排了幾把木椅。前面靠窗還是那書案，書案上擺著幾本書，紙筆墨硯，案旁牆上掛著一幅米芾的字。旁邊立著家公的書架，放滿了書。書架牆角，一個小木桌上立了一盞點燃的油燈。裡屋靠牆，放一張大木床，四腳立柱上掛了大紅帳幔，床上被褥也是一色紅色，繡著金黃花鳥圖案。對面衣櫃換了個高大些的，兩個大銅扣亮閃閃。家婆帶過門的兩口木箱衣包挨著衣櫃擺起。原來放在床頭的小木桌，搬開了，放到一個屋角裡，上面蠟燭台也換了一盞油燈，卻沒點亮。屋子中央，放了一個炭盆，上面蓋了蓋，裡面燒了木炭，紅通通的，所以屋裡不冷。

家公沒聽太家婆的話，偷偷私自走進自己房子，輕輕推開門，側身挪進屋去。尚未拜天地，便與新娘同屋，可是背了祖宗章法，大逆不道。可是這個婚禮，從一開頭，家公便沒有遵守規定，新娘過門他不在，沒有按日子拜天地。現在再多破壞一次規矩，也沒什麼了不起。北京大學的學生，自主慣了，誰把祖制放在眼裡。

外屋有亮，不見一人。家公踮著腳尖，一步一步轉到裡屋門邊，望進去，黑暗暗的，只有門口透進外屋的油燈光。在這屋裡，一對新人終於見面了。

家婆坐在床沿邊，低著頭，手裡繡著一塊花手帕，一個針線笸擺在她身邊，五彩絲線散了一床。她剛在後院工棚紡線，聽見前院人喊二少爺到家，趕緊匆忙地從牆邊小路跑到前院，想躲回自己屋裡。跑到前院，又站住，發了發呆，然後悄悄溜到堂屋門外，側身躲著，扒著門邊，從縫裡張望，把站在堂屋當中那個從未見過面的新郎看了一眼。雖然只有大概幾秒鐘時間，可是這個男人已經整個刻在她腦裡和心裡。家婆忽然覺得身子有點發軟，便扶著牆，一步一步慢慢走回自家屋裡，坐到床上，隨手拿起針線做，心裡好像空空的，什麼也沒想，甚至沒有點亮裡屋油燈，便呆呆地坐著。外屋牆角，油燈快熬乾了，燈撚開始結燈花，跳了幾跳，漸漸暗下來，她也沒感覺，依然在暗淡中做著她的繡工，一直到家公走進屋來。

沒有拜天地，家公私自跑進屋來，家婆很覺恐懼，但是雖然心口撲通撲通地跳，嘴卻喊不出聲，說不出話。面前站著的是她的丈夫，家婆從小就背熟了君臣父子夫婦的古訓。眼下丈夫就是要她立刻去死，她也不會說二話，只得老老實實地去死。

「怎麼這麼黑地坐著呢？」家公走進屋，壓著喉嚨問。他說話慢條斯理，語音很溫和，並不像兩個姑婆那樣凶。或許他還沒有發作罷了，要不為什麼兩個姑婆那般地懼怕他。

家公又說：「說話不要高聲，母親不許我今晚來看你的。」

家婆更低下頭，氣也覺得喘不上來。

今天以前，家公從沒見過這個就要開始一起生活一輩子的女人，這是從小由父母決定了的，只曉得萬家中進士點翰林的，不計其數。等他進了北京大學，開始懂得自己應該選擇自己的命運，已經太晚了。他不知道是不是應該提出抗拒父母之命，他也沒有那個勇氣。一年時間在猶豫中過去，現在已經沒有退路。新娘子已經過了門，他也回家來成親。

藉著門口照進來的光線，家公看見一條長長的人影子，斜斜地從床幔延伸，映到牆上，模模糊糊的，晃來晃去。裡屋沒有點油燈，家公看到，心裡一喜，趕緊走過去，背轉身，拿起火捻，到外屋油燈上點燃，用手罩著，再回到裡屋，把裡屋的油燈點亮起來。然後吹熄了火捻放下，拿起一根鐵燈籤，把燈芯挑了一挑，屋裡頓時亮堂起來。點這一個燈，家公前後忙了五分多鐘，最後手裡拿著挑燈芯的鐵籤，擺弄幾下，終於放回到小台子上。用手抹抹台面，扶扶油燈旁邊的一副蠟燭，又用指甲從台面邊上摳下一小塊滴落乾了的蠟燭油。再沒什麼可做，來拖延時間了。他非得轉過身不可了。他低著頭，慢慢轉過身子，用眼角看看他的媳婦。看不清。她低著頭，在做繡工。

「這麼黑，能看見嗎？」他啞著嗓子問。

沒有回答。

家公朝前移了兩步，忽然停著，側耳聽了聽，輕輕轉過身，躡手躡腳走到裡屋窗子前面，沉了一口氣，輕輕把窗打開。只聽外面低低一聲驚喊，窗下擠著的幾個腦袋都埋下去。黑暗中，家公辨出是三五個男女僕人，磕磕碰碰，四散跑開去了。家公探頭出去，看清楚再沒有人藏在邊上，才把窗又關起來。他不擔心，如果大姑婆二姑婆曉得了，早大喊大叫吵罵起來了，幾個僕人絕不敢把他私來新房的事報告太家婆。

聽見床邊家婆低聲笑，家公搖搖肩膀，在屋裡踱步，說：「我才不管那些老規矩。他們不許，我偏要做給他們看看。」

家婆繼續手裡的繡工，頭也沒抬一下。

家公停在床邊，站在家婆面前：「你做什麼？能看看嗎？」

家婆不作聲，伸手把繡工遞過去。是一個小小的綠綢菸荷包，上面繡著兩隻大紅喜鵲並著站在一個樹枝上。

家公拍著他的大額頭問：「我……是給我的嗎？」

家婆輕輕點點頭。

家公搖著頭，笑著說：「這樣老式的東西，我若帶到學校，還不讓同學笑死了。我不是成了秦磚漢瓦了嗎？」

家婆揚起頭，望著他，沒有明白。

家公接著說：「再說，我並不抽菸。要這東西也沒用。這麼老朽的圖案，陳舊的意義，我可是真……你，你做什麼？你……」

家公叫起來。他看見家婆突然抓起針線筐裡的剪刀，照準那還沒完工的菸荷包剪下去。

「別，別……」家公一把抓住家婆的手。「莫剪，莫剪。你用了那麼多工夫。」

家公搶下家婆手中的剪刀。家婆捏著那只菸荷包，抬起頭來。家公看見她眼裡閃著一點淚光。

「莫哭，莫哭。我沒有想傷你的心，真的。我不抽菸，可是我帶著它，好了吧，我答應帶著它。我藏在箱底下，沒人看得見。我不怕別人笑我，好了吧。」家公忙不迭地安慰家婆，一邊把剪刀放到遠遠那個擺油燈的小台子上，家婆手摸不到那裡。

家婆重新低下頭，用手撫平那繡著兩隻喜鵲的小荷包。

「哦，對了，對了，看這兒，看這兒。我帶給你一點兒果丹皮。這是北京的特產，湖北沒有的，就像北京沒有咱們的孝感麻糖一樣。」家公說話，一會湖北口音，一會北京官話，讓人糊塗，聽不明白。

他一邊說著，一邊走到門邊。二福早把他從北京帶回來的東西都送過來。他從一個書包裡取出一個鉛筆盒，打開，從裡面取出一個小小的紙包。他走回家婆面前，一邊揭開那個紙包，一邊說：「你看，你看，這樣的，用果子做成的，甜的，像糖，一大個薄片。你可以撕開了，小塊小塊的吃。我們同學把這一大片一捲，塞在嘴裡，咬著吃，更過隱。」

家公把果丹皮放在家婆手裡，見她不吃，就有點急，說：「吃呀，別怕，沒關係，可以吃。就這一點，要不，我吃給你看看。我藏著專門帶給你的。我不藏，大姊二姊準都翻出來拿走。你吃吧，嘗嘗。」

家婆用指甲掐下一小塊，放進嘴裡。她用舌頭抿著，是甜甜的，也有點酸味。

「你怎麼又哭了？不愛？不愛就莫吃。我以為……」家公看著家婆，不知所措。

家婆舉起手，用手背擦掉眼角的淚花，又把果丹皮一片撕下來，放進嘴裡。果丹皮不用嚼，在嘴裡自己會化開，滿嘴的甜味。

家公高興了，說：「你喜愛，你愛吃。那就好，你可以和我去北京住。」

他不過是個大孩子，看來是一個挺可愛的大孩子。家婆放下了些心。

家公問：「你認得字嗎？」

家婆輕輕點點頭。

家公又說：「那就好了。」

家婆看著他。

家公兩手背在身後，踱著步，慢慢地說：「大姊二姊早出嫁了，卻總回來住在家裡，纏在一處，一天到晚打架。大哥學土木工程，只曉得算數碼字。他恨不能一年三百天住在武漢不回家。辛亥革命武昌起義，大哥才十五歲，正好在武昌，當了義軍，差點把父親氣死。父親在朝廷做官，哥哥造朝廷的反，不就是造父親的反嗎？沒有了朝廷，還有父親的官麼？向大嫂人好，也認識字，可是一年三百天生病，只好住回娘家。你聽著嗎？」
家公停在家婆面前。家婆繼續做著她的繡工，不作聲。
家公低著嗓子問：「在這兒，你過得不快活，對不對？」
家婆頭更低了。
他們誰也不說話，靜了那麼一會兒。
「北京下雪麼？」
家婆忽然問。這是她進到陶家以後第一次開口說話。
家公馬上答說：「北京冬天可冷，冷極了。下雪，結冰，每年都下雪，三尺厚的雪。我住一個很小的公寓房子。早上走路上學，風大極了，有時候頂著風走不動路。我得轉過身，背頂著風，後退著走。我平時上學的路上，常在街角上買一套燒餅果子，北京人這麼叫，就是燒餅夾油條，一路走一路吃。冬天颳風走路吃不成，掖在懷裡，到教室才能吃。我常是上課晚到，所以也沒有時間吃。」
家公在床邊坐下來，坐在家婆身旁，說：「我們的教室設備不好，冬天瓶裡墨水和毛筆都凍住了。上課教授要我們寫文章了，可是寫不成，教授只好讓我們到教室前頭的大火爐邊去烤墨水瓶。每次都得十分鐘到二十分鐘，我們就正好乘機在爐子邊取暖。」
家婆忍不住噗嗤笑了一聲，悄聲問：「你念書麼？」
家公說：「我念好多書。不過四書五經之類學校不教，只是我自己課後念念。我喜歡中國歷史。我到北大先上預科，考過了，現在念法科，還要四年才念完。我是班裡年紀最小的一個。我還念日文和英文課。也每天寫一百個毛筆字。我喜歡寫字。」

家公說著，站起身，走到書案旁，抬頭看著牆上那幅字，一邊好像說給家婆聽，又好像說給自己聽：「這是我最喜歡的一幅字，為什麼呢？也許因為米芾是我們湖北老鄉，襄陽人。或者因為他個性狂放，人稱米顛，是我夢想而做不到的。他的字也確實寫得好，字如其人，筆力剛勁，意態活潑，駿快跌宕，猛厲奇偉。你看這幅〈論書詩〉，俊逸豪放，結構不凡，每出新意，自成一家。宋元四大書家，蘇黃米蔡，這米芾居一，實在名不虛傳。身邊日子過得不好，看看這些好字，就好像到了一個新世界，讓人神思萬般，寵辱皆忘了。」

家婆想起花廳牌屋裡的幾幅字，也想起兩個姑婆打架，大姑婆把茶水潑在一幅字上，把一家人嚇破了膽。

家婆問：「什麼叫法科？」

「就是學法律。」家公轉回身，對家婆說，「中國人原先想，法就是皇上官老爺說的話。其實不是，不應該是。」

家婆聽不懂。

家公走到窗前，把窗推開，說：「所以我要學這一門。」

家婆忙壓低喉嚨說：「莫開窗，讓人看見。」

家公說：「怕什麼。」

窗外是一片深沉的夜色。沒有月亮，只有幾顆小星懸在天邊，時隱時現。黑暗覆蓋著整個大地。立在前院裡的那棵樹，靜止不動，向夜空伸出它光禿彎曲的枝臂。

冷氣突然衝進屋，家婆打了個顫，忙問：「冷麼？」

家公說：「不冷，我現在熱血沸騰。」

家婆不再說話。

家公說：「多麼浩大，多麼浩大，這世界。」

家婆站起來，輕輕走過來，站在他背後，望著窗外。她還在娘家做少女的時候，喜歡常常在窗下做針線，一邊望著夜空，構畫許多神奇的夢想。而此刻，跟丈夫在一起，她第一次感覺到有什麼新東西在她心裡翻滾。

「我要把你帶出去，到這個大世界裡面去。」家公沒有回頭。從那種女人的氣息裡，他知道家婆在他身後。

「麼什？」家婆問，湖北話把什麼說成麼什。

「我說，我要把你帶出去，到這個巨大的新世界去。」

沒有聲息。許久。

「你跟我去嗎？」

好像又等了許久，才聽到家婆的回答：「我等著。」

一對新人站在窗前，靜靜地站著，肩靠著肩，望著外面的世界。雞叫頭遍了，院子裡前前後後，堂屋中上上下下，男女僕人已經開始忙碌，掃院擦桌，張燈結彩。再過幾個鐘點，家公家婆就要拜天地了。

家婆到底膽怯，問：「你怎麼出去呢？到處是人。」

家公說：「我就這樣走出去，正大光明。」

三

過了一年，春天時候，家婆要生第一個孩子了。

三月中旬，日子到了，家婆一直躺在床上，好幾天了。全家大小女人們每天在家婆的屋門口等候。陶家的男人們呢，都還是不在家。太家公仍在河南任上。伯公和家公仍然在北京大學念書。自古至今，中國從來沒有女人生孩子要男人在身邊守著的規矩。

太家婆派人到倉埠鎮上找了幾位看相算命的先生來診過脈，看過星相，都說一定生個男丫。湖北人把孩童叫做丫。所以從太家婆開始，一家主僕都歡天喜地的等著，整日談論即將出生的小少爺。接生婆早請來了，在家婆屋裡忙。外面，陶家人手裡拿著鮮亮的虎頭小帽，或者繡著龍的小兜肚，還有幾張印著一個光屁股胖小子的彩畫，在門外等消息。

大姑婆二姑婆不高興。家婆生了兒子，在家裡的地位就提高了，太家婆喜歡，對家婆就會好起來，大姑婆二姑婆便不能隨意欺侮她了。可是眼下，太家婆期盼一個孫子，樂得合不上口，大姑婆二姑婆也只好悶在自己屋裡生氣，不敢到家婆房前生事。

除了兩個姑婆，陶家大院裡所有的人都聚在家婆屋門口，大小內外奴僕也一個不少，從早等到午，腿疼了，腰痠了，頸扭了，眼裂了。廚房裡喊吃飯，也沒人離開。誰第一個把喜訊報告給太家婆，就領得一份賞，或許明年會長工錢呢。

接生婆的話傳出屋門：生的是個女ㄚ。

門外的人都愣了。這簡直不可能。

有人問：「真的嗎？算命先生掐過的呀，怎麼會錯。」

又有人建議：「再看看，細看看，小ㄚ的雞雞太小，看不清。」

但是真的，家婆生的是一個女ㄚ，我的大姨。家婆叫她驪珠。

所有在門外等了許久的人都嘆一口氣，搖著頭，走開了。沒有人敢去向太家婆報告這消息。虎頭小帽，繡龍兜肚，還有印著光屁股胖小子的彩畫，都丟在門口地上，再沒有用了。當然，太家婆到底聽說了，回屋把把房門鎖住，一整天都沒有出來。從家婆過門到陶家，一切都不按規矩來。家公沒有按時回家拜天地，家婆過門在轎上不哭，還沒成親家公就跑到新房去會新娘子，如今世道簡直的不成體統。現在，本來好好算過會生個兒子，卻又居然變成了個女娃。顯然，家婆命不濟，說不定前世惹了觀音菩薩，現在來懲罰她，不許她生兒。可是求老天開眼，陶家人可從來沒有得罪過哪位神仙，莫要給陶家降禍水呀。不孝有三，無後為大。太家婆心裡最怕的就是陶家沒有男兒後代。這是她在陶家做老太太的最大的責任。只要她活著主持陶家祖業的時候，看見兩個兒子生四五個孫子。孫子長大又生了兒子出來，她對陶家便算建立了豐功偉績，這一輩子可以完完全全滿足，對得起陶家祖先。死了以後，埋進陶家祖墳，理直氣壯。眼下，因為這倒楣的二媳婦進門，她得孫兒的夢想或許算是破滅了。

大姑婆二姑婆開門出了院子，大聲說話大聲笑，前院當中，抱作一團，打架哭鬧。

倉埠鎮上只有一個接生婆，周圍村落有人生孩子，只有找她。這接生婆從她自己母親那裡學了這套手藝，從來沒進過一天學校。也許是屋子不大乾淨，也許是別的原因，反正小女丫出生了，家婆受了感染，馬上就病倒了。

家婆躺在床上，剛出生的嬰兒靜靜地睡在旁邊。接生婆曉得生了女丫，拿不到賞錢，早早溜掉了。家婆獨自一人躺著，身上一陣冷，一陣熱，打著抖，沒人理會。

幾天下來，家婆的舌頭腫得半寸厚，不能吃東西，喉嚨乾得像要裂開，可是她不能喝水。床邊一個小小的奶瓶裡有一點水，家婆不能喝。她得留著水，給她的女兒，我的驪珠姨。因為產後就生病，家婆沒有奶，餵不成孩子。驪珠姨餓了，大哭，家婆只有忍著渾身疼，欠身舉臂，顫動著手，用一個小棉花球，蘸蘸那瓶中的水，然後取出，移過，滴在女兒的嘴裡。驪珠姨咂著水滴，便稍稍停住一會兒哭泣。

聽到有人從窗外石子路上走過。家婆用盡力氣叫：「水，給我一點水，求求你，水……」可是沒有人答應。也許家婆聲音太弱，窗外的人聽不到。也許窗外的人聽到了，不搭理。沒有水送進來。這家裡前前後後三十多男女主僕，沒有人理會這母女倆。太家婆一連幾天鎖住屋門生氣。大姑婆二姑婆天天幸災樂禍，前院後院尋事打架。男僕人們不能進月子女人住的屋子，樂得躲開遠遠的。女僕人們都不敢進家婆屋去伺候，怕惹太家婆不高興。只有一個六十歲的老女僕，每天送三頓飯給家婆。家婆求她多帶些水，她答應了又忘記。

「水，哪位好心人，給點水……」家婆叫著，沒有了力氣，停下了，眼睛半睜半閉，望著窗外。她好像沉陷在一個巨大的泥潭中，越來越深地向下陷，周圍溼糊糊滑膩膩的骯髒泥水裹住她，壓迫她，窒息她。她除了疼痛，昏眩，悲哀，什麼也聽不到，什麼也看不到，什麼也說不出。

忽然，她似乎感覺到一個身影閃動。家婆鼓足所有剩餘的力氣睜開眼，終於恍恍惚惚看見一個年輕女人，穿著一身藍色長衣裙，輕輕地從門口走進屋來。家婆來到陶家一年多了，從來沒見過這人，但是她真高興。

這藍衣女人走到床邊，側著身子坐下來，把一隻手放在家婆的額頭上。那手涼涼的，好舒服。

「已經好幾天了，我一直想來看你……」藍衣女人開口說話，聲音柔和又溫暖，從家婆的耳朵裡聽進去，像一道清清的泉水，緩緩地一節一節，流過家婆喉嚨，流過家婆前胸，流過家婆心口，流過家婆肺腑，流向家婆全身。家婆的每一根血管和神經都在這柔美的話音裡震動通暢了。

藍衣女人接著說：「……可是家裡僱了好多木匠，在前院裡做活，我走不過來。今天木匠們都走了，我才來了。」

家婆想問問她是誰，可是嘴張不開，發不出聲，急得她出了一身汗，可還是說不出話來。

「你會好起來，」那藍衣女人接著說，「你會好。丫不能沒有娘。你會好起來，你會好，你一定會好。」

藍衣女人的聲音繼續地震動著家婆的血脈，每說一次「你會好」，家婆就感到自己的身體從那裏往她壓迫她的泥濘中上升一截，她的身體輕鬆一些，呼吸寬暢一些，她那已經正在逝去的生命，漸漸地回復到她的身軀裡來了。

藍衣女人說完了這番話，又用手最後在家婆額上輕輕壓了一壓，就站起身，朝門口走去。

家婆著急了，驚叫起來。可是藍衣女人沒有停，一直走出門去。

「莫走，莫走……」家婆拚命喊叫。

喊聲把家婆自己從昏睡中驚醒了。但是，她不肯相信那只是一個夢，她要相信那是真的，那是現實，那是她的生命力量。家婆忍著疼，從床上滾下床，用兩隻手，在地上爬，爬到門口。驪珠姨在床裡面大聲哭，家婆不管，只是往門口爬，她一定得找到那女人，把那女人找回來。她必須活下去，驪珠姨需要她活下去。

一個老女僕碰巧路過家婆房門，看見家婆半截身子在門外，橫在門檻上，張著兩手喊叫，嚇了一跳，忙顛著小腳過來扶她，嘴裡說：「呀，二少奶奶，你這是做麼什。你在月子裡呢，這樣招風，你不要命啦。」

家婆忽然覺得強壯起來。她抬起上半身，在空中揮舞著兩手，大聲叫：「快，快，把她叫回來，把她叫回來。」

那老女僕扶起家婆，問：「二少奶奶，你說的是誰？」

「那女人，穿藍衣裙。」家婆揮著手說。

老女僕問：「朝哪邊走了？」

家婆仍然揮著手喊：「那邊，那邊，快把她找回來。」

老女僕說：「我從那邊來，沒看見有人過去。那女人長什麼樣子？」

「長臉，」家婆喘著氣喊，「脖子左邊有一塊圓痣。」

老女僕聽了，想了一想，突然眼睛睜大起來，臉發白，抖著聲音說：「你說的是三小姐嗎？

我的天老爺，藍長裙，脖子下有塊圓痣，就是她，三小姐。她原住這屋裡。四年前死了。我的天老爺，你怎麼會看見她，鬧鬼了。二少奶奶，你……」

「三姐麼？」家婆放下兩手，垂下頭問。

「二少奶奶，我得走了。你趕緊回屋到床上去吧。」老女僕不敢再逗留，也不敢再扶著家婆，搖著雙手，顛著小腳，打著抖走了。走三步回頭看一眼家婆，看過一眼更加快了步子跑。

家婆安靜了，坐在門口，靠在門框上，兩手擺在腿上，一動不動。屋裡，驪珠姨哭累了，睡著了，一聲不響。家婆睜大著眼睛，向天上望，什麼也看不見，只有一片藍色在閃耀，發著光亮。

這天之後，家婆的身體漸漸好起來。

過兩個月，家婆終於可以自己下地走路的時候，北京大學放暑假，家公回了家，剛好是驪珠姨過百天。這次家裡沒有人到碼頭去迎他。家公自己雇了一輛馬車坐回到陶盛樓。

年輕的父親在黑漆大門外下了馬車，揚起頭來深吸幾口氣。他還是穿著一件洗舊的灰布長衫，捲著兩圈寬寬的白袖口，下穿西裝褲，頭上戴了一頂黑禮帽，腳上穿了一雙黑皮鞋。他摘下來禮帽，在面前搧著，仰臉張望。一隻黃色的小鳥正從頭上飛過，很舒展的樣子。天空很藍，很深遠，好像一跳進去就會融化掉。

「誰說他可以回來？」

太家婆一聲吼叫從門裡衝出來，打散了寂靜的天空和大地。家公打了一個抖，趕緊提起書箱行李，走進門去。

「你好大膽，你敢私自回家。」太家婆站在堂屋門前的高台階上，兩手扠著腰，臉色烏黑，叫罵道，「你不知道我陶家的規矩麼？陶家人把功業看得重。你父親絕不會為一點家裡的小事放了學業，跑回家來……」

「母親……」家公低著頭，小聲地說。他手裡還提著書箱和行李，不敢放到地上。

「我曉得，我曉得。你媳婦會寫個把字，去了信，說她病了，好可憐。什麼大不了的事。家裡幾十人，不能看護她嗎？我們會看著她死嗎？為了老婆丟下學業，你羞死陶家的人了。」太家婆一口氣不停，叫了半個時辰。

家公答說：「母親，沒有人給我寫信。」

太家婆聽了，更加生氣，喊叫：「那麼，你這個時候回來做什麼？想老婆了？羞不羞。你是不是大男人。你怎麼敢為了看老婆跑出學堂？好，好，你不用去學堂了，住在家裡好了，守著你老婆好了，一天到晚睡在床上好了。書也不要念了，功業也不求了，沒出息的東西。陶家怎麼會出你這個不爭氣的兒。」

太家婆一邊說，轉身邁進堂屋門檻，一邊在身後揮著一隻手。

家公提著書箱衣箱，低著頭在後面跟著。進了堂屋門，看見太家婆在當中太師椅上坐下，才開口答：「母親，我大哥早回來了，快一個月了。」

「你敢還嘴，是麼？」太家婆咆哮起來，一個手指指到天上，口裡連珠炮地罵，「你嫂嫂難產，住了武漢的醫院。兩個兒子，都不爭氣。什麼了不得的要命事，老時候，多麼難，還不是都在村裡生了。你們兩個，一個老婆生丫，要住醫院，還要去武漢，男人回來守在邊上。一個老婆生病，男人便要請假回家。學堂裡有規矩麼？什麼世道呀。以往男人在外頭舉業求功名，家裡老婆死了也不回家。現在好了，老大回來守著老婆生孩子，老二回來看老婆生病。老祖宗的規矩都壞了，都壞了。」

家公等太家婆吼完，說：「母親，學校現在放假。」

太家婆又喊：「放麼什假，學堂自古一年念書三百六十天，哪裡放那麼多假。」

家公說：「母親，北京大學是新式學校，一年有兩個假，一個寒假，一個暑假。現在是暑假，要一個半月呢。」

「什麼學堂，號稱全國最高學府，三天打魚，兩天曬網。念什麼書。」太家婆聲音雖然低下一些，還是氣哼哼，「你是陶家的男人，你該自己用功。他們放假，你不放，你自己念書。你爹爹，你父親，都是自己苦讀，成了功名。」

家公說：「母親，學校放假，就關門了。圖書館，教室，實驗室，都關了，教授也都回家了。放了假，學校裡沒有人了。」

「好，好，你有理，你有理。你住在家裡，吃，喝，看老婆。羞死人了。」太家婆一頭說，一頭站起轉身，走回旁側自己屋裡，順手一甩，砰一聲，把門摔得天響，又聽在裡面鎖住。

整個前院後院，滿家裡的人，都躲在各自屋裡，廚房裡，工棚裡，從窗帘後頭，牆角後頭，偷偷地看，沒人敢出來。連大姑婆二姑婆也沒敢露面。她們懂得，她們可以在家裡隨心所欲，欺侮別的女人和佣人。但是她們到底只是女兒，碰上伯公家公兩兄弟的事情，她們最好躲開遠遠的。陶家裡，男人才是頂頂要緊。太家婆可以罵，可以訓，旁人可一點也碰不得。

家公等太家婆鎖住門，又在堂屋站了半晌，才提著書箱和行李轉身朝外走。剛邁出堂屋，走下台階，要轉身朝自己屋子去，又聽見太家婆從她屋裡叫：

「箱子放下，二福拿堂屋去。」

家公停下來，彎腰把書箱和行李放在堂屋門前當院地上。然後直起身，空著兩手，慢慢朝自己屋走。他不回頭，低著眼，走路。他知道身後有幾十雙眼睛盯著他，幾十個指頭在指他的後脊梁。

屋門在家公身後輕輕關住，他們相見面了，家公、家婆和驪珠姨。

家婆一直抱著驪珠姨站在門邊，聽外面堂屋前太家婆罵家公。驪珠姨好像也懂事，不吭一聲，望著家婆。

家公家婆都低著頭，垂著眼，不看對方。驪珠姨在家婆手臂裡，直著身子，睜著圓圓的眼睛，看著家公。三個多月了，她沒出過這個屋門，只有一個老女僕進來出去。這是第一個生人在跟前。

家公說：「我不曉得你生病。」

家婆說：「現在好了。」

家公問：「珠丫好麼？」

家婆說：「她會笑了。」

一陣小小的沉默。

家公說：「你辛苦了。」

家婆突然覺得眼裡澀澀的，淚好像要湧出來。她急急地說：「你自己倒水，洗臉洗手，我放不下珠丫，沒有手給你倒水。」

「洗什麼，我來抱抱我的珠丫。」家公說著，滿臉堆著笑，望著驪珠姨，伸手到家婆面前，要接過她來。

驪珠姨轉身張手，緊緊抱住家婆的脖子，大叫起來。

家婆一隻手拍著驪珠姨的後背，搖著身子，哼哼著說：「莫鬧，珠丫，莫鬧，那是爸爸。爸爸愛珠丫。」

家公站著，不知怎麼辦。

家婆說：「她有點認生就是了。過一陣，看熟了就好了。」

「對對，珠丫，你看，爸爸給你帶了好東西。」家公說著，忙伸手到長衫大襟裡，往外掏什麼，最後掏出一個小紙包，在驪珠姨面前晃動。驪珠姨果然回轉身，望著小紙包，又望著家公。

家公說：「你看，你看，我打開剝下來你吃，果丹皮，姆媽最愛吃的……」

「莫開，莫開。」家婆忙伸手止住家公，說，「你發瘋了。珠丫才到百天，你給她吃這東西麼？」

家公愣住望著家婆。

家婆說：「她只會吃奶喝水，哪裡會吃這種硬東西。」

家公說：「呵，我沒想到。這東西白帶回來。我以為可以用這哄她讓我抱呢。」

「可以呀。她不認得，你不開包，給她拿手裡拿著玩好了。她也會高興。」家婆說著，轉臉對驪珠姨說，「你看，爸爸給你好玩的，伸手接了。」

家婆用自己的手舉著驪珠姨的一隻手，伸到家公面前。家公把果丹皮袋子伸過去。驪珠姨果然張開她的小手來。家公把袋子放進那小手掌。驪珠姨小手握起來，就把袋子抓住了。

「好呵，好呵，珠丫抓住了，珠丫抓住了。」家公拍著手笑。

「謝謝，謝謝，珠丫說，謝謝，謝謝。」家婆手舉著驪珠姨的手上下擺動。

驪珠姨笑得格格格的。

「好了，珠丫，跟爸爸躺在床裡耍，爸爸喜歡珠丫，爸爸跟珠丫玩。」家婆說著，走到床邊，把驪珠姨放在床上，又招手讓家公過去，坐在床沿上，對家公說，「你用手指頭逗逗她，就好了。」

家公坐著，側著身子，一隻手舉在空中，食指搖來搖去，嘴裡嘟嘟嘟地叫。驪珠姨躺著，果丹皮袋子早掉到不知哪兒去了。她兩臂兩腳抬得高高，騰空搖動，嘴裡格格格地笑。家婆站在床邊，看著這一父一女玩樂，心裡暖暖的。從她進陶家的門，第一次，一絲淡淡的笑意浮上她的面孔，同時，一點淚光也在她的眼中閃動。

突然，窗外傳來太家婆的怒吼：

「男人回來了，做少奶奶了嗎？日子那麼好過，飯來張口衣來伸手麼？」

家婆聽了渾身一抖，馬上對家公說：「我得走，我得去紡線。」邊說就邊朝門口走，到門邊，臨關門，家婆又轉頭低聲補充，「等會子耍夠了，珠丫要吃，抱到後院給我餵。」

說完，家婆走了，留下家公一人愣在屋裡，坐在床邊好久好久沒出聲，直到驪珠姨的鬧聲才把家公重又逗笑了。

紡車不停地轉，發出嗡嗡嗡顫動的響聲，家婆搖著紡車，手裡拉著長長的棉線。太陽西墜了，把紅色投在樹梢頭、後院裡、紡車和紡車旁邊的家婆身上。

驪珠姨玩了許久，一直沒有哭。父女兩人熟了，要好了。家公可以抱起她來轉了，於是家公抱著驪珠姨出了屋。這是驪珠姨自生下第一次出屋門，看見天、太陽、樹、房子，和人。驪珠姨非常興奮，兩手舞動，大聲歡叫。

家公抱著她在前院轉轉，然後往後院走過去。驪珠姨兩手玩弄著父親的臉，摸著他的大額頭。家公一邊走，一邊擺頭躲開驪珠姨的小手。他越是躲，越是引得驪珠姨要來摸，發出格格的笑聲。

家婆坐在紡車後面，手不停，從窗中看他們玩耍，心裡滿是喜悅。

「多好啊，看看這個家。」突然，大姑婆壓低的聲音從牆後角落裡傳出來，打破了這一丁點慘淡的歡樂。家婆沒有料到她們會躲在身後盯著她。

「小叫化子，有什麼可愛的。」這是二姑婆說話。

大姑婆說：「一個醜丫頭，有什麼稀奇，早點死了才好。」

她們兩人說完，走了。

家婆坐著，靜靜地。紡車越轉越快，越轉越快。棉線斷了，線頭在空中飄動著。紡車還是轉著，轉著。

夜深人靜，前後院所有的人都睡了。驪珠姨睡在床上，家婆坐在床邊，拍著女兒，輕聲對家公說：「你不要抱著珠丫滿處跑了。」

「為什麼？」家公脫下長衫，擺到衣櫃裡。

「大姊二姊剛才看見，笑話我們。她只是個女丫，不值麼什。」家婆說，淚水從眼裡大股大股地湧出，無聲地湧出。她顧不得擦，站起來背轉身，為驪珠姨拉拉被子。小姑娘睡著，在夢中咂著嘴巴，發出甜甜的笑。

「我不管別人怎麼說。我的女兒，我愛。關她們什麼事。」家公坐下來洗腳。

家婆拭去淚水，走過來，遞過擦腳布，沒有說話。

家公一邊擦腳，一邊說：「她們反正不肯讓我們好過。我偏要過好，讓她們看看。女兒怎麼樣，一樣的，我的丫，我愛。」

家婆說：「你小點聲，讓全家人都聽見。」

「那又怎麼樣。我不怕了。」家公站起來，腳也沒擦乾，就踩在鞋子裡，在屋裡快步走動，搧得油燈火苗呼呼地搖，把他的影子投在牆上，倒下立起。

「收拾東西，快，我們今天走，離開這個家，去到天涯海角。」家公叫。

四

家公只是心裡一時氣憤，說要把家婆母女當晚帶出陶盛樓老家莊院，遠走高飛，其實他沒有那個勇氣，也沒那個能力。家婆心裡也明白，根本沒有聽家公的話，收拾行李。不過，一九一九年夏天，家公剛剛在北京經歷了一場大動亂，確實與以往大不同了。

家公在屋裡走了一陣，終於停下來，看看家婆。然後坐到床邊，坐在家婆的身旁。

「我告訴你一個故事，你莫害怕。」他小聲說。

家婆憋住氣，心跳起來。她想不來家公可能會講給她聽一個什麼樣的故事，但是從家公緊張的神色上，她能預感，一定是一種什麼危險的事情。

家公講起來：「第一次世界大戰結束了。我們中國也是戰勝國之一。中國代表就去法國首都巴黎參加世界大會。可是在簽定和平條約的時候，我們中國受到不平等待遇，西方列強還是要瓜分我們中國的土地，把德國在山東的權利轉讓給日本。北京政府的代表居然準備簽字，答應外國列強的侵略。學生們知道了，不能答應，聚到一塊，出去示威遊行。我也跟著去。遊行的同學裡，有人挨了警察打，有人進了監牢。那天是五月四號，我記得清清楚楚，永生永世不會忘。」

講到這裡，家公停住了話，低著頭，好像在尋找字眼繼續講述他的故事。

家婆望著他，沒有作聲。

許久，家公忽然喘一口氣，揚起臉來，看著家婆，說：「不多講了，講你也聽不懂。總之北京政府腐朽透了，居然要賣國，一定要打倒。」

家婆看他一眼，說：「我的二舅原在北京政府裡做肅政史。前些年有名的彈劾案，便是二舅所為。」

家公聽說，突然一驚，抬起頭來，望著家婆。自從家婆進了陶家大門，每日裡不是在廚房煮飯，便是在工棚紡線，要麼洗衣納鞋，一刻不停，彷彿女傭一般，卻忘記了，她原是大戶家女子，從小研讀詩書，也可出口成章的。家公想著，額上冒了一層汗，一邊應聲道：「我聽說過，那是民國初年的事，還是袁世凱大總統任命的……」

「你都曉得？」

「我酷愛讀史，自然熟知湖北的人物，何況是我的親戚，我也要叫二舅呢。不過，那是舊事了。自袁世凱死後，北京政府已經不知道換過多少了。」

家婆奇怪了，問：「北京政府竟可換來換去？」

家公沒有看到家婆的神色，自顧自地說：「你的母家，倉埠鎮北龍王墩夏家，真是了不起。清朝末年，出了父子兩代翰林，一時傳為佳話。清宣統三年，你的二舅夏壽康先生，在湖北省諮議局任副議長。辛亥革命，做湖北省民政長，進京轉任肅政史，後來任平政院長。」

「二舅人很好，教我讀過書。」

家公點頭說：「我們這位夏二舅平素不喜交遊，沉默寡言，卻忽然上摺彈劾京府要員，震動海內外，足見其為人剛正，無愧肅政史之職，實在了不起。可惜現在北京政府鮮有這樣的官員了。」

民國初年，袁世凱任命王治馨為京兆尹。這王治馨原來是袁世凱家的帳房，從前袁家的公子們要用錢，都向帳房王治馨去要。現在王治馨做了京兆尹，袁家公子們用錢，還是去找他要，京兆尹怎麼供應得起。久而久之，京兆尹就背了控告。當時肅政史夏壽康，我家婆的二舅，住在北京北池子宅中，打電話給黃岡會館，叫一個姓周的同鄉帶了筆墨到夏公館來，連夜抄寫一份手摺，便是彈劾京兆尹王治馨的密呈。次日一早，肅政史夏公帶了手摺，親到大總統府呈遞。第三天袁大總統下令，將京兆尹王治馨押赴天橋槍斃。

這就是家公家婆談論的京城彈劾案，我祖先的不朽政績。

家公說：「政局動盪，時事艱難，真不知我們怎樣才能拯救得了中國。」

「你要好好讀書，將來求功名，像二舅一樣進京做官，鋤奸滅寇。」

「我雖學法科，喜讀經史，卻對從政不感興趣。讀了那麼多史書，深知在朝廷做官，可不容易，不是我可以做得到的。」

「你讀書不做舉業求功名，還能做麼什？」

「我可以做律師，可以做法官，可以研究學問，做教授。現在是民國了，不做官也可以幹出大事業來。」

家婆不說話，看著家公。

「外面世界大極了，只要我努力，將來前程一定會很寬闊。」家公拉起家婆的手，說：「我告訴你，我不會在這個家裡住下去。我將來一定帶你們跑出去。」

「你到哪裡，我都跟著你，幫你。」

「你真好。這次我在家裡住一個月，我幫你看丫，你可以休息一陣。」

「你還要看書，不要荒廢了學業。」

「放假就是放假。我帶你去武漢轉轉。」

「我要紡線，還要在廚房裡煮麵，一大家人要吃飯。」

「做飯有廚子，要你做什麼？」

「我是媳婦，手不能閒，總要做事才好。」

「哪天我帶你去遊武湖，去倉埠鎮逛幾天。」

家婆笑了說：「那有麼什好逛，從小不知去過多少次。那年你陶家兄弟二人，伯伯中舉，父親拔貢，倉埠鎮上大喜慶。陶家人到萬家大灣，我家首先接待，大門內外擠滿了人，瞻仰風采。那年我五歲，躲在門後看，哪個是我日後的公公。」

「你竟然能記得，那次我也跟去，在倉埠鎮上老屋裡住了好幾天，很熱鬧。」

「為了招待你們陶家兩位舉人爺，我家出去借了債。」

「真的嗎？我們一點不曉得。」

「當然不能讓你們曉得。不借債，怎麼請得起客。」

「萬家那麼多進士翰林，竟會如此之窮嗎？」

「我們萬氏的族規，有了功名不做官，才算高尚。有子弟考中舉人進士，做官以後，去職回鄉，兩袖清風，便受敬重。做官發了財，縱使不犯法，宗族裡一樣看不起。如果犯了法，死了不能進萬家祠堂。所以數百年間，萬家不管有多少進士翰林，大抵一樣窮苦。」

家公聽了，不住搖頭，嘖聲不已，很是欽佩。

家婆接著說：「聽老人們講，乾隆丙辰鄉試，萬家叔侄弟兄四個，一榜中舉，第一道報條，鳴鑼送到，沒有桌子放，只好放在磨凳上。接著第二道報條到了，沒有辦法，只好壓在第一條上面。第三道報條到了，又壓在上面。第四道報條到了，再壓上去。四個送報條的人站在門外請賞，新科舉人無銀可賞，只好走了。」

家公聽了，哈哈大笑，連聲說：「有趣，有趣，可讚，可讚。」門外有人輕輕敲了兩敲，二福隔著門板，輕聲說：「二少爺，安歇吧，時光不早了。莫驚動了老太太，全家都不得安寧。」

「是，二福，你也快去歇了。」家公低聲應過，便對著家婆嘻嘻笑著，一口吹滅了油燈。

第二年初，太家公在河南任上生了病。太家婆跑到信陽官府去照看。花廳裡麻將局開不起來。大姑婆二姑婆回了各自夫家。陶家黑漆大門後面安靜了一年半。

陽曆一九二一年七月六日，家婆生下了第二個孩子。這次懷孕期間，沒有倉埠鎮的算命先生來看相，陶家大院九個月間，毫無任何喜慶或者悲哀，甚至沒有人提起家婆要生小孩子這件事。只有家婆一人天天禱告，祈望能生一個兒子。

可是天不隨人願，家婆又生了一個女兒。家公給她起名，叫做琴薰，就是我的母親。

生下來了，就生下來了。沒有人在屋門口等待，沒有人熱切地期望生一個兒子，沒有任何歡樂慶賀，但也沒有任何失望和詛咒。只有家公和驪珠姨在身邊，跟家婆講些話。家公學校剛好放暑假，大半假期都在河南信陽服侍太家公，只因家婆要生產，才回陶盛樓幾日。

整個家院死一般地寂靜，家婆心裡暗暗慶幸，希望這寂靜能更久或者永遠地繼續下去。

按照家規，家婆生孩子，家公不能進她的屋。女人生孩子，身邊不能有男人，丈夫也不許看。這倒不是怕男人毛手毛腳給生孩子添亂，而是怕女人的血會給男人帶來晦氣。家公在堂屋裡坐著等，聽報說又是一個女丫，發了一陣愣，怎麼又是一個女兒。

「二少爺，二少爺，老太太傳了信回來，」二福站在門口高台階上，對坐在堂屋裡的家公招手，大聲喊叫。

太家婆傳了話來，太家公去職，朝廷准了奏，要家公馬上動身接太家公回家，於是家公便去了信陽。又過一個多月，太家公、太家婆、家公和許多隨從僕人，坐了三輛大轎車，騎了十幾匹馬，趕著五輛行李大車，回到陶盛樓的老家。大院裡的安靜日子立刻結束。當天，大姑婆二姑婆便又帶了自己的小孩子，搬回娘家住。

房子不夠用，天又熱，太多人住在一個屋子裡，難受得很。家婆懷裡有一個剛滿月的嬰兒，更不可以擠。太家婆命令，讓驪珠姨夜裡搬到廚房頂的曬台上去睡。

當晚，大姑婆到家婆屋裡領人。驪珠姨躲在家婆身後不肯動。

家婆躺在床上對大姑婆說：「大姊，珠丫跟我在屋裡沒關係，她不吵人。我們睡得開。」

大姑婆說：「我只來領人。你有話找母親去說。」

驪珠姨抱著家婆的胳臂不鬆手，不停叫：「我不去，我不去。」

家公拉住驪珠姨對大姑婆說：「你就留她在這裡好了，我們可以睡在外屋。」

「這是你說的話，我去回母親，她罵起來不關我的事。」大姑婆說完，哼了一聲，走出屋去。

家婆抱住驪珠姨，捂住她的耳朵，等著院裡太家婆吼叫。果然，幾分鐘後，太家婆吼起來：「好了，老娘的話也不肯聽了，還有王法嗎？要我親自領人麼？」

家婆摟著驪珠姨落淚。家公抱頭坐著不聲響。

太家公在後面自己屋裡喊：「你安靜一點，好不好。」叫著，猛烈地咳起來。

太家婆不理會太家公的叫聲和咳聲，還在怒吼：「你來管管這個家吧。陶家自那婆娘進門，越來越沒規矩了。」

家婆摸著驪珠姨的頭髮，輕輕地說：「珠丫，聽話，自己上曬台去睡，涼快些。」

驪珠姨哭說：「我不，我要跟姆媽睡。」

家婆轉臉對家公說：「你把珠丫帶上去吧。不要母親罵，吵得父親不能休息。」

家公聽了家婆的話，上前拉住驪珠姨的手，朝門外走。驪珠姨一步一回頭，淚眼望著家婆。走出門口，家公忽然蹲下身，走不動了。他受不了聽驪珠姨那種壓制住不敢放聲的痛哭，每一聲都比嚎啕大哭更重地砸在他胸口，讓他的心粉碎。

大姑婆站在門外，手扠著腰看。見家公拉著驪珠姨出了門，又蹲下不走了，便幾步上前，從家公手裡搶過驪珠姨的手，拉上就走。驪珠姨一看是大姑婆拉著她，身後又沒有了家婆，馬上把哭聲吞回肚裡，只敢流淚，跟著走。

兩歲的驪珠姨，晚上從來沒離開過家婆。突然之間，要獨自一人露天睡在房頂曬台上，明知不敢哭，半睡半醒時，也忍不著哭出了聲。到半夜，更是哭叫：「姆媽，我冷！姆媽，我睡不著！」

家婆在屋裡聽見，頭蒙住被子無聲流淚。她正在月子裡，不能出門去照料驪珠姨。太家婆在屋裡大聲罵：「吵死人了。」

大姑婆二姑婆跑到堂屋裡跺著腳叫。太家公在自己屋裡大聲咳嗽，喘不上氣。家公只好爬起身，披上衣服，到房頂曬台上。

屋裡這麼一動，把我不滿月的媽媽吵醒，哭起來。

院前屋後的叫罵更響了。大姑婆叫：「一個頂上叫，一個下面哭，半夜三更讓不讓別人睡覺。」

二姑婆罵：「兩個小叫化子，有什麼寶貝，丟出去算了，省得吵人。」

家婆在床上急忙把奶頭塞進媽媽嘴裡，哄她停住哭。家公爬上房頂曬台，抱起驪珠姨。

驪珠姨蜷在家公懷裡，求道：「爸爸，可不可以回去跟你們睡？我不吵姆媽，我不出聲，不吵妹妹。」

家公聽了，說不出一個字來，只是緊緊抱著驪珠姨，拍著她，在曬台上踱步。頭頂上是深暗的夜空，星也看不太見。驪珠姨在家公懷裡，慢慢地睡了。

這樣折騰兩天兩夜，家公病倒了，一陣熱一陣冷，睡在床上不能動，兩次昏迷過去。家婆在床上照看媽媽，還要照看生病的家公。驪珠姨白天待在屋裡，按家婆指教，給家公擰冷水毛巾，拿藥送水，做過以後，爬上床來逗媽媽玩。

太家婆和大姑婆到屋裡來。家婆雖然還在月子裡，可家公病倒了，她只好自己下床，給太家婆端椅子落座，然後垂手站在一邊，等太家婆吩咐。

大姑婆站在太家婆身後，不理會家婆，對家公說：「你得病，是因為這屋裡女人太多。你不能讓女人毀了你的性命。」

家公躺在床上，昏昏沉沉地說：「你們要我怎麼樣？」

「你不能在留這個女人在屋裡。」太家婆指著站在一旁的家婆，厲聲說，「她只會生女丫，沒有用。」

媽媽哭起來，家婆忙過去，把媽媽抱起來，依然站著。

家公沒作聲，躺在床上，轉臉盯著太家婆和大姑婆。

大姑婆說：「寫一紙休書，打發她回娘家。」

家婆站在床邊，一動不動，摟著媽媽。媽媽靜靜地睡著，好像聽出事情的嚴重，不再出一點聲。驪珠姨縮在角落那個放油燈的小桌後面，一動也不敢動。

太家婆說：「聽見沒有，寫一張休書。現在就爬起來寫。」

家公躺在床上，掙扎幾次，爬不起來，就翻過身，把頭在床沿上碰，碰得額頭上流血。

大姑婆看見，有點怕，忙說著：「好，好，不要現在寫。」就轉身走出屋去。

太家婆也站起來，跟著走出門，一邊說：「告訴你，陶家不能留這種女人，陶家要人續香火。」

家公躺著，頭疼得要裂開一般，臉紅得像燒了火，眼裡冒出火來。突然，他像發了瘋，猛地從床上跳起身，衝到衣櫃邊，拉開櫃門，從裡面抽出一條綁行李的布帶，站在屋子當中，把那布帶套住自己的脖子，就往緊勒。

家婆看見，驚叫起來。媽媽跟著大哭。驪珠姨也拚命哭叫。

太家婆聽到，轉身回進屋來，站在門邊，看著家公勒自己脖子，對家婆狂罵：「你們一家人能不能讓我們安靜一點。小孩哭，大人叫。這叫什麼日子。」

家公勒得更用力，倒在地上出不來氣，臉色憋得紫紅。家婆顧不得許多，把媽媽一把丟到床上，任她去哭，跑過來，跪在地上，拉住家公的手，放鬆那條布帶，一邊哭喊：「不要，不要呀。我走就是了，我走就是了。」

家公躺在地上喘息，鬆開的兩臂攤在地上，不住抽動，眼睛翻著白，嘴邊流著白沫。媽媽在床裡哭，兩個手在空中搖。驪珠姨縮在小桌後面不敢出來，雙手抓住桌腳，大聲哭。小桌搖倒了，油燈掉在地上，打碎了。家婆跪在家公身邊，手捂著臉，拚命咬住嘴唇，不出聲，眼淚瀑布般從手指縫中湧出。

太家婆站在屋當中，兩手扠腰，仍然不住聲罵家婆：「都是你。你給陶家帶進來晦氣。你要害死我兒子。我不能容你。」

太家婆罵得火起，跑到窗邊抓起雞毛撢子，照家婆頭上身上抽打起來。

家婆先還努力忍著，跪在地上，挨太家婆的抽打。打得久了，家婆突然爬起身，衝出屋子，站在院子當中，一手扶著樹幹，一手捂著胸口，大口大口吐起血來。她吐了又吐，止不住。院子裡，地上，牆上，樹上，到處都是血。僕人們看見，嚇得大叫起來。太家婆追出屋，手裡還拿著雞毛撢子，要繼續打。可猛然間看見到處那麼多血，也覺有點害怕，停住手，站在那裡愣住了。

大姑婆在一邊，兩手抱在胸前，嘴一撇，說了一句話，轉身回屋。

五

媽媽出生一個多月，是一九二一年盛夏，太家婆與大姑婆一起，逼家公寫休書休掉家婆。家公不從，太家婆用雞毛撣子把家婆打得跑到院中大吐血，人人見了都很害怕，太家婆也覺不忍，自知管教媳婦有些過分，丟下雞毛撣子，一時站在那裡，不知所措。

大姑婆走出家公房門，看見情景，走過太家婆身邊，輕描淡寫說了一句：「什麼大不了的。女人每個月看見自己的血。鬧什麼鬼。」

太家婆看見家婆吐那麼多血，原也有些驚慌害怕，聽到大姑婆的話，想了一想，覺得也有道理，放下一點心，走回堂屋裡去。

這樣一鬧，家公終於沒有寫休書。他的病本來沒好，又添悲急交加，高燒不退，徹夜昏迷，挨到第二日黃昏，便不顧家婆阻攔，掙扎起來，命二福備了馬車，帶個小布包，離家而去。學校仍在暑假之中，尚未開學，他只好到河南一個同學的家裡去住，等到開學再回北京。家公既然走掉了，也就沒辦法馬上把家婆休回娘家去了。驪珠姨可以回屋裡睡覺，夜裡不再哭鬧。日子平靜下來。

太家婆到底還是看見家婆吐血有些怕，不再進家婆屋裡。

家婆在床上將養數日，可以下地。又過兩星期，家婆便又開始，自己到廚房幫忙，到工棚紡線，卻沒想到，太家婆發下話來：「二奶奶不要再到廚房工棚做事，只在自己屋裡休養就好。」

家婆心裡奇怪，又不敢違抗，在自家屋裡躺著，一天到晚，提心吊膽。

又過幾日，家婆坐在床邊做針線，給媽媽縫小衣裳，驪珠姨坐在一邊玩碎布頭，伊伊哇哇講自己現編現續的故事。聽見外屋有人推門進來，家婆招呼一聲：「誰呀？」同時趕緊放下手裡針線，站起身，抬頭只見太家婆撩開門帘，走進裡屋來。

家婆嚇了一跳，口裡喚著：「請母親大人安。」忙趕過來，搬椅子伺候太家婆坐，轉頭看看，太家婆身後沒有跟進來大姑婆或者二姑婆，覺得安心許多，又低聲說：「母親有事，只管吩咐媳婦去聽使喚就是，怎敢勞動母親走過來。」

驪珠姨本已趕緊丟開手裡的布頭，跳下床來，準備見機逃出屋去，看到只有太家婆一人進來，面目和善，便又躲到床上帳角裡面，瞪著小眼睛，望望太家婆，望望家婆。

太家婆一邊在椅上坐下，打量著家婆，微微帶笑，問道：「你近來覺得麼樣？」

家婆站在一旁，低著頭，雙手緊握，不知如何回答。

太家婆說：「你坐下，莫站著。」

家婆不敢不聽太家婆的話，慢慢走過去，欠身坐到床沿上，仍低著頭，兩手握在腿上，等太家婆發話。家婆心裡實在怕，不知自己又惹了什麼錯，太家婆突然會這樣態度。

媽媽在床裡頭繼續睡著，因為今天太家婆進屋，沒有大吼大叫，所以沒有吵醒媽媽。驪珠姨見家婆坐下，便悄悄地爬過來，偎到家婆懷裡，讓家婆抱上，望著太家婆。

太家婆滿臉的笑，問：「奶好不好？丫夠吃麼？」

家婆低聲答說：「夠。」

太家婆坐在椅上，動了一動身子，說：「你曉得，你向大嫂一年多前生了個兒，鼎來丫。那是陶家的根苗。向大嫂呢，老是生病，沒有奶餵鼎來丫。」

「哦，莫要……莫要……」家婆喃喃地自語。

太家婆聽到，說：「先莫叫喊。聽我說。我們早先僱了一個奶媽，餵鼎來丫餵得好。過了大半年，跟著丈夫搬走了。又僱過幾個奶媽來，鼎來丫長大了，認得人，試來試去，一個也不吃。」

家婆低著頭，不作聲。

太家婆嘆口氣，繼續說：「這些日鼎來丫常餓著，每天哭。向大嫂著急，也是整天哭。日子實在沒辦法過。」

媽媽忽然醒過來，哇哇叫起。家婆忙把驪珠姨放到一邊，轉身抱起媽媽。

太家婆停了一下，又說：「我看得出，向大嫂的身子，不會再生育了，那鼎來丫是陶家一棵獨苗。我現在只有來求你救救陶家。你剛生過丫，奶夠多。求你幫忙餵餵鼎來丫。他認得你，會跟你。你餵了他，就是他的娘，你也就有個兒子。有一天，他考中了狀元，也會接你進京去見皇上。」

家婆沒有說什麼，只是把媽媽抱得更緊。

太家婆說：「不用擔心，琴丫長得大。姑娘家，日後總是人家的人。你想想你自己的將來，有個兒才好。」

家婆哆嗦著嘴唇，說不出話，忍不住眼淚流出來，抬手擦掉。

太家婆看著家婆的臉，過一兩分鐘，臉色嚴厲起來，又說：「你還夢想自己會生個兒麼？」家婆的臉貼在媽媽的額頭上，淚水順著兩張臉流淌，她也不再擦了。媽媽張開小嘴，咂巴著那鹹鹹的母親的淚。

太家婆站起身，提高了聲音，說：「你想想吧。你有兩個女丫。陶家只有鼎來丫一個根。你把鼎來丫奶大，也算給陶家積了德。陶家人都感激你，好日子在後頭。想想你自己將來，也想想你兩個女丫。」

驪珠姨見到太家婆變了臉，嚇得趕緊縮到帳子角落裡，拉起被子蒙住頭，不住打抖。

太家婆說完，離開了屋子。家婆坐在床邊，一動不動，緊抱著兩個女兒，一直到夜幕覆蓋住整個天地。

第二天起，家婆開始給鼎來舅餵奶。每天四次，一個女僕從向伯婆屋裡把鼎來舅抱過來，到家婆屋裡。家婆坐在自己床上，給鼎來舅餵奶。餵過之後，或者留鼎來舅在屋裡玩一會，或者鼎來舅睡著了，僕人抱回向伯婆屋裡去。

家婆不必再去紡線，也不必去洗碗，或者洗衣，打掃廳堂。家婆根本足不出戶，只在屋裡將養，每天四頓飯，有僕人送來雞湯麵、排骨湯麵、豬蹄子湯。太家婆一天來幾次，問她要吃什麼。只要她開口，要什麼給什麼。但是家婆只要求兩件事，第一，得到一點安靜日子。第二，每餐喝豬蹄子湯，多下些奶水。

太家婆發一句話，都辦到了。大姑婆二姑婆都回夫家去住，陶家前後院裡的人，誰也不許在院內吵鬧，離家婆屋外十尺方圓，走路放輕腳步，說話不得高聲。給陶家保留一條根苗，比什麼都更為要緊。太家婆不是惡人，並不存壞心，她只是遵從祖上舊制，用那一套老法子管理這個三世同堂的家族，管教兒子媳婦，一心一意給陶家光宗耀祖，不斷香火。只要家婆能餵鼎來舅吃奶，陶家的根就保住了。現在太家婆的心思全部都在家婆身上，只顧讓家婆滿意，別的都不在話下。雖然大姑婆二姑婆生氣，還是沒辦法，領著孩子走了。豬蹄子湯自然最容易做到。

家婆心裡想的只有一件事：盡一切可能吃好，生出更多的奶水。豬蹄子湯又難聞又難吃，含在嘴裡黏乎乎滑膩膩，可是家婆每頓飯，頭一件就要喝一大碗。喝過以後，總要歇息半個鐘頭，閉緊兩眼，憋住呼吸，一動不動，才忍得住不嘔吐出來。然後，她才再坐起身，勉強吃些青菜、雞蛋、排骨、魚，主要是喝湯，吃湯麵。家婆沒有上過學，不懂得營養學。她只聽年老的人告訴她，祖上傳下來的法子，要下奶，就要多喝湯，尤其豬蹄子湯、骨頭湯，最能催奶，還要吃雞啦、魚啦、雞蛋啦，補自己的身子。家婆並不在乎她自己的身子，她只求能有足夠的奶水，同時餵養兩個孩子。

她想把自己的一個奶給鼎來舅吃，另一個餵媽媽。鼎來舅已經快兩歲了，可以吃稀飯、菜湯了。媽媽只有五個月，只能吃奶。可是，鼎來舅喜歡家婆，每次來，便叫喚著不要回自己屋，要家婆整日抱著他。男孩子胃口大，總是要吃，每次總是把家婆兩個奶都吸乾才罷休。很快，他長得又白又胖了。

太家婆看了高興，從早到晚地笑。

媽媽沒有奶吃，只有糖水摻和著家婆的淚。五個月大的女孩，老是餓著，老是哭，皮包骨頭，不斷生病。她看來快要活不成了，家婆什麼辦法也沒有。陶家裡裡外外，所有的眼睛都盯著她餵養陶家的獨苗。家婆自己清清楚楚，她絕對擔當不起讓陶家斷了香火的大罪名。她只有每天向老天禱告，求老天派個人來救救她們母女。

終於，救她的人到了。

那是家婆娘家的一個姨母，媽媽後來給我講這個故事時，告訴我該稱她作太姨婆。她從倉埠鎮南萬家大灣老家去武漢看親戚，過了武湖，到得鎮上，專門坐了馬轎，繞到鎮東陶盛樓停一停，看看她的外甥女，我的家婆。

太姨婆穿一身黑絲綢的襖褲，袖口褲口繡兩條綠道道，一雙小腳裹著一對繡花鞋，走路一顛一顛，由兩個男僕扶著，進了陶家大門。

二福忙迎上去請安，說：「老太太這會子剛躺下休息，不好打攪，請先到二少奶奶房裡小坐，過一會老太太起來，再行通報，請堂屋喝茶。」

太姨婆說：「也好，我本來是專門來看我外甥女的。」

二福把太姨婆引到家婆房門邊，揭開門帘，對裡面叫一聲：「二少奶奶，您家老太太來看你啦。」

「我自己會進去。」太姨婆一手舉著門帘，對二福說：「你去招呼跟我來的兩個佣人，喝口茶水。我自會賞你。」

「這個自然，不必老太太費心，小的當然會招待。」二福說著走開，到大門口去招呼太姨婆的兩個僕人。

太姨婆推開房門，走進外屋，空無一人，轉去撩開裡屋門帘，便見家婆跪在裡屋當中地上，手裡抱著媽媽，仰著臉，流眼淚，不說話。

太姨婆嚇了一跳，忙問：「冰如，你怎麼了？」

家婆邊哭邊說：「姨母，你把外面門關緊。」

太姨婆趕緊轉身出去，把外屋房門緊緊關好，才又轉回裡屋來。

家婆仍跪著，抽泣著說：「姨母，救救我兩個丫。」

太姨婆忙上前扶家婆站起，坐到床沿上，並肩坐著，問：「麼什事？」

家婆抽抽答答，斷斷續續，把餵鼎來舅奶，媽媽沒得吃，快要餓死的話，告訴給太姨婆。

太姨婆還沒有聽完，便站起身，在地上連跺兩個小腳，手指頭戳著家婆的額頭，高聲罵：「你這是做麼什？你養一個，殺一個，殺命養命，你懂麼？你不能這樣，你怎麼做娘？」

家婆坐著，抱著媽媽，只是哭。媽媽也嚎哭不止。

太姨婆跳著腳，尖著喉嚨叫：「我告訴你婆婆。你跟我走。我也不去武漢了。我帶你回娘家。我……」

「莫叫莫叫。」太家婆在外屋一邊說，一邊撩起門帘，走進裡屋，臉上堆著笑。

「你來了，正好。我們把話講清楚。」太姨婆兩手扠腰，站在屋子正中，睜大眼，瞪著太家婆說：「我們教我家女兒忍，教我家女兒在婆家守規矩。冰如在你家哪一點做錯了，你打你罵，都由你。誰家媳婦都是打罵出來的。可是你不能這樣害她母女兩個。」

太家婆還是陪著笑說：「她給我陶家生兩個女。我陶家只有鼎來丫一條根。」

太姨婆朝太家婆逼近，提高聲音，大叫：「你斷定冰如不會給你生孫兒了？她才二十幾歲，往後有二十幾年可以生兒育女。你敢說她不會生幾個兒？」

太家婆說不出話：「她，她……」

太姨婆接著喊：「你自己生了幾個女，幾個兒？」

太家婆不說話，在一把椅子上坐下來。

太姨婆說得口沫橫飛，不得住聲：「我現在把冰如帶回家去。我家女兒老實，但也不能受人欺。你陶家代代朝廷做官，自然了不起。我萬家在黃岡也是大族。遠的不說，只從康熙到光緒，萬家便出過九個進士，點過四個翰林，舉人貢士六十五位，湖北河南到處都是萬家青天大老爺。冰如的父親也是一縣父母官，呼得風，喚得雨。我把冰如帶回娘家，她父親自然要問，會怎樣結果，我不敢說。」

太家婆把頭低下，不作聲。

太姨婆轉身對家婆喊叫：「冰如，收拾行李，我們起身。用不著怕，不用打抖。沒做虧心事，半夜不怕鬼敲門。」

太家婆站起身，伸著胳臂擋住太姨婆：「等等，莫急莫急。我沒講冰如在我家做錯什麼事。只是……她沒給陶家生個兒。你也是做娘的，做婆婆的，你曉得這裡面的道理。」

太姨婆尖著喉嚨叫：「你把她逼死了，她才不會給陶家生兒。」

太家婆陪著笑臉說：「向大嫂整日生病，還不知能活多久，生育一定不成了。鼎來ㄚ是陶家剩下的一條根了。冰如餵大鼎來ㄚ，將來鼎來ㄚ升官進爵，冰如也還不是要受封。」

太家婆指著家婆懷裡大哭的媽媽，說：「她拿什麼餵琴ㄚ。那也是一條命，也是冰如身上掉下來一塊肉，也是你陶家骨血。你總不能那麼狠心，殺一個孫女，養一個孫兒。」

太家婆說：「我並沒有逼她。她自己願意幫向大嫂。她說不願意，我們再給鼎來丫找奶媽。家醜不外揚，你不能把冰如帶走，到處張揚陶家的事。」

太姨婆當然也曉得太家婆操心陶家香火後續名正言順，並非存心為難自己甥女，聽這樣說，便鬆了口，說：「那好，你今天就去找來奶媽。現在我帶冰如走，對誰也不講，只算回回娘家，你什麼時候給鼎來丫找到奶媽，她什麼時候回來。珠丫琴丫一道走。」

「好，好，依你，依你。」太家婆擋住太姨婆，「我今天就去找，今天就找來。我再不要冰如餵鼎來丫，冰如只餵琴丫一個。你莫帶她回娘家，莫丟我陶家的臉。我錯待不了她。你莫把這點小事告訴冰如父親。他公事多，何必把些小事麻煩他老人家。」

太姨婆站著，沒動，也沒說話。

「好吧，」太家婆見太姨婆沒作聲，趕緊接下去說，「我擔保，我陶家上下，再沒人來麻煩冰如。這樣，這樣，讓冰如自己作主。她要跟你走，就跟你走。她要留下，就留下，聽她的。」

太家婆說完，轉身走出屋子去，到堂屋裡坐著，一邊等家婆的決定，一邊著急生氣，一邊發話馬上派人四處給鼎來舅找奶媽。

太姨婆和家婆坐在床沿上，不說話，兩個人都知道該怎麼辦，不必商量。

「我要餵琴丫一口了。」家婆說完，解開大襟，把奶頭塞進媽媽嘴裡。媽媽還哭著，便張開嘴，狠命地吸起來。兩個多月了，這是第一次，家婆可以敞開地飽餵自己的女兒。好久了，第一次，媽媽可以盡夠地吸食母親的奶汁。

家婆看著媽媽貪婪的吃相，滿足地笑了，眼裡的淚聚不住，順著笑紋橫流，也顧不得擦。

過了一陣，太姨婆問：「珠丫呢？這半天不見她。」

家婆說：「珠丫三歲了，自己跑出去耍，認得了所有的屋子，跑進跑出。她曉得哪裡去得，哪裡去不得，誰喜歡她，誰不喜歡她。爹爹最喜歡她，她整天鑽在爹爹屋裡。聽見院子裡嚷，她更不下來。」

太姨婆說：「老太爺有病，不要染給珠丫才好。」

家婆說：「不會吧。爹爹的病是老年人的病，珠丫還小，染不上。」

最後，太姨婆走了，到武漢去了。家婆沒有回娘家，留在陶家大院裡。太家婆給鼎來舅找到一個奶媽，不管鼎來舅喜歡不喜歡，反正家婆不餵他了。其實鼎來舅也到了斷奶年齡，他不肯吃奶，多吃麵飯長得更壯些。

日子恢復往常。家婆又開始紡線、洗碗、洗衣、打掃廳堂。吃飯再也沒有人送，也沒有豬蹄湯骨頭麵。可是，家婆真高興。她有足夠的奶餵養媽媽，只餵媽媽一個。

大姑婆二姑婆也又帶了孩子們搬回娘家大院來，變本加厲，找家婆的差處，四處大喊大叫，指東罵西，摔盤子打碗燒麻將。

驪珠姨在太家公屋裡玩了一早上，回屋跟家婆一道吃過午飯，便又跑回東廂房，準備回太家公屋裡。

大姑婆的兒子，我叫大表舅，走過來，問她：「你去家公屋裡麼？」

驪珠姨說：「我去爹爹屋裡。」

二姑婆的兒子，我叫二表舅，在一邊說：「你的爹爹就是我的家公。我們也要去聽家公講故事。」

大表舅說：「我抱你去。」

驪珠姨笑了，說：「你抱不動。」

大表舅伸出手臂，說：「我長得大，抱得動。我抱給你看看。」

驪珠姨掙扎著，大表舅便把驪珠姨抱起。可是他畢竟太小，力氣不夠，剛把驪珠姨抱起來，兩個人便一起摔倒在地。驪珠姨的頭碰在台階邊上，碰疼了，大聲哭起來。

太家公在後面聽見，大聲罵：「珠丫為麼什哭？誰欺侮我孫女。叫過來，我打他。」

大姑婆聽到，三腳兩步衝過來，打大表舅一記耳光罵：「你找死？你去惹她。」

大表舅哭起來。

二姑婆也急忙趕到，打二表舅一記耳光，罵：「你找死嗎？」

二表舅也哭起來，嚷：「我麼什也沒做。」

驪珠姨看見大姑婆二姑婆到了面前，慌忙停住哭聲，連走帶爬，忙不迭趕過去，跑進太家公屋裡，跪在床前，抹著眼淚，說：「爹爹，我自己跌倒的。你莫打他們，莫罵他們。」

太家公把驪珠姨抱在懷裡，摟著，說：「爹爹看看，哪裡跌痛了？莫哭，莫哭，爹爹給你講個最好聽的故事。」

樓下大姑婆二姑婆還在打，一邊拉著嗓子罵。兩個表舅跳著腳哭叫。

太家婆跑進太家公屋罵：「你怎麼這樣。你為麼什愛她這許多。一個女丫，有什麼寶貝。」

「去，去，去。」太家公揮著手，「我們要講故事了。」

驪珠姨整天待在太家公屋裡，幫助老人遞水，找書。她玩弄老人的鬍子，逗老人發笑。她最喜歡坐在床邊，瞪大眼睛聽太家公講故事。太家公告訴她紫禁城裡有多少宮殿，告訴她科場考試有多麼難，告訴她北京多麼漂亮，冬天有多大的雪。太家公也講給她聽，在朝廷裡做官的歡樂和痛苦，見到上司時的恐懼，欽差大臣們的傲慢和貪婪。許多故事也許藏在太家公心裡好多年，幾十年了，現在他找到了一個忠實的聽眾，可以無忌憚地述說。驪珠姨聽不懂，但是她不吵，她靜靜地聽。太家公便滿足了，高興了。

然後太家公開始講西遊記，祖孫二人高興的笑。

但是，到冬天的時候，太家公死了。

六

驪珠姨最要好的朋友死了。

按照祖宗規矩，太家公的遺體裝進棺材，要在堂屋裡停放七七四十九天。兩班和尚輪流，日夜二十四小時不停，坐在靈堂念經，超度太家公升天。幾個香爐插滿了香，整座房子香煙繚繞。現今沒有皇上了，所以沒有朝廷的黃緞封誥送來。只有太家公原先一起做官的好友們寫來些輓聯悼詞，也有當地一些官僚友朋們前來弔唁。全家主僕都穿著白袍，頭紮白巾，腰纏麻繩。女人們都不准抹胭脂戴花，每天忙著招呼來人，做飯伺候，還要輪流排班，到靈堂去嚎啕大哭。

驪珠姨只要有機會，別人看不到，就溜進靈堂去。碰到有人擋她，她就說：「讓我去一下，我想跟爹爹說一句話，只一句。我能讓爹爹坐起來。每次都是我讓爹爹坐起來。爹爹喜歡我讓他坐起來。我能讓爹爹高興。爹爹答應給我講更多的故事。」

二福帶驪珠姨到靈堂上去。驪珠姨站在太家公棺木邊，朝裡看著，對太家公說：「爹爹，你醒醒吧。我來了，是我，珠丫，我是珠丫。我給你端熱水，放了糖，還有一片橘皮。爹爹，醒醒吧，不管你要什麼，我都馬上給你做。我不再耍賴偷懶了。」

二福拉著驪珠姨走：「爹爹要多睡一會，我們走吧。」

驪珠姨走一步，回一次頭，眼淚灑了一地。

最後，四十九天到了，老人棺木要啟動，運往祖墳墓地。

全家人都站在靈堂裡，排列幾行，跪在地上。和尚們更提高了聲音念經。幾個族人上前，幫助伯公家公兩兄弟把棺蓋蓋上。全家人都趴下來磕頭。

突然，驪珠姨跳起來，尖聲哭叫著，衝到棺材面前：「莫蓋，莫蓋。」她一邊叫，一邊往棺材上面爬，「我要跟爹爹在一道，我跟爹爹一道躺裡面。」

她哭著，叫著，往棺材裡鑽。

靈堂裡的人看了，都目瞪口呆，只是望著。驪珠姨身子已經進了棺材了，跟太家公並肩躺著。家公突然醒過來似的，急忙探身進去，拉起驪珠姨，把她抱出來。

「我要跟爹爹躺著，我要聽爹爹講故事。」驪珠姨掙扎著，扯著喉嚨哭喊不停。

家公抱著驪珠姨。滿屋裡人嚎哭放聲。槓夫們抬走了太家公的棺材。吹鼓手們弄響了各種樂器。一行數百人排了隊，跟在棺材後面，打著幡，燒著紙，披麻戴孝，跌跌撞撞，往祖墳墓地走去。

太家公死了，驪珠姨在這個家裡只有跟著家婆。每天早上，家婆換好媽媽的尿布，餵完奶，哄她又睡著。然後，輕聲對驪珠姨說：「就睡在床上，莫動。等姆媽回來給你穿衣服。」

驪珠姨點點頭，躺在床上，望著家婆走出門去。

家婆去太家婆的屋裡，服侍太家婆吃茶，再熱好一碗燕窩湯端上。太家婆起了身，走進廁所。家婆趕緊換過床上的床單，抱到院裡，放水，擺搓板，捲袖子，用兩個手，使勁搓洗。一寸一寸都洗乾淨，擰乾，晾好，把每個布褶都展平。她知道，太家婆一直在屋裡的窗前盯著看她做這一切，有一點不周全，就要挨罵。她晾好衣服，又走回太家婆屋裡。太家婆坐在椅子裡，喝燕窩湯。家婆用手撣撣新換的床單，拉拉平。看看地板上沒有線頭、碎布，都捏起來。然後在門口站一會，等太家婆有什麼新吩咐。

太家婆一口一口喝完燕窩湯，放下碗，說：「好了，你去忙你的吧。」

家婆默默地倒退著走出太家婆的房間，一轉身，飛也似地跑回自己屋子。媽媽還靜靜地睡著。驪珠姨還在床上躺著，一動也沒有動。家婆讓驪珠姨起來，幫她穿好衣服，洗好臉，穿好鞋子。

驪珠姨壓著嗓子問媽媽：「大姑起來了麼？」

家婆說：「我好像看見她在窗前晃了晃，誰曉得她。」

「快，姆媽，快。我們走吧。」驪珠姨拉著家婆就往外走。

她們順著牆邊，輕輕走到後院門邊，誰也不說話。家婆打開後門，領著驪珠姨走出去。後門外的一片空地上，有個小小的竹棚，只有頂，沒有圍，不知原來做什麼用，已經很舊了。家婆領驪珠姨走到小竹棚下，安頓驪珠姨坐好。

「坐在這裡，莫亂跑。聽見沒有？」家婆一邊再一次扣扣驪珠姨的衣領，拉拉她的袖子，一邊說。

她並不需要驪珠姨回答，女兒常乖乖坐在小竹棚裡等她，有時幾個鐘點，有時一整天。

「姆媽，我不會亂跑。我就在這兒。」驪珠姨望著家婆。

家婆從身上口袋裡摸出一個麻團，遞給驪珠姨。

驪珠姨的臉笑開了花，站起身來，伸出手接了，說：「姆媽，我最喜愛吃麻團。我省著，慢慢吃，中午就不餓了。」

家婆說：「你好了吧，現在。」

「我好了，姆媽，你去吧。」驪珠姨重新坐下來，兩手裡捧著那個麻團，又說，「姆媽，你看見麼？太陽多漂亮啊。」

家婆很想跟女兒多坐一陣，可是不行。她站起身，再看看女兒，看看周圍的一片空地，然後說：「姆媽做完事就來看你。」

驪珠姨仰臉看著家婆，說：「你去吧，姆媽。」

家婆回到院裡，到洗衣房裡，站在大木盆前，接著洗更多的床單、被單、衣服、尿布。她只是洗，不知道洗的都是些什麼。

兩個鐘點以後，她回到自己屋裡。媽媽醒了，睡夠了覺，醒了不吵鬧，躺在床裡玩自己的腳，嘴裡伊伊呀呀說話。家婆給媽媽餵好奶，把小姑娘包好衣服，放到一個小籮筐裡，手提著，到廚房，放在一邊讓她自己玩。家婆去服侍太家婆大姑婆二姑婆幾個吃中飯，然後收拾乾淨桌子，擦淨地板，把太家婆和兩個姑婆在花廳安頓好打麻將。

之後，可以喘一口氣。家婆提起裝著媽媽的小籮筐，趕到後門外邊去。

驪珠姨還坐在小竹棚裡，手裡的麻團剩著一半。看見家婆，驪珠姨跳起來，張開兩臂，朝家婆衝過來。

家婆放下裝媽媽的籮筐，拉住驪珠姨的手，便罵：「死丫，你怎麼不曉得脫棉夾夾呢。看看你的汗。太熱，要生病。把麻團放嘴裡，來，脫了棉夾夾。」

驪珠姨沒理會家婆的罵，歡天喜地，把麻團塞在嘴裡，嚼著，伸開雙臂，讓家婆把棉夾夾拉掉。家婆蹲下身，伸手幫驪珠姨擦掉額頭上的汗，又站起來，一手拎著裝媽媽的籮筐，一手領著驪珠姨走到竹棚裡的陰影下面。

「你看，姆媽，這裡不那麼熱。你覺得風麼?你這樣，伸著手，你能覺得風，這樣，姆媽。」驪珠姨說著，拉起家婆的手，舉高，讓家婆感覺那微風。

家婆說：「你跟我回去，你不能每天在這裡坐，冷了又熱，熱了又冷，要生病。」

驪珠姨說：「我不要回去。我不要聽大姑二姑叫喊。我怕。」

家婆說：「下午姆媽紡線，你跟我坐著。」

「呵！跟姆媽坐著呀，跟姆媽坐一塊呀。」驪珠姨高興得跳起來，拍著手。

家婆說：「只能坐著，莫多話，莫亂動。」

驪珠姨說：「是，姆媽。我跟妹妹玩。」

家婆領著驪珠姨的手，提著裝媽媽的籮筐，走進後門，來到紡線的工棚裡，安頓驪珠姨坐在身後，挨著裝媽媽的籮筐，然後開始搖紡車。驪珠姨用手逗媽媽的臉，玩了一會，膩了，不玩了，坐著，望著家婆，不說話。只有紡車發出嗚嗚的聲響。媽媽睡著了。驪珠姨忍不住了，開始求家婆：「姆媽，我想到外面去。我喜歡看天上的雲。」

家婆說：「不行，太晚了，外面冷了。」

驪珠姨說：「姆媽，我天天都在外頭。我不冷。我喜歡看天上的雲，太陽落的時候，雲都是紅的，可好看了。」

家婆說：「不行。」

驪珠姨又說：「姆媽，我餓了。」

家婆說：「你沒見我忙著？」

「不麼，我餓了，我要吃……」驪珠姨說著，哭起來。

家婆說：「停住。你想讓大姑聽見你哭。」

驪珠姨馬上停住哭聲，可是已經太晚了。太姑婆在麻將屋裡叫起來：「那死丫頭又在哭麼。真煩死了，要我死麼。」

二姑婆也叫起來：「這家沒法子住了，沒個清靜地方，還是到尼姑庵去好了。」

驪珠姨忍著哭聲，眼淚還一個勁流，望著家婆。家婆只好拉起驪珠姨的手，默默地領著她走出後院門，在漸漸蒼茫的天色中，送驪珠姨回到小竹棚裡。

驪珠姨手舞足蹈，大聲說話：「姆媽，你看，太陽已經下山了，天上多紅呀。雲彩多好看。我想畫畫。姆媽，你給我紙，我要畫。」

「給，這是筆。昨天給你的紙呢？」家婆從身上取出一截鉛筆，遞給驪珠姨。

「哦，在我口袋裡，我忘了。我接著畫。」驪珠姨從自己衣服口袋裡掏出紙，接過家婆手裡的鉛筆，就趴到地上，把紙放在面前，鋪平，開始畫，不理會身邊一切了。

家婆一把把女兒拉起來，給她把棉夾夾穿好，一邊說：「天晚了，冷，穿好，別著涼。」

「我不會。姆媽，我得快畫，過一會就沒有了。」驪珠姨匆匆趴下，重新開始畫她的圖。

家婆從身上掏出一個小紙包，放到驪珠姨面前，說：「這是一塊糢糢，涼了，你不餓，就不吃。等會子，姆媽來帶你回去吃熱飯，聽見麼？」

「姆媽，我不吃，我要畫圖。」驪珠頭也不抬。

家婆不能再多留一刻，她得回去服侍一家人的晚飯了。她拉拉女兒的領口，又拉拉她的衣服後襟，便站起來，望望西邊那消退下去的最後一絲晚霞，默默不作聲地走回院裡去。

過了沒多久，驪珠姨果然病了。

一九二二年陰曆三月，倉埠鎮周圍幾個村子流行麻疹，驪珠姨和媽媽都傳染上了，每天發高燒，躺在床上哭。那時，媽媽九個月，驪珠姨三歲多一點。家公在北京念大學最後一學期，排滿了考試，不能回家。家婆根本沒敢給他寫信說家裡的事。她只一個人照看兩個病孩子。

陶家大院裡還是一樣的熱鬧。木匠在院前院後忙著做工，每天從早到晚敲敲打打，吵得天翻地覆。太家婆、大姑婆、二姑婆整天約來鄰人老太太打麻將，爭吵打鬧。

驪珠姨的嘴和喉嚨都發炎了，一天比一天嚴重。她能聽見外面有人議論，村裡誰家誰家的小孩子死了。她很害怕，眼睛翻出白色，兩手也變涼了。

「姆媽，」驪珠姨拉著家婆的手說，「我會死麼？姆媽，我不要死，我的畫還沒畫完呢。」

家婆抓緊女兒的手，忍著自己的眼淚，安慰驪珠姨，說：「不會，珠丫，你當然不會死。你才三歲，你還要活好幾十年呢。姆媽要帶你去北京看爸爸，看下雪，看紫禁城。」

院子裡傳來雜亂的人聲，二姑婆託人從武漢帶了武漢造的餅乾，鄉下人從來沒見過，又好看，又好吃，香噴噴，甜脆脆。不光小孩子們，連大人們都叫好。

驪珠姨聽見了，問家婆：「麼什叫餅乾？姆媽，我可以不可以有一個，我不吃，我看看就好了。姆媽，我不哭，我聽話，我不喊喉嚨疼，可不可以給我一個武漢的餅乾。」

家婆忍著淚，說：「當然，珠丫，當然。姆媽給你留了一大盒，你可以吃個夠。可是姆媽現在不能給你，姆媽給你留著，等你好一點就給你。你現在好好躺著，吃藥吧。」

驪珠姨乖乖地吃了藥。她要快一點好起來，家婆就會給她一塊武漢造的餅乾。

家婆靜靜地坐著，掐著手指頭算日子。等女兒睡著了，走出後門，在那裡等到天矇矇黑。每星期一次，倉埠鎮上有個小商販到陶盛樓來，賣點針針線線，都是從武漢帶來的。村裡有人要買特別的東西，也可以託他去武漢買來。因為陶家是大買主，所以他每次專門要到陶家來一下。家婆不敢讓別人看見，等在後門外，直到小販辦完了陶家旁人的事，手裡捏著錢，從牆角轉過來。

那小販聽到家婆叫，先嚇了一跳，又滿臉堆笑，說：「呀，二少奶，我說你在哪裡，沒看見你在前院。」

家婆說：「下禮拜來，煩你給我帶一盒武漢的餅乾。」

小販說：「那沒問題。二少奶要什麼樣的？」

家婆說：「什麼樣的都好。」

小販手比劃著說：「那我給二少奶帶一盒動物形狀的餅乾。小丫們最喜歡，都是小貓小狗樣子的。」

家婆說：「好。這是錢，不知夠不夠。」

「看二少奶說的。」小販一手接著錢，眉開眼笑的說，「哪能用得了這麼多呢。都是二少奶奶好心，多賞了小的。」

家婆說：「只有一條，你記著。」

小販說：「二少奶奶儘管吩咐。一百條也行。」

家婆說：「下次來了，我還在這等著你。不能讓前院裡的人曉得。」

小販沒明白，望著家婆。

家婆說：「不能讓這院裡的人曉得我要你買餅乾。」

小販恍然大悟，說：「呵，我懂了，懂了。二少奶奶放心，我這嘴現在就貼了封條。我不讓別人曉得我給二少奶奶帶了東西，也不讓人看見我跟二少奶奶說話。二少奶奶放心。」

家婆說：「好了，天不早了。你去吧。」

小販說：「謝二少奶奶。下禮拜見。」

小販說完就走了。家婆站著，又掐著手指頭算了算，才走回院裡去。

整個一星期，孋珠姨心心念念記著武漢的餅乾。她不哭，不鬧，叫吃藥就吃藥，叫睡覺就睡覺。可是，她的病越來越糟。家婆看著，心裡油煎似的，跑出去幾次，請倉埠鎮上的郎中來看，也說不出什麼，只開幾副草藥，就走了。

好不容易，又到了鎮上小販來陶盛樓賣針線的日子。太陽偏西，在後院門外，家婆終於等到了那盒武漢餅乾。她也來不及多謝那小販，拿過盒子，往大襟下頭一藏，便低著頭，匆匆忙忙趕進院子，躲在牆邊，走回到自己屋裡。

「珠ㄚ，珠ㄚ，」家婆坐到床邊。

孋珠姨睡著，閉著眼睛。頭髮讓汗水浸溼了，黏在額頭上。臉發著一種粉紅色，沒有光澤。臉蛋上沒有了肉，腮陷下去，顴骨突出來，高高的。眼窩深深地陷落，整個都是黑色。嘴唇幾乎沒有了顏色，乾裂出一條條縫，黃白色的乾皮一塊塊掉落下來。

家婆輕輕搖搖孋珠姨。「你看，珠ㄚ，你這個禮拜聽話，姆媽今天就把武漢餅乾給你。」

孋珠姨慢慢地睜開眼，望著家婆，眼裡沒有一點神。

家婆拿出那盒武漢餅乾，讓孋珠姨看，一邊說：「珠ㄚ，珠ㄚ，看，這就是武漢的餅乾，是小貓小狗的，你看這盒子上的圖，多好看呵。你看，你看。」

孋珠姨的眼裡閃出一點亮光。她笑了，身子用力掙扎著要坐起來。家婆站起身，用手扶著孋珠姨直起上身，抽過一個枕頭，墊在孋珠姨身後，讓她靠了。

孋珠姨捧著那盒武漢餅乾，放在膝蓋處的被子上，想把盒蓋打開，可是沒有那麼大的力氣。

「姆媽，開。我……要……餅乾……」驪珠姨望著家婆說，聲音低得聽不到。

家婆幫驪珠姨開開盒蓋。滿滿一盒金黃色的餅乾，全是小貓、小狗、小雞、小老虎、小羊、小牛，非常誘人。

家婆說：「珠丫，拿一個，都是你的，拿一個。」

驪珠姨手拿起一塊餅乾，舉起來，想放進嘴裡。可是，做不到，她張不開嘴。家婆拿小勺，舀了一點水，灌進驪珠姨的嘴，讓驪珠姨的嘴裂開一道縫，又用手把餅乾掰下一小塊，塞進驪珠姨的嘴。驪珠姨嚼了好半天，但是她嚥不下去。

「姆媽，疼，疼。」驪珠姨望著家婆，眼淚冒出了眼角。她的喉嚨腫了，已經好久，怎麼也沒辦法嚥下東西去。

家婆取過一個水杯，把餅乾泡在水裡，等餅乾的一個角軟了，就拿著餅乾，送到驪珠姨嘴裡，說：「珠丫，忍著疼，嚥一點。你想了那麼久，嚥一點吧。」

驪珠姨把眼睛閉起來，用盡力氣嚥。也許她嚥下了一小點。她喉嚨疼得眼淚直流。她搖著頭，說不出話來。

「好了，躺下吧。」家婆抽掉驪珠姨身後的枕頭，扶她躺下。

看著驪珠姨，家婆眼睛疼極了。她摸著驪珠姨的額頭，小聲說：「都是姆媽不好，姆媽該早點給你餅乾，都是姆媽不好。」

驪珠姨躺著，把武漢餅乾盒抱在胸前，一個手摸著盒蓋上印的小貓。她眼角上還掛著淚珠，可是她在笑。她有整整一盒武漢造的餅乾，是她的，家婆給她一個人的。可是，沒有一個人在身邊，除了家婆，沒有別人，沒有任何人來分享她的快樂。

家婆說：「留著，珠丫，等你好了，再好好地吃夠。」

第二天早上，驪珠姨好像好了一點，對家婆說：「姆媽，可以去爹爹屋裡麼？」

家婆說：「做麼什？」

驪珠姨說：「我想爹爹了。我想不起他給我講的故事了。」

家婆說：「姆媽給你講，好麼？」

驪珠姨說：「我答應爹爹，給他看我畫的畫。」

家婆沒有辦法，只好把驪珠姨抱到太家公屋裡。一切都沒有變。自從太家公去世以後，再沒有人到這屋裡來過。家婆把驪珠姨放在太家公的床邊，她以前常常坐著聽太家公講故事的地方。

驪珠姨躺著，靜靜地，一動不動。她的胸前，放著那盒武漢餅乾，她的手裡捏著那張沒有畫完的日落圖。她靜靜地躺著，好像在聽著窗外的風聲。

三歲的驪珠姨，就這樣，一動不動，靜靜地躺在太家公屋裡，側著頭，望著窗外的天空。一天一夜，家婆坐在驪珠姨身邊，不吃不喝，一眼不離女兒的臉，心像刀絞一般的痛。

「姆媽，外邊太陽落山了麼？」驪珠姨的嘴微微動了動，吐出幾個難以分辨的字。

然後，她就慢慢閉上了眼睛，沒有了呼吸。

七

驪珠姨死了。家婆也不想活了。可是，家婆身邊還躺著另外一個病孩子，我的媽媽。為了還有著一口氣的媽媽，家婆咬緊牙關，忍住悲苦，殘活下來。

家公在北京大學考完了試，一邊寫他的畢業論文，一邊申請安慶政法專科學校教書的職位。太家婆不許家婆寫信給家公，報告驪珠姨病死的消息。

太家婆教訓家婆說：「一個女丫，生死沒什麼大不了。體面一點埋了，就好了，不要驚動在外邊求功名的人。陶家祖上從來不拿家裡的一點芝麻事情，去打擾外頭做大事業的男人。你要是真的愛丫，給我們生個男丫，大家都寶貝。」

家婆整日悶在自己屋裡，門上窗上帘子關得緊緊的，不露一道縫。家婆怕見人，羞見人，她覺得她不配做母親，她讓自己的女兒不到四歲就死了，她眼看著女兒在自己懷裡斷了氣。她實在沒有臉做母親。

記不得多少天了，家婆從早外晚，不吃不喝，乾躺著，流眼淚。她的奶乾了，餵不成媽媽了。她抱著女兒，也沒法子。媽媽餓急了，一個勁哭，最後張開小嘴，咂巴從家婆腮邊滴落下來的鹹鹹的淚水。

村裡人幫忙埋了驪珠姨。大戶人家死了小孩子，消息自然會傳開。家婆娘家的那個姨媽，我的太姨婆，聽說了，馬上又雇了馬轎，跑來陶盛樓。

跨進陶家黑漆大門，太姨婆便一路大聲罵著，衝進家婆屋子：「你做什麼孽，丫三歲四歲就讓她死了，你怎麼做娘的。冰如，你……你怎麼能……屋裡這樣黑的，氣也不透，你要把小的也悶死麼？你瘋了麼……來人哪。」

媽媽在床裡面放聲嚎哭起來。

太姨婆一邊罵家婆，一邊從門口朝著院裡叫僕人。二福急急忙忙跑進屋來，陪著笑臉，聽太姨婆吩咐。

太姨婆指手劃腳，發著狠罵：「給我把窗帘子都拉開，開窗。你們陶家院裡前前後後人都死光了嗎？看著二少奶奶這樣子，不來服侍，要她娘兒兩個都死麼？」

二福哪裡敢回話，按著太姨婆吩咐，猛力把窗帘拉開。屋裡立時有了亮，家婆忙舉手遮著眼，媽媽哭得喘不上氣來。

太姨婆看著二福開了窗，空氣衝進了屋，便叫：「滾，滾，滾。」

二福縮著頭，忙跑出屋子，在身後關住房門。

這時，家婆眼睛適應了光，一骨碌翻身從床上滾下地，跪在太姨婆面前，哭得上氣不接下氣，對太姨婆叫：「姨母，你把琴丫帶走養大吧。我不想活了。我活不下去了。」

太姨婆掄起手，啪一聲，狠狠打了家婆一記耳光，咬著牙罵：「你個不爭氣的東西。一個養不活，另一個也不要養了麼。」

家婆躺倒在地上，嘴角流著血，雙手抱著頭。突然，她跳起身，躍到床邊，抱起媽媽，緊緊地抱著，好像生怕失去她，又像準備跟她一道去死。

太姨婆還在身後訓斥：「你把琴丫養大，你給我把琴丫養大。你吃糠嚥菜，流血掉肉，也要把琴丫養大。你把琴丫養不大，看我告訴你娘，過來剝你的皮，抽你的筋。」

家婆摟著媽媽，跪在地上，不再嚎哭，只是抽泣，一邊靜靜地聽太姨婆訓斥。自從驪珠姨生了病，家婆除了自責，從來沒有聽到過人這樣地罵她。只有愛她關心她的親人，才會這樣罵她。

媽媽仍然在家婆的懷裡大聲嚎哭。太姨婆的罵聲只在媽媽哭聲的間隙中聽得到。

太姨婆不停口：「……你還得生個兒，一定生個兒……」

家婆聽見太姨婆這樣一聲罵，便一屁股坐倒在跪著的後腿上，又失聲嚎啕起來，一邊叫：「我生不了兒。我生不了。人人都說，我沒福氣生男丫。我命不好。」

太姨婆走前一步，彎下腰，正對著家婆的臉，扯開喉嚨，罵：「放屁，那些人都是放屁。生男生女，誰能斷定得了。」

「我不想活了，姨母，我不要活了。」家婆摟著媽媽，坐在地上搖晃著身子，彷彿半昏迷了，邊哭邊述說，「珠丫好可憐呀。從小受許多罪，一天好日子沒過，我沒跟她耍過一天。天天把她一個人放在後門外邊，孤孤零零。到死，她沒吃上一口武……武漢的餅乾……」

太姨婆再罵不出口了，也跟著掉下眼淚來，從窗前拉過一把椅子，在家婆面前坐下，對家婆說：「丫已經死了，活不回來了。你愛她，就夠了，她在天上會曉得。她不會怨你。」

太姨婆這一說，家婆哭得更厲害了，氣上不來，撒開了雙手，人往地上仰面倒下，昏死過去。太姨婆趕緊伸手從家婆懷裡抱過正往地上滾的媽媽。

「天哪，琴丫發熱呢。」太姨婆從椅子上跳起，大叫，「冰如，你作孽麼？死了一個了，還要再死一個麼？」

家婆躺地上，聽見太姨婆驚叫，從半昏迷中醒轉來，手捂住臉，哭得沒氣。

太姨婆走上前，拿一雙小腳踢家婆的身子，連聲叫：「起來，起來，冰如，起來。收拾收拾，現在就走。我送你到倉埠鎮上船，去武漢，去找大夫，把琴丫醫好。快，起來。」

家婆停住哭，但是沒起來。她沒聽懂太姨婆說的是什麼。

太姨婆又喊叫：「你現在就收拾細軟。我去跟你婆婆講明。我這裡有幾個銀元，你拿去用，救丫的命要緊。」

說完，太姨婆左手抱著媽媽，右手從衣服大襟裡掏出幾個銀元，丟在地上家婆面前，然後抱著媽媽出屋門，任她哭嚎，到堂屋去找太家婆。

家婆愣了一下，突然跳起來，從地上抓起太姨婆丟下的那幾個銀元，塞在懷裡，衝到衣櫃前，打開櫃門，飛快地從裡面往外拉衣服。然後又拿過桌上椅上床上地上媽媽穿的用的，亂七八糟包到一處。正這時，太姨婆回來了。

太姨婆抱著媽媽，把一隻手在家婆面前一攤，說：「走了，走了。你婆婆答應你去，還給了你幾個袁大頭。留著用吧。」

家婆從太姨婆手裡接過袁大頭，揣進大襟裡，走過窗前，對著牆上的鏡子理理頭髮。她已經記不得多少天沒有洗臉、梳頭、照鏡子了。鏡子裡人完全變了樣：瘦得皮包骨，兩眼深凹，顴骨高突，臉色蠟黃，頭髮也好像灰白了。

太姨婆說：「洗個臉。」

家婆從門口鐵桶裡舀些水到臉盆裡，趴下身，用手撩水撲到臉上。水冰涼，刺痛了皮膚，家婆險些昏過去。她現在確實地醒了。

「我走，快走，不能耽誤，洗麼什臉。我走。」家婆一邊說，撩起大襟，在臉上胡亂一抹，彎腰提起包袱。

太姨婆趕緊拿起背帶，幫忙把媽媽綁到家婆的背後，一邊說：「你第一次獨自出門，到處要小心。看好東西，莫讓人偷了。」

家婆真有些怕。她聽人說，武漢大得很，比倉埠鎮大得多，走進去根本找不到鎮頭鎮尾。

太姨婆從床上拿起一塊布，包住媽媽的頭，說：「看丫燒成麼樣，已經出不來聲了。再遲幾天，又是一個珠丫。」

這一句話，把家婆趕出門去了。她抱著媽媽走了，頭也不回。前面就是刀山火海，她也得徑直地走上前去。

太姨婆顛著小腳，追出屋子，叫：「莫走，莫走，二福去找我的馬轎去了，找來了我送你去倉埠鎮。」

家婆不理，只顧走路。太姨婆坐了來的馬轎，不知到村裡哪家去串門去了，一時半會兒找不到，家婆不能等。

太姨婆追出大門，繼續喊：「你先走，馬轎找到了，我坐了追你，追上了帶你一起走。」

家婆腳不停，越發加快。她絕不能再讓媽媽像珠丫一樣死了。

天正午，太陽頂在頭上，家婆邊走邊算，十幾里路，她後半晌就到了倉埠鎮江邊。晚上可以坐上船，聽說船逆水走，要一夜才到武漢。她明天一早能找到大夫。越是想著，越是腳底下加了勁。

走沒多遠，聽見後面有馬車聲音，漸漸跑近。家婆回頭看一看，發現不是太姨婆坐的馬轎車，便趕緊轉過臉，再不敢回頭去看，側身躲到路邊，低頭站著，讓車過去。那馬車經過身邊，走前去五幾尺遠，聽見趕車人吆喝馬車停下來，轉身招呼家婆：

「喂，這不是陶家二少奶奶嗎？」

家婆抬頭看，原來是那個給驪珠姨買過武漢餅乾的小商販。他跳下車來，說：「我聽說大小姐病死了，真可惜。」

一句話，又把家婆眼淚打下來，止不住。

那小商販趕緊又說：「生死在天，二少奶奶莫太傷心。大小姐有您這麼疼她，會升天過好日子。」

這一說，家婆更是哭出聲來。

那小商販慌了，忙改話題，問：「二少奶奶單身出門，去哪裡啊？」

一問，才把家婆從無盡的悲哀中喚醒。她怎麼可以在這裡耽擱時間呢。她急忙伸手到背後摸摸媽媽，還出著氣。她對小商販說：「我這丫也病著，去武漢看大夫。」

「你去倉埠鎮江邊坐船？」那小商販忙張開手，招呼，「快上車，快上車。我捎你一程，送你到鎮上。」

家婆說：「不好意思，麻煩你，我可以走路。」

小販說：「哪裡，哪裡。二少奶奶是好人，給賞錢還少嗎？小的只怕沒個機會報答呢。都是出門在外，捎個腳是當然的。」

那小商販一邊說，一邊幫家婆先把小包裹放到車上，又小心翼翼幫家婆解下背上的媽媽，讓家婆抱著，扶娘兒倆上馬車，然後趕上車走起來，一邊還說著：「我今日不回武漢，要不可以陪你娘兒兩個一路。你頭次去武漢，可要小心。城裡人不比鄉下人，壞心眼多……」

小商販獨往獨來，日夜寂寞，碰上有人作伴，嘮嘮叨叨，沒完沒了，不管別人聽不聽。家婆只是坐著，摟緊媽媽，不作聲。

十幾里路，馬車跑起來，兩個多鐘點就到。倉埠鎮子不大，家婆來過幾次，都是在鎮裡最熱鬧的地方轉，從來沒到江邊坐船去過武漢。若不是碰上這小商販，家婆進了鎮，要找到上船碼頭也要費些時候。那小商販幫家婆買好去武漢的船票，安頓娘兒倆坐在登船口的長椅上，小聲說：「二少奶奶坐在這裡等，過一個多鐘頭有船走上游，去武漢，就是二少奶奶的船。看清楚了，莫上錯了走下游的船。」

家婆坐著，抱著媽媽，對小販千恩萬謝，又伸手從懷裡掏出一個袁大頭，要給他，把那小商販嚇了一跳，搖著手，連聲說：「二少奶奶，莫，莫，小的哪裡敢受這個。平日裡小的全靠幾位太太奶奶們照顧，才有這生意餬口。能幫二少奶奶一點忙，應該的，應該的。」

小商販一邊說，一邊連忙伸手捂住家婆拿銀元的手，左右看看，小聲對家婆說：「二少奶奶記著，把錢收好，大庭廣眾下不可以露出你的錢來，叫人看見，要偷你。」

他說完，一邊打著躬，一邊走開去了。

家婆收好銀元，拉拉身邊椅上的包袱，兩手抱著媽媽，坐在長椅上等船。也許馬車一路搖晃的緣故，媽媽睡得很熟，渾身仍然發燙，小臉通紅。雖然睡著，還是不停咳嗽。

不久，有一班船靠岸，家婆用心聽，碼頭上人喊：「走黃石」，那就是下游，不是去武漢，沒有很多人上船。又過一個鐘點，又有一班船靠了岸，聽船上茶房喊：「走武漢，武漢啦。」所有在碼頭上等船的人，一齊起身，簇擁相擠，要上船去。家婆一手舉著票，一手抱著媽媽，臂彎裡掛著小包袱，隨著人擠，走到登船口，又問收票的茶房：「是走武漢的？」

茶房眼也不抬，從家婆手裡搶過船票，卡喳一聲，打了個洞，一邊說：「走武漢，快上吧。」

家婆放了心，抱著媽媽，由後面人擁著，走過搖搖晃晃的踏板，上了船。

船上到處是人，跑來跑去，眼花撩亂。茶房們穿著灰布衣褲，胸前對襟一排大扣子，袖子都挽起來，露出一圈寬寬的白色。他們在搖搖晃晃的船上跑路，如履平地，做起事來，麻麻利利。一個茶房指給家婆說，她要下到統艙去。

統艙裡一排排長椅上早都坐滿了人。長椅走道邊堆滿了籮筐、挑擔、行李、包袱，雞鴨亂叫，碎米滿地。家婆抱著媽媽，沿著長椅，一排一排走過去，人人都歪頭看著她娘兒倆走，沒有一個人站起來讓座位。到武漢路遠，誰都不願意站一夜。

船開動起來，搖搖晃晃，家婆一手抱著媽媽，一手臂裡掛著包袱，手扶著柱子，一根一根地挪，繼續走路找座位。最後，遠遠的，看見長椅上有個女人揚手，招呼家婆過去。這女人渾身穿黑長袍，翻著兩個大白領子，頭上也戴一頂黑帽子，尖尖的，在萬家大灣和陶盛樓，都從來沒見過那種帽子。就算倉埠鎮那麼大，也沒有見過人穿那樣的衣服。家婆側著身子從人腿縫裡擠過去。黑衣女人挪挪身子，給家婆讓出一點地方坐下來。

黑衣女人問：「你大嫂去武漢嗎？」

「是，丫生病，去看大夫。」家婆一邊說著，鬆開綁著媽媽的帶子。

那女人伸手摸摸媽媽的額頭說：「她燒得厲害，很久了麼？」

家婆點點頭，眼淚落下來。

那女人問：「你曉得，武漢很大，有很多醫院，也有很多醫生。你去哪裡？找哪位醫生呢？」

家婆搖搖頭，說：「我只要找個大夫，能救她的命。」

那女人點頭說：「你認得字嗎？那好，我給你的地址，你去找他，他一定救得你女兒的命。這樣吧，我給你畫個圖。你下船順街走，不用坐車，不太遠。這先生是很好的人。上帝保佑。」

那女人一面說，一面用右手在自己胸前點，頭上一點，肚上一點，左肩上一點，右肩上一點，好像在胸口畫了個大十字。然後她從自己口袋裡掏出紙筆寫寫畫畫，然後交給家婆。

指著那地圖，黑衣女人又解說：「你出了碼頭，順這條馬路朝左手走，過大概四五條橫馬路，看見一座水塔，就右手轉過去，你就可以看見一座白房子，上面有盧醫師的牌子，那就是了。」

家婆看著那地圖，用腦子記牢。

黑衣女人從懷裡掏出一本小書，遞給家婆，說：「我是耶穌派來拯救眾人的修女。人從亞當夏娃開始，犯下太多的罪孽，必得信服耶穌，改過更新，才得超生。你認得字，要好好讀這本書，這是耶穌自己說的話，是《聖經》，會幫你走上人生正道。拉著我的手，我來替你和你的女兒禱告，求上帝醫治好她的疾病。」

那女人拉著家婆的手，閉上眼睛，嘴唇快快地翻動，默默地禱告。家婆也閉上眼，心情彷彿順著那修女無聲的禱告，飛升到天上去，心裡變得安詳靜謐，胸膛裡空空的，很舒服。

順著江，逆流而上，船真的走了一夜。船裡黑黑的，所有的人都睡熟了。家婆抱著媽媽，搖搖晃晃的打瞌睡。半夜裡船停過一次，靠了碼頭，那黑衣女人下了船。家婆身邊寬了一點，多一點地方坐，可以伸伸腿，睡著了一小會。

第二天，天剛矇矇亮，船到武漢。茶房們大聲吆喝起來，在船上跑來跑去，震得底艙通通響。坐在身邊的人都急急忙忙站起，急急忙忙搶自己的行李包裹籮筐，急急忙地跟著人群朝舷梯擠，好像拚命想先一個上岸，只怕慢了一步，就上不了岸，船會開走似的。

家婆看著，發了一會楞，好像不大明白發生了什麼事。圍在舷梯邊亂擠的人越來越少，人都下船了。家婆腦子轉過了彎，趕忙抱緊媽媽，準備下船。她彎腰到腳底下去拿她的包袱，包袱卻不見了。想來，是她睡著的那一片刻，有人偷走了她的包袱。太姨婆給的幾個銀元，都包在包袱裡。現在她什麼也沒有了，沒有換洗的衣裳，沒有媽媽穿的用的，只有太家婆給的幾塊袁大頭在懷裡。家婆趕忙伸手摸摸胸前衣襟，能覺出那幾個袁大頭硬硬的還在，才放些心，卻不知能不能買一張回家的船票。

統艙裡最後一批客人起身走了。家婆愣在那裡，流眼淚。媽媽醒過來，在家婆懷裡扭動，張望周圍。身邊的人走來走去，沒有人注意她們母女，也沒有人跟她們說話。最後，船上的客人都下完了，只剩下家婆一個人仍坐在統艙角落裡。

一個茶房從艙門外走過，探頭進來，看見家婆還坐著，便粗著喉嚨嚷：「嘿，小媳婦，到啦，武漢，下船吧。」

他喊完，走過去。這一喊，把媽媽嚇得大聲哭起來，這才把家婆驚醒了。她把媽媽抱抱緊，站起來，走出艙門，走上甲板，走過舷梯，走到陸地上。

家婆兩手空空，抱著媽媽，到了武漢。

上了岸，第一件事，家婆就在碼頭買下一張回倉埠鎮的船票。太家婆給的袁大頭所剩無幾了。她算一算，也不知夠不夠媽媽吃幾頓米湯。武漢的吃食一定比陶盛樓小販們賣得貴吧。

在船上，那黑衣修女告訴的地址，家婆一夜之間已經不知在腦子裡背過了多少遍，從碼頭到大夫家的地圖路線早都記牢了。她順著腦子裡的地圖，左轉右轉，順順利利便找到大夫家門口。那是一座白房子。門邊牆上鑲著一塊黃銅牌子，上面刻著「盧醫師診所」幾個大紅字，圓潤飽滿。

時間還早，太陽未升，剛剛把東邊天際照出青白亮色。白房子台階上面，大門緊緊關著。家婆抱著媽媽，雙膝跪下，朝著門口，跪在台階下面。

街對面，太陽的影子慢慢升到牆上了。家婆後錯身子，跪坐在自己腳後跟上，低頭看看懷裡的媽媽。媽媽靜靜地望著天空。

「你在這裡做麼什？」

家婆聽見有人對她說話，趕忙坐直身子，仰起頭來，看見一個中年女人站在白房子前的台階上，短衣長褲，臂裡挎著一個菜籃子，低著頭，望著她。

家婆跪在地上，仰著身子，說：「求求你老人家，幫幫我娘兒倆。我丫快死了。」一見吵，媽媽嗚嗚哭起來。

「我家主人還沒開始診病呢。你等下再來吧。」那女人邁開步子，繞著家婆身邊，走下台階，又回頭補充，「大夫剛吃過早飯，還在喝茶。還要半個鐘點才看病人呢。」

家婆低下頭，跪在地上不動。

那女人走了兩步，回頭看見家婆不動，便又站住，轉身大聲說：「你這女人真是。我對你講了，先回去，等下子再來。」

這女人聲音一大，媽媽嚇得哇哇大哭。

家婆還跪著，搖著身子，哄著媽媽，對那女人說：「我沒地方可去。我從陶盛樓來。」

「去找個旅店吧。那邊不遠有一個，不貴。」那女人用手朝南邊一指，接著說：「你去找個房間住下，再過來正好。」

家婆不動，說：「我可以在這裡等一下子。您忙吧。」

那女人真有點生氣，更提高嗓子說：「你跪在這裡，大哭大叫，有什麼好看。旁人不曉得怎麼回事，還道是我家主人做了什麼錯事。快走吧，快走吧。」

吵聲哭聲驚動了房子的主人。門打開，一位老先生走出來。

八

「劉嫂，什麼事？在這裡吵？」老先生開了門，朗聲問。

劉嫂趕緊應道：「先生，這女人跪在這裡半天，說她丫有病，求你診治。我讓她回去，等下再來，她不肯。跪在門前像麼什。」

家婆跪著，揚起頭，看著盧醫師。那是個白頭髮老者，頭上頂了一頂瓜皮小帽，身穿一件黃褐色長袍，腳蹬一雙黑布鞋。他的白鬍子有一尺長，臉一動，鬍子就飄起來，看去很慈祥。難怪船上那黑衣修女說，找他一定可以得救。

家婆高呼：「求大夫救救我丫的命。」

老醫師一手掠動長鬍子，說：「當然，當然，治病乃醫師本分。不過，你先起來。莫這樣跪著，不好看。」

家婆說：「我求先生答應看我女兒的病，才起身。」

老醫師笑起來，依然掠著長鬍子，說：「我今天一定看。不過，我現在還在吃飯。你看來是剛從鄉間趕到，還是先去找個地方住下。看病，也許要幾天，你總需有個住處。」

家婆低下頭，說：「我可以在這裡等，你老去把茶喝完。」

劉嫂高聲說：「你看，這鄉下女人不明事理。」

老醫師對劉嫂揮揮手，說：「她求醫心急，也是常理。劉嫂，你去買菜好了，這裡自有我料理。」

劉嫂聽說，一扭身子，憤憤地繞過牆角，走了。

老醫師對家婆問：「你有什麼心事麼？」

家婆說：「我沒錢。我的包袱在船上被人偷走。我母女現在什麼都沒有，我只有給你老下跪，救救我丫。」

老醫師說：「呵，是這樣。快進來，快進來吧。」

家婆還跪著，說：「你老去吃飯，我在這裡等。」

老醫師走下台階，拉起家婆，說：「進來，進來。你一定也沒吃飯，隨便吃一點。」

家婆站著，低著頭，說：「我不要吃，我什麼也不要。只求你老救救我丫。她姊姊剛剛病死了，我只剩這一個小的，要有個三長兩短，我是再活不下去了。求求你老人家。」

老醫師說：「我說過了，我一定診治好你女兒。你先進屋。你這樣在外頭吹風，對女兒也不好。她病不輕呢。」

這麼說，家婆才像悟過來，看看懷裡的媽媽，急急舉步，匆匆隨老先生上台階，進了門。到得前廳，四周牆邊繞圈擺滿椅子，看看像是病人候診的地方。家婆不肯再走進去，又在當廳，跪下兩腿。

老醫師剛關好門，轉過身來，看見家婆正跪下去，忙上前拉住，說：「怎麼？又跪下了。莫跪，莫跪。」

家婆流著淚，說：「求先生救救我丫。我跪在這禱告菩薩，歌頌先生大恩大德。」

老先生看看沒辦法，只好說：「好吧，我把小孩子抱進去看看。你是不能進去的。」

家婆說：「我都交給先生了。我在這裡等候。」

老醫師從家婆手裡接過媽媽，抱著走進旁邊一個門，又隨手關好。只這一剎那，家婆從門縫裡看見那屋裡擺著床，鋪著白布。

不一會兒，病人們開始來了，一下子就來了好幾個。他們看見家婆跪在候診室當中地上，覺得很奇怪，都繞開她，坐到牆邊的椅子上。

大約摸半個多鐘頭過去。老醫師一手捋著長鬍子走出來，後面跟著一個年輕漂亮的小姐，穿著白色的長衣裙，抱著媽媽。

滿屋的病人都站起身，恭恭敬敬地朝醫師欠身致禮，嘴裡叫著：「盧醫師早。」

老醫師兩手抱拳，對所有人拱拱，朗聲道：「各位早，各位早，請坐，請坐。」

說著，盧醫師與她身後的小姐走到家婆面前。盧醫師一把拉起家婆，說：「起來抱你的女兒。」

家婆站起，那小姐便伸出胳臂把媽媽交到家婆手裡。

盧醫師說：「你女兒得的是氣管炎。剛給她打了針，所以睡得很安穩了。我曉得你身邊沒有錢，我不收你診費。另外，這裡有一點零錢，你去找個地方住。你女兒的病，會醫好的，不過，起碼要三五天才會有起色。」

女兒的命有救了，家婆看著懷裡熟睡的媽媽，一陣哭，一陣笑，眼淚鼻涕，糊了一臉，也顧不得擦。

盧醫師說著話，伸手遞給家婆一卷鈔票。周圍等候的病人都讚嘆起來。家婆雙腿又跪下去，兩眼流淚，不知該接還還是不接。

穿白衣的小姐伸手扶著家婆，不使跪下。

盧醫師說：「就算我借給你的吧，你以後再來武漢，有了錢，來還我。接著吧。」

家婆抖著嘴唇說：「我還你，一定還你。謝謝你老人家，謝謝你老人家。大恩大德，重生父母，我母女倆今生今世不會忘的。」

家婆顫顫地接過醫師手裡的錢。周圍候病的幾個女人，都抹抹眼邊的淚。

盧醫師又囑咐道：「下午你還要帶她來一次，吃藥。明天開始，你每天要來三次，我的護士會幫著給你女兒吃藥。她叫什麼？」

家婆答說：「琴薰。」

「呵，瑤琴一曲薰風來。」老先生高興起來，搖頭晃腦，吟誦起來，又問，「她父親呢？」

家婆回答：「在北京大學讀書，夏天就畢業了。」

盧醫師更高興了，手掠著鬍子，笑道：「我說嘛，北京大學畢業，那就是進士了，有學問的人。你放心，琴薰的病會好。她年紀小，抵抗力強。」

家婆站著，不知說什麼好。

盧醫師說：「好了，你去吧，我要接著看別的病人了。」

他身後的那個白衣小姐便招手叫坐在椅上等候的另一位病人，走進診室。

盧醫師隨後走到診室門口，又回過頭，看著家婆，說：「你曉得麼？琴薰幾個月以前得過一場麻疹，很危險。你怎麼沒有找大夫看看呢？幸虧你女兒命大，算活過來了。你該早些來的。」

說完，盧醫師拉開門進診室去了。

家婆在候診室中間，抱著媽媽，彎著腰，慢慢地走向大門口。四周都是人，都拿眼睛看著她。經過這麼多日月，這麼多苦難，直到今天，才有一個人，用這樣的話責備她，讓她覺得她還是一個母親。家婆感覺到心在隱隱地痛，好像在流血。

家婆出了門，下了台階，抱著媽媽，走上街口。琴丫這下有救了。盧醫師說的，女兒會好。媽媽打了針，在家婆懷裡睡得很安靜。

街上到處是人，急急忙忙，走來走去，互相不打招呼，好像沒看見，頭也不點，就走過去。男的，女的，老的，少的，斑駁陸離，奇形怪狀，雜七雜八，盡是倉埠鎮上從沒有見過的模樣。有的頂著瓜皮帽，有的光頭，有人短髮，有人還留著長辮子。有的穿大襟長衫，有的穿對襟短衣，有人穿的衣服不認得，胸口敞開，翻個三角領。男人們很多頭上都戴寬邊的禮帽，箍了一圈黑色白色的帽圈，得意洋洋的。碼頭上打工的，當然都扣了破舊的草帽，肩上扛著扁擔麻繩，跟倉埠鎮上的短工一樣打扮。來往的人，有的穿布鞋，有的穿黑亮的皮鞋，很多年輕女人不是小腳，穿的鞋後跟一寸高，走路一樣搖搖擺擺。

家婆抱著媽媽，看著街上人景，信步走到江邊，找個地方坐下，靜靜地坐著。從她過門到陶家，從來沒有這麼靜靜坐過一會，無憂無慮。看著面前流淌的長江，聽著懷中女兒的呼吸，伴著江水，一起一伏，簡直像音樂。家婆心裡像醉了一般，迷迷蒙蒙的。要是珠丫能來武漢一趟，會多麼快樂。她一定畫一張長江圖畫。想著，家婆的心又痛起來，針扎一般。

太陽偏過了頭頂，媽媽醒過來，在家婆懷裡扭來扭去。家婆抱著媽媽站起來，逛到近處一個小飯館，是個四川麵館。家婆問清楚，一個銅板一碗擔擔麵，要了一碗，囑咐不加辣椒，可要加湯。

麵端上桌，家婆用調羹一勺一勺舀起，舉在嘴邊吹涼，然後一口一口地餵媽媽。媽媽餓了，又從來沒吃過這樣好吃的湯麵，高興地大口大口吃，小嘴咂巴得聲響連天，逗得旁邊人都笑。有幾人便也點了同樣的湯麵，要嘗嘗是不是真那麼好吃。店老闆心裡得意，又送給家婆一碗麵，不要錢。家婆可以自己吃，便要加辣椒。媽媽幾乎一個人吃完半碗湯，家婆高興壞了，胃口好，說明媽媽的病已經好了許多。家婆向店老闆討了一個小瓶，把媽媽碗裡剩下的一半湯麵倒進去，留起來給媽媽作晚飯吃。家婆沒有奶餵媽媽，只好讓她吃湯麵。收好瓶子，家婆自己吃完了店老闆送的那碗麵，真是飽了。

家婆謝過店老闆，走回盧醫師家，請護士小姐給媽媽吃第二次藥。這次她沒見到盧醫師。他忙著在診室裡給人看病呢。

晚上，家婆沒有去住旅店。她早上問過了，她有船票，可以走進碼頭去等船。那裡有個大屋子，讓人坐著等船的，夠暖和。裡面有長椅子，可以睡人。她下船的時候，看見有人睡在長椅子上。

家婆抱著媽媽，斜靠在長椅上，半睡半醒過了一夜。她不能用盧醫師給的錢住店，她得省著娘兒倆吃飯。誰知道要在武漢住多少天，她得省。因為吃了藥，吃飽了飯，媽媽睡得很好，一夜幾乎沒動。家婆心滿意足。她自己根本用不著住店，只要女兒能舒服就行了。而女兒，只要在娘懷裡就等於在天堂裡了。

第二天，太陽升起一竿子高，家婆抱著媽媽去盧醫師家，護士把孩子抱進去，說是盧醫師要檢查。家婆在候診室裡坐不住，走到房子外面，東看看，西看看，直到聽見護士小姐喊叫她。

護士小姐笑著對家婆說：「盧醫師說，陶小姐的病很有起色，應該過不了三天就大體好了。」

家婆千恩萬謝，從護士小姐手裡接過媽媽，抱了出門。然後，家婆坐在台階上，用鄉間法子把媽媽綁在背後，站起來，走到後院牆邊，拿起一把大掃帚。她剛才看清了這些，家婆挨著房角街邊，一尺一尺，給盧醫師家門外前後院掃地。盧醫師是大好人，救她母女二人，她一定得替盧醫師做點什麼事。她現在一天沒事做，決定要盡點心報答報答。她不敢問盧醫師要不要人幫忙做飯洗衣，城裡人講究多，誰知看得上看不上她粗手粗腳鄉下人呢。掃掃院子，是粗活，應該沒錯。她想好了，也看好了，她今天掃乾淨院子。明天把院前院後的花呀草呀收拾一下，她會整弄。然後，要是盧醫師許可，她也可以把房子裡面地板都擦一遍。

她掃著地，聽著刷刷的響聲。媽媽趴在背上，高興了，哇里哇拉的講話，兩個小手在空中舞弄，有時捶打在家婆背上。家婆心裡澆了蜜糖一般，甜得發癢，止不住笑，一會，又流出淚來。她想起她的珠丫了。她也曾這樣背著珠丫，在草房裡紡線，在陶家前後院打掃。珠丫也曾這樣高興，這樣說話，這樣捶打過自己的脊背。那是多久以前的事了呢？好久了，好久了，家婆後來再也沒有跟珠丫好好地在一起過，她把珠丫一個人放在後門外竹棚裡，她讓珠丫得了病，她讓珠丫死了。家婆想著，眼淚滴滴答答落到地上，馬上被掃帚掃去。

家婆下午又去那家小飯店吃了麵，閒時坐在江邊養神曬太陽，晚上又去碼頭候船室過夜。她曉得武漢很大，也曉得武漢有許多萬家夏家陶家的親戚，可是她不曉得怎麼坐車走路，不曉得怎麼去找人，走前沒有問過一個地址，身上沒有錢，心裡又害怕。而且，她來武漢，給丫看病，只要看了病，別的什麼都不想。所以，整整三天，家婆只在這方圓幾步路的碼頭邊上度過。

連續三天，家婆按時去盧醫師家，給媽媽檢查，吃藥。到第四天頭上，盧醫師帶著笑，親自走出來，告訴家婆，她們娘兒倆可以回家了，丫的病已經大體好了。盧醫師又給家婆一些藥，要她帶著，告訴她每天什麼時候吃，怎樣個吃法，還得繼續再吃三天才可以停。

家婆把媽媽在後背上綁緊背好，在候診室正中，當著眾多人的面，又給盧醫師下了跪，趴下去，響響叩了幾個頭，眼淚流了一地。她不知道該怎麼謝這位大恩人，做牛做馬她都願意。出門口的時候，家婆從懷裡掏出盧醫師給的那卷鈔票，還給他。盧醫師看見，嚇了一跳，錢居然原封沒動，分文不少。母女倆這幾天怎麼過的呢？可是也沒有辦法了，盧醫師只好默默收下。

當天晚上，家婆坐上船，回倉埠鎮。第二日早，上了岸，走路回到陶盛樓。

不幾日，家公也回到家。

今年夏天，家公北京大學畢業之後，得到了安慶法政專科學校的教職，便沒有回家，直接從北京到安慶去上任。在那裡教過秋天一個學期之後，年底才回家來過寒假。家公用第一次領到的薪水，買了一些書、用具、衣食住行必需品。然後買了雲霧茶等一些安慶特產，給太家婆大姑婆二姑婆，以及家裡上上下下所有人。

大約剛過中飯時候，家公到了家。他走進大門，不能先回自己屋，照例徑直先走上堂屋去。他知道太家婆正端坐在那裡等他。大姑婆二姑婆也一定在那裡。

家公走進堂屋，跪下，給太家婆叩頭，說：「不肖兒希聖給母親大人請安。」

「起來吧。」太家婆應了一聲。

「謝母親。」家公說完，站起身。

太家婆不說話。

「這裡是我教書第一學期的薪水，買了一點書本用具。收據都在裡面。請母親過目，也請母親替孩兒照看。」家公說著，雙手送上一個紙包。

太家婆接了，看也不看，往懷裡一揣，仍不作聲。

家公又把隨身帶來的幾只箱子推到太家婆腳前面，說：「這些都是帶給母親和各位親友的一點安慶特產，請母親保養身子用的。」

太家婆沒有動。

家公說：「請母親代孩兒把東西分發眾人。然後差人把衣箱中孩兒的換洗衣服，送到孩兒屋裡來好了。」

說完，家公把身上穿的棉長袍也脫下來，順手掛在堂屋的衣架上，只穿著一件薄薄的長衫。他用手把全身上下拍打了一遍，說：「母親請休息了。孩兒等下子再來陪母親說話。」

太家婆忽然發話吩咐：「二福，把琴丫抱來見她父親。」

話音剛落，二福走進堂屋，抱著媽媽，交給家公。媽媽已經一年沒有見到過家公了，好像記得，好像不記得，想哭不想哭的樣子，繃緊了臉，直勾勾地盯住家公的臉看。

家公抱過媽媽，彎下腰向太家婆說：「謝母親。」

太家婆揮揮手說：「去吧。我要歇了。」

家公趕緊退出堂屋。他還不敢回自己屋，抱著媽媽，一邊逗她，一邊在前院裡走，挨門挨戶，把所有人都問候一次。他明白，現在他念完了書，不再是學生，大意不得了。他有了工作，開始賺錢，全家大小便都把他當作大人來看。稍不留神，就會得罪人，別人再也不會當他是小少爺而原諒他。他不用猜也知道，自從家裡人得知他要回來過寒假，便都睜大眼睛等著挑他的錯處。這些祖上的老規矩，慣性太大，誰也無法改變。

媽媽高興起來，趴在家公肩膀上，張開兩手，圍住家公的脖子，嘴裡叨叨嘮嘮地講話，誰也聽不懂她講什麼，她只是一個勁講，唾沫順著嘴流下來，流進家公的衣領，流進他的脖子，弄得他挺癢癢。家公擰動脖子，笑著，用衣領把脖子上媽媽的口水擦掉。家公這樣做，更逗得媽媽樂了，講得更歡。

前院都走完，家公把媽媽放到地上，一手領著她，在地上走，轉到後院去。媽媽更高興，她剛會走路不久，歪歪扭扭，樂得格格笑，擺動兩條小腿，像是要跑的樣子。媽媽在家公屋裡學會走路，只在屋裡地上走過，從來沒在院子裡跑過。家婆從來不帶她到外面來走路。現在家公帶她在太陽底下走路，賽跑，像大人一樣，她高興死了。

家公最後走完了前後院子，所有人都清清楚楚看見，他只穿了一件單長衫，身上沒有任何地方可以藏東西。然後，他終於可以回到自己的房裡了。那已經將近晚飯時分。

家婆坐在床沿上，手裡做著針線，腳下放一只火盆。聽見家公走進屋，趕緊放下手裡針線，走到外屋，給家公倒水洗臉。家公在外屋門口鬆開媽媽的手，媽媽張著兩臂，朝家婆跑過去，東倒西歪，家婆趕緊放下手裡的臉盆，伸出手接住撲進懷裡的媽媽，抱起來。

媽媽在家婆懷裡，擰著身子，用手指著門口的家公，告訴家婆：「爸爸，爸爸。」

「我看見了，好了，琴ㄚ。你看你兩個小手冰涼，快上床鑽被窩裡去。」家婆說著，一邊掏出手帕擦掉媽媽嘴邊的口水，一邊把媽媽抱進裡屋，放到床上，給她蓋好被。

家公仍站在外屋，沒有聲音。

家婆朝外屋喊：「你只穿一件單長衫，在院裡走了半天，不冷嗎？」

家公沒有回答。

家婆一邊走出裡屋，一邊說：「快進裡面來烤火，我給你倒洗臉水，端裡屋來洗好了。」

家公站在外屋門口，低著頭，小聲說：「我在北京聽說了……可是，我……曉得，母親不讓我回家來。」

家婆沒說話，默默地從暖瓶裡往臉盆裡倒熱水，然後放進一塊毛巾，端進裡屋，放在火盆邊上的一把椅子上。

家公跟著進了裡屋，說：「你沒給我寫信。我也不敢給你寫信。」

家婆坐到床邊，一手拍著被窩裡的媽媽，什麼也沒說。

家公接著說：「琴ㄚ現在看起來很好。辛苦你了。」

家婆的淚開始往下落，掉在媽媽蓋的被子上。

家公朝前走幾步，坐在家婆身邊，偏著頭湊近家婆耳邊，小聲說：「我不願意你在家裡受罪。我要離開安慶，到遠些的地方去做事，就不必回陶盛樓來。我把你接出去。」

家婆抹掉眼淚，靜靜地聽。

家公接著小聲說：「北京大學有個教授，曾經介紹我去上海商務印書館編輯法律方面的書。可是我已經先接受了安慶的教職，所以只得先到安慶來一下，只教一年，就到上海去。那時我是有過工作經驗的人，跟大學剛畢業的學生去工作不一樣。我可以要求高一點的薪水，就能養活我們一家人。」

家公停下來，等著家婆說什麼。

可是家婆保持沉默。

家公仍然趴在家婆耳朵上說：「好，你不反對就好，我這麼想。我過了年再回到安慶，再教一學期的書，就給上海商務印書館寫信求職。如果書局要了我，我就回家來，接你和琴丫一起到上海去，在那裡安自己的家。」

說到這兒，家公又停下來。幾分鐘之後，才又接著說，聲音更低了：「你曉得，這事不會容易。我家從來男人在外面做事，女人在家裡養孩子，頂遠住在倉埠鎮屋裡。除非做官，家眷可以住官府，從來不許家裡女人出去住。大哥現在在武漢做事，向大嫂也還是住在家裡。我到上海，並不是做官，沒有官府可住，要是提出帶你們出去，也許就成了不孝子。也許永遠也莫想再回陶盛樓老家來了。而且，老家永遠也不會接濟我們。就靠我自己的這點薪水，日子會很辛苦。你要想明白，作好主意。」

家公說完了，等了一會，站起身，要走開去。

家婆說：「你洗臉吧，水冷了。」

家公便彎下腰，在臉盆裡洗臉。

家婆忽然說：「你回了家，幫忙看顧琴丫。我要出去一下。」

家公擦著臉說：「當然。你去哪裡？」

家婆沒回答家公的問題，站起來，說：「去吃飯吧，聽見前面在喊了。我去倒洗臉水。」

家公放下毛巾，問：「你呢？」

家婆把媽媽從被窩裡抱出來，站在地上，理理衣領，拉拉下襟，然後推到家公跟前，說：「帶琴丫一道去。從來沒有人帶她上大桌子吃過飯。」

家公又問一次：「你呢？」

家婆不理會，彎腰對媽媽說：「琴丫，跟爸爸到大屋去吃飯，要聽話，不可以吵，聽見麼？你聽話，下次爸爸還帶你去。不聽話，爸爸以後就不帶你去。」

媽媽點點頭，拉著家公朝門口走。

家公第三次問：「你呢？」

「去吧，去吧。又在喊了。」家婆一邊說，一邊又跑過來，到門口，蹲下身，幫媽媽拉拉領口，對媽媽說：「記住，琴丫，上大桌吃飯要有規矩。大人不坐齊，小丫不許伸手動飯菜，乖乖等著，聽到嗎？吃飯時候，讓爸爸給你揀菜，不要自己動，你要是把一片菜掉在桌子上，你自己離開桌子，不許再吃了，曉得嗎？」

媽媽說：「我曉得了，姆媽。」

家公領著媽媽走了。家婆倒掉家公的洗臉水，便坐在床沿上，一動不動，靜靜發呆。

天漸漸黑下來。過了大約一個鐘點，家公領著媽媽回來了。媽媽高興得又唱又跳，她第一次跟大人在大桌上吃飯。

家婆忙著招呼。倒水幫媽媽洗臉，洗腳，一邊說：「洗臉，洗腳。琴丫，你瘋一天，要睡覺了。爸爸走遠路，也累了，都睡。」

媽媽說：「書，書。」

家婆每晚給媽媽念書講故事睡覺。

「今天不講了。」家婆擦乾女兒的腳，抱她上了床，說道。

媽媽張著手喊：「不，不。書，書。」

家公過來，坐到床上，說：「好，好，爸爸念書，爸爸講，只一個，你就睡。」

媽媽樂了，自己爬上枕頭，躺著等。

家公坐在床邊，準備給媽媽念書講故事。

家婆說：「好了，看好琴丫，莫讓她哭。我去去就回來。」說著，家婆急急圍上頭巾，匆匆走出屋門。

十二月天冷，前院後院的人都早早回了他們自己的屋子，很多窗戶已經關了燈。深沉的夜幕底下，一片寂靜，天地間只有寒風呼呼作響。家婆輕輕地順著牆根，走到後院門口，開了門，走出去，又輕輕地把門在背後關住。這時，她的眼睛已經適應了黑夜，可以辨認出那在一片空地上的小竹棚。

家婆走過去，穿過小竹棚的時候，稍稍站了一會，然後又急急地上了路。她轉過一個彎，走上一條大路，頂著風，加快腳步。

夜很靜，四周一點聲息也沒有，只能聽到自己的腳步聲夾雜在蕭瑟的寒風裡。家婆走了大約二十分鐘，停下來，左手邊是一片墳場。家婆揚起臉來，朝著黑漆一般的天空，呼出一口氣。然後邁步走進墳地去，徑直到了一個小小的墳堆前面，那是驪珠姨的墓，一個很小的墳頭，前面豎著一小塊石碑。

家婆跪在地上，用膝蓋走著，睜大眼睛，繞著墳頭細看。即使在這漆黑的夜裡，她還是可以看到墳邊那些枯萎的小草。她伸出手，一根一根把枯草都拔乾淨。然後，又用兩手，把墳頭上的土拍拍平整。最後，她回到小石碑前面，跪在對面，手撫摸著那小石碑，石碑上刻著一行小字：

陶驪珠小姐

民國七年—民國十一年

眼淚從家婆眼裡冒出，無聲的流，滴落在小石碑上，和她抱住那石碑的手背上。

「珠ㄚ，姆媽來看你了。」家婆顫動著嘴唇，嘟嘟囔囔，「姆媽想你，一直想你，白天黑夜都想你。」

夜還是那麼靜，風似乎小了，無聲地撥動墳場地上的枯草。遠處似乎有一兩隻公雞叫了一兩聲。

家婆停了一會，又嘟囔：「珠ㄚ，姆媽對不起你。姆媽讓你去了。姆媽不配做媽。珠ㄚ，你好命苦呵。」

家婆說著，從棉襖大襟裡掏出一個小紙包，打開，一邊接著說：「珠丫，姆媽沒讓你把你的畫帶走，你不怪姆媽吧。姆媽想留著看，看見你的畫，就像看見我的珠丫了。你趴在後院外小竹棚裡面，畫太陽落山，那麼用心，畫得那麼好。」

家婆把那一小片紙用手抹平，兩手壓著，放在小石碑上。那紙上是鉛筆畫的，一條地平線，一個巨大的太陽正落下去一半。近處有一個小小的竹棚，裡面有一個小姑娘，趴在地上畫畫。

「珠丫，姆媽還給你留著武漢餅乾。姆媽給你帶了一塊來。」家婆又從棉襖大襟裡掏出一塊武漢餅乾，放到女兒畫圖的紙上。家婆接著說：「珠丫，你老說要聽講故事。姆媽從來沒給你講過一個，姆媽現在有空，姆媽來給你講個故事。珠丫，你好好聽著，吃著你的餅乾，莫吵，姆媽給你講個最好聽的故事，姆媽小時候聽娘講的……」

家婆盤腿靠著小石碑坐下，頭貼著小石碑，慢慢地講起來：「從前，很早很早以前，有一個小村子，也叫陶盛樓，在那個村子裡，有一個漂亮的小姑娘……」

夜越來越深，早先還隱隱閃動的星都隱去了，荒蕪的原野上枯草在寒風中斜斜地哆嗦。不知過了多久，家婆的故事講完了。她轉身跪起，摟著小石碑，輕聲說：「好了，珠丫，睡吧。你從出生，沒睡過一個安穩覺。從你一歲，姆媽就沒摟你睡過一夜，珠丫，現在，姆媽來了，姆媽摟著你睡，安安穩穩地睡。珠丫，不會有人再大聲罵你了。珠丫，整個世界都是你的。珠丫，就只有姆媽和你兩個人。」

家婆流著淚，說著，抽泣。然後，控制不住，哭聲越來越大，最後，嚎啕大哭，盡情地哭，無盡無止地哭。從驪珠姨死後，家婆第一次放聲地、自由地痛哭。

冬夜還是那樣的深，寒風還是那樣的吹動墳場上的草。家婆長長的、撕裂肺腑的哭嚎聲，在漆黑的夜空裡飄蕩，很久，很久。

九

一九二三年秋天，家婆又要生孩子了。家公還是照例不能回家。他夏天得到商務印書館編譯所的聘用，才到上海工作，不能請假。

陶家大院裡，上上下下的主僕，都像沒有看見家婆大肚子一樣。她依舊日日去廚房幫忙，在前院洗衣，到後院紡線。每天，媽媽坐在家婆身後玩草根，玩線頭，或者拿個鉛筆頭在碎紙上畫圖。媽媽最愛玩的，是拿個玻璃瓶蓋照工棚窗口射進來的太陽，在屋頂上搖晃一個圓圓的光點。望著那個小光點，媽媽可以想像出許多美麗的故事，唧唧聒聒說半天話。家婆聽著，常常會微笑起來。家婆再也不讓媽媽一個人到後門外的竹棚裡去了。

好多天，木匠不停做工，前院人來人往。裁縫也請來，做一家大小明年的衣服。後院擺開大桌子，幾個裁縫一起做。太家婆發話：「給我家男丫多做幾身和尚袍。和尚袍保丫們長壽。大小姐兩個，二小姐一個，向大嫂一個鼎來丫。每人做兩身。」

裁縫領班討好說：「那麼，二少奶奶呢？我看她快要生了。」

太家婆瞪眼問：「哪個？」

裁縫領班笑著說：「二少奶奶呀，快要生了，您老人家一定又多添貴子。先做上兩身……」

「她呀，」太家婆轉過身，一路走開，一路說，「她倒是作夢想生兒。打破她的前腦殼，撞破她的後腦殼，看能不能生個男丫。」

再沒人敢說話。家婆聽見，只有低下頭，加快紡線。

午飯時候，家婆到廚房幫忙，廚子給花廳上太家婆兩個姑婆和鄰家的客人燒飯。前後院裁縫木匠的飯，要家婆燒。家婆把媽媽安頓坐在廚房角落裡，玩一把大勺子。然後自己挺著大肚子，站在灶火前兩個鐘頭，煮好三鍋麵，招呼二福找人端出去給木匠裁縫們吃。

前後院裡做工的人人說麵好吃，家婆坐倒在灶前地上，站起不來。二福看見，忙命幾個老女僕把家婆扶起，攙回她自己屋裡，躺到床上。媽媽陪在身邊，給家婆擦額頭上的汗。

花廳裡人打牌，喊叫著要這要那。前院裡人做木工，喊叫著要這要那。後院裡人做衣服，喊叫著要這要那。陶家男女僕人，個個忙得腳不沾地，奔來跑去，哪個有空顧得上家婆屋裡哼哼的二少奶奶。屋裡黑了，連燈也沒人去幫忙家婆點亮。

晚飯時候，媽媽悄悄跑到廚房，跟大廚要了一碗麵，躲在廚房角落裡吃光，然後又端了一碗麵，回到自己屋裡，摸黑到床邊，給家婆吃。家婆哪裡吃得動，叫媽媽把麵放到床頭地上，爬上床來，家婆摟住，聽著家婆哼哼，睡了。

入夜時分，家婆肚子痛得受不了，大聲叫：「快請接生婆來。」

媽媽嚇得哭，急忙下床，一腳踩翻地上那一碗麵，驚呼一聲，滑了一跤，頭碰在床棱上，痛得要命。

前院後院人都睡了，沒人聽見，沒人動。

家婆在床上亂滾，拚命喊叫起來。

媽媽又驚又嚇，頭上又碰得疼，大聲嚎哭著，奔出屋門，站在當院喊叫。

前後院還是沒有屋子點亮燈，不見有人出來看看。

最後，二福起了身，提了馬燈，趕到家婆屋前，把媽媽抱起，送進門口，推她進了屋，壓低聲對屋裡面說：「二少奶奶，你把小姐管住，莫叫在院裡哭。二少奶奶莫喊叫了，忍一忍，我趕車去倉埠鎮接人來。」

一直到後半夜，二福才接了鎮上的接生婆，跑進院子。只聽見有人聲，還沒見接生婆進門，小嬰兒自己已經生下來了。

家婆躺在屋裡地上，疼得慘叫，昏死過去。

接生婆邁進屋門，什麼也看不見，屋裡沒有燈，便轉身朝門外，對二福說：「屋裡燈也沒有一個，怎樣生ㄚ呢？」

二福在門外站著，忙隔著門，把手裡的馬燈遞進去，輕聲對接生婆說：「這盞馬燈你先用上，我去叫老媽子起來，才可以進屋去。」

那接生婆提了二福的馬燈，走進屋，一眼看見到躺在屋子中央地上的家婆，嚇得半死，立時慌了手腳。家婆疼得要命，自己滾下床，爬出外屋來了。那盞馬燈搖曳的燈光照耀之下，家婆躺在地上血泊中，不省人事。一個小嬰兒，滿身血污，蜷在她兩腿中間，沒有生息。媽媽趴在家婆身上哭嚎，滿臉滿手也都是血。

二福便跑到後院去拍老媽子睡覺的屋門。其實老媽子們早都讓家婆的叫聲吵醒了，不過沒有老太太發話，誰也不敢起來幫家婆的忙。現在聽見二福叫，才動作起來。

裡邊，接生婆慌忙放下馬燈，先過去，從血泊中抓起剛出生的小嬰兒，倒提過來照背上拍打。拍了一下，沒有動靜，便又用力連著拍打三五下，小嬰兒突然哇一聲哭叫起來。接生婆便大聲喊：「快端熱水來，生出來啦，生出來啦。」

接生婆一邊朝等在窗外的二福叫，一邊忙著從隨身帶的包袱裡取出剪刀，剪斷嬰兒肚上臍帶，結紮起來。

屋子外面聽不到多少聲息，二福剛從後院跑回這裡，忙又折去灶間，一路都踮著腳尖，不願讓太太小姐們知道他在幫家婆的忙。

接生婆一邊忙著撥弄小嬰兒，一邊喘著氣對家婆說：「恭喜啦，二少奶奶，生了個大胖兒。」

家婆昏迷恍惚之間，聽得「兒」一個字，如雷貫耳，突地醒過來。她半睜開眼，藉著馬燈，伸手把嬰兒從接生婆手裡搶過，聽著嬰兒呀呀哭，踢著腿。自己眼睛看不清楚，家婆只得伸手在小嬰兒兩腿中間一摸。果然是個兒子，家婆一口氣喘不上來，摟住兒子昏死過去兩秒鐘，又醒過來，大喘著說：「快，快，告……告……」

「是啦，是啦。」接生婆跑到門口，扯開喉嚨，可著嗓子，對著院子，喊叫：「稟告老太太，二少奶奶生了個大胖兒，好福氣呀。」

二福剛在廚房裡，倒了一盆熱水端著，踮著腳尖，朝家婆門口走，一聽接生婆這聲喊叫，腳板馬上放下，通通地跑過來，在門口把熱水盆遞到接生婆手裡，急忙轉身朝堂屋台階上跑，一路大叫：「老太太，大喜，大喜，二少奶奶生兒了，二少奶奶生兒了。」

一剎那間，好像早有準備似的，前院裡所有的門全打開了。後院裡所有的門全打開了。男男女女，主人僕人，都跑出來，一片聲地喊。只有大姑婆二姑婆的屋子沒有動靜，幾個男孩子也沒有跑出來看熱鬧。

太家婆爬起身，披著一件睡袍，拄著手杖，跑進堂屋，迎面撞上低頭猛跑的二福，打了趔趄，險些跌倒，被二福忙拉住。太家婆舉手打二福一手杖，罵：「你要死了麼？」

二福顧不得打罵，扶著太家婆，滿臉的笑，嚷喊：「老太太，大喜，大喜，二少奶奶生了個兒，一個大胖兒。」

太家婆一路喊：「我看，我看……」一路由二福攙扶著，顛動兩個小腳，飛跑下堂屋的高台階，飛跑到院裡。

二福扶著太家婆，不停說：「老太太，看好腳底，莫跌倒。」

太家婆顧不得，深一腳，淺一腳，衝到家婆屋子，衝進屋門。二福不敢跟著進屋，忙招呼旁邊兩個女僕攙了太家婆，一路跟進門去。

屋子裡面，接生婆還在給嬰兒洗身子。那小子啞著喉嚨哭不停氣。太家婆走到跟前，不顧水淋淋的，一把搶過來，轉過身，對著燈仔細驗證。手裡的嬰兒，真真的是個男丫。

太家婆樂得兩個小腳一跳，把嬰兒還給接生婆，轉過身，揮著手杖，朝窗外大喊：「二福，快，給我叫老媽子，給我找奶媽，快，伺候二少奶奶。怎的就讓二少奶這麼睡在地下麼？屋裡亮也沒有一點，黑燈瞎火，怎麼生丫呢？這麼久了，沒有人來服侍二少奶奶嗎？生了兒在地下躺著，受了涼怎麼辦？來人哪，給我把二少奶奶抬床上去……」

門外幾個老媽子一邊繫著衣襟，快快趕進屋，七手八腳，把家婆從當屋地下抬起來，抬進裡屋，放到床上。一個女僕趕忙把裡屋牆角的一盞油燈點亮起來。媽媽跟著進去，爬上床，大聲哭。家婆轉身把媽媽摟在懷裡拍哄。新生嬰兒在外屋，有接生婆照料著。

太家婆在外屋，連連打了幾個轉，破口大罵：「大半夜，沒人來給二少奶奶點盞燈嗎？佣人都死光了麼？快點燈，去拿十盞大油燈來，把堂屋的大燈都拿來，給我都點上。我要看我的孫兒……」

一個老媽子忙跑出門去，喊二福找人抬堂屋的大油燈。

太家婆站在屋中央，連聲喊叫：「衣服呢？衣服呢？紅的，黃的，藍的，快，去找二十套新衣服來給我孫兒穿……」

第二個老媽子衝出屋門去張羅。

太家婆又連聲喊：「殺雞呀，大廚呢，死了嗎？給二少奶奶燒雞湯，燒骨湯，燒豬蹄。燒青菜，二少奶奶喜歡吃青菜，燒十樣青菜，給二少奶奶吃。打荷包蛋，打十個荷包蛋給二少奶奶吃……」

又一個老媽子跑出屋門去傳話。

太家婆還不住嘴地喊叫：「快來人哪，給二少奶奶收拾房子，這樣滿地血污污的，能讓二少奶奶住嗎？二少奶奶喜歡安靜，滿院裡前後，不許人高聲說話，不許喊，不許吵，走路都給我放輕腳步，讓二少奶奶安安靜靜坐月子……」

第三個老媽子跑出門去傳話。太家婆下令要別人安靜，走路都不許響，她自己卻在家婆屋裡大喊大叫，也沒有人敢說什麼。

家婆躺在裡屋床上，摟著媽媽，看著太家婆，心裡說不出是什麼滋味。自從過門，太家婆打過她，罵過她，可是，真心裡，太家婆並不是個壞婆婆，她只是按照幾千年的舊制當家，用打罵來管教媳婦。眼下，太家婆要關心媳婦的時候，什麼都為媳婦想到了，可說是天下最慈愛的母親。

太家婆在外屋喊完，撩開裡屋門帘走進來，一邊問：「冰如，你講，你還要吃麼什，喝麼什，我喊他們給你做……」

這樣說著，太家婆一眼看見床邊地上那個踩翻了的麵碗，暴跳起來，揮著手杖，怒罵：「來人哪，都死光了嗎？」

兩個女僕忙跑進裡屋，慌張地看著太家婆，聽吩咐。

太家婆接著罵：「你們眼睛都瞎了嗎？裡裡外外跑，看不見地下骯髒。你們要我孫兒這樣睡在垃圾堆裡麼？二少奶奶這樣睡著，壞了身子，怎麼給我孫兒餵奶？」

那兩個女僕手忙腳亂過去收拾地上的飯碗麵條，沒有工具，兩個人乾脆只好就用四隻光手，把地下的麵撈回到碗裡，端出去倒，又拿來掃帚抹布，掃了又擦。

太家婆還喊：「給我把二少奶奶裡屋都收拾乾淨，給我把二少奶奶床上都換新的，褥子、被子、帳子、枕頭，都給我換。給二少奶奶把身上衣服，裡裡外外都換了。還有小姐身上，衣服也給我換乾淨……」

滿院子亂成一團，誰也顧不上放輕腳步，都是通通通地亂跑。男僕們點起無數燈火，把前後院子照了個雪亮。沒事做的僕人老媽子，都一字排在院裡等候吩咐。

二福靠在家婆屋門外邊，聽著屋裡太家婆的吩咐，向男女僕人們分派活計，一邊指揮在門上掛棉布帘子。他半夜裡頭一個起身，幫了二少奶奶的忙，趕到倉埠鎮去請了接生婆，端了熱水，報了喜訊，立大功一件。沒話說，明年老太太一定又給他長銀子。

那接生婆得意洋洋，功臣一般，抽個一尺長的煙袋，站在屋當中，指揮眾老媽子忙碌。女僕老媽子們在家婆外屋裡屋跑進跑出，端水的，倒水的，包嬰兒的，撕尿布的，送棉被的，找衣服的，換床單的，搬搖籃的，擦地板的，抬油燈的，放油燈的，點油燈的，吹馬燈的，幫家婆換衣服的，幫媽媽換衣服的，給太家婆道喜的，在窗上掛帘子的，為太家婆安放椅子的，在家婆床前搬桌子的，給家婆送燒青菜的，送荷包蛋的，送骨頭湯的……進了出了，穿梭一般，撩得外屋門帘難得掛住，掛上掉下，門外幾個男僕累得滿頭大汗，又不敢抱怨，只能嘆氣，掉了掛，掛了掉。

雇來做工的木匠裁縫原都睡在後院外面的一排工房裡，也都讓二福派人去喊起來，進到院子裡，半夜三更，點著燈開工做業。木匠們急忙在前院揮動刀鑿斧鋸，給新生的小少爺做木床，做搖籃，做小桌小椅小櫃。裁縫們也在後院大案上，鋪開幾疋大布，亂剪一通，給小少爺做內衣、外套、兜肚、軟鞋、虎頭帽。

家婆抱著媽媽，換好衣服，擁著棉被，縮在床角，看著女僕換床上的大帳子。媽媽從來沒見過這麼多人在自己屋裡，這樣大喊大叫，跑進跑出，嚇得拚命哭。可是屋裡屋外人多，吵聲更大，沒人聽得見媽媽哭。只有家婆不停哄著，拿手撫摸媽媽的額頭。

太家婆坐在外屋正中，一張從堂屋搬來的太師椅上，新生的孫兒包得嚴嚴實實，只露一張小臉，放在她手邊的搖籃裡，任由他啼哭。太家婆愛聽孫兒哭，哭聲越大越好聽。

在這一大堆雜七雜八的人聲中，太家婆忽然又朝門外喊：「二福，叫灶上大廚燒糖麵，多燒幾鍋糖麵。」湖北鄉間習俗，家裡生了男兒，要請村裡人一道吃糖麵慶賀。

幾個廚子早在灶間忙得團團轉，生火，燒水，炒青菜，打荷包蛋，殺雞拔毛，砍骨頭燒湯，煮豬蹄。現在又多了一差，燒糖麵。趕緊再多點一個灶火，安鍋燒水。才半夜，天有點涼，冷灶火一時生著又滅，旺不起來，急得燒火廚子眼裡噴煙，鼓著腮幫子拚命吹。二福跑來催了又催，大廚一邊罵燒火的太慢，一邊捋胳臂挽袖子，拿出先存的乾麵，排在案上，專等水開下鍋。乾麵太少，還得另做。大廚拎起一袋麵粉，倒進大麵盆，澆上水，掄開雙臂，揉起麵來。那邊水終於開了，燒火廚子忙站起，揭開鍋蓋，抓起乾麵下進鍋，拿個大勺攪動。灶房裡立時滿是水氣，對面不見人。這邊和麵廚子，揮舞擀麵杖菜刀，急速切麵。一時間刀光勺影，喘聲水聲，混作一團。

忙亂之中，天色漸漸亮了。

太家婆仍舊穿著她的睡袍，顧不得換，拄著手杖跑出前院，趕上台階，後面二福急追沒追上，搶到門口。太家婆已經等不及二福動手，自己上前去拉門閂。二福幫著忙，打開大門。太家婆大步走出去，下了台階，頓著手杖，站在門前場地當中，朝左喊：「鄉親們呀，快來呀，我陶家又生了兒啦。來吃糖麵呀。」

喊畢轉身，又朝右喊：「鄉親們呀，快來呀，我陶家又生了兒啦。來吃糖麵呀。」

左右喊過一陣，太家婆又顛顛地拄著手杖，由二福攙扶著，繞著自家院牆外面，一路喊叫，一路跑到後門口，站在路中，頓著手杖，叫喊：「鄉親們呀，快來呀，我家老二生了兒啦。來吃糖麵呀。」

村裡女人們都才爬起身，剛點著灶火準備燒早飯，聽見陶家老太太喊叫，趕緊又把自家灶火都撲滅，拉起還睡著的男人們孩子們，紛紛跑到陶家來吃糖麵。

太家婆樂得前院後院跑，在人群裡鑽進鑽出，小腳顛得地皮直顫，手杖戳壞了石子鋪的路面。她見人就說：「我陶家好福氣呀，我家老二又生兒了。多吃些，多吃些。我家糖麵好吃呀。」

前前後後招呼一陣，太家婆又跑進家婆屋裡，大發脾氣，噴著唾沫罵：「門上怎麼還沒掛紅布條呢？還想讓臭男人們進來衝二少奶奶的喜麼？有沒有人伺候二少奶奶呀，地還沒收拾乾淨麼？我小孫兒呢，包好了沒有？怎的還讓他哭呢？他餓了，給他吃。搬到裡屋去，給他娘。冰如，快餵快餵。二福，再燉一鍋雞湯，這碗涼了，端走，再去殺個大肥母雞，殺三個……」

太家婆一路喊叫著，在家婆房子外屋裡屋打了幾個轉，又跑出院子去招呼村裡來道喜的人。

家婆仍舊躺在床角裡，一手抱著媽媽，一手抱著新生的兒。兩個都在哭。可是她不管，讓他們去哭好了，哭夠。反正現在人人歡天喜地，沒人理會媽媽是不是哭。小姑娘從出生，就不敢在這屋裡放聲哭，每受委屈，只有吞著聲抽泣。好了，現在，往夠裡哭去吧，去嚎吧。家婆躺著，沒有餵兒子，只是躺著，眼淚一串一串地流，看女僕老媽子們忙出忙進。聽窗外人們的道喜聲，聽太家婆叫喊，罵人。

幾分鐘以後，太家婆又跑進屋來叫：「我的小孫兒好不好。呵，看他多壯實，呵，聽他哭得多響亮。他眼睛好大，好有神。快給他吃，給他吃。」

家婆只好打開衣襟，把奶頭塞進兒子嘴裡，可是那兒子根本不要吃，緊閉著眼，把奶頭吐出來，繼續哇哇哭。太家婆看了笑，說：「那好，那好，等會子，等會子再餵。」

太家婆說著，叫著，又跑出屋門去，一面喊叫：「給二少爺寫信報喜了沒有？快寫信，快寫信，今天派人送倉埠鎮上去……」

這孩子，依照家公留下的名字，叫作泰來，就是我的大舅。為了他，陶家大院喜氣洋洋，和和睦睦，過了幾個月。先是泰來舅滿月，煮了幾大鍋紅雞蛋，給全村的人吃。又是泰來舅過百天，更大擺了宴席，雞鴨魚肉，請全村人來坐了吃，酒肉管夠。

十

過了陽曆年，又到舊曆年。趁著太家婆因為得了孫兒，過節過年，心裡高興，家公決定向太家婆提出，要把家婆和兩個子女接到上海去。那是一道關口。家公先請一位以前在北京大學的同學張先生幫忙探探太家婆的口氣。張先生是湖北黃岡同鄉，住家離陶盛樓不遠，也是大戶人家。現在在武漢做律師，常常回黃岡老家。他以前來過陶家幾次，太家婆認得。

離春節還有一個月，張先生又回陶盛樓的時候，找了一天，到陶家大院來見太家婆。他到堂屋坐下，陪著笑對太家婆說：「我前些時到上海去過一次，見到希聖兄在那裡獨自一人過日子，清苦得很。他每天一定要按時去上班，遲一點，老闆就給臉色看。他又是剛去的年輕人，常常要加班，結果是吃不上，睡不好。我看他又黃又瘦。」

太家婆不作聲。

張先生又接著說：「如今不同於以前老人出門做事業。那時，一中舉人，就出去做官。做了官，自然有跟班，有佣人，有廚子，出門坐轎子，也用不著看鐘點升堂斷案。」

他停一停，聽見太家婆輕輕地嘆一口氣，便又接著說：「現在呢，我們都是北京大學畢業。照早先制度，那是全國最高學府，考進去，起碼要算中舉。畢了業，就是考過了北京朝廷的考場，都算是皇榜上有了名，做了進士。照希聖兄在班上考前三名，那不是狀元，總也是探花、榜眼了。皇上殿試，依希聖兄的才氣，必是對答如流。皇上自然會派他個欽差大臣，點翰林，做到大學士，他還會缺吃短穿麼？冒昧說一句，皇上看中了，也許還招希聖兄做個駙馬，您老太太就成了皇親國戚，也會進京去，穿官服，戴鳳冠，朝見皇上呢。」

太家婆聽著，臉上露出一些喜氣。嘆口氣，說：「不提了，不提了。如今世代不同了，沒那個福氣呀。」

張先生趕緊接說：「對呀，對呀。眼下，像希聖兄這樣大才子，也得自己點火燒飯，縫衣洗被。還要每日去上班，看人臉色。回家來，連個說話的人也沒有。時間長了，我怕希聖兄會生病也說不定。」

「怎樣呢？當初早勸他不要去。上海那鬼地方，我早年去過，不過一片碼頭，沒幾個房子，哪裡比得了武漢，有什麼好。說過幾次，他不聽，自己從安慶跑去，現在吃苦頭，誰管得了。」

「上海現在不一樣了，大得很。那是外國人開發的地方，不像我們中國人的地方。那裡人對人不大友好。老闆按鐘點付工錢。希聖兄實在過日子緊巴巴的。」

太家婆盯著他，半天才說：「他要回來了？可以。像他大哥一樣，在武漢謀個差，不許回家來享受，陶家男人沒有閒在家裡的。」

「不會，不會。希聖兄絕沒有想回家閒居的意思。」張先生嚥了口唾沫，硬著頭皮說，「是這樣，希聖兄算了算，在上海，一個人過兩個人過，花錢差不多。可是，如果希聖兄有個幫手在跟前，日子自然會好一些，也許還多些時間，可以多做工，多賺錢。」

太家婆瞪了眼，說：「他要怎樣？還要我老婆子去上海伺候他麼？」

張先生趕緊擺手說：「哪裡，哪裡，也許……可能……要是二嫂，能去上海伺候他，就……」

「放什麼屁。」太家婆怒喝一聲，「我在陶家幾十年，從來沒聽說過這等事。我生他，養他。現在他讀了書，有了事做，有了錢，想翅膀一張，飛了。那麼容易麼？」

張先生嚇得從椅子上跳起，點頭哈腰，不知說什麼好，只有「是，是，是，不，不，不……」的一連聲。

太家婆揮手罵：「滾出去。他要把他女人小丫帶走，他自己來講，用不著你來當說客。」

張先生慌慌忙忙撩著棉袍下襬，匆匆跑了，帽子跌落在院裡地上，也顧不得拾，不要了，光著頭跑出大門去。

家婆趁著大舅睡覺，在後院紡線，聽見前面堂屋裡太家婆叫聲，停下手，才聽清楚太家婆在叫嚷些什麼。她趕緊放下紡車，抱起媽媽跑回自己屋裡躲著。她曉得，又有什麼事要臨頭了。可是她無處可藏，還沒喘過氣來，太家婆已經在堂屋大叫二福找二少奶奶來。家婆聽見了，忙安頓媽媽躲在屋裡，不許出門，而後隨手抱起泰來舅，跟著二福到堂屋裡去。

太家婆一見家婆就叫：「你聽見在說你男人麼？」

家婆忙說：「我在後院紡線，聽見泰丫哭，跑到前邊來餵他奶。」

太家婆看見家婆懷裡的泰來舅，便壓低一點聲音：「他吃了麼？吃了麼？」

家婆回話：「吃了，現在要睡了。母親叫我有事麼？」

這一問，又惹起太家婆的火。她要發作，又不敢吵泰來舅，臉憋得通紅，喘著氣，恨恨地說：「二少爺要把你接出去跟他過日子。你有麼子想法？」

家婆連忙說：「他怎麼會那麼想呢？發瘋了麼？我不曉得。我在這裡跟著母親，不愁吃，不愁穿，什麼都有母親想著，我什麼都不用愁。再說，我在這裡，隨著母親，還有許多事要做，有許多道理要跟母親學呢。希聖一個人在上海，給別人做事，就那幾個錢薪水，連房子也付不出，接我們娘兒三個去，喝西北風麼？他要我們去上海討飯麼？我不去。我要留在這裡，跟著母親享福呢。」

「哼，」太家婆臉上顯出一些放鬆，把身子往後靠靠，靠到椅子背上，接著說，「我也說是這樣。他一個禿頭小子，哪裡曉得過日子是怎麼回事。」

家婆說：「如果母親沒有事了，我抱泰丫回去睡了。」

太家婆忙說：「去吧，去吧。多蓋一點，莫凉了他。」

「是。」家婆說著，急忙退出堂屋。

事情並沒有完。俗話說，躲得過初一，躲不過十五。陰曆年前，家公再也躲不開，非回陶盛樓來過年不可。早些時，他已經接到武漢張先生的信，曉得事情是跟老太太挑明了。雖然惹太家婆發了怒，無論如何，家公也得再爭取一下。

家婆聽太家婆說，家公準備臘月二十七回家，就與太家婆說妥，臘月二十六中午抱著泰來舅，領著媽媽，坐了輛轎車，遮著棉帘，到萬家大灣，回自己娘家去了。說好除夕那天一大早回陶盛樓來。

臘月二十七中午，家公進了家門，徑直走到堂屋裡，把手提的箱子放下，禮帽摘下，遞給二福掛到牆邊的帽鉤上，又把外面穿的皮襖脫掉，交二福收起。然後，家公撩著棉袍跪下，給太家婆叩頭請安。兩個姑婆都穿著絲裯棉袍，坐在一邊喝茶吐瓜子。

家公叩完頭，臉還沒抬起，身子也沒直起，太家婆就已經氣憤地高聲問道：「你還是想要帶你老婆孩子走麼？」

家公跪在地上，不敢起身，低著頭，哆哆嗦嗦，說：「母親大人明鑑，兒子一個人在上海，日子實在太艱辛。」

太家婆把椅子扶手一拍，喝問：「你也配說過日子。你曉得日子是怎麼過法的麼？」

家公先一愣，隨即醒悟過來，馬上接話題，說：「母親說得極是，兒在家時，靠母親撫養長大，飯來張口，衣來伸手，從不知過日子是怎麼回事。所以現在一個人獨自在上海，不曉得怎麼吃，怎麼穿，整日裡吃不上，穿不上，日子窘迫。才去了半年多，我已經有過兩次胃痛，去看醫生，吃了藥才好。都是飲食不周所致。」

太家婆坐著不說話。

家公覺得有鬆動跡象，便接著說：「我算過細帳。我只有那麼幾個錢薪水，也不敢每天出去吃飯館。只得自己在家裡煮飯。我哪裡會煮飯，又不懂得買菜，不過有什麼吃什麼，亂吃一氣，常吃生菜生肉。也不會洗衣，只好送出去給別人洗，花很多錢，還費時間。我只身上這一件長袍，要每天穿去書局，一洗，來不及乾，急死人。」

太家婆仍就不作聲，悶坐著，聽聽小兒子一人在外，受了許多苦，到底心疼。

家公停了一下，慢慢爬起身，站著，又說：「我想想，要是接冰如過去，還是住一樣的房子，冰如吃不很多，也不多幾個飯錢。可是她在家做飯，我就省錢，不用出去吃飯館，便可省下很多，而且可以每天吃好，我身體會好些，可以多做些事，多賺些錢回家。洗衣的錢也省下了，冰如可以自己洗。衣服破了，縫縫補補也不用送出去做。」

家公見太家婆頭低下來，似乎在想，就提高一點聲音，接著說：「當然啦，冰如出去跟著我，要受苦。她在家，有母親照看，多享受。她或許不願跟我出去。」

太家婆聽了，順口答說：「那不能由她。」

家公一聽，忙又跪下，給太家婆磕頭，央告說：「兒子就全靠母親替孩兒作主，不能由著冰如一意在家享清福。她也該跟了孩兒去分擔些艱苦。我實在需要一個人照看我的吃喝。」

太家婆說：「你只要媳婦一個人跟你去麼？你的兒女呢？」

家公愣了，他沒想到，還有接妻子去上海卻不帶兒女的可能，忙說：「小丫的事，自然由母親大人定奪。照孩兒思想，泰丫才幾個月大，要吃母奶，或許總還是隨著冰如更好些。琴丫三歲，大些了，會吃會喝，留在家裡陪母親大人樂樂也好。」

大姑婆喊起來：「留她在家裡，還要我們伺候麼？」

二姑婆也喊：「誰要聽她夜裡嚎哭。」

太家婆轉臉看看堂屋裡的人，嘆了口氣，說：「你也太沒有良心，琴丫才三歲，你捨得她離開娘麼？」

聽這一說，喜從天降，家公忙又叩頭謝罪，說：「母親大人教訓得是，孩兒不該那般心狠，做丟開兒女的念頭。孩兒聽母親教訓，學會了，今生今世，富貴貧寒，永遠把兒女帶在身邊。」

太家婆又嘆口氣。

家公趕緊把早準備好了的一席話說出：「我們一家到上海去，絕不再跟母親要一個錢。我們就用我的薪水過日子，過緊過鬆自己過。我們走，什麼都不帶，只帶隨身的行李。我們的東西都留在家裡。母親和姊姊們如果要用什麼，儘管取了用……」

大姑婆插嘴：「這是你說的話。我可要拿的。」

二姑婆說：「我要那個……」

太家婆嘆了口氣，搖搖手，止住兩個姑婆的話，還是沒說什麼。

家公從長袍大襟底下掏出一個紙包，雙手遞給太家婆，說：「這是一百塊大洋，是孩兒在書局做這半年工，省下來孝敬母親的。孩兒實在沒有更多了。這一點還不了母親這多年照看我一家老小的恩情。孩兒，孩兒……」

家公心裡難過，說不下去，眼睛溼潤了。

太家婆沒有伸手接錢，坐著不動。

家公不再說話，站在一邊，兩手捧著那小紙包，低著頭。

堂屋牆上的大鐘滴答滴答地走。家公從來沒注意過，這鐘的秒針走起來會發出那麼大的響聲，好像一錘一錘打在人心上似的。

最後，太家婆又嘆口氣，伸出手來，接下家公手裡的紙包。她沒有打開，什麼也沒說，站起來，轉身朝她自己屋子走去。到了門邊，頭也沒回，說了一句：「去接你媳婦回來，準備上路吧。」

然後，太家婆徑直走進屋去，把門砰地一關。

家公聽說，不及回屋換衣，當下喊二福套好馬車，飛跑到萬家大灣家婆娘家，當晚把家婆娘兒三個接回陶盛樓，開始收拾行李細軟。他們得趕快，趁著太家婆沒改變想法，馬上離開。

太家婆不高興，連著幾天關在自己屋裡不出門。大姑婆二姑婆見了，都說回家跟丈夫過年，跑掉了。伯公回家來，照例每天帶了鼎來舅出去會朋友。前院後院，跟死了一般寂靜。只有向伯婆，拖著病懨懨的身子，過來幫忙照看一下泰來舅，讓家婆騰出手，整理行裝。全院裡外，媽媽是唯一的一個，顯得十分興奮。她不知道上海在哪兒，但是曉得那裡很遠，很大，很好玩，是個好地方。她幫著家婆收拾東西，把自己的衣服都疊整齊，放到箱子裡。可是她不能大聲笑，不能大聲說話，也不能到院子裡或後面工棚裡去找她的玩具。家公對她說過，到了上海會有很多新玩具，從來沒見過的，娃娃的臉都是硬的，不像家婆手縫的布娃娃。上海的娃娃眼睛還會動。什麼樣的呢？媽媽想不來。她真急得想馬上就到上海。

忙忙碌碌，三天過去。因為這事，年也沒像往年那樣過。太家婆覺得她允許家公帶了妻兒離開陶盛樓，破壞了陶家幾百年的規矩，心裡又難過，又害怕。除夕年夜飯，太家婆也只到飯桌上點了個卯，稍坐了一坐，什麼話也沒說，便離席回屋去了，留下家公兄弟兩家，在餐廳裡享用年夜飯。

桌上仍然擺滿了大盤小碗，年年照例的年夜飯，雞鴨魚肉，熱菜冷盤，紅白黃酒，同樣點了一只火鍋，粉絲豆腐。

鼎來舅和媽媽還是很高興，抓這個，要那個，向伯婆忙著招呼鼎來舅一個，也顧不過來。家婆要照管懷裡的泰來舅，更沒有手管媽媽，只好叫身後的二福過來幫忙媽媽。

伯公開始好像興致勃勃，吃了幾口之後，也慢下來。家裡的飯，雖然好看，吃起來永遠一個味道，沒有意思。家公強作歡笑，不大吃，光講話，好像怕冷場。

「大前年我三年級，過年沒趕上回家，你們曉得為麼什？」家公說。他這故事可能人人都知道了，可是無話找話，別人反正沒心思吃，沒心思聽，由他去重複嘮叨，「北京的報紙上出了十七個題目，徵修訂民法的文章。我決定應徵，馬上起草。初稿完成，十萬字。高一班的同鄉黃先生也應徵，與我討論，看了我的文章，說：法學文章不可太長，要有條有理，簡潔扼要。別人說十句的，你說一句。你說一句說不清的，說十句還是說不清。我聽了覺得很有道理，就修改文章，縮成三萬字，每段加小註，說明引文來源。改好以後，用小楷抄清，釘成一冊，送到民法修訂館。那天是臘月二十九日，為了這篇文章，我誤了回家過年的火車。」

伯公一邊用筷子攪動糯米雞的肚子，一邊說：「母親除夕那天收到你的信。先發一頓脾氣，罵你不回家過年。後來又覺得好，你在外面努力做事，母親總是高興。」

家公笑了一笑，又說：「同公寓還住一位陝西同學楊先生，那年過年也沒有回家。除夕夜，他在住處煤球爐上燉了一大鍋牛肉湯。他用漢中家鄉法子，把三斤牛肉，放在砂鍋裡，加清水，不用鹽，從上午燉到夜間，牛肉爛熟，再加鹽。年夜飯時，他邀我去他房間，二人圍爐而坐，各人用筷子在砂鍋裡挑肉，用湯匙在砂鍋喝湯，一直吃到天亮，很是過癮。」

伯公笑了，說：「想來是像兩個野人一樣。」

家公不理，接著說：「那時候，如果他不請我，我連年夜飯也沒得吃。我身上只剩一塊銀元和兩吊票子一張。大年初一早上，公寓夥計來請安，那一塊銀元只好賞他。兩吊票不過值銅板二十枚，不好意思拿出手，只有自己留了過年。我們沒回家的幾個同學約好出東便門，逛東嶽廟，大家身上都沒有錢，只好走路去。」

沒有人聽，家公說說也覺無趣，聲音低下來，最後停住。他閉了嘴，再沒人說話。又過了幾分鐘，各人都假裝打哈欠，推說時間不早，紛紛離桌回屋睡覺去了。

那時還不到午夜，往年每年熬夜，大人小孩熱鬧得很，今年偌大一個院子，幾十間房子，黑燈瞎火，居然沒有人守歲。第二天，大年初一，僕人們按規矩在前前後後放鞭炮，鼎來舅和媽媽跟著跑，算是熱鬧了一會子。

家婆請家公照看兒女，她自己又跑到驪珠姨的墳前，哭了一陣，替驪珠姨把墳上的草拔乾淨，對著墳頭說了好一陣話。然後掏出一個小玻璃瓶，在墳頭上抓些土，裝在瓶裡，又把剛拔下的一株小草也裝在瓶裡，把蓋子蓋好，揣進懷裡。家婆在墳前一直坐到太陽偏了西，把眼淚流乾了，才起身回家。

晚上，媽媽和泰來舅都在裡屋睡了。家公和家婆坐在外屋裡，圍著炭盆，穿著長袍，沒合眼。屋門口地上，擺著他們要帶走的東西：一個被捲，一個裝四個人換洗衣服的箱子，一個網籃裝些七七八八零碎雜物，另外一個背包裡是泰來舅的奶瓶尿布之類。

家公輕聲說：「我還有幾件心愛的東西，沒有帶上。」

「我們實在拿不下了。」

「我沒有想帶。想帶也不行，我對母親說了，除了吃穿要用的東西，我們什麼也不帶。」

「什麼東西？」

「餐廳裡的幾個塑像，尤其那個關雲長。我最佩服關雲長，講義氣，重友情。還有花廳裡幾幅字，顏真卿趙孟頫的倒不大要緊，只是字寫得好些罷了。那蘇東坡的一幅，是迪公三叔在四川做官之後，退休回家的時候，特別帶來送給我的。這蘇東坡是四川人，在四川大名鼎鼎。我四歲啟蒙，二叔是老師，三叔也曾指點過我許多。再有就是我們屋裡掛的這幅米芾的字。」

「下次有機會再來拿吧。」

「不知是不是還會再有機會回家來。這大院不會再歡迎我們回來的。」

家婆沒說話。

過了一會，家公說：「我還是把這幅米芾的字帶走吧，沒有多重，家裡也沒人會要這東西。」

「你說了不拿旁的東西，就不要拿。下次回來，如果真沒人拿，還留在這裡，我們再拿走不遲。」

「你說得對。」

外面敲了五更，天快亮了，家公家婆站起來，到床邊，叫醒媽媽，穿好衣，洗過臉，睡眼朦朧，滿地打轉。家婆幫著把背包背在媽媽背上。然後家公幫忙把還熟睡的泰來舅綁在家婆後背上，外面兜頭搭好一條棉被，也綁緊。然後，家婆一手提網籃，一手領媽媽，等在門邊。家公把被捲扛到肩上，一手扶著，另一手提起衣箱。四個人都靜靜地做著這一切，沒有人說一句話。最後，他們一起，前後邁出屋，在背後關好門，不掛鎖，悄悄走到院裡。

他們走到堂屋前，把手裡的行李衣箱都放在高台階下，空手走上去，進了堂屋，轉到太家婆屋前。門虛掩著，是在等人的樣子。家公頭一個悄悄走進去，家婆背著泰來舅，領著媽媽，跟著進了門，都不出聲，齊齊在太家婆床前跪下來。

家公一手撩起床邊的幕帳，輕聲叫：「母親，母親，我們走了。」

太家婆沒應聲，翻個身，朝牆。

家公又輕聲說：「要省掉在武漢住一夜店，我們只好早些到倉埠鎮上頭班船，晚飯到了武漢，還可以趕上當夜去上海的輪船。」

太家婆仍然沒有聲息。

家公放下幕帳，說：「母親，孩兒四個都在這裡，給母親大人叩頭了。願母親大人壽比南山，福如東海。」

說完，家公領著家婆和媽媽，叩下頭去。泰來舅在家婆背上睡著，也隨著倒下去。

「母親，母親……」家婆叫著，哭音打顫，說不出任何字來。她跪在那兒，眼淚一個勁流。

太家婆一動不動地躺著。

最後，在寂靜中，家公四個人站起身，悄悄地退出太家婆的屋子，輕輕把門關起。走出堂屋，下了台階，拿起自己的行李、衣箱、網籃，在依稀的晨色裡，走過古老的院落，走出黑漆的大門。沒有人來跟他們道一聲別。沒有人知道他們離開。

那是大年初二清晨，太陽還沒有升起來，風很硬，很冷。露水落到臉上，像冰珠一樣。這雙年輕的夫妻，帶著他們的一兒一女上了路，走向他們自己的生活。他們迎著大風朝前走，沒有回頭，一次也沒有回頭，沒有再去張望他們過去曾經度過許多歲月的地方。

後面馬車踢踢塌塌地響著，追上來，是二福吆了馬車，趕上來送二少爺二少奶奶一家上路。因為家公說過此次出門，不用家裡一分錢，所以也沒有要家裡備車送去倉埠鎮，連馬也沒有要一匹，準備一家人用兩條腿走路去。

家婆一邊扶著媽媽爬上馬車，一邊問二福：「是老太太吩咐的麼？」

二福說：「莫問就是了。」

家公不說話，如果太家婆不吩咐，二福哪裡敢套了馬車來送他們。家公上了車，幫助家婆從背上解下泰來舅，三個人坐穩。

馬打著響鼻，快跑起來。一家人在車子裡顛動。

「爸爸，上海好嗎？」媽媽在暗暗的黎明天色中問。風把這問話吹開去，飄蕩在鄉間的土路上，落在一家人急匆匆趕路的車印裡。

家公說：「你自己去看。」

媽媽說：「我說一定好。」

家婆說：「莫想得美。在上海，沒有好日子過。」

媽媽不懂，使勁地想：「為麼什呢？」

十一

站在輪船甲板上，可以看到上海了。在一片灰濛濛的天色中，隱約顯出一些高樓的影子。天還很早，不到三歲的媽媽和才幾個月的泰來舅都還睡在艙房裡。那是一九二四年舊曆年初五清晨。

家婆隨著家公走上了甲板。家婆非常敬佩丈夫，他走遍天下，去過北京，在上海做事。他什麼都見識過，什麼都不怕。這可是她有生以來第一次走出湖北省地段，到一個全新的城市去生活。家公說，那裡人說話跟湖北人不一樣，很難聽得懂。

輪船從長江轉進黃浦江。蘇州河口流出渾濁黃水，裡面飄著菜葉、破布、木片、各種垃圾，發出一種說不清的臭味。這就是上海麼？家婆心裡有點涼。

家公安慰說：「不是這樣的。這只是蘇州河，那些窮苦漁民們一年四季住在船上，在這江裡洗菜、淘米、刷馬桶，所以成了這樣子。莫擔心，我租的房子離江邊很遠，聽不見這吵聲，也聞不到這臭味。」

「我們也用這水洗菜洗衣麼？」家婆問，覺得手裡發黏似的。

家公笑了，說：「不是，我們住在閘北華壽里，是一座小樓房，用自來水，很乾淨。」

「自來水？怎麼挑法？」

家公大笑起來，咳著，說不出話。

家婆臉紅了。家婆在家不用自己挑水，有男僕人挑水。但她曉得，吃水用水要挑。對她來說，這大概算是最苦的事，一路都在擔心，到了上海，沒有僕人，她只好自己去挑水。

家公還笑著，說：「不必，不必，你不用挑水，誰都不用挑水。水就在屋裡，用手一轉那個水龍頭，水就自己流出來了。」

家婆不明白，問：「為什麼呢？」

可是她沒有時間得到回答。船上茶房們拿著喇叭筒，四處喊叫，上海到了，招呼乘客們收拾好自己的行李，準備下船。

家公和家婆趕緊回艙房，媽媽和泰來舅都讓水手們的喊叫聲吵醒了，躺在鋪位上發呆。

別的乘客都是大箱小袋，五顏六色，很講究，大聲招呼，手裡搖著鈔票，叫茶房們幫忙搬運東西。家婆和家公只有三件簡單行李，又小又難看。他們自己提了一路，根本用不著麻煩茶房們。其實，就是他們叫茶房來幫忙，也不會有人來。那幾件鄉下人的爛東西，值得髒了茶房們的手麼？

船靠了岸，船員們跳過碼頭去拉纜繩，高聲吆喝著，聲音粗壯而有力。碼頭上，擠了一些人，來接船上剛到的親朋戚友。大冬天，上海人照樣穿得花花綠綠，竟然還有穿裙子的，不怕冷。男人們舉手杖，女人們舉手巾，對著輪船用力揮動，高聲喊叫。

船還沒完全停住，一大群碼頭腳夫忽然從碼頭上人群後面衝出來，蹦跳上船，衝進艙房，從客人手裡搶過各種箱子、行李袋、衣包網籃，不管什麼，搶過來抓住就跑。乘客們跟著追，喊叫著，跌跌撞撞，一時間，滿船裡亂作一團。家婆站著，不知所措。泰來舅綁在家婆背上哭。媽媽嚇得躲在家婆背後，緊抱住家婆的腿。家公兩手抓緊衣箱行李。

一個腳夫，身穿短衫，腰紮布帶，滿臉的汗，衝到家公面前，張開兩手，喊一聲：「先生，阿拉來幫儂好不啦。」

不等回答，他一把從家公手上搶過行李，又一手搶過衣箱，轉身便朝船下跑。家公趕忙提起網籃，喊叫著，緊跟著他跑。家婆背著泰來舅，拉著媽媽，也急忙東倒西歪隨著。

那腳夫一路跑不停，過了甲板，過了舷橋，下了碼頭，衝過出口，上了馬路，還在跑。家公家婆氣喘吁吁，根本來不及說話，只有跟著。一直跑過一個路口，那腳夫一頭扎進路邊一個小旅館低矮的門洞，才停下來，放下衣箱，再把肩上的行李往地上一丟。這時才看清自己扛了一路的是些什麼東西，他由不得把嘴一撇，吐口口水，朝那行李捲踢了一腳。

家公跟著跑進門來，後面跟著家婆，都喘不上氣，彎著腰，臉色發白，呼呼地張大著口。只媽媽高興地跳，伸頭看牆上的彩色圖片。

「先生，銅鈿。」那腳夫說著，對家公伸出手，大而粗。

家公從棉袍下掏出一塊大洋，放到腳夫手上。

那腳夫手把錢一捏，說一聲：「謝謝儂。」扭頭就走。

「喂，我不住這裡，」家公叫那腳夫停下，「我不要住店，我有房子住，在閘北。幫我找部車子好不啦。」

那腳夫回頭看他一眼，理也不理，逕自走掉了。

旅店帳房聽說家公一家不要住店，嘟囔一句：「娘希屁。」哐噹一聲，把櫃台上剛打開的小窗關緊，走開去，坐下抽香菸。

家公只好趕緊自己把行李箱子搬出旅館門，放到馬路邊。一家三口坐在上面。泰來舅還是趴在家婆背上，已經不哭，轉頭看面前那些過來過去的人。

馬路上人多得不得了。黃包車到處都是，跑來跑去，高大的車輪壓得馬路咯吱咯吱響。車上坐的都是穿長袍馬褂的人，頭上的禮帽都很講究。一輛黑色小汽車在黃包車和行人堆慢慢地開過，一路按喇叭，震天的響。家公汽車見得多了，不稀奇，看也不看。家婆上次帶媽媽到武漢看病，也曾見過汽車，不過看到還是覺得新鮮。媽媽卻是頭一次見到汽車，聽到這樣響的喇叭聲，嚇得兩手捂著耳朵，眼裡都是恐懼。陶盛樓和萬家大灣都從來沒有汽車到過。

街上走路的人，有穿棉長袍的，穿馬褂的，戴皮帽，手裡搖手杖，看起來像有錢人。也有打短工的，東遊西轉，穿對襟短衣、長褲、布鞋，頭上戴的一種帽子，別處少見，粗粗的料子，圓圓的頂，壓住帽簷。一些女人們穿著大襟褂子，臂彎裡掛了菜籃子，急急走路。也有些女人，穿著旗袍，外面套毛衣或者棉背心，頭上戴了各種各樣奇奇怪怪的帽子，胳臂上戴了長手套，搖搖晃晃地走路。

牆邊轉角坐了一個人，沒有腿，臉髒得看不清眉眼，頭上頂的不知是帽子還是一塊破布，身上披的也不知是衣服還是一塊破布。他手裡拿一塊木頭，用力敲打地面，想引起人們注意到他，施捨一點什麼給他。街對面放著兩副擔子，都是一對大籮筐，一個籮筐裡坐了一個男孩，一個籮筐裡坐了一個女孩，都是兩歲模樣，清清秀秀，從籮筐邊探出頭，轉著黑黑的眼睛。男孩擔子後面坐了一個婦女，低著頭，看不見臉。女孩擔子後面坐一個男人，蒼老黃瘦，彷彿已經要死了的樣子。男孩籮筐上插個木牌，上寫「五十元」。女孩籮筐上插個木牌，上寫「十元」。

家婆把背上的泰來舅拉拉緊，不忍心再去張望街對面賣孩子的籮筐，轉過頭朝街遠處看。從來沒見過那麼多人一道走路，家婆過門成親那天請了差不多萬家大灣全村的人，陶家迎親的隊也才有二百人。去武漢給媽媽看病那次，說是武漢人多，可她只在漢口江邊碼頭遊轉，沒去過別的地方，那裡人雖比倉埠鎮多多了，卻遠比不上上海這裡。光眼前就該有幾千人一道在馬路上走。這樣來來往往，做麼什？

人人只管自己走路，誰也不看誰，都匆匆忙忙的。黃包車在武漢也有，家婆沒坐過。黃包車跟轎子差不多，裝兩個大鐵輪子，不用兩人抬，一個人在前面拉著跑。武漢黃包車沒有這裡多，一部接一部，大冬天，車夫們仍然光著腳，在馬路上劈里啪啦地跑，銅鈴拉得叮叮咚咚響，碰倒了人，車也不停。摔倒在地的人，口吐白沫，罵不絕聲。罵什麼家婆聽不懂，只聽出什麼西屁赤佬幾音。可見上海人用屁或者吃來罵人。

那邊兩個高高大大的人，臉色黑黑，鼻子很高，不大像中國人，穿著白色的制服，腰裡紮著寬寬的一根皮帶，頭上纏的紅布，一圈一圈，有一尺高，兩人手裡都拿著一根兩尺長的棍，在馬路上慢慢走來走去，神氣得很。家公說那是印度巡捕，專門從印度國雇來的，做警察，凶得很。街上有人跌倒罵娘，他們不管，像沒看見。

走了一陣，家婆喘著氣問：「我們多久能走到？」

家公停下，在街邊叫了兩部黃包車。家公一人坐一部在前面走，身邊座位上放了行李，衣箱網籃放在腳邊。家婆抱著媽媽泰來舅坐另一部，跟在後面，一道向閘北跑去。這是媽媽頭一回坐洋車，覺得車子很奇怪，像個小椅子，踩腳的地方有兩根長棍，拉車的人站在棍中間，抓著棍跑。坐在車上，身子向後倒，挺舒服。可惜天冷，洋車上罩了篷子，媽媽只能扒著篷子邊上的小窗，朝外張望。

一路上，媽媽張大著眼睛，看路邊牆上張貼的那些巨大的圖片，嘴裡尖叫。家公隔著車子告訴媽媽，那叫廣告招貼畫，為了逗人看了去買東西。這些圖片真好看，花花綠綠，有的上面都是衣服，有的上面都是鞋子，有的上面都是盒子，有的上面都是罐子。有一張上是一個女人穿著花旗袍，歪著頭，對著過路人笑。天下有長得那麼漂亮的女人嗎？是真人，還是畫的？媽媽沒看清，車子跑得太快。

好不容易，他們到家了，在一個窄窄的弄堂裡，兩邊都是石頭牆，大鐵門，沒有人走路。已經過了中飯時間，大家都過於興奮，沒人喊餓。四個人在一個鐵門前停住，下了洋車，放下行李衣箱網籃。家公付過銅錙，洋車走了。

家公轉身，從棉袍底下取出鑰匙，打開鎖，推開鐵門，把手一伸，說：「請進，這就是我們自己的家。」

家婆抱著泰來舅，小心翼翼地走進門去。媽媽拉著家婆的衣襟，跟在後面。家公一件一件把行李搬進鐵門，然後關住門，扭住鎖，站在後面，看著家婆。

面前是一個很小的房子，兩層樓。從鐵門進去，房前邊有一個方圓十步左右的小天井。家婆一步一步在這小天井裡朝前走，左右擺著頭，細細查看每一處角落。這是他們自己的院子，他們自己的家。她就是這個家的主婦。這裡沒有太家婆主事，沒有大姑婆二姑婆說閒話，沒有僕人服侍。從此，什麼都是她一個人，好了，歹了，都是她一個人的事。她有點害怕，但是又很高興。

走過小天井，上兩格台階，迎面是一扇門，上面有玻璃窗，後面有布帘蒙著。家公趕忙上前，又用手裡的鑰匙開了房門，推開，讓家婆走進去。進了房門，是一間屋子，四四方方，就像老家鄉下人說的堂屋，家公說上海人把這屋子叫客廳，客人來了好坐，都是木頭鋪的地板，舊了，走上去嘰嘰嘎嘎響。

家公說：「我們樓下總共只這一間屋，所以不能做客廳，不如做書房，又做餐廳。好在我們初到上海，沒有許多客人會來，也並不必有客廳就是。」

房間左手靠牆放了一張方桌，一看就知是吃飯用的，不頂牆的三個桌邊各放一把椅子，塞進方桌底下，空出地方來走路。右手邊靠窗，亮一點的地方，放一張很窄的小桌，上面擺一盞燈，顯然那是家公看書寫作的地方。

家婆看了看，奇怪地問：「這燈在哪裡放燈油？」

家公笑了說：「這燈用電，不用燈油。你看，把燈下這個小鈕一扳，燈就亮了。這個叫電燈，這個鈕叫做開關。」

家公一邊說一邊扭那個開關，燈真的亮了，光有些發黃，但是比陶盛樓老家堂屋裡的大油燈還亮許多，真稀奇。家婆想不來，不用油怎麼點燈。媽媽高興地學，把那開關扳了又扳，那燈便閃亮閃滅，逗得泰來舅叫起來。

家公對媽媽說：「現在看新鮮，玩一玩可以，以後不可以天天這樣玩。開電燈要花錢，開一次就要交一次的電錢。電燈泡開關多了也會壞，要買新的換。」

家婆馬上板起臉，對媽媽說：「聽到沒有，記住了，平時不許自己扳電燈開關。」

媽媽停下手，轉身看別處。新地方，可看的新鮮東西多著呢。泰來舅裹在棉包裡，哇哇叫，還要看電燈，家婆不理會，自顧自走開。

從客廳後面的小門出去，是一個又黑又窄的走道。一邊用磚砌一個灶，頭頂上懸空掛一條電線，吊起一盞電燈。

家公扭亮了電燈，指著電線，得意地說：「那是我自己去買了電線安裝的，還觸了一次電，摔了一跤，差點電死，又險些摔死。現在可以用，你做飯不用摸黑。」

家婆用手摸摸冰鍋冷灶，嘆了口氣，轉過身。

灶對面，走道另一邊，便是一道窄窄的木樓梯，很陡直，順著樓梯慢慢上去，就算摟上。

其實，樓上只是一個小閣樓，原來是放雜物的儲存室，有一個小窗。家公用來作睡房。房頂傾斜，所以一張大床放在門口房頂高的一邊，家公家婆睡。一張小床放在裡面靠窗，房頂低的一邊，讓媽媽睡。泰來舅還小，在大床睡家婆邊上。兩張床中間放一個木箱。

家公說：「那木箱是裝衣服的……都是臨回陶盛樓前，準備接你們來，我一個人搬的。樓上要放兩個床，地方太小，只好把那木箱當小桌用，也省地方。」

木箱上面也有一盞電燈，還有一個小座鐘，前面放一把椅子。

家公說：「白天可以坐，在木箱上寫字。晚上睡覺時，椅子上可以放脫下的衣服。床不夠長，還可以在椅子上搭腳，一椅多用。」

家婆看過全部屋子，回到樓下客廳裡。媽媽獨自一個，還在樓梯上爬上爬下。

家公伸著手，對家婆說：「把泰ㄚ放下來吧。你背了一路。」

「放哪裡？等我來放。」

「我可以抱。」

家婆不理他，自顧自把大網籃裡的東西一件一件取出，放到吃飯的方桌上，然後把背上的泰來舅鬆開，抱下來，放進那網籃裡，剛好坐牢在裡面，像個搖籃。家婆把一路包泰來舅的棉被塞到網籃邊上，塞緊泰來舅四周，然後把網籃提到屋子當中地上，挽著袖子，對坐在窗前桌邊的家公說：「都餓了，我來點火燒飯。」

家公笑笑，站起身，說：「吃什麼？家裡什麼也沒有，吃麼什。」

家婆停下挽袖子，站著發愣。

家公呵呵笑著說：「米呀，菜呀，肉呀，柴呀，都要出去，到市場上去買回來。我回湖北前幾日才租下這房子，沒有在這裡做過一頓飯，家裡沒有一粒米，一棵菜。」

家婆低下頭，沒作聲。她不知該怎麼辦。

家公說：「好了，不必急，我們先出去到飯館吃一餐，然後就去市場買明天的菜。上海人常常出去到街上吃飯，不稀奇。」

家婆去武漢給媽媽看病的時候，到飯館吃過幾天湯麵，曉得在飯館吃飯很貴，要花很多錢。

家公叫：「琴丫，快下來，我們出去吃飯啦。」

媽媽跑下來，站在屋中間，愣著不動。她不知道為什麼吃飯要出去。吃飯從來要麼是在自己屋裡，要麼跟著家婆到廚房去，或者跟著家公到後面餐廳去。

家婆說：「剛剛到家，又要出去，丫們冷呢。我來點火，燒口水，給你泡茶。讓丫們暖一暖再出門。」

家公說：「我們坐一坐，讓丫們暖一暖，可以。要點灶火燒水，可能不行。你去看看，灶間裡統共只有一根柴，是以前住的人燒剩了，沒有搬走，留下的。我過來幾天，根本沒生過火。你現在如果把這根柴燒掉，馬上必須出去買柴，否則明天早上就沒飯可吃。不過油鹽醬醋那些做飯東西，我倒是帶過來了，不用另買。」

家婆沒話說，聽家公說笑，卻笑不出來。

家公又說：「再說，這屋裡一個多月沒住過人，沒燒過火，也並不暖，還不如到外面飯館裡去，倒更暖些。」

家婆無話可說，只有同意。

家公把兩手一拍，笑著說：「好了，我們第一天到上海，也該慶祝慶祝。這邊走過去幾步，就有一家小飯館，地道江浙菜，味道不錯，也不貴，我搬來以後，去吃一次。」

家婆說：「吃過飯去買菜麼？我們要帶個菜籃。」

「那個我有，是以前住的人家留下的，我們可以用。」家公說著，轉到後面灶間，在角落裡找到一個舊的竹編菜籃。

於是家婆只好又把泰來舅從網籃裡提出來，裹住棉被，包緊，背到背上，手提菜籃。媽媽穿了一路的棉袍還沒脫下，只把頭巾紮紮牢，家公領著，一家人又走出天井，出了鐵門，去慶祝他們的喬遷之喜。

到了飯館，家婆自然什麼都不懂，由家公點菜。獅子頭、豆芽菜、白米飯、豆腐湯。什麼叫獅子頭，家公說，就是肉丸子，因為做得大，像獅子的頭一樣，上海人叫獅子頭，吃起來有點甜甜的。北京人也做這麼大的肉丸子，一個碟子裡放四個，不叫獅子頭，叫四喜丸子，也不是甜的。上海的豆芽菜很好，綠豆發的，冬天當青菜吃。上海的米吃起來有點發黏，軟軟的。媽媽吃得高興，不住嘴。家公說了，她要怎麼吃，就怎麼吃，要吃什麼就吃什麼。這是第一次，她不用害怕，大人不管她。

家婆小口吃著，心想，湯不大夠味道，遠比不上湖北大湯罐熬一天一夜的湯好吃。可是她什麼也沒說，一勺一勺餵泰來舅喝湯。

家公一邊吃一邊說：「還是北方飯更好吃些，花樣多，麵條、包子、水餃、饅頭，烙餅還分蔥油餅和餡餅。小吃更多了，艾窩窩、驢打滾、切糕、涮羊肉、烤鴨，太多了，說不完。說這些北京小吃，只能用北京話說，沒法子用上海話或者湖北話說。」

家婆聽不全懂，只有睜大眼睛，望著家公。

家公說：「早晚的事，我要帶你們去北京。我要回到我的母校北京大學去教書，那時我領你們去砂鍋居吃白肉，或者去東來順吃涮羊肉，再不去全聚德吃烤鴨，還可以去北海的仿膳，吃慈禧太后光緒皇帝愛吃的栗子麵小窩頭。」

家公說著，臉上發著亮，好像明天就要去北京了一樣。

家婆聽得出神。媽媽學著用北京話說驢打滾和小窩頭，又問是什麼東西。

這樣在飯館裡磨了一個半鐘點，一家人個個身子都暖夠了，一件件脫下外面的棉袍，解下頭巾帽子，舒舒服服坐著。泰來舅裹的棉被也打開了，鬆了手腳，手舞足蹈，呀呀亂叫。四個人都吃飽了，桌上碟子裡還剩些菜飯。家婆捨不得。在鄉下老家時，每頓剩飯，家婆在廚房收拾，都要留下來，下頓再吃。老太太和小姐們自然不曉得要吃剩飯，可家婆自己吃，一粒米都捨不得丟掉。帶媽媽去武漢看病那次，中飯所有剩的麵湯都倒在小瓶裡，晚上餵媽媽。現在，她身上沒有瓶瓶罐罐，怎麼辦呢。

家公笑了說：「你跟上海店裡的人要瓶子裝剩飯，讓他們笑死了，聽也沒聽過，真是鄉巴佬。」

「那麼如何辦法帶回去？」

「就剩那麼一點點，沒關係，不要了，反正不能把人家的飯碗碟子拿走。」

家婆最後說：「既是如此，我就都吃光，不能剩。」

家婆從小到大，大多時吃不大飽。從小就聽娘說，女子要體面，少吃才好。在陶家，做不完的事，沒有太多時間吃飯，一會這人要這，一會那人要那，未等吃完，就要刷鍋洗碗。現在可好，一家大小看著她，一碟一碗地吃，每個碗裡一粒一粒米吃乾淨，一口一口盤子裡的菜汁也都吃光。這才心滿意足，背著泰來舅，領著媽媽，跟著家公，走出去了。

還有半個下午，第一件事，認菜場，以後每天買菜，這事頂要緊。家公領著媽媽在前面走，家婆背著泰來舅在後面跟，都不大說話，只顧看街兩邊馬路上的西洋景。上海男人們，居然在小弄堂邊，轉身站下，便對著牆撒尿，真羞死人了。

家婆紅著臉，轉過頭，問家公：「北京人也這樣麼？」

家公說：「哪裡會，京城裡的人自然懂規矩。」

家婆不言語。

家公帶娘兒幾個，走來走去，繞幾條街，要家婆記牢每次走的馬路。上海地方大，街名很多不通文理，奇奇怪怪。家公說那是從洋文名字照著發音寫出來漢字，沒有意思，所以也特別難記。可是不記牢走丟掉，就不得了。繞過幾圈，還是回到家門口，又路過才吃過飯的小飯館。家婆找到了認路的標記，大約能夠自己辨認方向和街道了。雖是冬天，他們幾人也已經在外面走了幾個鐘點，可是沒有人覺得冷。媽媽更是興奮的跑呀跳呀，頭上冒著汗。泰來舅也一直在家婆背上呀呀地叫一路。

最後，天漸漸暗了，家公帶他們去菜場。他只認得一個菜場，是一個小小的房子，房裡擺些架子，放些肉、蛋、骨頭等等。房外搭了個竹棚，放幾個籮筐，堆些白菜、蘿蔔之類。價錢貴賤也不曉得，沒得比較。家婆別無選擇，就揀幾種最便宜的菜，買一點，又買十個銅板一條瘦肉，兩個雞蛋，夠明天早午兩頓吃就好了。明日白天她要自己出來，多跑幾處菜場，看看價錢才能多買。

夜色裡，他們走回家。街上電桿上點著電燈，散下黃黃的光亮。家公領著媽媽在前面走，一邊講什麼好笑的事給媽媽聽，逗得媽媽格格笑。家婆背著已經睡著了的泰來舅，跟在後面，手裡提著菜籃，裡面裝著剛買的青菜肉蛋，走在鋪滿石板的馬路上，心裡喜孜孜的。

上海，這是他們自己的城市，他們自己的家，他們自己的生活。

十二

直到晚上，點燈時分了，一家人才高高興興回到家。

家婆在後邊灶火間裡放下菜籃子，先上樓把背上睡熟的泰來舅放到床上，蓋實了棉被，熄了電燈。然後回到樓下灶火間，來不及點火燒水了，便拿水桶接著，用一點水龍頭裡的冷水，幫媽媽洗了臉和手，冰得媽媽亂喊叫一通。家婆又拉住媽媽，硬拖到樓上，給她鋪好床，安頓她睡到自己的小床上。媽媽換了新地方，興奮過度，在床上翻來翻去，在黑暗中，睜大著眼睛，望著小窗外面的夜空。

「姆媽，上海的天跟陶盛樓的天一樣。」媽媽說。

家婆坐在木箱前的木椅上，不離開，等媽媽睡，聽媽媽說，一手掖著媽媽身上的棉被，說：「是一樣。快睡吧。」

「姆媽，明天可以到馬路上去耍麼？」

「天這麼冷，到哪裡去耍？」

「我們今天出去吃飯，也不冷。飯館的飯真好吃。我喜歡吃上海的飯。」

「好了，快睡吧。明天爸爸就要去書館做事了。」

媽媽轉過臉來問：「什麼是書館？爸爸不在學校了麼？」

「不在了，爸爸在書館裡寫文章。」

「哦，爸爸寫文章。文章難寫麼？」

「很難。要讀很多很多書，要會想很多很多事情，才會寫文章。」

「我長大會寫文章麼？」

「當然，只要你喜歡讀書，喜歡想事情。」

「我喜歡。」

家婆又塞塞媽媽身下的棉被，說：「好了，快睡吧。我要下樓去了。」

媽媽又問：「姆媽，你在樓下，我叫你，你聽得見麼？」

「你叫我做麼什？」

「窗戶外面會爬進鬼來麼？」

家婆假裝生氣說：「瞎說，這麼大的上海，哪裡會有鬼。這麼多的人，這麼吵的地方，鬼不敢來。快睡吧。」

「姆媽，明天你教我寫兩個字好麼？」

「麼什字？」

「上海。」

「為什麼這兩個字？」

「我喜歡上海。」

「上海有什麼好？」

「上海沒有家婆和大姑二姑喊叫。我可以大聲說話，要做麼什就可以做麼什。爸爸跟我們在一道。你也不用到後面去紡線，可以跟我們一道耍。」

「乖，好了，講夠了，快睡。要不，爸爸要生氣了。這麼半天不睡覺。」

「爸爸不會的。姆媽，我要下樓去跟爸爸講一句話。」

「不可以。明天再講。」

「爸爸明天要去做事。」

「爸爸中午回家來吃中飯。」

「他會跟我們耍麼？」

「會，你怎麼這麼多話？」

「爸爸還會帶我們去飯館吃飯麼？」

「怎麼可以天天出去吃飯，太貴了。姆媽在家自己做飯吃。」

「你會做獅子頭麼？」

「你不睡，我要爸爸帶我們回陶盛樓去好了。在陶盛樓，你每天乖乖睡覺。」

媽媽害怕了，忙說：「不要，我不要回陶盛樓。我不講話了。」

家婆拍著媽媽，說：「好乖，你睡了，我們就不回陶盛樓去。」

媽媽馬上停住說話，閉上眼睛。幾分鐘後，她就睡著了。

家婆摸著黑，下了樓。家公坐在窗前的小桌邊，點著電燈，看書。

「幸虧你教給我們怎樣開關電燈了，」家婆走進堂屋，獨自笑著說：「要不，我一晚上也吹不滅樓上那盞燈。」

家公抬起頭，聽見家婆的話，也笑了，說：「就是。我是聽說有這樣的故事，所以特別留心告訴你們。」

家婆笑過去，站在飯桌邊，收拾零七八碎，問：「你原來住的地方離這裡遠嗎？」

「不近。以前我先是住在法租界辣斐德路。」

「麼什叫法租界？」

家公嘆口氣，說：「這是中國大城市裡特有的事情。你到上海以後，慢慢就看得多了。鴉片戰爭，中國戰敗，外國列強侵入中國，在上海、天津、武漢這樣的口岸城市各自劃出一塊地面，算是他們自己的領地。法國人劃定的地面就叫法租界，日本人劃定的地面就叫日租界。在那些地面，各用自己國家的辦法管理，中國政府不能管。」

「那還是上海裡面的地面，是中國的地方。」

「所以，那是中國人的一種恥辱。」

「住那地方安全麼？」

「那又是中國奇怪的事情。因為各處城裡的租界地面都各自獨立，別人管不著，倒是安全。比如在上海，幹革命的人，中國政府一要抓，就跑到法租界去住，中國政府便沒辦法。孫中山先生，還有那個寫小說的魯迅，都是住在上海法租界，所以活得下來。」

「你住那裡去書館方便麼？」

「我是住北京大學一個同學家裡，他叫韓覺民，也是我們湖北同鄉。他家在法租界有一間房子，有個騎樓很寬敞，借一半給我住，連住帶吃每月八塊大洋。每天早上在韓家吃過早飯出門，走過一條窄巷，到老西門，搭電車到北火車站，再走路到寶山路上的商務印書館編譯所，也還不算太遠。」

「下工回家也是一樣走法。」

「一樣走法。中午在寶山路小飯館吃一碗麵。」

家婆看家公一眼，問：「每天都是一碗麵？」

「每天都是一碗陽春麵。最便宜。」

「晚上做麼什？」

「還有麼事可做？看書寫信。韓覺民在《建設雜誌》做事，那是共產黨的刊物。每星期有一個人到韓覺民家，在我們住的騎樓上談話。那人叫惲代英，人很和氣，也很有學問，講出話來，頭頭是道。他在中國跑過許多地方，有很多見識，跟他談話很有意思。他自然也是共產黨幹部。」

「什麼是共產黨？」

「我講給你聽，你曉得就是了，不可以出去亂講。共產黨是犯法造反的組織，三年前才在上海成立起來。」

「你參加共產黨了麼？」家婆有些緊張，忙停住手問。

家公看看家婆，安慰她說：「沒有。不過認識些人就是了。」

家婆不滿意，說：「不參加，認識那些人做麼什？」

家公沒有回答，低下頭去看書。

「這邊近處有沒有地方買布？」家婆收拾著東西，忽然問，「家裡沒有那麼多人了，事情少得多，我有時間，帶了針線，可以給你們幾個做衣服。」

家公放下書，想想說：「應該有吧。我不大曉得。這裡是居民區，住家用的東西都會有地方賣。不過有的地方便宜些，有的地方貴些。你得用些時間跑路，到處去看，比比價錢，挑準了再買。」

家婆應道：「哦。」

「我每月從編譯所拿回來的薪水是每月八十元，一個月分兩次發，兩星期發一次，每次四十元。每天做滿六個鐘頭之後，還要做，就算加班，另外發錢。所以每月可以多拿一些回來。我算過了，房租是二十元。吃飯，六元錢一擔米，然後是菜錢，油鹽醬醋，估計每月總要五六十元花費。我們總還要添置衣服用具之類。錢很緊。」

「我是省慣了的人，曉得怎樣過日子。」家婆說：「柴呢？哪裡去買柴？一根柴做過早飯就沒有了。」

「不曉得。這恐怕是最麻煩的事。我們得去看，可能價錢也大不一樣。」

「我明天一早就去。遠不遠？」

「大概不會很遠。我不曉得。你認得回家的路麼？不要跑丟了，回不來。」

「我老大人，怎麼會丟。」

「這是上海，大男人也會迷路。」

「我不會。我會看太陽。只要到了近處，我就認得了。剛才我記牢走過的幾條路。」

「我每天早上九點鐘上工，中午十二點回家吃中飯，下午兩點又上工，到下午五點下工。我總是每天找些工，晚上在書局多做個把鐘頭，才回家。」

「我不嫌你晚回家來。就是丫們總想多跟你玩玩。」

「我不能曠工。曠工每七十分鐘算一點鐘，每七點鐘算一天。每年可以缺工三十天。如果不曠工，一年可加一個月薪水。我自然想少曠工多拿錢。不過，每禮拜天不上工，我們可以去公園走一走。也可以去蕩馬路，聽說黃浦江邊有一條南京路，各家商場都去開店，越來越熱鬧，我們可以去看看。」

「看麼什，又沒有錢買。浪費車錢。」家婆收拾完了東西，搓搓兩手，抬起頭，望著光禿禿的牆。

家公覺察了，微微笑一下子，說：「不管怎樣，我們會生活下去，我們沒有退路。老家不會給我們任何接濟，現在，我們是失去家鄉生活根據的都市人海裡的飄泊之人，只有努力向前。我不可以送你們回陶聖樓，苦死也在一起。」

家婆低下頭，從棉襖大襟底下掏出一個小瓶，端放在桌上。那瓶裡裝著驪珠姨墳上的土和一棵已經乾枯的小草。家婆垂著雙手，看著這小瓶，心裡說不出是什麼滋味。她能吃苦，她能做活，她能把孩子們養大成人。再苦，還能比在陶盛樓更苦麼？再苦，她會讓珠丫那樣死掉麼？想到這些，家婆的眼淚又落下來。

背著身子，家公看不到家婆掉眼淚，所以也沒有說話。

家婆忽然說：「你說過的，要給琴丫買個娃娃，臉是硬的。」

家公楞了一下，想起來怎麼回事，忙說：「當然，下個禮拜天吧。為什麼？」

「我給琴丫做的兩個布娃娃她都沒有帶來，留在紡機旁邊了。丫總是要點東西可以玩耍。她還不到三歲，又是女丫。」

「在上海還怕沒有東西玩嗎？以後只怕她玩不過來呢。」

家婆沒搭話。

家公問：「都睡了麼？」

「睡了，怎麼？」

「我們也睡吧。坐三天船，睡不好覺。有些累，明天要上工。」

「我給你燒洗腳水。」

「燒什麼水，沒有柴，不洗了，明天再洗。」

「關你桌上的電燈。」

家公關了書桌上的電燈。家婆開了灶間的燈，等家公走過來，邁上樓梯，然後又關掉灶間的燈，跟著家公摸黑上樓。

十三

從那以後，每天早上天不亮，家公和兩個孩子都還睡著，家婆便先悄悄爬起來了。第一件事是上街去買菜，上海人叫買小菜。上海人生活講究，吃菜要吃新鮮的。這在陶盛樓不是難事，每天到門外菜地裡割幾樣就好了。可大都市裡，房前屋後不種黃瓜茄子，市民們只好每天一早上街去買。上海郊區的菜農，每日大早割菜，推車到城裡，在街上擺攤叫賣，攤前常是大排長龍。說是小菜，也不都是新鮮蘿蔔油菜，像活雞豆腐百頁蹄膀，也都是大早在小菜場上買。

幾天過去，家婆已經找到了附近所有的小菜場，並且已經比較好了哪個攤子菜好又便宜。她學會了跟菜農討價還價，也學會跟上海市井女人們吵架爭奪。有時候，為一把鮮菜，需要大罵出口。家婆原本性情強硬，所以結婚過門時不肯哭，惹惱了太家婆。可是她記住娘的話，在陶盛樓一直強忍著，從來沒有發過脾氣。現在到了上海，自己當家，沒有太家婆在一邊管教，家婆再不必那樣忍著，她自然性格中的剛烈開始慢慢顯露。而且，她現在每時每刻都必須為了丈夫兒女的生存而奮戰，那種母親保衛兒女的英勇本能，更使得家婆對面臨的任何艱難困苦無所畏懼。上海人聽她滿口湖北人口音，絕對看不起她一個外省鄉下女人。可是，家婆的執著和無畏，卻又總能戰勝上海人的驕傲，奪到要爭奪的東西。

家婆買好小菜，回家來，生火做早飯。通常，早飯很簡單，一碗泡飯，上海人不煮粥，煮泡飯，就是前一夜剩下的米飯，放些水煮軟了吃。一碟鹹菜，或者醃黃瓜，或者醬花生米，或者一塊腐乳。家婆每天給家公煎一個雞蛋，媽媽和泰來舅都沒有。早飯做好，擺到桌上，拿個碗倒過來，扣在煎蛋上保暖。之後，家婆到門外去把當天早上的兩三份報紙拿回來。每天天不亮，報紙就已經丟在門口地上。

這時，家公起床下樓，在灶間拿個破鐵桶接著，刷牙洗臉。再到堂屋，坐下吃早飯，一邊看早報。家婆則上樓去招呼媽媽和泰來舅穿衣，帶他們下樓來刷牙洗臉。媽媽總要爬上飯桌去，跟家公一塊吃早飯。碰上家公沒有吃完專門給他的那個煎蛋，媽媽會跟家公討來吃，家公拿筷子把剩下的雞蛋分成兩半，用筷子夾起來一半，送到媽媽嘴裡，另一半夾起自己吃掉。父女兩人都擠著眼睛笑，不說話。讓家婆看見，會罵，家公要出去做工，所以吃一個煎蛋，不許分給丫們吃。

八點半鐘，家公穿上棉袍，戴上皮帽，出門去書局上工。家婆洗碗，收拾屋子，鋪床疊被。然後到天井裡，搬個大木盆，洗衣服。先要跑進跑出很多次，從灶間一桶一桶提水，灌到盆裡，氣喘吁吁。然後拿張小木凳坐在木盆前，拉起搓板，洗衣服。寒冬臘月，冰水刺骨，家婆又捨不得燒熱水，搓兩把，在嘴上哈哈兩手，再搓兩把。肥皂打上，搓夠了，擠乾，把肥皂水倒掉，再一桶一桶換清水，漂去肥皂水。一遍漂不乾淨，再換一盆清水漂。有時要漂兩三盆才行。換水一盆比一盆更冰冷。她不願把木盆端進堂屋去洗，弄一地板水。家公和一家大小每人只有那麼幾件衣服，不夠換，家公還要穿著外出做工，所以隔一兩天，就要洗一盆。天井裡只中午有那麼一點點陽光，洗完的衣服拿竹竿挑起，支在天井窗下，曬一曬。半下午，太陽沒有了，家婆就連竹竿帶衣服，一溜都掛到灶房過道頂上。家婆自己爬高，在過道頂上拉了繩圈搭竹竿，繩子是從老家陶盛樓帶來的。做飯時灶上有點熱氣，可以熏烤衣服，乾得快一點。可是，這冰凍了的溼衣服也吸收許多屋裡的暖和空氣，讓屋裡更冷些。那也沒辦法，要不衣服乾不了，第二天早上，一家人沒得換。

三十幾年後，我剛懂事，大概四五歲時，媽媽頭一次對我講家婆的故事，便描述家婆整日坐在天井裡大木盆前洗衣服的樣子。那時媽媽才三歲，每天趴在窗前，看家婆在天井裡洗衣服。那是最深刻地印在媽媽心靈中的她的母親的形象，那也成為最深刻地印在我心靈中的我的家婆的形象。後來，我也親眼見到我的媽媽，每個星期天，坐在大木盆前給我們洗衣服，就像當年她的母親一樣。對我來說，沒有任何母性的身影比這更鮮明，更生動，更深刻了。

家婆的手皴了，裂了，常流血，對誰都不說，自己拿破布包一包，還是大早上街買小菜，繼續冰天雪地洗衣服。兩手骨節凍得疼，腫起來，做飯的時候在熱汽上熏熏，夜裡壓在胸口底下暖。家婆捨不得燒熱水泡手，那要用柴，暖水瓶裡的開水得留著給家公泡茶。家裡柴只夠燒一天三頓飯，不夠用來燒火取暖。

中午十二點前後，家婆生火做中飯。中飯簡單，常是隔夜的剩飯剩菜，一點這一點那，併在一個碗裡碟裡，不過燒一根柴，蒸一蒸，熱一熱，或者煮一煮，便端上桌。實在沒有別的了，便煮幾把掛麵，醬油拌麵，頂多放一兩片菜葉。沒有小菜，切些鹹菜絲，或者敲一個鹹鴨蛋。家公大約十二點半左右回到家，常常餓得很，在桌邊坐下，不論是些什麼，只管狼吞虎嚥。吃好之後，家公坐到窗前小桌前，喝一杯茶。那是一定要新鮮泡好的，冬天，自然是一杯紅茶，又提神又暖身。這時泰來舅坐到家公腿上，媽媽搬個小凳，坐在家公對面，聽家公講書局裡的事情，每天都會有些很可笑的事情，家公講起來，有聲有色，格外好笑。

休息一陣，下午一點半，家公又出門去上工。整下午家婆便在屋裡做針線。她給家公把要補的短衣長袍一件一件，細針密線都補好，所以家公多幾件可以換。她也給媽媽和泰來舅縫製衣服，小孩子長得快，衣服常常不知不覺短了小了，總來不及做。有了空，家婆也漿起碎布，拿個錐子，戴了頂針，納鞋底，給媽媽和泰來舅做鞋。

媽媽和泰來舅常要睡一會中午覺。起來之後，天氣冷時，家婆便在樓上做針線，讓媽媽兩個縮在床上被子裡玩。泰來舅拿幾個空紙盒子搭房子。媽媽趴在床頭大箱子上畫畫，嘴裡講：這是房子，這是樹，這是爸爸和媽媽，帶著琴丫和泰丫，到公園去。公園裡有很多樹，有湖，還有猴子和大象。其實家公還沒有帶她去過，只是告訴她公園裡有些什麼，媽媽憑想像畫出來。天氣暖時，兩個人在客廳裡玩，家婆在堂屋地板上鋪塊布，讓泰來舅坐在上面，還是玩那幾個空紙盒，搭房子、輪船。媽媽趴在方桌上畫畫，看見桌上家婆擺的小瓶，瓶裡裝了驪珠姨墳上的土和小草，便會畫著畫說：這是珠丫姊姊，跟琴丫玩娃娃，過家家。

下午家公要到天黑以後才回家，他差不多每天加兩三個鐘頭班，為的是多掙點錢。回家先吃飯，然後給媽媽和泰來舅講故事，不過一會兒，家婆就該帶媽媽泰來舅洗臉、洗腳、換衣、睡覺。這時，家公坐在窗前小桌前，泡杯茶，看書，寫文章。

媽媽和泰來舅兩個睡了以後，家婆關了樓上的燈，回到樓下，坐在飯桌前，藉著家公書桌上的電燈光，繼續做針線。過一會，站起來給家公換杯茶，或者送一碟花生米或者一包酥糖。

屋裡很靜，什麼聲音也沒有，只聽到家公桌上的那個小鐘卡喳卡喳地走。家婆的手上，那些洗衣凍裂的傷口，有時疼得厲害，便不得不停下來，用嘴哈著，抬頭看看家公。家公看書很專心，一看便什麼都忘了。他的大額頭在燈光下發著亮，好像有反光，把書也照得更亮。家婆常會看上幾分鐘，然後不出聲地笑一笑，再低下頭去，繼續自己手裡的針線活。日子過得很艱難，但是她非常滿足，非常愉快。

早春的上海比冬天更冷。房子裡沒有取暖設備，只有一個小煤球爐，還是以前的房客不要了，留下的。可是煤球特別貴，家婆根本沒有買過一個煤球。所以一家大小在家裡也只好多穿衣服，媽媽和泰來舅當然每天從早到晚都穿棉襖棉褲棉鞋，都是家婆親手做的。有的時候，晚上在屋裡看書，家公也穿著棉袍。每次做飯以後，媽媽和泰來舅便蹲在屋後過道的灶前玩一陣。可是家婆只在做飯的時候，才會生火，做完了飯，火馬上就熄了，剩下半截柴，還要做下一頓飯。灶上的那一點餘熱也只能保留半點鐘而已。不論家婆怎樣省，眼看著柴又快要燒完了，家婆心裡打著算盤，數著手裡還剩下的銅板，希望能等到禮拜六家公發薪水以後再去買。

但是，等不到了，一家大小總不能一天不吃飯。家婆把所有的錢都捏在手裡，決定出去買一點柴，能買多少就買多少，走遠一點，找一家便宜店，多講講價錢。天實在太冷，家婆決定不帶媽媽上街。她幫媽媽一件一件穿上所有的厚衣服，跟媽媽講好一個人留在家裡等。家婆背著泰來舅上街去，泰來舅不到一歲，她不放心留他在家。

風很硬，吹在人臉上像鞭子抽打似的。家婆一家一家店走，問價錢，大聲爭吵，用盡一切方法多買一根木柴。最後，在一家店裡，她指著背上的泰來舅，對老闆講：「我小丫凍成這樣子，跑出來買柴，你積點德，多賣給我們娘兒兩個一斤兩斤。」

那店老闆看了看家婆背上的泰來舅，皺皺眉頭，又伸手摸摸他，好像觸了電一樣，嚇了一跳，急忙答應多賣給家婆兩斤柴，打發她母子回家。家婆背著泰來舅，提著柴捆，頂著寒風，一步一步走回家，身子雖然打著顫，心裡卻挺高興。

家婆一進院門，看見媽媽在小天井裡，靠牆坐在窗下，那裡是唯一上午能照到太陽的一點地方。媽媽眼望著大門口，好像看見家婆進了門，但是沒有動，她坐著，緊蜷著腿，兩臂抱在胸前，手拉著衣領，臉色紫紅，頭髮貼在額頭上，結著霜花。

家婆高聲叫：「琴ㄚ，叫你在屋裡，你跑出來做麼什？」

媽媽眼睛好像看著家婆，一動不動，也沒有出聲說話。

家婆在天井裡放下柴，轉身關好鐵門，一邊罵：「你不曉得外面冷麼?你怎不懂事。你要凍死你自己麼？」

媽媽還是沒動。

家婆提起柴捆，走過去，一手拉起媽媽，喊：「快起來了，到屋裡去。」

媽媽根本動不了，腿直不了，胳臂也直不了。她成了一塊冰。

家婆嚇了一跳，馬上丟下柴捆，彎腰把媽媽抱起，跑進屋去，一路叫道：「啊，我的天，凍死了，凍死了。啊，泰ㄚ，泰ㄚ，我的天……天哪。」

她把媽媽放到屋裡地板上，忙把背上的泰來舅鬆開，放下來。泰來舅也完全變成一塊冰。家婆眼淚嘩嘩流出，用手摸摸，泰來舅全身冰涼僵硬，眼睛睜開著，眼皮和眼球已經都不會動了。家婆不住聲喊叫：「泰ㄚ，泰ㄚ，醒醒，醒醒呀。」

泰來舅一點反應也沒有。

家婆解開泰來舅的層層衣服，把手放在嘴邊哈哈暖，然後摸進泰來舅的衣服底下去，好像胸口處還有一絲暖氣。家婆忙把泰來舅衣服包好，放穩，然後跳起身來，衝出屋，從天井裡提回柴捆，急急忙忙拉出一根柴，塞進灶火眼，點燃著，又回到屋裡，抱起泰來舅和媽媽，到灶間，把兩個孩子放到灶眼前烤火。

時間好像凍僵了。家婆坐在灶前，不住地撥弄灶眼裡的柴，鼓著腮使勁對著灶眼吹，讓火炎熱烈地燃燒，一手不住地撫摸媽媽，一手不住地撫摸泰來舅。火苗呼呼地朝上跳，家婆的淚嘩嘩地向下淌。媽媽似乎有點動彈。泰來舅還是冰塊一般。家婆站起身，把兩個孩子抱起，放在灶台上面，然後拿大鍋去水管子前接滿一鍋水，回來放到灶上燒。然後站著，抱起媽媽和泰來舅，在水鍋邊上暖。

過了一陣，鍋裡的水開了，冒出大股的熱汽，熏暖著兩個小孩子。媽媽開始緩過來了，她忽然哭起來，使勁張著凍僵的嘴唇，說：「你莫生氣，姆媽，屋裡冷，我想太陽底下暖和。我不……」

家婆抱抱媽媽，緊緊地摟抱，用自己的臉摩擦著女兒的臉，說：「莫說了，莫說了，都是姆媽不好……是姆媽不好。」

家婆把媽媽放到灶台坐著，任她去抽泣，取暖。自己則繼續抱著泰來舅，站在鍋前，藉著蒸汽的熱量，暖泰來舅。

將近中飯時間，鍋裡的水幾乎燒完，灶火也熄了，泰來舅才緩過來。家婆把媽媽泰來舅兩個抱上樓，都睡到大床上，蓋好被子，又把小床上的棉被也拿過來，蓋上，安頓他們睡好。家婆躺在泰來舅和媽媽中間，雙手摟著，用自己的體溫暖著他們，不敢再離開一步。

家公回家來，沒有中飯吃。家婆從樓上喊，叫家公用鍋裡剩的那點開水，泡熱昨晚的剩麵，拿醬油拌了，就一點醬豆腐，做中飯。家公自己笨手笨腳弄了一頓中飯，吃過了，上樓來看看，家婆媽媽泰來舅三人都在被子裡躺著，便問：「丫不舒服嗎？」

家婆說：「你莫操心，下去自己用熱水瓶裡的開水泡一杯茶。」

家公便下樓，泡了茶，喝過以後，又去書局上班。

下午，媽媽完全好了，還是躺在被窩裡，靠在家婆身邊，聽家婆講小孩子在雪地裡藉著雪地反光看書的故事。她不曉得雪是什麼樣子，湖北上海都極少下雪，媽媽沒見過，有時下幾粒冰珠子，落到地上就化成水，家公說那不叫雪花。

家婆說：「北京才下雪花，爸爸在北京上學念書的時候，看見過好多次雪。回家給我講過幾次了。」

媽媽很羨慕，嘟囔說：「我也要去北京，看雪。」

家婆說：「爸爸說過，我們以後一定會去北京。」

弄堂裡每天下午叫賣糖粥的推車小販來了。媽媽用被子把頭蒙起來，不要聽那饞人的吆喝聲。

家婆看了看身邊兩個孩子，對媽媽說：「你好好躺著，看著泰丫，不要讓他從被裡出來。我下樓去一下。」

媽媽問：「姆媽，你去做麼什？」

家婆說：「你不要問。」

媽媽便不作聲，在被裡抓住泰來舅不放手。

家婆下了樓，在身上翻揀，一個銅板也沒有，都買了柴。她到自己的針線筐裡，找出一塊剛剛織好的小娃圍嘴，打開看看，一個可愛的小老虎睜大眼睛望著人。那是準備過年的時候給泰來舅戴的。她把圍嘴一捲，從灶間拿了個大碗，走出門去。

推車小販把圍嘴翻過來掉過去，看了半天，終於答應跟家婆換一碗糖粥。

家婆端著糖粥上樓，一路叫：「琴丫，快穿衣服起來啦，快，糖粥要冷了。」

媽媽一骨碌爬起來，棉被掀起老高。那賣糖粥的小販每天下午來，媽媽問過家婆好幾次，家婆從來不答應可以買一碗。今天媽媽沒有問，家婆自己倒跑出去買了一碗回來。

家婆進了屋，把糖粥放到床邊木箱上。糖粥冒著熱氣，立刻，好像整個屋子都有了糖粥的香味。媽媽急急忙忙穿好棉襖。家婆也幫著泰來舅穿好棉襖。兩個都坐在床上，靠著枕頭，用棉被擁住，看著家婆用調羹把糖粥攪攪，盛一調羹，用嘴吹吹，說：

「一人一口，兩個分。」

媽媽說：「先給泰丫，我是姊姊，後吃。」

「乖丫。」家婆說著，把糖粥餵進泰來舅嘴裡。

然後，家婆又盛一調羹，吹吹涼，給媽媽吃。

媽媽吃下去，咂著嘴，說：「真好吃，姆媽，你也吃，真好吃。」

泰來舅跟著學說：「好吃，好吃。」

家婆搖搖頭沒說話，只把糖粥餵給兩個孩子。一碗粥，兩個分，一會就吃完了。媽媽把碗要過去，細細地用調羹刮淨每一粒米，又用嘴把調羹舔乾淨，然後心滿意足地靠在床頭上，說：「真好吃。姆媽，真好吃。」

泰來舅又跟著說：「好吃，好吃。」

三個人這樣在床上坐到後半下午，家婆看媽媽和泰來舅兩個確實都暖過來，也沒有病倒，這才領著下樓。到生火燒晚飯的時候了。

晚上，家公一進門，媽媽就跑過去撲到他身上，大聲說：「爸爸，姆媽今天給我們買糖粥吃。真好吃，爸爸，下次我給你留一點嘗嘗，真好吃。」

泰來舅也跟著媽媽跑來，嘴裡嚷：「好吃，好吃。」

家公把手裡的皮包放到地上，抱起泰來舅，領著媽媽，走到後面過道灶邊，灶火已熄，家婆正在盛飯。

家公問：「有麼什好吃的呀？」

家婆不答，說：「擺桌子，吃飯。」

家公忙說：「好，好，擺桌子，擺桌子。琴丫，分筷子。」

一家人坐下吃晚飯。家公講書館裡的事。家婆一聲不吭。最後，吃好飯，家公到放在門口的皮包裡，取出兩根棒棒糖，回到飯桌邊，給媽媽和泰來舅一人一根，說：「明天編譯所不上工，今天發薪水，給你們一人一根慶祝慶祝。」

媽媽高興的拍手，泰來舅也學著拍。

家婆說：「去吧，到旁邊去吃。」

媽媽和泰來舅爬下飯桌，坐到樓梯上去吃糖。

家婆一邊在飯桌邊收碗，一邊說：「家裡一個銅板也沒有了。」

「我拿回來了。在這裡。」家公從棉襖底下摸出一個小紙包，遞到家婆面前。

家婆放下手裡的碗盤，撩起圍裙，把手擦乾，接過小紙包，打開，看看說：「就這許多？」

家公說：「明天書局不開工，少一天薪水。」

家婆問：「為麼什不開工？」

家公說：「書局裡面搬房子。」

家婆不說話了，把錢放到自己衣服裡面，繼續收碗，拿到後面灶邊去洗。家公把門邊的皮包搬到自己寫字的小桌邊，從裡面取出幾本書，坐下翻看。家婆走回堂屋來擦桌子，看見了，沒做聲，又走回灶邊收拾。過了好一會，家婆說：「家裡要柴要米，緊巴巴，你又去買那些書。」

家公聽見了，放下書，停了一下，說：「我只買了一本。其餘幾本都是圖書館借的。這一本非買不可。」

家婆說：「一定要今天買麼？等幾天，有了閒錢再買不行麼？」

家公聽了，愣了一會，說：「我們總不要就這樣過日子過下去。我總不能就在書局做一輩子。我得上進，非讀書不可。」

家婆不說話，轉過臉看看媽媽和泰來舅正坐在樓梯口興高采烈地吃棒棒糖，眼裡覺得澀澀的，說：「兩個丫今天險些都凍死。」

家公不知這裡真情，以為只是一般意義上的比喻，便說：「就是為了讓兩個丫能過上好日子，我才要努力。我發過誓，我一定要讓兒女過上好日子。」

家婆不說話，自管刷鍋。

過了一會，家公又走到灶邊，對家婆說：「別急，我聽說，我給《婦女雜誌》寫的稿子下禮拜發表，所以我下禮拜可以拿到一些稿費。」

家婆聽了，不抬頭，說：「去看書吧，茶就泡好了。」

十四

家婆一直等著《婦女雜誌》寄來稿費，過了三天，沒有收到。可是郵差送來了一個從天津寄來的郵包。

家公晚上回家，一看郵包封皮，說：「是同學夏安俞寄來的，北京大學的同學，有錢的學生。」

說著話，家公動手打開郵包，裡面有一封信和一大卷股票。家公不出聲，快快看過以後，笑著抬起頭，對家婆說：「好啦，救星來了，解了我們的燃眉之急。」

家婆說：「麼什？」

家公搖著信紙，說：「上海寶成工廠第二廠四月要開股東大會。我這兩個同學夏家和湯家是寶成二廠的大股東，可是夏家在北京，湯家在天津，眼下沒有機會到上海來參加這次股東大會，請我代表他們兩家股東出席這個大會。這包裹裡一共裝了八百股股票，票面額是每股一百銀元整，共合銀元八萬元。」

家婆說：「再多，那是人家的錢，又不可以我們用來買米買柴。」

家公拿起一張紙，對家婆搖搖，說：「他們另外還附了一張一百五十元的銀票，付給我的車馬費，差不多我兩個月的薪水了。在這裡，寫了我的名字，我們可以用吧。」

家婆看了看家公，說：「人家付你這麼多錢，你要替人家辦好事情才好。」

家公說：「當然，這事有關經濟和法律，正是我愛的事業。還有兩個禮拜，我可以仔仔細細研究一下。我先寫封信去，告訴他們，我同意替他們辦這件事。」

家婆說：「我明天到郵電局把銀票換開，去買些米麵柴油回來，你還要些特別的東西麼？」

家公已經開始寫信，頭也不抬，應了一句：「買包龍井便了。」

轉眼便到了四月，上海寶成工廠開股東大會的日子。那天是個禮拜天，家公家婆分好工。家婆到教堂禮拜，背著泰來舅去。自從媽媽在武漢看病得了救，家婆總忘不了船上那個穿黑衣服的修女。家婆細細讀了好幾遍那修女給的小書，懂得了，那修女信的是耶穌教。在陶盛樓沒有耶穌禮拜堂，家婆無從了解耶穌教怎樣禮拜。到了上海，耶穌禮拜堂多了。家婆禮拜天只要有空，就去離家最近的一個禮拜堂，聽講耶穌教的道理，也學會了做禮拜。

家公帶著媽媽，一起去開寶成工廠的股東大會。媽媽最高興跟家公出門做事，家公會給她講好多好多的故事，當然歡天喜地。

天氣很好，雖然初春，已經很暖和。媽媽早早讓家婆幫忙穿好了棉襖夾褲，圍了頭巾，在樓下跑來跑去，等家公。家公穿了一件已經褪色的羽紗袍子。那是家公出門會客穿的，當年去安慶求職時穿的這件，後來到上海商務書局求職穿的也是這件，已經穿了五年多了。拿出穿上，準備出門時，發現胸前大襟掉了一個扣子，右袖子後面肘部也磨破了。家婆趕緊坐下，拿出針線給他縫好，一邊說：「人家給你一百五十元，應該去買一件新的。」

家公一笑，說：「衣服，身外之物而已。股東會要下午四點才開始，有的是時間，不必忙。」

家婆縫補好長袍，家公穿上，又戴了一頂灰呢禮帽。帽上那一圈黑色的綢邊已經有皺，家婆來不及拆下來熨，只好手捧點水，溼一溼，壓壓平。最後家公提了皮包，領上媽媽出門。出了弄堂口，叫到一部黃包車，一路跑去寶成二廠。

那工廠在蘇州河岸。黃包車夫拉了家公和媽媽，跑過外白渡橋，媽媽看花了眼。那橋全是鐵做的，在天上支起許多尖尖的圖案，樣子很威武，很好看。橋上擠滿了走路的人，大多是窮苦人，背包袱的，挑籮筐的，拉孩子的，推小車的，穿著灰色黑色的粗布短衣和草鞋，或者灰色黑色的對襟褂袍和布鞋。黃包車在橋上跑不開，走在路上的人都好像麻木著，聽不見黃包車的銅鈴，不給車子讓路。有的黃包車急忙趕路，碰倒了行人，倒在地上的人好像乾脆乘機休息，躺倒不動，不站起來了，過往行人和車輛，只好嘴裡罵著，繞開走路。穿黑制服戴白邊警帽的警察，搖著警棒，在人群裡走來走去，什麼都不管，就算眼前殺人放火都與他們無關。

家公媽媽坐的黃包車，好不容易擠過了外白渡橋。又跑了一陣，街上漸漸變了樣子。上海都市高大的樓房和整齊的房子早不見了，兩邊全是一排一排低矮雜亂的木棚子，兩層屋檐都曲曲彎彎，破舊不堪，許多屋檐低垂傾斜，滴答著黑黃色的髒水。棚上一格一格的木框窗口，大多沒有玻璃，有的露著黑洞，有的糊著報紙，才知道這些棚屋還住著人家。前後左右看過去，只好像是大堆大堆殘破的鴿子籠堆積起來。街上看不出是不是鋪了柏油路面，滿地骯髒的泥濘，高低不平。到處橫流股股髒水，黃色、綠色、黑色，說不清是些什麼水，從哪裡來。整條街發出一種說不出來的臭味，讓人頭昏。這裡那裡鴿子籠門口，坐著一些老年人，躬著背，用無神的眼睛望著過路的黃包車。幾群小孩子，身上都披一點破布頭，大多光著身子，在泥地裡奔跑玩耍，滾在髒水之中。

「爸爸，我怕。」媽媽說著，縮進家公的手臂裡。

「沒關係，爸爸在這裡。」家公摟緊媽媽，說：「這是有名的棚戶區，上海窮人住的地方。我只聽說過，從來沒來過。沒想到今天會經過棚戶區，竟然如此地破爛。」

「先生，這條路近些。」車夫聽到家公的話，邊跑邊說：「阿拉在外白渡橋走得慢，要遲了，走近路。此地不過是棚戶區的邊上，還算好些的。走進去，才要壞了。」

媽媽用手蒙住臉，不再去看那些殘破的棚戶，骯髒的路面，愁苦的老人，和裸身的孩童。這幅可怕的圖畫印在三歲媽媽的心裡，一輩子忘不掉。

最後，黃包車終於趕到了寶成二廠的辦事處門口，家公多給了車夫一吊錢。下了車子，媽媽才算從噩夢中醒過來，喘了口氣。這裡房子街道雖不及市裡，總還算整齊乾淨，前後左右也沒有多少人走路，而且都穿得整整齊齊。

家公正正禮帽，扯扯長衫，領著媽媽的手，推門走進去，站在櫃台前面，呼叫櫃台後面的職員。那職員坐著忙他的事，抬臉看家公兩眼，話也不說一聲，又低下頭去，繼續做手裡的事情。

家公皺皺眉頭，動手從自己皮包裡取出兩大卷股票，往櫃台上一放，把手在櫃台上用力拍了兩拍，提高聲音叫：「你到底招呼不招呼我。」

那人聽喊，吃了一驚，抬起頭，一眼便看見那兩大卷股票，忙不迭站起身，繞著櫃台趕到前面，一邊拱手一邊連聲說：「對不住，先生，手裡有件急事，抱歉抱歉。儂先生要做啥事體？」

家公不理會那人滿口上海土話，用北京話對他說：「引我去股東大會會場。」

那人竟也聽得懂，彎著腰，改用洋涇浜北京話答說：「當然，當然。先生請這邊走，慢一點，這邊有兩格台階，先生不要跌倒，要不要小的扶先生一下。」

「不要。」家公說著，轉身慢慢從櫃台上拿回股票裝進皮包。

那職員再瞇眼把家公看了看，穿一件褪色的袍子，貌不驚人，手裡握有如此之多的股票，代表這麼多股權，很不同平常。那職員想著，半彎著腰，在前面引家公走到股東大會會場，一邊哀求道：

「大人不見小人怪，請先生不要動氣。小的剛才有眼不識泰山，招呼不周，萬萬請先生包涵。小的家裡上有老，下有小，保住這個飯碗性命交關。儂先生一句話，小的一家只有去吃西北風了。」

家公不耐煩，說：「不要囉嗦。我什麼都不提就是了。」

那職員彎腰更深，連聲說：「謝謝儂，謝謝儂。儂先生一看，就不是凡人。先生這邊請，股東大會已經開始了，先生只管走進去。找地方坐下來。小的給先生開門，慢慢走。」

家公領媽媽走進門去，身後的職員擦著汗走掉了。家公氣哼哼地對媽媽說：「這就是上海人，自以為精明，都變成勢利眼。」

媽媽問：「什麼叫勢利眼？」

家公說：「就像剛才這職員一樣，只看人穿衣服，用外表來看人。衣服穿得好，就當有錢人，殷殷勤勤地巴結伺候。衣服穿得不好，像我這樣，就看不起，要欺侮。」

媽媽說：「我不要做勢利眼。」

家公說：「就是，琴丫，我們不論是窮是富，穿衣服都不重要。富並不見得就有什麼了不起。窮也並不就怎麼見不得人。人生的意義在於會思想，肯勤奮，做事業。有思想肯奮鬥的人，是世界上最富有最高尚的人，不論衣服穿得怎樣，這樣的人都要尊敬。所以很多人說，上海人從小勢利眼，只有做小職員的材，沒有做大老闆的命。韓信能從流氓褲襠下鑽過去，那種人才做得了大元帥。」

媽媽聽家公說話，半懂不懂，但是，她能明白家公的意思。三歲孩子的腦海，是一片未開墾的處女地，家公在這裡栽種下一棵人生之樹，根深柢固。

會場很小，大白天卻暗暗的，加上滿場人抽香菸，迷迷騰騰。前後左右長椅上，坐滿了人，還有些人抄著手站在旁邊。很多處有人三三兩兩在爭吵，房子裡溫度高到三十幾度，人人流汗。

台上左邊坐著一個年輕人，穿著筆挺，西裝、領帶、皮鞋，頭髮梳得一絲不亂，油光水亮。

他坐著，背靠在椅背上，架著一條二郎腿，悠悠哉哉，時不時抬手抹抹他的頭髮。看來他是大會的主席。可是他根本沒有聽股東們發言。正講話的股東揮著手結束，一邊擦著頭上的汗，一邊走下講台。

那位主席聳聳肩膀，放下二郎腿，站起來說：「你的講話當然很對，不過，合約已經簽過，事體只好這樣做。」

說完，他坐下來，接著蹺起二郎腿。

家公趴在媽媽耳朵上，悄悄說：「你看看，那就是上海小市民得意以後的模樣。派頭太大了，自以為可以做洋人買辦，不得了了，小人得志，你說讓不讓人生氣。你等著看，我等下子讓他下不來台。」

又一位股東上台去講話，他很激動，也很緊張，滿臉通紅，頭髮都溼了，黏在前額上，能夠看見他頭上在冒著蒸汽。他一邊講話，不住地拿手帕擦汗。台上沒有麥克風，沒有喇叭，台下人聽不大清台上人講話，所以聽眾們越發在台下三一群五一夥開小會，台下越是吵，越是聽不到台上人講話。只看見台上的人流著汗，噴著口水，慷慨激昂，說些什麼，沒人聽見。

一個鐘頭過去，幾個股東上台講話，每次講完下台，那位年輕的主席便站起，講一句：「合約已簽，事體必辦。」

家公坐著聽，他當然有備而來，現在東一耳朵，西一耳朵，是聽聽大多數股東們的心思。看看股東們話都說完了，汗也流乾了。台上空空，台下的人都垂頭喪氣。那個主席得意洋洋的站起，一邊整裡西裝領帶，好像要結束大會的樣子。

家公站起身，大聲說：「我要發言。」
會場裡安靜下來，所有的眼睛都對著他。主席沒辦法，對家公招招手，又坐下，把二郎腿蹺起來。
家公把媽媽安頓到座位上，然後走上台，拍拍他的長袍，看看台下攢動的人頭，說：「我代表北京的股東夏先生和天津的股東湯先生，合計共八百股，股份銀元是八萬元。」
家公停了一下，回頭看看主席。果然那位主席放下了二郎腿，坐直起來，開始聽他講話。
家公轉過身，對著台下，接著說：「依照公司條例，公司財產抵押借款，應該開股東大會，而且必須有全體股東三分之二，或者股權三分之二以上的人出席，才有效。而且出席股東大會的股東與股權有超過三分之二表決同意，才能夠批准公司對外借款或者簽署合約。請問主席先生，本公司與德國公司慎昌洋行簽合約，是否按照公司規章，曾經開過這樣的股東大會？」
那位主席沒有講話，眼睛不看家公。
家公又問：「那麼再問主席先生，有沒有三分之二的股東出席過這樣一個大會，討論與德國慎昌洋行簽約的事情？」
那位主席開始坐不住了，仍然沒有講話。
家公再問：「那麼參加這個大會的股東中間，有沒有三分之二以上，表示同意簽這個合約？」
那位主席漲紅著臉，像要站起來，卻終於沒有動。
家公停下講話，台下人聲有點大作。家公搖搖手，讓會場安靜下來，繼續說：「那麼，今天的大會有沒有三分之二股東出席，有沒有三分之二股權？」

台下大亂，人們紛紛呼喊：「有啦，有啦。」

家公說：「如果今天大會有三分之二股東和股權出席。今天這個大會同意或者不同意簽這個合約，算不算數？」

會場裡忽然靜下來，好像大家都在想家公說的話。

家公又提高聲音說：「我再聲明一下，我代表的股權數目有八萬元，幾乎跟德國公司的借款相等。公司為什麼不先和股東們商討，請求增加資本，卻突然向外國洋行借款，還要把寶成二廠作抵押。這樣我們股東的利益何在？我代表股東們要求得到一個回答。」

會場裡的股東們開始歡呼起來，叫叫嚷嚷：「回答，回答。」

主席坐在椅子上，掏出手帕擦汗，不說話。

家公搖搖手，會場裡立時靜下。家公拿出夏湯兩家的委託書，搖著說：「現在我代表夏湯兩家八百股份，要求公司撤回合約，再行討論之後，才作下一步決定。同意我提議的請舉手。」

會場裡的手都舉起來，包括媽媽的兩隻小手。

家公說：「不同意的請舉手。」

會場裡靜悄悄的，人們左右轉動著頭，沒有人不同意。

家公回過頭對主席說：「好了，今天股東大會，超過三分之二股東反對這個合約，請主席按股東們的意見做事。」

那青年主席站起來，結結巴巴說：「好啦，好啦。今天大會開過了。合約通不過，暫時中止。下個月在天津開股東大會再議。散會。」

話一說完，那主席便匆匆從走到台邊，走出會場去。台下面，會場裡人聲鼎沸，所有人都在歡呼，互相握手，祝賀成功。家公走下台，馬上被擁過來的人圍住，跟他握手的，拍他肩膀的，噴著唾沫對他講話的。家公只是笑，什麼也聽不見。

好一會，才靜下來一點，有人提議：「改日我們大家請客。」

「先生住哪裡？」

「我們請先生做董事好不啦？」

「先生貴幹？何處高就？」

家公一邊忙著回答一二問題，一邊忙在人群裡找到媽媽，拉住她擠出會場去。

時間已經下午五點了，蘇州河畔清風習習，甚為涼爽，好像河裡的臭氣也飄散許多，不再那麼濃重。

家公提著皮包領著媽媽在河邊慢慢走。媽媽很餓了，可是她看著家公沉思的樣子，便沒有開口說什麼，只是跟著他走路。家公在她眼裡現在是偉大得不得了，那麼多人，都那麼佩服他，那麼聽他的話呢。

最後，家公站住腳，低頭問媽媽：「餓了吧？」

媽媽說：「是。」

家公笑笑說：「爸爸也餓了。當領袖想不到還是蠻費力，會餓人。我們去吃飯。」

十五

頭天開會演講累了，第二天早上，家公起床遲了，匆匆洗漱完畢，早飯也顧不上吃，手裡抓個燒餅便出門，報也沒看，夾在臂下，嘴裡咬著燒餅，趕去商務印書館編譯所上工。

到編譯所門口時，看到一群人圍在門房前，七嘴八舌，亂哄哄地在問：「陶希聖在哪裡？」門房老頭在人臂縫中望見家公走來，把手一指，說：「那個就是。」

那群人轉頭一看，立刻衝將過來，圍住家公喊叫。原來參加寶成二廠股東大會的股東裡面，有一個是上海一家報館的記者，興奮之際，當夜把這次大會的前後寫成報導，一早登了報。家公平時每早早餐時看報，偏偏今天早上因為起晚了，沒時間在家吃早飯，所以沒有看今天早報，不知此情。因為這家報紙，這篇報導，家公一夜之間，變成了上海的小名人。商務印書館編譯局門房，一天之內來了不知多少人，要求見陶先生，讓他接應不暇。

可是家公並沒有因此一夜之間變成巨富。他還在編譯所做小編輯。每次拿到《婦女雜誌》給的稿費十塊大洋，家公仍然得意洋洋，晚飯要加一個小菜。

六月初一日，吃晚飯時，家公舉著一封信，對家婆說：「《婦女雜誌》來信，邀請我去見他們的編輯，約在這個星期六，跟編輯一道吃晚飯。」

家婆看看他，不大明白家公為什麼如此興奮。

家公解釋：「我給《婦女雜誌》寫稿已經寫了兩年。現在他們終於承認我的能力了。雜誌編輯通常不約見外面投稿的人。他要見我，就等於要我以後固定給他們寫稿子，或者可能讓我開一個專欄，那麼我就有一個固定的地方，連續發表我寫的文章，我就有可能出名氣，以後上進，便有把握。」

「你穿什麼去見編輯先生呢？」

家公低頭看看自己洗得掉了顏色的藍長衫，笑一笑，說：「就這樣去，也沒關係。讀書人總是很清苦，編輯先生也會曉得。」

「我給你十六個銀元，去大倫布店買一件好長衫。我查看過，那裡的線春比別處的好些，也不太貴。」

「你哪來的錢？」

「我一個銅板一個銅板積攢的，想著替你做件新長衫，都存在郵電局裡。明天晚上下班就回來，不要加班了，拿到錢去買線春，我可以馬上開工，到星期六還有三天，來得及做起來。」

第二天晚上，家公果然不加班，一放工便回到家。剛進門，家婆就把家公擋在當屋，面對面站著，一個一個數，在家公手心裡放下十六個閃閃發光的銀元，揮揮手說：「先去買你的長衫，回來再吃飯。」

媽媽在一邊聽見家公要出門去商店，跑過來拉家婆的衣襟，問：「姆媽，我要跟爸爸一道去，我不餓。我回來吃晚飯。」

家婆說：「去吧，去吧，莫吵就是了。」

「我不會吵。」媽媽蹦蹦跳跳拉住家公的手，就要出門。

家婆喊：「等等，等等，不再穿件衣服呀。」

媽媽說：「不要，外面不冷。」

家公也說：「不必了，也算快夏天了，不冷。」

看著父女兩個走出門，家婆又囑咐一句：「莫又去閒逛，早些回來吃晚飯。」

「不會的，」家公頭也不回答說，又補充，「也不必等，你們先吃好了。」

父女兩人便拉著手上街。媽媽一路上蹦蹦跳跳，大聲講話。家公左手一直放在衣袋裡，捏著那十六塊銀元。捏得太緊，手心出汗，覺得銀元滑溜溜的，捏不牢，更要用力捏。他們才走過三條馬路，聽見後面有人喊叫家公的名字：「喂，希聖兄嗎？」

家公拉著媽媽站住腳，回過頭去，看見一個人追上來，一路還繼續叫著，「希聖兄，我正是在尋儂。」

那是王雲五先生，商務印書館編譯所的所長，家公的上司，中等個子，胖胖圓圓的臉，面色和藹，再加上笑，更是可親。他身穿一件淺咖啡色綢長衫，上面有些小暗花針織花紋，頭戴呢禮帽，腳蹬黑皮鞋，左臂夾個棕色皮包，右手揚在空中朝家公招著。他跑到家公跟前站住，有些喘息地說：「我有一件非常要緊的事體要同儂講，阿拉尋個地方，坐落來談一談，好不啦？」

家公左手在口袋裡繼續捏著那銀元，有點猶豫，沒有馬上答應。

「這小妹妹阿是儂的女兒？蠻高呀，小面孔蠻嗲。一看就曉得是遐其聰明。」王雲五彎下腰，摸摸媽媽的頭髮，滿口上海話，媽媽聽不大懂，只聽懂了一句問話，「叫啥名字？」

媽媽回答：「琴薰。」

王雲五點著頭讚說：「雅，雅。一定是爸爸起的名字。幾歲了？」

媽媽這也聽懂了，伸出三個手指，說：「三歲。」
王雲五又問：「小妹妹，喜歡不喜歡我帶你到一家飯店裡相去吃頓飯呀？」
上海話說話長了，媽媽便聽不懂，搖搖頭。
王雲五奇怪地問：「為啥儂不要呢？」
家公笑了，說：「她沒有聽懂你的話。琴丫，王先生請你到飯店裡去吃飯。」
媽媽這才懂了，對王雲五說：「我們去過兩次飯店。一次是爸爸、媽媽、我和泰丫，一道去的。還有一次，只是爸爸和我。」
家公笑了，說：「你看這嘴巴會不會講話。」
「這叫將門出虎女，才三歲，可以講出句子來。」王雲五直起身，對家公說完，又低頭對媽媽說：「我們現在再去一次。好了，走吧，希聖兄，前面有一家江浙菜館，小菜味道蠻好。」
王雲五不容分說，拉住家公便朝前走。
走進飯店，裡面不大，客人也不多，明明亮亮，整整齊齊，清清靜靜。王雲五領著家公和媽媽，在桌子間繞來繞去，到窗口找到個空桌子。兩個人先把媽媽安頓坐好，然後也在桌邊對面坐下來。王雲五招手叫來店小二，不看菜單，直接便口說，點了香酥燜肉、龍井魚片、松子雞卷和蝦仁冬筍四個菜，另點冬瓜盅作湯。
王雲五說：「對不起，我要去洗洗手。你們要不要也去洗把臉？」
家公說：「請便，請便。我們免了。」
王雲五便起身，到飯店後面洗手間去。過了一陣回來，臉上光光。他坐下來，向前趴著身子，湊近家公，壓低著聲音說：「你曉得麼？上海出了大事體了。」

「上海每天有很多大事，你講的是哪一件？」

王雲五連連搖頭說：「不，不，都不是。這是不得了的大事。」

「你是講五月三十號的事麼？」

「就是，就是。」王雲五忽然停住話，等店小二走到桌邊。店裡沒有幾個客人，菜燒得快，很快就端上來，碗筷盤碟，還有瓷罐瓷盅，很好看。

王雲五指著一個瓷罐說：「看這個香酥燜肉，很好看吧。大砂鍋裡燜兩小時，放瓷罐裡蒸，到肉酥透為止。紹酒當水，小火燜煮，菜色紅豔，汁濃醇香，肉酥不碎，肥不膩口，杭州風味。」

家公笑了搖頭說：「想不到，王先生烹調在行，講論食譜也出口成章。」

王雲五哈哈大笑道：「我哪裡會燒飯。連內人也不大會燒飯。不過每日在菜館裡，吃得多了，不免隻言片語，道聽塗說些燒菜方法。」

家公用筷子點點問：「那麼，那盤龍井魚片怎樣做法呢？」

王雲五看家公一眼，說：「要考我麼？聽好。青魚切片，長寸半，寬六分，厚一分。那是標準尺寸，你看這一片就不大對，哈……下油煎十秒鐘盛起，再用中火燒熟，放進泡好的龍井茶葉，淋些熟豬油，撒上火腿末，就好了。玉白鮮嫩，翠綠清香。」

家公大笑起來，搖著頭，說：「我們今天確乎是江浙名餚，魚也要用龍井茶葉來燒，別處哪裡做得到。」

「點到為止，再講就俗了。」王雲五也笑了，轉臉對媽媽說：「儂喜歡吃什麼？自己揀來吃吧。」

媽媽眼睛看著家公，沒動手。

家公說：「好，我來給你揀一點。」

媽媽說：「我要吃罐罐裡的。」

家公給媽媽的碗裡每樣菜夾了一些，讓女兒開始吃飯。媽媽倒要先從瓷盅裡喝些湯。她覺得新鮮，湯可以放在那麼小的瓷盅裡。

王雲五自己盛著飯菜，說：「小妹妹蠻懂禮貌。」

家公安排好媽媽，自己添好飯，吃著，接回剛才王雲五停下了的話題，問：「你剛講到，工廠工人罷了工，怎麼樣呢？」

王雲五忙停住端碗往嘴裡扒飯的手，四面看看，嚼著飯，壓低聲音說：「哦，英國巡捕和外國警察在租界開槍打死了人。」

「這我曉得，太過分了。」家公揀塊香酥燜肉，放進嘴裡，嚼著，慢慢說，「本來是日本紗廠大班開槍打死中國的罷工工人。中國人抗議遊行，英國巡捕又來開槍打死中國人。東洋人西洋人，反正都是洋人，從來不把中國人當人看。可恨，可恨。」

王雲五放下碗，向前探著身子，說：「這就是我要尋儂來講的言語。我們中國作家和記者，一定要出面做些事體來。這件事實在太不可以容忍。你曉得誰領頭？」

「領什麼頭？」

「領我們上海作家記者們參加這場五卅運動呀。是鄭振鐸先生，有名的人。」

「那個剛在上海創辦《公理報》雜誌的人。我前兩天還想寫篇文章投去看看。」

王雲五先生拍拍手，說：「那好極了，儂的機會到了，寫篇文章出來。你從北京大學法科畢業，能不能從法律角度講些意見？」

「當然，」家公應著，也放下碗，用筷子點著桌子，說起來，「我就舉英國自己的法律來講。根據英國普通法，軍警如果遭受群眾的暴動或者襲擊，必須由當地的市長或者鎮長出面，向聚集群眾三次宣布解散令。再過一小時十分鐘，如果群眾仍然不解散，而且繼續暴動和襲擊。這個時候，警察才可以開槍。如果警察沒有經過這些手續和時間，就開槍殺傷了群眾，應該以殺傷論罪。」

王雲五聽著，眼睛睜得大大的，顧不及吃飯，盯著家公看。

家公講過一通，停住口，拿起調羹，喝了一口湯。

王雲五端起碗來，不吃，連聲說：「實在好，實在好。儂把這些材料寫出一篇文章來，直接送到《公理報》去，請鄭先生過目，在他的雜誌上發表出去。」

「這個，當然可以，不過編譯……」

王雲五曉得家公要說什麼，拿手裡的筷子搖一搖，搶先說：「編譯所裡的事體我來安排。儂要多少時間，儘管做。要到編譯所來做，就來做。不要來，要在家裡做，就在家裡做。都算儂上工。不過要快，越快越好。」

家公想了想，答說：「好，我兩天後交稿。」

「一言為定。」王雲五高興極了，放下碗筷，站起身來，兩手一抱拳，說：「我還有事體，一定要走，失陪失陪。我現在去跟鄭先生講一聲，下期雜誌等儂的文章。儂曉得《公理報》在啥地方？」

家公點點頭，也站起身拱拱手，望著王雲五，沒說話。

王雲五邊走邊回頭說：「不要急，統統吃光，我在前面櫃台付帳，不要擔心。再會再會。」

王雲五說著，急匆匆走掉了。

生人走掉，媽媽開始說話，一邊吃，一邊嘟嘟囔囔。可是家公沒有聽，也沒有吃什麼。他坐著，一直在沉思，一直到店小二走來催他們走路。

出了店門，家公朝左轉去。媽媽拉住他的手，問：「爸爸，你去哪裡？媽媽講的，你去買長衫。」

家公猛醒過來，應道：「哦，對對，我們去大倫。」

父女兩人吃過了飯，有了力氣，加快腳步，趕到大倫布店，推門走進去，一直走到櫃台前。櫃台後面一個穿長衫的人，站著摳指甲。

家公問：「可以不可以看看你們的線春，做長衫用的。」

櫃台後面的人上下看看家公，回身取下一匹線春，往櫃台上一放，一個字也沒說。

家公問：「這線春多少錢一尺？」

那夥計又把家公上下看看，不情願地說：「儂先生還是樓上去吧。」

家公問：「為什麼要上樓？這不是線春麼？」

「線春不論尺賣，樓上賤價洋貨，才論尺賣。」那夥計把櫃台上的那匹線春捲起，轉身放回架上，不再說話，只管摳他的指甲。

家公站在那裡，足足兩分鐘說不出話。

最後媽媽拉拉他的手，叫他：「爸爸，我們買不買呀。」

家公這才覺悟過來。他把左手從口袋裡拿出來，在櫃台上攤開，噹啷噹啷響，排出十六個閃閃的銀元，問那夥計：「這多銀元可以買幾件線春長衫？」

那夥計聽見銀元響，抬頭看過來，大吃一驚，又聽家公講完話，臉上立刻堆起一團笑，連聲說：「哪裡要那麼多，哪裡要那麼多。先生莫非要做幾件麼？」

家公一收手，把那一排銀元都揑起來，放回衣服口袋裡，說：「我原要做一百件，可是現在不在你這裡做了。」

家公說完，拉起媽媽的手，轉身邁大步，一直走出店門去。把那發呆的店員丟在櫃台裡，直勾勾地望著他們。

出了門，家公站住，長出一口氣，對媽媽說：「你看這店裡的夥計，因為我身上長衫破舊，看不起我。他哪裡曉得，我口袋裡裝了十六個銀元。可見不能以貌取人吧。他丟了生意，有什麼好處。」

媽媽問：「我們去別的店嗎？」

家公搖頭說：「你看，王雲五先生看我穿破長衫，還是對我客客氣氣的，請我吃飯，請我寫文章，到底是有學問有涵養的人，店夥計這樣小市民才最勢利眼。」

媽媽問：「什麼是小市民？」

家公說：「像那店夥計一樣，沒念過什麼書，大概小學畢業，不會思想，沒有心胸，缺乏志氣，全無理想。每天只是混日子，覺得生活只是吃喝玩樂。見有錢人彎腰鞠躬，對窮人耀武揚威。」

家公叫了部洋車，兩個人坐車跑到東方圖書館。商務書局的編輯們有證件，都可以利用東方圖書館的藏書。家公借到幾本想要的書，還不滿意。出了圖書館的門，馬路對面一家書店他常常去，便又進書店，買了兩本書。

天矇矇黑了，兩個人才回到家。家婆一見，就問：「怎麼去這麼久？線春呢？」

家公把手裡的書一搖，說：「在這裡。」

家婆一屁股坐到椅子上，半天說不出話來。

媽媽看見家婆的臉色，不敢說話，悄悄溜過家婆身邊，跑上樓去。

家公說：「我不要去《婦女雜誌》見編輯了，所以也用不著線春做長衫。」

十六

一連兩天沒有到書局去上工，從早到晚坐在家裡書桌前，看書寫文章，很少說話。

家婆只道他寫文章，也是書局的事，不去打攪，每天領著媽媽和泰來舅躲開家公，要麼在樓上講故事，要麼領他們出去買菜，在附近街上蕩一蕩，在街邊小公園裡玩一玩。家婆現在對這塊地面已經熟悉得不得了了。

第三天一早，家公吃過早飯，穿上那件褪色的羽紗長袍，把兩天裡寫就的文章裝進自己的皮包，夾在臂下，急急出門，坐了黃包車，趕到《公理報》社，親手把稿子交給主編鄭振鐸先生。文章第二天就發表出來了。

這不是家公第一次在報紙雜誌上發表文章，但這是第一次家公在報紙上發表專業的法律論述。而且，這是一個中國人，二十幾歲的年輕中國人，用中文，依據英國自己國家的法律，猛烈指控英國巡捕在上海毆打並槍殺中國工人的違法行為。

上海的中國人看了都大聲叫好，奔走相告。上海學生聯合會因而派代表通過《公理報》介紹，找到上海商務印書館編譯所來，堅決邀請家公做他們的法律顧問。

這當然讓英國人和所有的外國洋人都惱羞成怒。英國駐上海領事館也同時找到書局編譯所來，控告上海商務印書館誣蔑英國警察。

家公苦笑，同在一天，上午由於上海市民的叫好而滿意，下午便由於英國領事館的控告而慌張。因為是外國領館遞的狀紙，上海法庭不敢怠慢，不過三日，已經宣布開庭審理這樁案子的日期。

商務印書館約請了一位有執照的趙律師做代表，同時也要求家公直接參加法庭辯論，不必每天去書局上工。家公是直接當事人，而且也是法學家。

家公很覺有些緊張。他雖然熟讀法律多年，但是到底從來沒有真的上過法庭，更沒有出庭進行過辯論。連著幾天幾夜，家公忙裡忙外，收集證據，準備問題和答案。他每天去趙律師的辦公室一次，把一大堆新的文件資料放到趙律師的桌上，讓這位趙律師皺眉頭。

趙律師從辦公桌後面站起來，繞過桌來拍拍家公的肩膀，說：「不要緊張，年輕人。阿拉的材料足夠，一定打得贏這場官司。」

家公望著他，沒說話。

趙律師說：「走，走，去吃點點心，好不啦。」

家公說：「我沒時間，我還有很多……」

「不要緊的，時間多得很。好啦，跟我一道去。」趙律師看看表，補充說：「我有個約會，要見一位有名的人，跟我一道去，給你介紹介紹。」

不管家公怎樣推託，趙律師拉住他就走，出了律師樓門口，走幾步便到了一家小小的西洋式咖啡店，店名小巴黎三個字不寫在門上，卻印在門邊的玻璃窗上。趙律師領家公推開門，聽見叮噹一聲鈴，家公嚇一跳，慌慌跟著趙律師走進去。趙律師在靠裡地方找到一張桌子坐下，讓家公坐在另一邊，說：「他馬上就會到。」

正說話著，又聽見店門叮噹一聲鈴響，走進兩個人。趙律師一見，馬上站起招手，叫道：「此地，此地。」

那兩人走近來。前面一個，瘦瘦的個子，穿一件灰布長衫，好像很隨意。窄窄的長臉，有些蒼白憔悴。兩道眉毛微微倒垂，顯得憂傷，可是長長的鼻子下面，嘴唇緊抿，兩個嘴角下墜，又顯出一種倔強。頭髮剪得很短，年紀不大，已經有些禿頂。兩個比常人都大些的耳朵，很顯眼。他走過來，跟趙律師握握手，又看看家公。

趙律師伸手指指家公，說：「我來介紹一下。這位是上海商務印書館的法務編輯，剛剛在《公理報》上闖了大禍的陶希聖先生。」

「哦，讀過，讀過，很有見地。」那長臉長衫人伸出手，握住家公的手，直直地望著家公的眼睛。

「這位呢？」趙律師繼續介紹道，「是陳先生，陳布雷。聽過這個名字麼？當然。他是上海鼎鼎有名的記者。我應該說，是全中國鼎鼎有名的記者。」

「過獎，過獎。」陳先生說著，臉露得意，坐下來。

聽到陳布雷這個大名，如雷貫耳，家公又是欣喜又是驚慌，連忙兩手拉扯拉扯自己身上的長衫，沒有說出話來。

「那麼，這位呢？」趙律師看到陳先生後面還跟著一位先生，高高大大，方頭圓臉，滿面放光，西裝筆挺，領帶整齊，卻不認得。

這位先生主動上前來，與趙律師握手，自我介紹：「周佛海。」

趙律師豁然開朗，兩手一抱拳，點著頭，大聲說：「久仰，久仰，大名鼎鼎的職業革命家。」

周佛海笑著擺擺手，說：「哪裡，我哪裡是革命家，不過是個窮學者、窮作家、窮教書匠。」

趙律師說：「算了吧，周先生是汪精衛先生的高參，哪個不知道？只是久聞其名，未見其人。今日得見，三生有幸。」

周佛海過來，笑著，跟家公點頭握手。

「請坐，都請坐。」趙律師伸手請周先生在桌邊坐下，又轉過頭，對家公說：「曉得汪精衛先生麼？中山先生去世之後，汪先生接任國民黨主席，在廣東集黨政軍大權於一身，不得了的。」

周佛海看了家公一眼，說：「我想，北京大學法科學生一定熟知中國歷史，用不著你講課吧。」

陳布雷搖著腿，眼睛盯著桌邊，一個手指敲著桌上的台布，說：「我看，還是邊喝邊談。」

趙律師說：「對，對。喂，Boy，Boy。」

侍應生走過來，穿著筆挺的白色制服，一件紫紅的小坎肩套在外面。他滿臉堆笑，不說話，等著吩咐。

趙律師點道：「四杯咖啡，誰要加糖？周先生是一定不要的，革命家不吃甜東西。哈哈。陳先生呢，呵，陳先生也不要？陳先生也變成革命家了。」

陳布雷臉上做點苦像，說：「不是的，近來有點牙齒痛，不能吃甜東西。我呢，不要咖啡，還是一杯清茶最好。」

趙律師說：「那好，陳先生來一杯茶，什麼茶？鐵觀音？好。我的咖啡是要加糖的。希聖兄呢？也加點糖好了。」

家公坐在那裡，根本沒注意聽趙律師說些什麼。他一直盯著周陳兩位先生看。這兩個名字他當然都十分熟悉，也讀過這二人許多文章，對他們很敬佩。尤其是陳布雷先生，文章寫得出色。

沒想到，今天見到了面。陳先生三十幾歲，已然飽經風霜的樣子。他還在浙江高等學堂讀書時，就開始在報紙上寫文章。畢業以後到上海，便進《天鐸報》做記者，天天寫短評社論，筆鋒銳利，議論風發。辛亥武昌起義成功，陳布雷連寫十篇文章，積極歌頌推翻帝制，建立共和。最有名的是應邀把孫中山先生的英文〈對外宣言〉翻譯成中文，典雅流暢，一時傳為美談。近年，陳布雷在上海《商報》做主任編輯，名氣越發響亮。他坐在桌邊，瞇著眼睛，似在思索。

周佛海先生圓圓的臉，戴一副金絲邊眼鏡，尚不過中年，身體已經有些發胖。坐在那裡，左顧右盼，一派志得意滿的樣子。

趙律師問：「要吃點心嗎？」

周佛海說：「兩塊雞蛋糕好了。」

陳布雷說：「你曉得我有胃病，只吃烤焦的東西。」

趙律師說：「那麼要兩客烤麵包，烤焦一些。希聖兄呢？」

家公說：「肚子不餓，不必吃點心。」

周佛海笑說：「餓了吃飯，不吃點心。點心本就是肚子不餓時，吃著玩的。跟我一樣，吃雞蛋糕吧。」

家公點了點頭。

趙律師於是點好咖啡和點心。侍應生走開去。

周佛海望著家公說：「年輕人看來有點睡眠不足。」

趙律師笑了，說：「不是不足，是這幾天根本沒有睏過覺。所以我拉他出來休息腦筋。緊張得要命，他自己惹的官司。」
周佛海翹起一個大拇指：「好樣的，初生牛犢不怕虎。」
「我聽說，法官是個中國人，主張從寬從緩解決。」陳布雷慢慢地說著，看著侍應生在他面前擺下一杯茶。
周佛海拿起面前的咖啡，但沒有喝，又放回桌上，對家公說：「英國巡捕房的律師呢，其實也並不想大鬧一場。五卅事件已經鬧得全中國人怒火燃燒了。他們只盼著讓中國人忘掉呢，哪裡還想去法庭上爭吵，火上澆油？只是英國領事館那些官老爺，他們有領事裁判權，做什麼都不必怕，威風慣了，嚥不下這口氣，非要告到法庭不可，還要嚴辦，哼，他能怎麼個嚴辦法呢？」
陳布雷端起茶杯，喝一口，搖著頭品味道，說：「這茶不錯，只知英國人會喝茶，想不到巴黎人也會泡茶。」
趙律師笑了說：「這家還是中國人的店，哪裡是法國人，當然會泡茶。」
陳布雷看一眼家公，說：「你放心，不會嚴辦的。明明英國人沒理，只是欺侮我們中國人。」
周佛海又端起咖啡來，放到嘴邊，又不喝，只顧說話：「他們對我們中國人一無所知，總是低估了我們。」
陳布雷問家公：「你參加了上海學術界十人連署的宣言，對南京路慘案表示抗議。對不對？」
家公答說：「是的。」

「你在上海，現在也算個法學家了。」陳布雷笑笑，一臉苦相，又說：「我正在為《商報》寫一篇社論，支持你們的宣言。」

家公說：「謝謝。」

陳布雷又端起茶杯，喝了一口，繼續說：「不要怕，年輕人。王雲五先生很有信心，他們把我們怎樣不了。王先生在上海也是個大人物，很有勢力。這次是因為英國領事來找麻煩，否則也根本不會上法庭。」

周佛海終於喝了一口咖啡，苦得皺了臉，搖搖頭，說：「上海很多組織，實際上，全中國都站在你背後，用不著怕。」

家公坐著，聽面前兩個有名望的人鼓勵他，心裡踏實下來許多。

趙律師揮著手，笑說：「我們是開討論會，還是閒談休息？快吃，動手，蛋糕上奶油要乾了。」

「吃，吃。」大家笑應。

出庭的日子到了。王雲五先生作為上海商務印書館的法人代表，自然要到庭。所以便把家公帶著，坐他的小轎車一起去。家公一直不喜歡編譯所上下工打卡的規定。上工，要在門前大鐘架上，抽出自己的卡片，插入鐘下的檔口，打一下，把上工時間印在卡片上。下工照樣做，把下工的時間也印在卡片上。書局財會部門便依這張卡片算每個人的工時，發薪水。現在常要出庭打官司，王雲五先生一句話，免掉家公打卡，每日都算全勤，家公很高興。

趙律師引著王雲五和家公進了法庭房間，到旁聽席最前一排坐下，然後說：「前面還有幾個案子，很小的。要等他們都判過去，才是我們。先坐一坐，不急。」

家公回過頭，在後面旁聽人眾裡找到家婆，抱著泰來舅坐在腿上。王雲五先生從公文包裡取出稿件，放在腿上，已經專心做他的編輯工作，好像法庭上的事與他無關，他不過來應應景。家公便也從自己的公文包裡取出材料，拿在手裡看，但是看不進去。

法官關炯之走出來，穿著黑色的長袍，坐到法官席上，宣布開庭。家公身邊的王雲五頭也不抬，繼續編輯他的文件，甚至沒有注意到媽媽來了一趟又走了。

家公坐直身體，直直地盯著看關法官。讀大學的時候，他曾經夢想有一天可以穿上長長的黑袍子，坐在那個位子上，判決人們的生死。那是多麼神聖的權威。可是他從來沒有經歷過真正的法庭操作，這是頭一次。而且自己不是旁觀，是當事人，感受自然大不一般，這裡發生的每一秒鐘都刻在腦子裡，永不會忘記。

第一案，一個頭纏紅布的印度巡捕站起，告一個癟三模樣的男子打破商店的玻璃。那被告坐在一邊，沒有律師辯護。關法官聽完訴狀，隨即宣布：「罰大洋一元。沒錢交納罰款，坐牢十日。」

第二案，同一個印度巡捕又站起，告一個學生模樣的瘦高個子，在大街上小便。這學生漲紅著臉，不說話。關法官照樣聽完訴狀，隨即宣布：「罰大洋一元。」那學生馬上從口袋裡掏出一塊大洋，揚起手來，要把銀元丟給高台上的法官。法庭職員忙止住他，領他到前面桌邊交錢，劃押簽字。然後，那學生便低著頭，匆匆跑出門去。

第三案，沒有印度巡捕的事。兩個鄰居發生爭吵，一個撕破了衣服，一個跌破了頭，都要向對方索賠。關法官聽了一陣，打個哈欠，宣判兩人回家各自反省一禮拜，如果依然不服，再來告。

第四案，一間學校告一名教師偷學校的東西。那名教師斷然否認。學校請了律師來法庭告狀。那律師站起，開始講解當天的情況。沒講幾句話，關法官打斷他說：「法庭不是警局，不負責調察案情。原告把材料交到警局報案，由警局立案調查，然後再告上法庭來。」

最後，終於聽到關法官叫起商務印書館的案子。趙律師馬上站起來。家公也慌慌忙忙站起來，腿上的材料掉了一地，稀里嘩啦一陣響。家公嚇得臉色發白，急忙彎腰到地上去撿，一邊對趙律師說：「你們先過去，我就來，不要晚了。」

趙律師笑起來，彎腰拍拍家公的肩膀說：「不必慌，不必急。」

王雲五一邊收他正編輯的文章，仍舊坐著，一邊歪頭對家公說：「希聖兄，忙什麼。」

家公蹲在座位下面撿紙頭，聽見上面關法官說了句什麼，趙律師在身邊站著，舉起手，大聲說：「商務印書館代表在這裡。」

家公不及站起身來，沒有看到這個莊嚴時刻，心裡好難過。他曾經夢想過很多次，站在法庭上宣布自己是律師代表時的神氣。他本來可以站在趙律師身邊，也讓關法官看見自己。可是，他在座位下面蹲著，收拾紙頭，誤了大事。

旁邊王雲五先生早收好了皮包，卻仍舊大模大樣地坐著，連站也不站起來。

家公再也顧不得地上的紙頭，站起身來看，聽見關法官問：「原告怎樣說法？」

原告席上，一個穿著西裝的高個子洋人站起來，懶洋洋的說：「本律師尚未準備完畢，請求延期審理。」

進法庭來時，看到一高一低兩個洋人坐在原告席那一邊，原以為高個子的是英國領事，低個子是律師。不想剛好相反，那彎腰曲背病央央的低個子，卻是脾氣大得不得了的領事，聽說他是個英國爵士呢。

關法官於是發話：「延期一星期。下週再來。」

說完，關法官把手裡小木錘一敲，宣布閉庭，下午兩點鐘再開庭。然後他站起身，走出去。

家公站著，真不知是怎麼搞的，今天這就完事了。他掉在地上的紙頭還沒有撿起，人也沒走到被告席上去，一場官司就算打過了。他真失望，重新蹲下身去收起地上掉的紙片。

王雲五笑笑，站起身，提著公文包，對趙律師和家公說：「走吧，到北四川路去吃飯，那裡有一家店，叫做新雅，味道不錯。帳都開在書局頭上就是。」

家公根本沒有興頭去吃飯。他站著，回頭看看，家婆領著媽媽泰來舅還坐在那裡，都望著他。家公於是說：「我不去了。我全家都在這兒，我最好跟他們一道回去。」

「哪裡，哪裡，就請大嫂一道去吃飯。」王雲五說著，回過身，一邊招呼著家婆和媽媽，一邊便走過去。

家公忙跟過來，介紹說：「這位是我們編譯所所長王雲五先生。」

家婆紅著臉站起，不知該道萬福呢，還是該鞠躬。

王雲五摸摸媽媽的頭說：「我們見過，一道吃過香酥燜肉，老朋友了，對不對？小弟弟幾歲了？」

媽媽伸出一個手指頭說：「泰ㄚ一歲半。我剛才過去跟爸爸講話，看見你在寫字。」
王雲五假裝不滿意，說：「是嗎？我怎麼沒有看見，應當跟我打個招呼。」
媽媽說：「爸爸不許我出聲。」
家公對家婆說：「今天法庭的事已經完了，王先生要請我們去吃中飯，因為你們也在，王先生好意請你們一道去。」
家婆忙把鬢角頭髮一捋，說：「莫要，莫要。你們公事，怎麼可以拖家帶口，我領ㄚ們路上轉轉看看，回家去了。」
家公對王雲五說：「他們剛從鄉下來不久，不大會應酬，不必難為他們。」
王雲五笑笑說：「恭敬不如遵命，那麼只好不勉強了。大嫂認得路吧？這一帶有些店可以去蕩一蕩。」
家公說：「你們還是坐黃包車回去好了，抱著ㄚ走路，不方便。」
家婆說：「抱著走路慣了，不要緊，可以走。」
王雲五轉身對媽媽說：「好了，再會了。我要爸爸給你帶回去一個洋娃娃，好不好呀？」
媽媽眼睛睜很大，問：「什麼是洋娃娃？」
王雲五更顯得吃驚：「你從來沒有過娃娃麼？」
家婆忙說：「從小都是我用手做布娃娃給她玩，不叫洋娃娃。」
王雲五恍然大悟，笑說：「哦，那是因為大嫂手巧。我們家裡人都不會做針線，只好到外面去買。洋娃娃也是一種玩具，可是長的是洋人的臉，穿洋人的衣服。」

媽媽問：「為什麼要洋人的臉，穿洋人的衣服呢？」

王雲五笑起來，對家公說：「是呀，為什麼呢？問得好。大概因為要換個樣子吧。看見就曉得了。」

媽媽突然高興起來說：「是不是爸爸講的娃娃，臉是硬的。」

王雲五又不明白了，問：「什麼臉是硬的？」

家婆忙解釋：「我在家手做的布娃娃臉是一團棉花，是軟的。來上海的時候，講給她聽，上海的娃娃，臉是硬的。」

王雲五笑得響，連聲說：「呵，對，上海洋娃娃的臉是硬的。」

媽媽舉著手說：「還會眨眼睛。」

王雲五更笑得響，說：「對，講對了，買一個會眨眼睛的，好不好？」

媽媽問：「泰丫可以玩麼？」

家公裝出凶臉，對媽媽說：「小丫，那麼多話。」

家婆拉起媽媽的手，忙說：「再會，王先生。我們走了。」

母女三個匆匆往門口走，到門口，家婆又轉過身，遠遠地對家公招招手。

家公趕過去問：「什麼事？」

家婆說：「你的官司就完了麼？」

家公說：「還沒有完，不過延期了。下禮拜再來。」

家婆說：「那法官看去很凶，那些洋人也不好惹。你免不掉吃官司坐大牢。」

家公說：「不會的，莫擔心。」

家婆說：「我只想，你坐了牢，琴丫泰丫兩個可憐。」

十七

法庭上官司一場一場過去，秋天已經到了，官司還沒有打完，書局案子一個星期一個星期拖。王雲五已經很久不再到法庭去。每次只是趙律師和家公去點個卯，每次都是英國律師說一聲沒有準備好，就算了。英國領事也不再露面。

家公雖然心裡憤憤的，卻倒是覺得不壞。每個星期，他總有一天出公差，早上八點進書局，不用打時間卡片，在辦公室坐一坐，看看材料，這一天不編稿子。十點鐘前後，王雲五總經理到了，派他的車子送家公去法庭，就算全天上工。

到法庭坐在那裡，看西洋景一般，一個案子一個案子的聽。中午又到街上吃一頓飯，或者北四川路上的新雅，或者武昌路上的廣州酒樓，都是趙律師一起去吃，由趙律師付帳，算在編譯所頭上。兩三個月下來，法律和法庭漸漸在家公的心裡減弱了原有的那般神聖光彩。

忽然今天，也沒有什麼辯論之類，英國律師提出要罰商務印書館六千大洋。趙律師不置可否，既不表同意，也不表反對，根本沒有掀起辯論的打算。

關法官轉頭，看看英國律師，又看看家公和趙律師，想了一想，說一聲：「本庭判罰上海商務印書館向英國領館賠款四千大洋。結案。」

一場英國領事狀告中國商務書局小職員陶希聖的官司，就這般結束了。兩位律師握握手，約好晚上一起到日租界的札幌酒家去吃日本壽司。英國律師走出法庭，向英國領事報功去了。書局要向領館賠款，自然是英國領事勝了這場官司。

趙律師連皮包都沒有打開，順手拎起來，對家公說：「今天很早，不到午飯時間，我們不去吃中飯了吧。我現在回辦公室，下午再給王先生打電話。你願意的話，可以回家，或者回編譯所。」

兩個人一起向門外走。

家公問：「就這麼完結了麼？」

趙律師說：「當然，還要怎樣呢？四千大洋，大事一樁，誰也沒輸，誰也沒贏，就算公平。」

家公說：「怎麼說沒輸沒贏。書局要付賠款，英國人贏了。」

趙律師說：「英國人本來要三條判罰，一要關你坐牢，二要書局登報道歉，三要書局賠款兩萬銀元。現在都沒有做到，怎麼算贏。」

家公說：「為什麼要罰我們編譯所？我們沒有做錯事情，他們根本沒理由告我們，完全是誣告。」

趙律師停了一步，轉身看了家公一眼，又邁步走起來，邊說：「看你寫的文章，好像蠻有學問，原來是個書呆子。年輕人，你冒犯了政府，曉得麼？政府，中國政府，英國政府，都是政府。」

家公說：「法律面前人人平等，沒有官民之分。」

趙律師搖搖頭說：「哈，果然是個書呆子。」

他們走出了門，站在高高的台階上，身上披著秋天的陽光。

趙律師拍拍家公的肩膀，接著說：「我勸你老弟，以後還是在書上做學問為好。寫寫書，可以生活在夢想裡面。做個教授，也可以在課堂上大講真理，義正詞嚴。如果沒什麼耐心的話，別下海來吃律師這碗飯，自欺欺人。中國法庭內外，沒有法律，全是骯髒的政治和權力，還有金錢的神通。好了，我走了，老弟好自為之。」

趙律師握握家公的手，揚長而去，把家公丟在那法庭房前台階上的燦爛陽光裡。

家公站在那裡發愣，好久好久。好幾個月時間，這麼一樁國際案子，中國人在英國軍警槍下，流了血，丟了性命，多少人為之傷心落淚，到頭來，倒是這位趙律師說的這幾句話，聽來真有點味道，有點學問，讓家公著實想了想，在大腦皮層上新打出幾道摺彎。家公後來發現，這一番話，還真對他選擇生活道路發生了些作用。總而言之，自此起，他決意不再熱心拿法律做終身職業了。

天氣很好，家公沒有心思去書局上班，甚至沒有心思去圖書館或者書店逛。他無精打采，在馬路上蕩了蕩，最後還是回家了事。天下偌大，喜怒哀樂之時，總覺無處可去，只有回家。

媽媽和泰來舅都在前面小天井裡，見家公進門，便都奔跑過來，撲上身。家婆在後面大叫：「手上都是泥，莫要上身。」

家公趕忙抓住媽媽和泰來舅的四隻手，翻過來看，二十個手指都是泥。家婆在天井裡栽花，媽媽和泰來舅跟著玩泥土。

家婆喜愛花草，也會弄花草，都是在湖北黃岡萬家大灣做姑娘時學的。到了上海，有了自己的天地，家婆便把小天井開出了小花園。她在湖北鄉下，沒有見過玫瑰花。到了上海，發現上海人喜歡玫瑰花，經常用玫瑰花送禮，很覺驚奇。後來曉得那是西洋人的習慣，上海人學會了。家婆自己養了一年，發現玫瑰確實美麗，也喜愛起來。玫瑰花有許多種，顏色大小都不同。天井太小，種不了許多，家婆挑選了一種紫紅色的，一種黃色的。花朵都很大，花瓣層層疊疊，豐滿華麗。花開時，色彩嬌豔，滿院芬芳。家婆數著日子，到花開盛之後，開始凋謝時，便用剪刀把花枝一一剪下，拿回屋裡，插在瓶中，灌了清水，讓那花朵繼續在屋裡開放。等到瓶中花朵萎縮飄落下來，家婆將花瓣都扯下來，放在瓷盤裡，留在桌上，每天在上面淋些清水，屋裡便能仍然保留許多日玫瑰的花香。最後花瓣都乾枯了，家婆便都研碎，包在麵粉裡，蒸出香噴噴的玫瑰糖包來。

見家公回了家，家婆領媽媽和泰來舅到後面廚房洗過手，回到大屋來。家公站在方桌邊，看著桌上瓶中插的玫瑰花，一朵紫紅色，一朵黃色。旁邊一個小小瓷盤裡，也放了些半枯的兩色玫瑰花瓣。

媽媽爬上桌邊的凳子，問：「爸爸，你要寫字嗎？我來幫你磨墨。」

家公轉臉，看了媽媽一眼，笑了一下，說：「好呀，你來磨墨，我來寫字。」

說著，家公走到窗前書桌邊，取來紙墨筆硯，從那插玫瑰的瓶中倒出一點水，淋在硯中，讓媽媽磨墨。

家婆在屋子中間安頓泰來舅，扶他在地板上坐穩，周圍堆了些天井裡撿的小石頭子。

媽媽問：「爸爸，你寫什麼字呢？」

「我想想。」家公說完，鋪開了紙，站著，對著牆，閉住眼，沉思片刻。然後提起筆來，在媽媽磨好的墨裡蘸蘸，懸著肘寫起來。他寫了八個字：學問艱難，人生甘苦。

媽媽問：「爸爸，你寫的什麼字？」

家公說：「人生不容易。」

媽媽說：「我也要寫。」

家婆說：「琴ㄚ，莫搗亂爸爸。」

家公說：「我今天沒有事情做，很覺無聊，讓ㄚ們玩吧。琴ㄚ，你會寫字嗎？」

媽媽說：「我會畫圖，我畫得好。」

家公幫媽媽把紙鋪好，幫媽媽拿毛筆蘸了墨，在紙上畫圖。媽媽一邊畫，一邊念叨：「這是爸爸寫字，這是姆媽縫衣服，這是琴ㄚ畫圖畫，這是泰ㄚ在地上爬。」

家婆聽了，心裡忽然一陣難過，並不言語，跑到後面廚房去了。

泰來舅一直坐在屋子當中，玩面前放的幾塊長長圓圓的石頭，挪過來，掉過去，嘴裡嘟嘟囔囔不停，口水有時滴下來。家公看看，心裡有些難過，不禁說出聲來：「家境貧寒，ㄚ只能玩些石子而已。」

家婆回到桌邊，手裡針線不停，說：「也沒什麼，ㄚ們都一樣，給他多麼貴重的玩具，也未必喜歡。倒是些舊盒子、爛石頭，他能擺弄半天。一去天井裡，就到牆邊去挖石頭。」

媽媽說：「這些是我給泰ㄚ找的石頭。姆媽說，找圓的，不會割破泰ㄚ的手。」

家公搖搖頭，有些感慨地說：「我小的時候，跟爹爹在河南官府裡，玩的東西很多，男ㄚ們都玩些彈弓、袖箭、鏢、劍、單刀之類，都是從開封大相國寺買的。我最喜歡的有兩件，一是放風箏，有五星箏、七星箏、九星箏。蜈蚣箏最有力量，要專門纏地生絲粗線才拉得住。十三星風箏叫做十三太保，直立起來有屋檐那麼高。」

「我們能放風箏嗎？」媽媽聽得入迷，手舞足蹈，問家公。

「上海這麼擠，房子這麼多，沒有辦法放風箏。放風箏要很寬大的場子。在開封就有大片空地，可以放開步子跑，要跑多遠就跑多遠，風箏才放得起來。」家公說著，忽然站起身說：「我們去吹肥皂泡吧。那天我見人家在江邊吹，好像很好玩。吹泡泡不要很大的地方，天井裡也可以玩。」

家婆問：「什麼肥皂泡？怎麼弄法？」

家公說：「我想，顧名思義，拿肥皂泡水，我見人是用個棍，上頭有個圈，蘸了肥皂水，拿嘴對著圈一吹，就有泡泡飛起來。」

「跟我洗衣服一樣道理。」家婆放下針線，朝天井走出去，一邊說：「我來試試。」

媽媽一蹦一跳的跟出去。家公從地板上抱起泰來舅，也跟著走出屋子。家婆在洗衣盆邊，找出肥皂，用手掰下一個小角，在窗下牆角找到一個瓶子，把肥皂頭放進去，說：「我去弄水，就來。」

家婆說著，拿著瓶子進了屋，去灶間取水。家公和媽媽泰來舅留在天井裡。天氣晴朗，只有幾絲細雲高高的飄蕩。家公把泰來舅往地上一放，他便邁開小腿朝牆角走去，蹲下來，去撥弄地上的石頭。家公對著媽媽笑了笑。

媽媽朝泰來舅喊：「泰ㄚ，你莫弄那些花，姆媽出來罵你。」

家婆從屋裡出來，手裡舉著瓶子，說：「能吹出來。」

瓶子裡是肥皂水。家婆拿一根筷子，頭上綁好一個瓶圈。家公看了，說：「就是這樣的工具。」

媽媽等不及，跳著腳搶那筷子。家婆說：「先看怎麼玩法，你才會，莫搶。」

家公接過瓶子筷子，蹲下身，把筷子上的瓶圈放進瓶子，蘸上肥皂水，然後取出，舉到嘴邊，把嘴對準瓶圈，輕輕一吹，一串肥皂泡就從瓶圈上飛出來，晶亮透明。媽媽興奮得雙腳一跳，歡呼起來。泰來舅聽見叫聲，回過頭來，看到在陽光下五顏六色的肥皂泡，也叫起來，一邊急忙站起，卻仰面跌倒。家婆幾步跨過去，把他扶起。泰來舅顧不得痛，一邊手摸著頭一邊跑過來，跟著媽媽伸手接那些空中落下來的肥皂泡。

家公蘸蘸肥皂水，又吹出一串一串泡泡。媽媽和泰來舅轉著圈跑，追泡泡，伸手接。肥皂泡一碰他們的小手，就爆裂掉，逗得他們大笑。家婆坐在窗下，抿著嘴樂，望著三個人。看見泰來舅要摔倒，便隨時伸手扶一把。一家人笑呀，叫呀，樂瘋了。

晚上，孩子們很快都睡熟了。他們都玩累了。家婆倚著床頭，還在做針線。家公躺著，睜大著眼，望著窗外的星空，睡不著。

家婆說：「算啦，睡吧，想那麼多做麼什？害自己得病。」

「也許我們要離開上海才好。」

「去哪兒？回陶盛樓麼？」

「不。老家回不成。但是我們不能永遠這樣，丫們可憐。他們應該有好日子過。」

「其實原本這樣已經很好，你偏要去惹是生非。只要一家人在一道，有吃有喝，就夠了。你不去惹禍，我們會過得好。」

「全中國到處在打仗。找工作大概不容易。」

「你要怎樣？」

「我要換工作，換地方。」

十八

兩三個月過去，家公沒有換工作，也沒有換地方。上海商務印書館編譯所給家公漲了薪水，每月一百元大洋，辦公桌也換了個大些的。

家公和家婆搬家到寶興路逢源坊。房子大了一些，房租也高了一些，每月要二十五元，比先前每月多出五元。薪水多了，家公去北四川路內山書館和南京路中美圖書公司的次數也就更多。結果，家公每月多拿的薪水，差不多一半交了房租，另外一半，家公拿去買書了，每月家庭日常生活費用，柴米油鹽，並未增加多少。家婆還是要一個銅板一個銅板的算著使用。

三月，媽媽的第二個弟弟出生了，取名祥來，是我的二舅。因為在上海生的，家裡沒有那麼多人，所以也不像在陶盛樓那般熱鬧，沒有煮糖麵大家吃一說。又是一個兒子，家公寫了封信回陶盛樓報喜。只要陶家兒孫多，香火旺，太家婆總是萬分高興，寄來一大包小娃娃穿用的衣服鞋襪，還有一大盒武漢餅乾。看見餅乾，家婆又禁不住想起驪珠姨來，好幾日以淚洗面。這樣一來，奶水就沒有了，只好買罐頭牛奶餵養祥來二舅。

上海當時最有名的罐頭牛奶，也最便宜，是美國蔴米克公司出產的寶華牌人造乾牛奶，到處出廣告說：強國必先強民，強民必先強兒。吃寶華牛奶，有七大好處，乃強兒之道。家公看了生氣，偏偏不買美國牛奶，要家婆看準牌子，只買中國造的菊花牌牛奶。

家婆不滿意，說：「菊花牌比美國牛奶貴。」

「我可以多寫兩篇文章，賺錢來買。我本來常給《良友》雜誌寫文章。他們現在給美國牛奶公司出廣告，還鬧什麼健兒比賽，喝美國牛奶就健康嗎？搞什麼名堂。我決定不跟他們來往了。」

「何必認真，我們不過賺錢吃飯養丫。誰給錢給誰做，什麼便宜買什麼。」

「有些事情可以馬虎一些，有些事情一點不能馬虎。」

家婆不說話了。

因為辦了幾件轟動上海的大事，家公現在成了名人，外面各種組織都紛紛來邀請他參加活動。他常去的地方有文學研究會、《東方》雜誌、《小說月報》等等處，常來往的也多是博學多才之士，像鄭振鐸、葉聖陶、胡愈之、沈雁冰等等。家公越來越經常不回家吃晚飯了，去得最多的是北四川路新雅飯莊，一夥人聚在一起，吃茶聊天，高談闊論。每次吃完飯回家，必帶些雜誌報紙，其中一本叫《醒獅》，家公最為熱心，每期一出，必是徹夜不眠，一氣讀完。夜讀之後，吃早飯時，家公一定眼圈烏青，血絲密布，卻是精神抖擻，連聲叫好：「內驅國賊，外抗強權，旗幟鮮明，意志堅定。」

家公又應邀參加獨立青年社，主編《獨立評論》，所以他便更加忙碌。差不多每晚都要伴燈伏案，自己寫稿、編輯、校對、發行。媽媽聽見家公與家婆兩人深夜爭吵的次數增多了。頭幾次聽見，媽媽很覺恐懼，不知他們為什麼吵嘴。後來聽得次數多了，也聽明白了，不過是為了錢。家公的《獨立評論》雜誌是幾個友人合辦，各人捐資，並無資產，所以經費不夠，家公向家婆要，家婆手裡錢捏得緊緊的，一分不給。她要養活一家五口人，衣食住行，一天不能少。逢年過節，還要買禮送回陶盛樓。她不能減少家裡日常費用，用來貼補家公在外面的社會活動。家公晚上只好更加晚睡，多編寫些小冊子、小文章，賣給商務印書館或者其他報紙雜誌，拿到小量稿費，添補作《獨立評論》的印刷發行費用。家婆算過帳，心裡清楚，只需要家公每月編譯所工資養家，就夠了。家公晚上自己寫稿子賺的外快，家婆不問，他願怎麼用就怎麼用。

《獨立評論》在社會上日漸醒目，家公在家開口閉口國家主義。不僅媽媽學會了，連泰來舅也常常一邊在廳堂地板上堆擺空菊花牌牛奶罐，一邊嘴裡嘟嘟囔囔：「國家主義，國家主義。」

一日晚上，家公回家吃過晚飯，坐在桌邊喝茶看信，忽然大叫：「好極，好極。」然後把手裡的信一揮，得意地對家婆說：「我在《獨立評論》上發表的主張，國民黨部也贊同了。」

家婆斜他一眼，說：「你給《婦女雜誌》寫文章，有稿費。在上海大學兼課，有薪水。你編《獨立評論》，一天忙到頭，丫見不到你人影，不賺錢，反賠錢，有麼什用。」

家公忽然說：「我決心參加革命，就算殺頭也不怕。我不要琴丫長大以後，還像你我一樣，再過一輩子苦日子。我不要琴丫的女兒將來有一天，再像珠丫那樣死去。我們一定要革命，把舊中國打倒，建立一個新中國。」

家婆突然呆了，心裡又是傷心，又是感動。她沒有想到，其實驪珠之死，在家公心裡是那麼深刻。家公從來沒有說過什麼，但是他從來沒有忘掉過。家婆想著，眼淚落下兩滴。她撩起衣襟擦擦，放下手裡的針線，到灶間燒些水，沖了一杯龍井茶，端到家公書桌前。

家公抬起頭，聞到茶香，問：「龍井。我們怎麼有龍井？是我們買了要送陶盛樓的麼？」

家婆故意皺起眉頭，說：「你莫管，寫你的文章。我明天再去買一包就是。」

「自然，自然，龍井一口，今晚自然文章要出色。」家公說完，端起茶杯，用嘴略一吹，就杯沿上細細抿一口，嘖嘖不已，搖頭晃腦，眼都瞇起來，很是得意。

家婆看了，由不得微微一笑，又馬上裝作不耐煩，大聲說：「早寫完早點睡了。」

「遵命。」家公說著，放下茶杯，提筆伏身，寫他的文章。

第二天星期三，家公編好一期新的《獨立評論》，鬆一口氣，答應家婆，再過三天，到星期日，全家人一起到虹口公園去玩一次。可是沒想到，次日夜裡，家公一夜沒有回家。

那是星期四，下午家公照例到上海大學去教課。上海大學是于右任先生開辦的，請家公兼一門法學通論的課。家公先只想，那是很容易的一門課，很簡單的一份工，可以輕鬆賺外快。後來，家公異常地熱心起來，常常一去深夜不歸。他更喜愛上海大學門外的那個上海書店，每星期去，必在上海書店裡買些邪門左道的雜書，比如瞿秋白編譯的唯物辯證法專著《社會科學概論》

等等。

那天晚飯時，家婆以為家公又泡在上海書店裡了，便招呼三個孩子吃過飯，洗臉洗腳刷牙換衣。一切妥貼之後，祥來舅便睡了，媽媽和泰來舅則在樓下堂屋裡多玩一會，等等家公。到九點鐘，還不見家公回來，家婆便趕媽媽和泰來舅也上樓去睡了。十點左右，下起雨來，家婆開始有些不安。才五月天，誰想到會下雨，家公沒有帶傘，若在路上淋雨，就不好。

十二點鐘響，把家婆從沉思默想中驚醒。家公仍沒回來，家婆著急緊了。撐了傘，跑出弄堂口去張望，一條大街空蕩蕩的，雨點打在水泥地上，啪啪作響，終於沒有看到家公的影子。

家婆回進屋，再不坐到家公書桌邊去。她坐到飯桌邊，打開針線，重新做起來。在陶盛樓的七年歲月，到上海的兩年光景，一幕一幕在她眼前閃過，牆上鬧鐘敲過兩點。

突然大門衝開，家公跌跌撞撞跑進屋來。他一身是雨，頭髮黏在額上，滿臉流水，身上長袍已經溼透，腳上皮鞋灌滿了水。他的耳朵根，下巴頂，手指尖，長袍邊，到處往下滴水，才進屋一秒鐘，廳堂裡已經水流滿地。

家婆嚇了一跳，跳起來，大叫：「你，你搞麼鬼。」

家公不答話，攤著雙手，渾身打抖，嘴巴也打抖，直直站在屋當中，望著家婆。

「快脫下衣服來。我給你拿乾毛巾。」家婆一邊說，一邊跑出跑進，「你老大人，不會照料自己，在大雨地裡跑一夜。」

家公長衫已經脫下，正要往椅子上搭。家婆叫起來：「莫要，莫要。那溼衣服，就丟地上。莫往椅上掛。我擦地就好了，還要擦桌椅麼？」

家公把長衫丟在廳堂屋中央地上，然後拿起家婆遞過的乾毛巾擦頭、擦手、擦身，再一件一件繼續脫溼衣。

「我去給你燒熱水。好好擦，擦乾些，我給你拿乾衣服。」家婆叫著，上樓下樓，燒水取衣。

家公站在屋中，打著抖，脫衣擦身。好一陣忙亂，家公才算把身體弄乾，到灶間裡，就著臉盆，用熱水洗臉擦頭髮。

家婆到天井裡把洗衣大盆拿進來，將一地溼衣都丟進盆裡，再把盆端到灶間，推到角落，明天洗。外面下雨，洗衣盆放了衣服，不能再搬出天井去。做完這些，家婆回進堂屋，跪在地板上，拿塊毛巾，用力擦乾地板上的水，一邊對灶間裡的家公叫：

「灶上給你燒著薑湯，洗好了自己倒出來喝。」

家公聽了，便到灶台上提起鍋子，往碗裡倒薑湯。手抖得厲害，一下子沒拿住，薑湯沖出碗邊，倒在灶眼裡，嗤啦一聲響。家公嚇了一跳，心一慌，手抖得更凶，險些把鍋子丟掉，忙把鍋放下在灶台上，呼呼喘氣。家婆聽見水響，跑過來，看見灶台上都是水，一把推開家公，說：「連碗薑湯也倒不成，打了鍋砸了碗，怎麼了得。去，去，坐那邊去，我給你倒。」

家公指指灶台上那個薑湯碗，說：「我端這半碗去先喝著。」

家婆一揮手說：「你莫走半路又潑翻了，過去坐著，我倒滿了端過去。」

家公再不說話，轉過身，哆哆嗦嗦地走進堂屋，坐到自己書桌邊的椅子上。

他剛坐穩，家婆已經把那一碗熱氣騰騰的薑湯端過來，放到書桌上，說：「慢慢端著喝，莫打翻了。」

家公點著頭，伸出微微抖動的手，端起碗來，喝了一口，燙得嘖嘴。

家婆又急急跑開，上樓取了一條毯子下來，圍到家公背後。然後重回屋子當中那一大片水中，蹲下身去，用力把地板擦乾。最後走去灶間，把溼毛巾丟到洗衣盆裡，才回進堂屋來。前後忙了一個多鐘頭，總算都弄妥了。家婆走過來，看見家公額頭上冒出一層汗珠，臉色也發出紅暈來，手不再抖，呼吸也平穩了，便轉憂成怒，開口罵：「你要死麼？光了頭在雨地裡跑。」

家公繼續喝著薑湯，說：「我到十六鋪碼頭去送人。」

家婆說：「麼什人，那麼要緊，可以賠了命。」

家公說：「上海大學的學生。」

家婆心裡更是氣了，說：「哦，他是皇親國戚。」

家公又喝一口薑湯，然後說：「他們是秘密轉往廣州去參加國民革命軍的，可不是兒戲。廣州是國民革命大本營，正在積蓄力量，訓練幹部，準備北伐，要來消滅上海的孫傳芳。到廣州去，如果讓孫傳芳的兵捉到，要殺頭的。」

家婆說：「你去送行，不怕殺頭麼？」

家公揚起頭，把碗裡最後一口薑湯喝進嘴裡，然後說：「這不是第一次。前幾次都成功了。」

「前幾次都沒有這麼晚。」家婆還是氣呼呼的，但是聲音已經放低許多。

「還有薑湯麼?我再喝一碗,多發些汗才好。」

家婆不說話,走到灶間,給家公又倒一碗薑湯,端回來。

家公把薑湯喝完,說:「這次不知為了什麼,船誤了鐘點,大約十點鐘才開出,我們在碼頭上等了兩個多鐘頭,只好大家湊錢吃一頓飯。一個學生出身貧寒,身無分文,到廣州船要走兩三天,他連飯也沒得吃。於是大家又把身上帶的錢拿出來給了他。我原以為內衣裡還有幾塊錢,夠坐車,便把外面口袋裡的錢都給了他。船走之後,我叫車回家,才發現裡面那幾塊錢不見了。沒辦法,只好走路,碰上下雨,鬧得這般狼狽。」

家婆不說話。

家公笑笑說:「沒事。薑湯一喝,乾衣一換,蒙頭一睡,明天就好了。」

第二天,家公一直覺得有點累,以為是沒有睡好覺所致。下午回家,晚飯也不吃,早早上樓去睡。到半夜,突然間通一聲滾下床來。

十九

家婆嚇壞了,又不敢喊叫,怕吵醒了媽媽和兩個舅舅,只好把媽媽從小床上抱到大床上睡,然後一個人連拖帶拉,把那張小床從樓上搬到樓下,放在堂屋一角。再上樓把家公扶著,下了樓,睡到小床上。家公還喊叫熱,蓋不住被。不一陣,家公要大便,可是爬不起身來。家婆把馬桶提到堂屋,放在床邊,扶家公欠身起來,坐到馬桶上,竟然是泄水。大泄一陣之後,家公身子突然軟下來，家婆一把沒有扶牢，家公通一聲跌倒下來，癱在在馬桶邊上。家婆嚇壞了，忙連拉帶抱，把家公扶上床，躺到褥上，蓋好被子。

家婆提了馬桶，放到門外，要早晨才能提，到弄堂口倒，又回堂屋，說：「你病成這樣，我去請醫生。」

家公臉色血紅，有氣無力地說：「請誰？」

家婆沒話說。

家公又說：「你有多少錢請醫生？」

「那麼就等死麼？」家婆這麼說，但也無法。

兩個人相望發呆，無可奈何。家公躺在床上，只管冒汗。家婆坐在床邊，不住用毛巾替他擦。

好不容易，熬過三個鐘頭，到了早上。家公說：「我寫個信，你幫我送到編譯所，請所裡的顧壽白先生來看看。他懂醫，我想他不會立刻收現錢。」

「丫們在家，你照看麼？」

「兩個大的留下我管，他們自己會玩。小的你抱走，我不會餵奶，他哭起來我沒辦法。」

家婆只好到灶間，把早飯做好，擺到桌上，然後上樓一邊給媽媽和泰來舅穿衣服，一邊交代好，自己下樓吃好早飯，再上樓來自己玩，不許吵爸爸。爸爸生病了，要睡覺。媽媽和泰來舅一道靜靜地下樓，吃過早飯。家公不吃，側身睡著。家婆給祥來舅餵好奶粉，綁在包裹裡，背到背上，看著媽媽和泰來舅回到樓上，才攏攏頭髮，拉拉衣襟，硬著頭皮，一個人出了家門，走去編譯所。

到了書局，她把家公寫的信交到門房，門房喚她等一等，跑進去，過一會，出來對家婆說：「顧先生上午就會去，你先回去吧。」

家婆走回家，才進家門，顧先生就到了，他坐黃包車，快得多。家婆忙給顧先生搬了把椅子到家公床邊，然後回灶間燒水沖茶。

顧先生問過家公近幾日飲食生活，知道昨夜淋了雨，然後給家公把兩脈，量體溫，望舌苔，查大便，聽胸音，坐了大約一個鐘頭，最後說：「我想希聖兄患的是傷寒。一時半會並無大礙，但也非幾日內會好。我過些時來看一次，可能需服一段時間的藥。」

他喝了幾口茶，開了個藥方，然後又匆匆趕回編譯所去上工。

家公家婆拿著藥方，不知怎麼辦。顧先生看病的錢，同事面上，可以緩一緩，有了薪水再付不遲。那買藥錢，卻不能賒，藥房的人不認識陶希聖為何人，只能一手交錢，一手交藥。而且誰知這病要拖多久，要買多少藥，哪個肯欠。

家公說：「我馬上給母親寫封短信，借些錢吧。」

說過以後，家公側臥病榻，給陶盛樓寫了一信，說：

母親大人：

自拜別慈顏，來到上海，兩年間未曾花費過家裡一分錢。今日突然病重，無錢醫治。若是死了，搬棺材回家鄉，也需花錢，不如將棺材錢和運費先撥給我治病。病好了可以做學問做事業，報答母親。如果家裡不足，可以把源華礦業公司我這一房名下的股份，都折錢寄來救我一命，從此源華公司不必再付我一分錢。

兒　希聖頓首

上海湖北一封信來回要好幾天，等不得。家婆只好到後門外一位林先生家去借。家婆曾有幾次幫忙林太太洗衣服，也曾幫林太太忙做飯、收拾房子、招待客人。眼下有難，只好去求。那林太太倒極爽快，一口答應先借家婆買五天藥的錢，以後家公錢到了，或者病好了再還。林太太而且說：「你先生有病，你最好在家招呼，我上街買小菜，就幫你把藥買回來了。錢我先墊上就是。」

家婆眼裡流淚，跑回家，取了藥方子，送過去給林太太。

家公當天下午吃了藥，馬上便睡著了覺。一家人放下心來。

十天過去，家婆掐著手指算，天天跑去郵電局問，陶盛樓沒有回信，也沒有寄錢來。家公不能上班，自然沒有薪水拿回。一家幾口的生活有了困難。期間，顧先生又來看過兩次，開出新藥方，要家公好生將養。家公無奈，請顧先生帶信給王雲五所長借錢。

下午，王雲五坐了車子來看家公，在堂屋裡，坐到家公床前說：「你早該告訴我。生病是常有的事，怎麼拖得起。」

家公說：「張口借錢，難以啟齒。」

王雲五從皮包裡拿出大洋十五元，放到家公枕邊，說：「這些錢你先買幾天藥，以後需要，只管跟所裡借就是。」

家公拿著錢，不說話，想心事。

家婆一臉愁容，端了茶來，交給王雲五接住，說：「多謝王先生來看希聖。」

王雲五欠欠身，說：「家裡添了病人，大嫂更辛苦。」

家婆說：「只說他快些好起來，可以去上工，又急忙不得好。」

王雲五說：「大嫂不要急，生了病總要養，養好了再說，才能上工。」

家婆說：「他不上工，一家人怎麼吃飯。」邊說著，邊轉身回灶間去了。

王雲五站起身，把茶杯放到書桌上，對家公說：「我是有事路過，特來看望一下，不能久留，隔幾天有空再來看你。」

「王先生請略坐片刻。」家公忽然說著，自己歪歪斜斜爬起床。王雲五急忙伸手扶著家公，走到桌邊書架上取過一本文稿，回過身，雙手遞過去給王先生，喘著說：「王先生，這是我在安慶法政專科教書時的一份講稿《親屬法大綱》。你先拿去，作抵押好了。我等身體好些，把這稿子改出來，請商務出了書，就可以還錢。」

王雲五一手接過稿子，一手扶著家公回去坐到床上，然後自己也重新坐下，翻看著文稿，眉開眼笑，說：「你好好養病要緊。這稿子先不必……」

家公坐在床邊，喘著氣說：「王先生請不要客氣。你現在不拿走，我也還是要送進編譯所去。」

「那好，恭敬不如從命。」王雲五說完，把家公的文稿放進自己皮包裡，站起身說：「我先代你存放幾天。我有約會，實在不敢久留，過幾日再來看你。」

王雲五揮手告別。家公撲倒在床上喘息。

第二天，王雲五所長又派人送過來大洋五十元。家公曉得這是《親屬法大綱》的抵押借款。這錢解了燃眉之急。家婆馬上出去給家公買了一批藥，又買回柴米油鹽、青菜豆腐，以及家公養病所需的維他命、廣柑、西瓜和雞汁等，也給祥來舅買回一大箱菊花牌罐頭牛奶。

一個月後，家公傷寒好了，卻轉發了肋膜炎。顧先生每日來，一連打靜脈注射十四針，才算好轉。家公終於能夠拄個拐杖站起身來，所以非要親送顧先生出門一次，以謝救命之恩。

顧先生見那日天氣尚暖，豔陽高照，也就答應。久病之人，亦需曬曬太陽，消消毒。兩個多月，家公第一次出外，很覺興奮。媽媽自然也跟了家公出去走走。

在弄堂口，送別顧先生之後，家公扶著媽媽多站立一刻，才慢慢轉身回家。兩月不走，巷口邊新來一個皮匠小販，坐在那裡給一個客人做活，看家公走過，小聲對那客人說：「這個人快要死了。」

這話卻被家公聽到，停下腳步，轉身對那皮匠笑笑說：「我是已經死了又活過來的。」

這話把那皮匠和客人都嚇了一跳。

回到家裡，家公坐在堂屋的床上喘息，看到泰來舅站在屋當中，朝著一面牆上發呆，好久不動，便問：「泰ㄚ，你在做什麼？」

泰來舅回過頭，走過來，拉起家公的手。家公站起身，跟著泰來舅走過去。泰來舅伸手去摸牆上一塊陽光的斑點，嘴裡嘟囔：「動，動。」

媽媽拉開門從天井裡跑進屋，牆上的陽光斑點動起來，飛揚老高，然後又回到原處。那光斑原來是屋門玻璃窗的反光。

泰來舅看到光斑搖動，高興的又是跳，又是拍手，又是喊叫，哇啦哇啦不停口。

「你喜歡這些嗎？爸爸來給你做。」家公微微笑著笑，拉著泰來舅的手，走到書桌邊，把窗帘拉開，太陽光立刻照進屋來。家公又拉開書桌抽屜，在裡面翻騰半天，很失望，只好對著後面廚房叫：「冰如，你有一面小鏡子嗎？」

家婆在圍裙上擦著手，走進堂屋問：「麼什小鏡子？大呼小叫。」

家公說：「把你小鏡子給我用用。」

「要鏡子做麼什。」家婆走到後面，拿了小鏡子，走前來，碰上媽媽跑過，便把小鏡子遞給媽媽，說：「琴丫，把這小鏡子拿去給爸爸。小心呀，莫跌跤打碎了。」

媽媽答應著，跑進堂屋，把小鏡子遞給家公。

家婆還站著灶間裡嘮叨：「發麼什瘋，忽然間要小鏡子。」

家公不理會她。從媽媽手裡接過小鏡子，對泰來舅說：「你看好了，那邊牆上，有動的了。」

說完，家公手拿著小鏡子，伸到窗口射進來的陽光下，前後左右動一動，鏡面反光投射到屋裡對面牆上，暖暖的，亮亮的，上上下下，左左右右地晃動。泰來舅興奮得跳起來，衝到牆邊，伸手摸那個晃動的光斑，剛摸到了，光斑又跑開了，又過去摸，剛摸到了，又跑開了。泰來舅樂得格格格笑，拍得牆壁通通響。

媽媽看到，也高興起來，跑過去跟泰來舅一起摸那塊反光，跳著，笑著，叫著。

家公在窗前搖動鏡子，哈哈地笑。家婆聽見，走過來倚門站著，手裹在圍裙裡，看著家公，看著媽媽和泰來舅，也舒心地笑了。

又過一月，家公覺得自己能夠上班了，拄個拐杖到編譯所。王雲五一見，大吃一驚，說：「希聖兄，你這樣子，怎能上工，快回家休養。」

家公說：「一家大小，五口吃飯。」

王雲五只好說：「只上半天好了，能來則來，不能來則不來。能做多少就做多少，不要勉強，我要他們每日付你半天薪水就是。」

家公謝過。

王雲五又在背後說：「我要他們給你換把藤椅坐。」

家公聽見，更是感激。商務印書館編譯所規定，月薪一百元的只能坐木板凳。要到月薪一百五十元，才能坐藤椅。王雲五所長要照顧家公，特別破例，又不知會引起多少閒話。

想著走著，家公在走廊上碰到陳會計，把他嚇了一跳，說：「希聖兄，你好像回到高中去了。」

家公一笑，回答：「我現在體重大概只有七八十斤。」

陳會計招招手，說：「你跟我來，我給你個單據。你的情況，可以領到疾病扶助金三十七元五角。你拿單據到古醫生那裡簽個字，就可以過來領錢。」

家公跟了陳會計到會計室，拿了單據，又拄拐走到書局醫務室古醫生那裡。古醫生很忙，又不認得家公，見他進去，並不打招呼。家公默默坐在門口一條板凳上等。許多人排隊，大多是書局印刷廠的工人，穿著短衣褲，有看病的，有簽字的，一個一個過去。那邊門一開，過來一個女醫生，看見家公穿了長衫，手裡拄個手杖，擠坐在一堆短衣褲的工人中間，便朝他笑笑。她走過去，彎腰跟古醫生說了幾句話。

那古醫生歪頭向家公看看，用英文對那女醫生說：「These people are trying to cheat the company by getting paid for doing nothing.（這些人總想騙公司，只拿錢不做事。）」

滿屋的病人，都聽不懂英文，對著古醫生陪笑臉。家公卻聽得懂，坐也不是，走也不是。走了，拿不到錢。錢現在是家裡的急需。坐等，看古醫生眼色，實在難過。古醫生以為沒人聽得懂英文，竟當面羞辱。與他吵一架，家公也完全沒有力氣。正猶豫之間，便輪到家公了。他走到古醫生桌前，站著，拿出單據，請古醫生簽了字。然後，家公轉身走開，走了幾步，又轉回來，對古醫生用英文說：

「How much money have you contributed to this company with your own work?（你替公司賺到了多少錢呢？）」

家公說完，掉頭走出屋門，把古醫生丟在身後，瞪著眼睛，張著嘴巴，說不出話來。

家公氣得哪裡都不去了，直接回到家，坐下喘氣。吃過中飯，帶了媽媽，拄著拐杖，到後門外林先生家去還錢致謝。林先生家亂成一團，行李鋪蓋，丟了一地。一問才知，林先生剛接到北京清華大學的聘書，正整理行裝，要起程北上。

人家忙碌，家公不便久停，略說幾句一路平安，就告辭回家。一進家門，家公便對家婆說：

「林先生放在堂屋當中兩只鐵皮箱，好是氣派。對不對，琴丫？」媽媽伸手比著尺寸，告訴媽媽：「姆媽，兩只鐵皮箱，這麼大，很好看。爸爸和我摸過，很牢。」

家公坐下，搖著頭說：「將來我到北京去教書，定要裝置兩只這樣的鐵皮箱。」

「你先養病，拐杖還丟不開，又要想入非非。」家婆說，一邊把菜籃子挎好，說：「我去買菜，下午有些攤子小菜便宜。」

家公說：「明天就可拿到疾病扶助金，三十七元五角。」

「那夠幾日。下禮拜要交房租了。」家婆說著，走出屋去，到了天井，又叫：「琴丫，信來了，拿去給爸爸。」

媽媽蹦蹦跳跳跑出去拿信。泰來舅坐在堂屋中央，拿空牛奶罐搭房子，搭兩個倒下來，又接著搭。祥來舅坐在牆角搖籃裡玩自己的兩隻空手。

家公搖頭嘆氣，眼裡酸酸，接過媽媽遞過來的信，慢慢拆開。看到第三封，家公忽然打開墨盒蓋，把毛筆尖含在嘴裡潤潤溼，自語道：「我來寫封回信。」

沒幾分鐘，信便寫好，家公招呼一聲，拄了拐杖，領了媽媽和泰來舅，走上街，到就近的郵電局。回家路上，在弄堂口，正碰上家婆拎著籃子回家。

「你們幾個跑出來蕩馬路，祥丫一個在家裡？」家婆一見就喊叫。

家公說：「不過才五分鐘，到郵電局發了一封信而已。」

家婆一面急著跑，一面說：「不能等我回來再發，什麼急事。」

家公只好也拉著媽媽和泰來舅，拖著拐杖，跟著家婆往家裡跑，氣喘吁吁地說：「剛接到一封信，是上海法政大學來的，要聘一位講師，講授親屬法。聽說我在安慶法政專科教過這門課，問我可否擔任。」

「你不要命了麼？」家婆剛好跑進家門，回頭大聲說：「你不能再多兼課。先休養，好了再說。」

家公一邊邁進天井鐵門，一邊說：「信已經發掉了，我已經答應他們要去。幾個月沒有薪水，一家人要吃飯。」

家婆跑進大屋，見祥來舅斜在牆角搖籃裡睡著了，才放心，一邊走進灶間，放菜籃子，一邊說：「一家人要吃飯，你才不可以去送性命。你累倒下來，大家喝西北風。」

家公進了屋，坐下來，說：「不會的，那課我一學期教一次，教過兩次，都在肚子裡，容易教。」

家婆走回大屋，在祥來舅搖籃邊蹲下，順手掖一掖祥來舅身上的小被子，又站起來，對家公說：「我算過的，只要你每天到書局上半天工，這些錢過日子夠了，還要外快做什麼。」

「我想吃肉。」家公像小孩子一樣，不好意思地說。幾個月了，家公一天到晚吃素，大概已經饞瘋了。

家婆轉臉看著家公，一臉驚訝。家公想吃肉，就說明身體確實在恢復。家婆說：「還是少吃油腥，我給你煎兩個荷包蛋好了。」

家公問：「明天呢？」

「明天麼樣？」

「明天燒肉。」

家婆笑了，無可奈何說：「好了，好了，明天燒肉。」

第二天上午，做完半天工，家公到商務印書館會計部，領到疾病扶助金，拄著拐杖，正要回家，在編譯所門口碰到法制經濟部梁先生。

梁先生一見，拉住家公說：「有空嗎，一道出去吃中飯，我請客。我跟你說個事情。」

家公苦笑一下，說：「我吃不得油膩，你請客浪費了。」

「那好，我現在跟你說事情。這頓中飯留下來，以後補，如何？」

「自然。」

「我在東吳大學兼授一門政治學的課。家裡太太要生小孩，找個人照料不大容易，只有我自己招呼，實在忙不過來。想請人代一學期課，你老兄是最合適不過。可是你近來身體欠安，卻不知閣下意思……」

「現下好得多了，謝謝關心。你在東吳用什麼課本？」

「美國蓋特耳的《政治學》。」

「我以前學過這本書，教起來應該沒有問題。不過，我要自己選定上課時間。」

梁先生聽家公答應代課，喜得抓耳撓腮，一口應承，說：「這個自然，自然。我今天便去跟東吳大學說明。他們請到這樣教授，一定高興死了，哪有不由你定上課時間的道理。」

「哪天開始代你的課？」

「那全在希聖兄的身體，我是隨便。哪天你能夠開始，便哪天開始。」
「一星期幾節課？」
「一星期只一節課。」
「那麼下個星期開始好了。」
「那太好了，我替太太感激希聖兄幫忙了。」
「不必客氣，教書也是我樂意做的事情。你明天把課本講義都帶來交給我準備。」
「一定。希聖兄去東吳大學教書，若能結識徐志摩先生，也算不枉一行。」
「徐志摩先生在東吳教書嗎？」
「不在。不過你一去東吳，自然認識吳經熊先生，他跟徐志摩是要好朋友，一定會介紹你們認識。」

家公聽說，欣喜異常，身體覺得更好了許多。

這樣，家公病剛好不久，便又開始奔波勞作。每日上午到編譯所上半天班。然後星期一下午，先到金神父路上海法政大學講親屬法，再到圓明園路東吳大學講政治學。兩校之間坐黃包車趕路，自是兩間大學分帳。星期四下午還是到上海大學講法學通論。其餘時間，下午都在家裡，編改安慶法政專科學校那份《親屬法大綱》。

十一月之後，家公身體復元五成，開始到編譯所上整日工，每天多上兩小時，積攢工時，用於一星期兩個下午，到三間大學兼課。改書稿的事，只有每天晚上熬夜做。十二月，《親屬法大綱》書稿終於完成，送到編譯所，王雲五看過，立刻出版。家公領到五百四十元稿費，還清所有債務，還剩二百多元，可以有錢過元旦春節。

扯下一九二七年新年日曆第一張的時候，家公落下淚來，說：「我們一家總算活過了一年。」

家婆說：「今年還不曉得會怎樣。」

二十

家公大病一場，拖了七個多月，死裡逃生，直到過陽曆年，才完全好了。新年一月，商務印書館照例加薪，家公每月拿到一百二十元。這次，家公沒有像去年一樣興奮搬家。一場病，使他對都市人情，社會生活有了更進一層的體味。

不幾日，家公的哥哥翼聖伯公突然到上海來了。他本來身材魁梧，做土木建築工程師，整日野外勞作，更加體格健壯，滿面紅光，穿一身筆挺的西裝，相貌堂堂。媽媽來上海前，在陶盛樓時，常見伯公，但那時不足三歲，沒有多少記憶。

伯公下午四點鐘到了家公家，一進門就高聲叫：「冰如，快穿戴一下，我們出去吃飯。」他聲音很響亮。

家婆忙出來迎他，一邊說：「翼聖大哥好，先請坐一坐，喝杯茶。希聖還在上班。」

伯公說：「車子還在門外等，不能坐了，我們順路到書局接他一起去就好了。」

家婆聽這樣說，轉頭看看牆上的掛鐘，便一邊朝樓上跑，一邊叫：「琴丫，快自己換衣服。」

伯公在樓下堂屋裡踱步。家婆在樓上幫泰來舅祥來舅換好乾淨衣服，又幫媽媽把換好的衣服扯一扯平整，一起下樓，跟著伯公出了門。

伯公的小汽車，停在門外等著。一家四口隨伯公上了車，到商務印書館去接家公。伯公坐在前面司機旁邊。家婆抱著祥來舅，和媽媽泰來舅三個坐後排座位。媽媽很興奮，在上海整天看見小汽車在街上跑，卻不知裡面什麼樣，也不知坐車是什麼滋味。現在她曉得了。汽車比黃包車快得多，從車窗看出去，街上的招牌往後閃，看都看不清。媽媽時不時驚叫起來。伯公轉頭看著她笑。

家公還差十幾分鐘下班，聽門房進來傳話，也不管了，打了工卡出來，坐上伯公的車去吃飯。伯公還是坐前面司機旁邊的座位。家公抱起泰來舅，擠坐後排座位。家婆還抱著祥來舅，媽媽擠在家公家婆兩人中間。這麼多人都能坐在車裡，要是坐黃包車，當然坐不下。

翼聖伯公在湖北做水利工程，有了名氣。伯婆和鼎來舅也跟著離開陶盛樓，住到武漢去了。江蘇中部淮河下游，近來年年夏天發大水，江蘇省政府決定，趁冬天請伯公來，幫忙勘測設計一個淮河治理規劃。所以伯公只一個人來，估計一兩個月後就回武漢去。因為是特聘的治水專家，伯公一到上海，江蘇省政府就派了汽車，供他個人使用。在上海住兩天後，便開車到蘇北去。

伯公做工程，走南闖北，走哪吃哪，所以很會吃。他以前也來過上海，很懂江浙吃法，專門開車到最熱鬧的靜安寺，卻不去國際飯店吃那些西洋餐，而到國際飯店旁邊的這家滬江餐廳來。伯公說：「要吃西餐，應該到歐洲去吃，在上海當然要吃蘇浙菜。」

一家六人坐好，點了一大桌菜：南肉春筍、無錫排骨、翡翠蝦斗、八寶全魚、蘇州滷鴨、冬菇麵筋，豆腐羹作湯。

菜上來了。伯公舉起筷子，指指菜碟子，對夥計說：「能不能簡單講講貴店裡這些菜怎樣做法？」

夥計馬上笑著說：「當然，當然。先生一點菜就知是行家，本店都是地道江浙做法，一點不馬虎。這個南肉春筍做法不大難，鹹肉切條，鮮筍滾刀，先用旺火煮，烹酒以後，移微火再煮十分鐘，淋雞油，鑲青菜，春筍爽嫩，南肉香糯，湯味鮮美。那個無錫排骨聽來沒有什麼特別，卻是真正功夫菜，先要醃十二小時，燒也要近兩點鐘，色澤醬紅，肉質酥爛，味香濃郁，鹹中帶甜。小妹妹面前的翡翠蝦斗又配一色綠，蛋白裹蝦，清炒淋油，青椒刻瓣，放進去，顛翻起鍋，香菇裝盤，色如翡翠，朵朵如花，清香爽口，鮮嫩柔軟。中邊那一盤八寶全魚，魚腹裡裝了火腿丁、蝦米、香菇丁、筍丁、雞脯丁、豌豆、蛋糕丁，香氣濃郁，原汁不走，肉質鮮嫩，湯清多味。小弟弟面前那盤蘇州滷鴨，紅豔光亮，皮肥肉嫩，吃起先甜後鹹，小骨嫩酥，鮮美可口。兩個素菜特意是擺在太太面前，冬菇麵筋，菜色金黃，冬菇脆嫩，麵筋柔糯，味香清口。什錦豆腐羹，配料精細，豆腐細嫩，湯汁濃醇，鮮香味美。每人一碗冬瓜盅，瓷盅美觀，湯味鮮美。」

夥計一口氣說完，家公一家聽了，驚嘆不已，目瞪口呆。伯公對那夥計笑了笑，誇獎說：「講得好。菜擺得也好。」邊說邊從口袋裡掏出一個硬幣，遞到那夥計手裡。

那夥計接過錢，一個勁點頭稱謝：「謝謝儂，謝謝儂。慢慢吃，慢慢吃。」後退著離開了。

伯公說：「上海人做跑堂，真是天下第一，能言會道，又會看眼色，比別地方的人伶俐得多。」

家公說：「我看北京城裡的跑堂，比這裡人還會說，我們見識過。京油子衛嘴子保定府的狗腿子，論能言會道，還數北京天津兩地的人。」

「耍貧嘴，北京人天津人當然厲害。上海人嘴頭凶，用在做生意上，就不一樣。」

「那還不是看我們坐了汽車來，你穿著這身衣服請客，所以刻意招待。」

「這種氣派的店裡，大概人都會客氣一些。阿貓阿狗反正也來不起。」

「也進不來。還沒邁進門檻，就讓人趕走了。上海人對穿破衣服的人很凶，我自己便很有些經驗。」

家婆聽了，很點了幾次頭。

伯公揮動筷子，說：「開動。開動，不要光講話。」他說著，動手給每個孩子小碟裡夾菜，又說：「這裡菜好像色香味，還都不壞。」

家婆簡直捨不得下筷去吃。看見伯公幾筷子把個八寶全魚戳得稀爛，從裡面夾出配料來，家婆心裡覺得不舒服。可是伯公把魚夾到家婆面前小碟裡，家婆又擋不住，只好道謝，而後小塊小塊放進嘴，果然好吃。

家公大病初癒，並不怎麼能吃，只是陪著，慢慢動筷子。他這次來吃飯，真正關心的是打聽武漢時局。伯公剛從武漢來，自有第一手消息，家公憋了半天，看大家都放鬆吃起來，忙偏過頭去問伯公。家婆看他們一眼，大聲招呼孩子們吃菜，喝湯，添飯，熱熱鬧鬧。

伯公家公兩人頭靠到一處，壓低聲音，交談起來。家公的胃口也覺得好多了，聽著伯公說話，一邊加大口裡吃的菜。

一九二六年六月，蔣介石繼承孫先生遺志，在黃埔軍校發誓言：「兩年之內克定武漢，三年之後統一中國」，而後揮師北伐，摧毀強敵，克復武漢，據有兩湖，直指江西，聲勢之盛，前所罕見。廣州國民政府隨即搬到武漢。武漢成了中國國民革命的中心。家公對武漢很是嚮往。

但伯公對於武漢局勢只輕描淡寫說：「一言難盡。耳聞不如一見，你自己去看看好了。」看來武漢亂得很，伯公不大喜歡。革命非常時期，有些混亂也屬正常。破壞已經習慣多年的生活，當然不舒服。但是，破壞是為了建設更美好的新生活，付出一些代價也應該，也值得。想著，家公反而對武漢更嚮往了。

第二天，伯公走了。家公下午下工回到家，家裡冰鍋冷灶，樓下根本沒有人。家公叫了幾聲，也沒人應。家公脫下棉袍，搓著兩手，走上樓梯，聽到哭聲。家公急忙幾步跨上樓，衝進臥房，看見家婆坐在床沿抱著泰來舅哭，媽媽坐在床上哭，祥來舅躺在床上也哭著。

「怎麼了。」家公慌忙上前，一把抱過泰來舅。

泰來舅渾身滾燙，臉上通紅，好像有些昏迷，閉著眼，呼吸也很微弱。

家公又問：「怎麼回事？」

家婆擦著淚答：「不曉得。或許是昨天出外著了涼。從一早，泰ㄚ就不大舒服，不肯起床。中午你回來，他也沒吃飯。你走了，我才知他發燒。」

「這樣已經發燒一天了，你怎麼不抱他去醫院呢。」家公急了，大聲埋怨，一邊就抱著泰來舅朝樓下走。

家婆急忙在床上拿棉被裹起祥來舅，抱起來跟著下樓。媽媽趕緊跳下床，跟上，拉住家婆的手。家婆垂淚不語，她不知道怎麼辦，她也不認識哪裡有醫院，只好等家公回家。

家公顧不上多說，到門口，把泰來舅交給家婆，自己三下兩下穿上棉袍，不繫紐扣，把泰來舅抱到胸前，再把棉袍大襟把泰來舅一裹，用自己胸口暖著，便衝出門去。

「等一等，等一等。」家婆一邊叫，一邊急急忙忙蹲下，幫媽媽穿上棉衣，自己也顧不上穿，順手拉了自己一件棉袍，抱著祥來舅，領著媽媽，跑出去。

跑出巷口，剛好見家公叫住一部洋車，正抱著泰來舅邁上車。家婆急跑兩步，抱著祥來舅，拉著媽媽，跳上去。

車夫問：「你先生去哪裡？」

家公叫：「醫院，最近的一家醫院。要快。」

「不遠，不遠，幾步路。」說完，車夫拉起洋車，快跑起來。

家婆坐在車上，才有空把自己的棉衣穿起，又從懷裡掏出一塊錢準備付車錢。她不能從家公手裡抱過泰來舅。泰來舅沒有穿棉衣，裹在家公的懷裡。

真是不過幾步路，轉個彎就到了。家公抱著泰來舅跳下車，衝進醫院大門。家婆把手裡的一塊錢塞在車夫手裡，抱著祥來舅，拉著媽媽，跟著家公跑。

「急診，急診。」家公在走廊裡一面跑，一面見到穿白衣服的人便問。然後順著那些人的手指，左轉右轉，到了急診室。

護士們把泰來舅一抱，都嚇壞了，急忙抱進診室，跑著找醫生。家公家婆和媽媽才喘一口氣，坐在走廊的椅子上。家婆抱著祥來舅，閉上眼睛，雙手合十，嘴裡無聲地嘟囔禱告。

醫生來了，戴著眼鏡，跑著，繫白衣鈕扣，護士在後面跟著。他們顧不上跟家公打招呼，一直跑進診室去。家公抱著頭坐著，不說話。聽見診室裡，泰來舅開始哭起來，越來聲越大。家婆眼還閉著，手還合著，嘴唇動得越來越快。媽媽坐在家婆身邊，一動不敢動。祥來舅看著家婆，不出聲。

過了一會，醫生走出來。家公站起來，望著醫生。

「淋巴腺發炎，有些嚴重，腮下需要動手術。」醫生摘下眼鏡，揉著眼睛說。

「能動手術嗎？他才剛過三歲。」家公聽著診室裡泰來舅的哭聲，問醫生。

醫生說：「年齡沒有問題。最好快做。」

家公問：「今晚就能做嗎？」

「我要看一下有沒有空的手術室。通常晚上不大會安排手術。我來查一下吧。」醫生說完，戴好眼鏡，走開去了。

護士一手把泰來舅從診室裡抱出來。泰來舅渾身包著白衣服，外面裹著一條毯子。護士見家公伸手接，便把泰來舅交給了家公，另一手把提著的泰來舅自己的小衣服遞給家婆。

泰來舅在護士手裡還大聲哭著，一到家公手裡，便不再敢大聲哭，只是猛烈地抽泣。泰來舅天生敏感，看得到，記得牢，從懂事開始，就非常害怕家公。他在家裡不大說話，永遠規規矩矩，力爭做個好孩子，讓家公滿意。

醫生來了，說可以馬上動手術。手術室已經準備好了。家公抱著泰來舅，跟著醫生朝手術室走。聽見開刀兩個字，泰來舅嚇得不顧一切，在家公懷裡哭喊起來：

「爸爸，我要聽你的話，我要聽你的話。爸爸……」

他一邊哭著，從家公肩膀上朝後望著家婆，張開兩手，要家婆抱。可是，家婆不能接，只是抹眼淚。

不管泰來舅怎樣哭鬧，家公把他送進了手術室。手術室的門一關，便聽不到泰來舅的哭聲了。家公在門外背著手踱步。家婆抱著祥來舅坐在長椅上禱告。媽媽坐在家婆身邊，望著牆上的大掛鐘。

過了大約一個鐘頭，醫生走出來，摘下口罩，對家公家婆說：「手術很成功，你們可以回家了，明朝以後每天到醫院來換一次藥，直到傷口完全好了。我會寫處方給你們。」

護士把泰來舅抱出來，他還在麻醉裡昏睡。家公把他重新裹在棉袍大襟裡，在夜色裡走回家。家婆抱著祥來舅，領著媽媽跟在後面。

開刀之後，泰來舅不再發燒，除了脖子上裹著一圈紗布，其他也已正常。可是，家婆媽媽和泰來舅每天最難過的一刻，是帶泰來舅到醫院去換藥，去了好些天，開刀的傷口一直不收口，每次換藥，泰來舅會疼得發抖大叫。家婆媽媽都不敢告訴家公。

「怎麼還是不好呢？」中午家公回家吃飯，坐下拿起筷子，看見泰來舅脖子上的紗布，皺著眉頭說：「我看得去問問醫生了。」

門外有摩托車響打斷了他的話。那摩托車一路進巷子來，停在家公家門口，然後聽見一個粗喉嚨喊：「陶希聖電報。」

家公在北京念書的時候接到過幾次電報，忙走出去簽字。家婆在屋裡站著，有些緊張。當時中國，電報還很昂貴，平常人平常事，不大用。通常只有壞消息，像家人生重病去世之類，才發電報。不知出了什麼事，要發電報來。媽媽和泰來舅蹦蹦跳跳跟著爸爸出門，他們第一次這麼近看一部真正的摩托車。那騎摩托車的人穿著皮夾克，長統靴，戴皮帽子，臉上架著一副大大的寬邊黑眼鏡，好威風。

家公接了電報，又從大門口天井地上拾起一疊信。信差每天來，從大門信口裡把信和其他郵件塞進來，落在天井地上。

家公一邊走進門，一邊打開電報封套。媽媽伸著兩個手，學著騎摩托車的樣子，跑進來，嘴裡「嘟嘟嘟」地叫著。泰來舅脖子上裹著紗布，也跟著跑，學著叫「嘟嘟嘟」的聲音。

「陶希聖電報。」媽媽揚著一隻手叫。

「陶，陶，報。」泰來舅學著叫。

只有祥來舅安安靜靜坐在桌邊椅上，看著媽媽和泰來舅跑。

「好了，好了，莫吵，看看是麼消息。」家婆擺擺手，對媽媽說，一邊抱起泰來舅，放回到飯桌邊的椅子上。家婆自己的眼睛一直盯著家公看。

家公站在門邊不走了。把電報看了一次，翻過來看看封面，又掉過去，再看一遍。

「麼事？」家婆問。

「簡直不可能。」家公還在看著電報，自語道。

「麼事？」家婆又問。

家公抬起頭，看著家婆，臉上好像毫無表情，說：「武漢中央軍校請我去做政治教官。我要穿軍服，配戰刀了。」

「你說麼什？我們要回武漢麼？」

「對，對，這是我多年的夢想。」

「麼夢？去當兵麼？」

「我不是去當兵。我去當官。中校教官。」

家婆沒說話。

家公站直身子，把胸挺起來，舉手把頭髮壓一壓，問家婆：「你看我有沒有點教官的氣派？」

家婆噗嗤笑起來，用手捂住嘴。

家公拿手在左邊腰裡一拍，說：「這裡還要挎一把明晃晃的指揮刀。頭上戴的是大殼帽，上面有軍徽。哈，過幾年，說不定我就做將軍了。」

家婆說：「吃飯吧，飯都涼了。做將軍也要吃飯。」

家公坐下來，一邊繼續吃飯，一邊說：「辛亥革命武昌起義時候，翼聖大哥十五歲，正在武昌，便參加了國民義軍。回陶盛樓，一色藍布軍裝，左襟上掛一塊白布標誌，上面寫藍色文字，是隊伍番號。大哥走來走去，神氣十足，說話大喊大叫，當兵都是那樣子。我看了羨慕得要死，可是年紀不夠，無論如何參不了軍，氣得要命。」

家婆問：「我們真的去麼？」

「當然，這是我們的機會，逃出上海。」

「什麼時候？」

「越快越好。」

家婆打斷家公的話，招呼媽媽說：「你吃完了吧，放下碗，上樓去畫你的圖吧。」

媽媽說：「我要畫騎摩托車的人。」

「我也要。」泰來舅學著說。

「好的，都去，畫吧。琴丫照看著泰丫，聽到麼？」家婆打發媽媽和泰來舅走了，再回過頭來對家公說：「你不要讓丫們聽見，出去亂講。」

「對，我們要保密，你對琴丫講，不可以對別人說我們要搬走。」

「你說武漢跟上海要打仗麼？」

「現在還不大會，不過早晚要打。」

「為麼什打仗？」

「上海都是洋人，官僚資本家，孫傳芳軍閥政權，北伐軍一定要打過來，是蔣介石校長親自指揮的北伐軍來打上海，一定勢如破竹。」

「北伐以後怎樣？」

「工農翻身，當家做主人。」

「做誰的主？」

「做自己的主人。工農要掌握中國的政權，坐天下。」

「工農會坐天下麼？」

家公看看家婆，沒說話。

家婆問：「誰做皇帝呢？」

「工農政權沒有皇帝。工農代表管理國家，代表大家選。以後所有的政府官員都是人民選舉，都是為工農大眾做事的，不可以騎在人民頭上作威作福了。」

「你的官誰選的？」

家公頓了一頓，說：「現在是戰爭時期，非常時期，軍隊可以上司任命。」

「你的上司是哪個？」

「周佛海和惲代英。都是熟人，就是他們發信邀請我去做教官。現在就收拾，我下午也不去書局了。」

「那麼你這兩個禮拜的薪水呢？不領了麼？」

「不領了。」

「我們要出門，要錢，怎麼可以不領了？我在家收拾東西，你到書局去，算一算你做的鐘點，把薪水先領出來，我們再走。」

家公左右一看，兩手一攤，笑笑說：「其實我們有多少東西要收拾呢？把能帶的都帶上，也不過兩只箱子。」

「你去一趟書局，也要說一聲才能走。」

家公想了想，說：「那倒是要說一聲，不可以不辭而別。好吧，我現在去一趟，預支我的薪水，拿到就回來。我不想見到王雲五先生，給他留一封信，告訴他家裡出了急事，要趕回湖北老家去幾天，事辦完了，即刻回來再上班。」

「你快些去，快些回。」

「其他幾所大學，我只好今晚寫信去辭行了。」

「從書局回來，就去十六鋪碼頭買船票。」

「船票我們明天走時，在碼頭上買就可以了。我走了。」

二十一

一九二七年一月，家公帶著全家，坐了江輪，西上武漢。輪船上，每個小房艙的門板背後都掛著一個大鏡框，裡面張貼一張布告，是由駐紮上海的五省聯軍總司令孫傳芳簽署的命令：查緝奸細，鎮壓叛亂，嚴禁投敵。

家公一家大小進了艙，馬上緊鎖艙門。小孩子一概不准出艙，那一個小小的圓窗，便是媽媽和泰來舅瞭望外面世界的地方。祥來舅年紀尚小，只能躺在家婆鋪位上。

三年前家公家婆媽媽泰來舅四人，從老家到上海來的時候，坐的是統艙，票價低，只四元五角一人，連票價給茶房七元，就可以坐統艙而吃房艙飯。統艙飯一人一份，自己坐在鋪位上吃，只有米飯，沒有肉菜。房艙飯可以坐在桌邊吃，有米有菜，不過桌子還是擺在統艙裡，並不能上到房艙上去。現在從上海回武漢，人多了一個，一家人有錢可以坐房艙，可以到房艙餐廳，坐在桌邊，吃房艙飯。可是家公卻又不許，每次吃飯，只有家婆一人到餐廳，買回飯菜，大小五人在艙裡，坐在鋪位上吃，就像吃統艙飯。不過有飯有菜，肉菜也比統艙裡的房艙飯多許多。

從上海開船之後，查過兩次票，也有士兵舉了槍，檢查身分證，一概都由家婆出面應付。家婆說一口湖北話，一身鄉下婦人打扮，粗手大腳，別人都以為是在上海做佣人的，回湖北老家，沒有人懷疑。

船外是噗通噗通的水聲，媽媽和泰來舅趴在小圓窗上張望。家公躺在鋪位上，望著天花板。家婆坐在另一個鋪位上縫衣服。祥來舅靜靜地睡覺。誰也不說話。

過了大半日，忽然有人敲敲門。不是吃飯時間，票也是一個鐘頭前才查過，怎麼此刻會有人找上門來？家公家婆跳起來，站在艙房中間，不知該如何辦法。

門本鎖著，居然有人從外面能開鎖，然後輕輕推開，一個船員探頭進來，看見家公家婆，微微一笑，說一聲：「對不住，打擾。」

說著走進來，手裡提了一大串鑰匙，轉身舉臂，把掛在艙門板上的那個鏡框翻過去。誰料那鏡框背後，也貼了一張布告，是國民革命軍總司令蔣介石簽署的命令：保護行旅安全，歡迎參加北伐。

「前面就到安慶了。」這船員轉頭，對家公家婆說了一聲，便轉身出去，隨手又關上了艙門。

家公馬上衝過去，打開艙門，探頭出去張望。左右前後，各艙裡的人都跑出來了，在走道裡奔跑。尤其許多年輕人，成群結夥，說說笑笑，衝上甲板，唱歌跳舞。他們都是到武漢去參加北伐軍的。

家公大開艙門，招招手，對媽媽和泰來舅說：「好了，到了安慶，便出了孫傳芳的轄區了，我們出去，上甲板去玩。」

媽媽和泰來舅歡呼一聲，搶在家公前面衝出去。

「莫跑丟了。」家婆急忙在後面叫。

家公說：「你也去透透風吧。順便照看丫們。」

家婆走去把祥來舅從床上抱起，穿好棉襖棉褲棉鞋，戴上一頂棉帽，然後外面包了一條毛毯，拉拉緊，這才轉身，對家公說：「我們走吧。丫們莫跑丟了。」

上了甲板，家公家婆找到媽媽和泰來舅，扯著喉嚨喊過來，一起靠在欄杆上。他們身後身邊，一群群年輕人大說大笑，過來過去。祥來舅在家婆懷裡，裹著毛毯，瞪著眼看天。媽媽和泰來舅站在家公家婆身邊，靠著欄杆向岸邊上張望。

家婆從自己衣服口袋裡扯出兩副毛線手套，遞給媽媽和泰來舅，說：「自己戴好，一月天氣，冷。」

媽媽和泰來舅老老實實戴好手套。他們手扶著船欄杆，也確實冷。

家婆忽然說：「在上海日子過得好好的，你要跑出來。你不想做書局，又想去教書了麼？」

家公說：「我要參加中國大革命。辛亥起義的時候，大哥在武漢，穿軍裝，扛洋槍。我沒趕上。這次我要穿軍服，掛軍刀。」

「打仗，有什麼好。」

「國民黨領導北伐戰爭，目的是消滅地方軍閥，統一中國。成功之後，中國從此統一，民主制度從此建立，中國從此國富民強，長治久安。我要在革命中建功立業，這是最好的一次，也可能是最後一次機會。我怎麼肯錯過。」

「你槍沒放過一聲，刀沒舉過一次，到軍隊裡去沒事做。」

「我做教官。」家公停了一下，仰起臉，瞇著眼，望著西墜的太陽，慢慢地說：「我北京大學畢業，研讀中國社會、歷史、政治，也研讀西方法律。在上海小試身手，已屬不凡。此一去，全是我的天下，鵬程何止萬里。」

「做教官不打仗麼？」

「我想不會。不過，要打，也沒什麼可怕。當兵總會要打仗，受傷掛彩，才是英雄。」

「莫嚇人。手無縛雞之力，還誇口要打仗掛彩。」

家公有點陶醉，笑說：「哈哈，羽扇綸巾，先定三分天下。」

家婆忽然皺皺眉，問：「我們住武漢，還是回陶盛樓？」

「不曉得。」家公彷彿從天上回到地上，想了想，搖搖頭說：「我想，北伐尚未成功，大軍還會北進。」

「你跟他們去麼？」

「我在軍校任教，軍官學校通常都不在前線。不過，身為軍人，服從乃天職。我自然要服從命令。」

家婆不說話。

「誰曉得，也許並不那麼簡單。」家公忽然說，聲音有點不安似的，「現在國民黨和共產黨組成聯合陣線。我此一去，也要親眼看一看，二者怎麼聯合。信仰不同，恐怕難免貌合神離。」

「你在哪個黨？」

「我？現在不曉得。」家公一笑，說：「也許，君子不黨。」

太陽完全落下，馬上覺得有涼意。江上的風好像也大起來，吹得人頭髮直立。甲板上的人，三三兩兩，慢慢離開。家婆叫住媽媽和泰來舅，五人一起走回艙房去。

這餐晚飯，幾個人大模大樣，走到餐廳裡，坐在桌邊，說說笑笑地吃過。然後家公又喝了一杯茶，大家隔窗看了江邊兩岸日落的美景之後，才回艙房，到各自鋪位上休息。家公半靠著看書。家婆坐著縫補。媽媽趴著畫圖。泰來舅躺著自說自話。祥來舅是一吃過晚飯，就睡覺了。

從上海到武漢，在長江裡逆水而上，船走得很慢，又過了一天一夜，清晨時分才到。雖然不過才離開湖北老家三年，近鄉情切，家公家婆都已耐不住了。

家公提了兩只皮箱，家婆背著祥來舅，一手領著泰來舅，一手提個網籃，媽媽提了一個網袋，跟在後面，一家五口早早上了甲板張望。

家婆用手指指遠處的一些樓房建築，對媽媽說：「琴ㄚ，你還記得那些地方麼？那是武漢，帶你來過兩次了。一次帶你來看病，盧醫生救了你的命。第二次我們去上海，在這裡換船。記得麼？」

媽媽搖搖頭。一歲的孩子不記事。三歲的孩子也記不清楚多少。

家婆又對泰來舅說：「泰ㄚ，你更記不得了。這裡是湖北，我們的老家。你在湖北黃岡陶盛樓出生，以後你走遍天涯海角，永遠不可以忘記自己的老家，聽見麼？」

泰來舅點點頭，沒有說話。

船慢慢地駛近武昌漢陽門碼頭，還沒靠岸停穩，家公大叫起來：「變了，變了，大大不同了。」

家婆來過武漢兩次，都只在碼頭周圍活動，別處不認識，碼頭附近卻甚是熟悉，聽家公一叫，細看一看，也便看出不同。

從前的碼頭，不分晝夜，只要輪船到岸，腳伕便奔上船，爭生意，跟客人講價錢，搶著做。如今，天亮不久，正是做工時分，卻看不見很多碼頭工人，也不上船來幫忙。客人們自己勉強把行李拖下船，到碼頭上，見到腳伕，打招呼要幫忙。那幾個腳伕橫七豎八，懶洋洋的，躺在麻包上，愛理不理。許多客人見狀，知道惹不起這些工人大爺，便低著頭，搬著行李，匆匆離開。

有個客人，顯然不懂規矩，自己一人搬不動行李，便走過去，求一個腳伕幫他扛包。那腳伕躺在麻包上，氈帽遮著眉毛，愛答不理，看了那客人一眼，開口要價：「一塊大洋。」

客人有點猶豫，陪著笑說：「一塊大洋太貴了吧，我走遍全中國，到處都沒有這樣的……」

那腳伕暴跳起來，把那客人的行李踢一腳，嘴裡嘰咕罵一聲，並不說話，把手裡扁擔一豎。旁的腳夫看到那豎起的扁擔，扭過頭來，認清那客人模樣，再轉過臉去。

那客人見這腳伕不肯幫他，只好走開，東問西求，沒有腳夫理會。那客人只好自己來搬，卻不料，旁邊腳夫們一齊破口大罵，不許那客人搬自己的行李。那客人無法，只好又去求那個豎著扁擔站在一邊的腳夫，答應加倍付錢，才請腳夫扛了行李，走出碼頭。

家公在一旁看了，有些氣憤不平，說道：「這太豈有此理了。」

家婆急忙一把拉住，小聲說：「又要去惹是生非。」

家公略一停頓。可他這一下要衝過去講理的舉動，已經被躺在麻包上的幾個腳伕看到，都坐起來，指著家公七嘴八舌大叫：

「你怎樣？要打架麼？老子不高興給你們有錢人扛包，怎樣？」

「你們穿長衫的欺壓我們幾百年，現在我們要解放，打倒你們。」

「不服氣，找我們工會去好了。」

「找我們工會總書記陳蔭林，或者鄧中夏、張國燾。把你打扁了炒肉醬，給我們工會大食堂。」

聽口氣，這些人都是碼頭工會會員。顯然，在武漢，國民革命的中心，工會勢力很大，鄧中夏、張國燾都是有名的共產黨領袖，鄧中夏家公在上海也曾認識。這幾句罵，把家公驚醒了。現在是革命，窮苦工農是革命者，要做主人。家公縮回頭，一身冷汗，不敢作聲。

家婆說：「我們人多，可以搬得動，不必去惹他們。」

幾個人拖拖拉拉，帶著幾件行李，從碼頭出來，走到街上。

家公放下皮箱，喘喘氣，笑笑說：「也沒什麼，本來革命就是破壞舊秩序。原先碼頭的秩序，腳伕做工的秩序，都破壞了，也是自然。等舊的都破壞掉，新的建立起來，生活會重新走上正規。」

碼頭外，街面上，電線杆，樓房頂，到處是大幅標語：「北伐萬歲」，「打倒軍閥」，「工農作主人」，「紅色恐怖萬歲」，「打倒昏庸老朽」，「暴力革命萬歲」，「反對軍事獨裁」，「以赤色恐怖答白色恐怖」，「對敵人寬容就是對友人殘忍」，「防友人如同防敵人」，各式各樣，都是些嚇死人的字語，看得人膽戰心驚。

家婆忽然停下腳步，放下手裡的網籃，對家公說：「一轉街角就是當年救過琴丫命的醫生家。」

轉過街角，家婆一見那白色房子，眼淚就一串串流下來。她拉住媽媽的手，對媽媽說：「那個白房子，你一歲時，在那裡救活的。現在過去，要給老先生磕頭謝恩。」

媽媽點頭答應。

到了門前，才看到大門上交叉貼了紅紙封條。旁邊牆上貼一紙布告，上面印了個鐮刀斧頭的章子。布告說：此地經武漢市總工會查封，財產沒收充公。盧姓房主，地主老財，行騙多年，殺生無數。工會已將其逮捕，打翻在地，再踏上一隻腳，永世不得翻身。

門上原先那塊銅牌「盧醫師診所」拔掉了，只留下幾個釘眼，還看得見。四周牆壁布滿了剝落疤痕，一個窗口上端還有煙熏火燎的黑跡，顯然工會的人曾在這裡抄家放火搶劫過一番。

看到這景象，家婆眼淚流不止，對家公說：「盧老先生哪裡行騙。他救了琴丫的命。大好人哪，為什麼要害他。這是你要參加的革命麼？」

家公也有些憤慨，說：「這太過分，那些工會簡直是強盜。」

家婆說：「兩年前，去上海時，若來看老先生一眼就好了。那時只想逃出湖北，沒顧得上。晚了，老先生現在不知死活。」

家公仍在自語：「沒想到，沒想到。」

家婆拉媽媽一齊走過去，在房子前面，台階下面，對著大門口跪下來，磕了三個頭。

「恩人，我和小女遲來一步，未得面謝，在這裡磕頭了。」家婆嘴裡嘟嘟囔囔地說，眼淚流了一地，「願你老人家度過難關，健康長壽，救死扶傷，造福人間。從今往後，我母女每經武漢，必來此地看你一眼，但願早晚能見到一面。願上帝保佑你。」

家婆說完，拉著媽媽站起身。讓家公看好行李，帶泰來舅站到一邊。她自己背著祥來舅，領著媽媽的手，轉到房子後面。大掃帚仍在牆邊原地。家婆拿起大掃帚，又撿起地上一把小掃帚遞給媽媽，說：「我們來給老先生把院子掃乾淨。」

母女二人彎著腰，家婆在前，媽媽隨後，一行一行掃過去，把那房子前前後後都掃一遍。街上這半天沒有一個人走過，沒有一個人看見。大門上封條血色鮮紅，布告上字字猙獰。

最後，一家人慢慢離去。走出好遠，家婆還回頭張望，嘴裡說：「大好人，大好人哪。」

家公一路搖頭，沒說話。

走了一陣，家婆大聲說：「如果革命就是殺人放火，坑害好人。參加那革命做麼什？也去殺人放火麼？你要參加這樣的革命，做這樣的惡人，我不許。我的兒女一生一世不許坑害好人，不許參加這樣的革命。這樣革命不得人心，怎可得天下。」

大馬路上，來往人多，黑色棉襖，棕色長袍，銀色馬褂，夾雜一些灰色軍服，匆匆來去。一個軍樂隊在街上行進，走到一個廣場上去，鼓號震天響。廣場上，聚滿了人。一個年紀不過二十歲的青年站在一個高台上，白白的臉，穿著西式學生裝，卻在腰間紮根草繩，揮舞著臂膀喊叫。

他的聲音被軍樂隊的鼓號淹沒，聽講的人什麼也聽不見。

一輛大卡車開過來，車頭立一面大紅旗，旗上印了鐮刀斧頭，嘩啦啦地飄。車上站著許多年輕人，手裡舞動著花花綠綠的小旗，哇哇地喊口號。車身上掛一條標語：槍斃反革命，嚴懲叛徒。車上前頭有兩個人，彎腰弓背，倒背雙手，臉上流著血，頭上都戴著兩呎高的紙帽，一個上寫：我是反革命，一個上寫：我是叛徒。兩個人名字，都倒寫著，上面畫了大大的紅叉叉，認不清楚。車上的年輕人時不時揮拳頭，打到這兩個人的背上頭上。車邊一個人跑著，揮手向空中撒出許多傳單，就像天女散花，四處飄落。街上的人跑著，跳著，追著，笑著，好像過春節。

家婆渾身發著抖，說：「不知盧老醫師是不是也要這樣遊街。他那麼大年紀，一定禁不住這樣折磨。」

一張傳單飄過來，家公一把抓住，看了看，說：「一個是軍閥從山西派來的奸細，一個是逃離共產黨的叛徒，統統送刑場槍斃。」

家婆聽了，又發一陣抖。

媽媽和泰來舅覺得好玩，求家公走慢點，讓他們在街上多玩一會，家婆不答應。家公提著兩個箱子，加快腳步。一家人衝過震耳欲聾的廣場，又走半天，逃離人眾，才放慢了腳步，大喘其氣。

一家人好不容易，來到兩湖書院，現在是北伐軍校。家公拉著皮箱，走到門口一個持槍站立的衛兵跟前，把手裡的信伸到他面前。這衛兵看也不看，一擺手，讓他自己進門去，連句話也不說，好像完全與己無關，或者不識字。

家公問：「我應該到哪裡去？」

那衛兵不耐煩，大聲說：「我哪裡曉得。自己去找。」

家公皺皺眉頭，終於憋不住，想發作。家婆見了，忙上前，打岔道：「你自己提兩個箱子進去，裡面總有人曉得，你的上司周麼什，惲麼什。我帶丫們在外面轉，不打攪你們的公務。我們不跑遠，那邊有個小攤，我去買兩塊麻糖給他們。」

一席話，打消了家公的火氣。他提起箱子走進軍校。家婆背著祥來舅，帶媽媽和泰來舅到那小攤邊，買了兩塊湖北孝感麻糖。這東西在上海無論如何買不到。兩個孩子高興地邊吃邊跳跳蹦蹦。家婆遞一點給背上的祥來舅，一邊看著媽媽泰來舅的神情，也笑起來。

過了好半天，家公從軍校裡面走出來，後面跟了一個兵。兩人都沒有提箱子。家公穿著灰布軍裝，腰裡綁了皮腰帶，頭上戴軍帽，兩腿打白布綁腿，很是威武，個子也好像突然長高了許多。他走過門口時，那衛兵立正敬禮。家公也把手舉到額前，還個禮，帥得很。媽媽和泰來舅都看呆了。家婆背著安來舅，上下打量家公，不住點頭。

「在裡面專門練習過敬禮。」家公站在家人面前，有點不好意思。

家婆說：「你看起來不錯。」

「可惜國民革命軍，不掛指揮刀。」家公說著，手在腰裡一比。

「有什麼好，泰丫萬一拿來玩，提心吊膽。」

「惲代英是校務常委。周佛海是政治部主任。蔣校長親簽的委任狀。委任我為政治教官，兼軍法廳廳長。」家公指指身後站著的兵，道：「這是派給我的勤務兵劉同志。」

家婆對那勤務兵說：「謝謝你。」

劉勤務兵立正敬禮，說：「中校太太多多關照。」

家婆先嚇了一跳，又覺好笑。從來沒有人稱過她太太。正說話間，家婆看見泰來舅跑太遠，叫起來：「泰丫，莫跑遠。琴丫，去把他帶過來。」

劉勤務兵說：「太太放心，我去把他帶過來。」說完就跑過去。

家婆笑了說：「看來能言會道，才做得勤務兵，不必上前線打仗。」

「軍校裡有我一間宿舍，但是你們不能住在裡面。」

「我曉得，軍營裡怎麼可以住丫。我們去漢口找親戚住。」

「我們一道去。我回武漢，也應該拜望親戚們。翼聖大哥也在武漢。我叫勤務兵找兩部人力車。」

正說著，勤務兵領了泰來舅走回來。然後又聽家公吩咐，轉過軍校牆角，到大街上叫來兩部黃包車。

於是家公一家人和劉勤務兵坐了人力車，到江邊換船過江，高高興興到了漢口。家公對這裡很熟，小的時候，每到武漢，就來漢口找他的三叔，我叫太叔公，在太叔公家裡住幾天。路上，家公告訴媽媽：「你的這位三叔爹跟爹爹最要好。爹爹在河南任官的時候，三叔爹在四川做縣太爺，離成都幾十里。辛亥革命爆發，三叔爹害怕了，過一陣，辭去官職，帶了全家大小八口人，坐白木船順江東下，回到陶盛樓。那時，爹爹也剛好生病退休回鄉。他們兩個人一見面，涕淚縱橫，攜手話舊，徹夜不眠。」

家公和媽媽一路說著，到了太叔公的家。家公一家下了黃包車，站在門前。家公敲開門，一個白鬍子乾瘦老頭露出臉來。家公恭恭敬敬鞠個躬，叫道：「三叔，希聖恭請大安。」

太叔公把家公上下打量一眼，看清了是誰，當頭一句：「你來做了共產黨麼？」轉身關門就走，差點碰了家公的鼻子。

家公大吃一驚，滿臉通紅，站在門外，不知如何是好。

太叔婆隨後趕忙重新打開門，站在門口，陪著笑臉，對家公家婆說：「莫在意，你三叔看你穿北伐軍衣服，嚇怕了。北伐軍一到武漢，城裡組織商民協會，鼓動店員們管理商店。鄉下有農民協會，鼓動農民沒收東家的土地。整日到處喊叫打倒土豪劣紳。三叔不曉得自己哪一天要被打倒，一天到晚擔心得要命。」

家公家婆在門外站了一會，覺得沒臉，只得告辭，過江回到武昌，找了個飯店吃過晚飯，回軍校時，天已大黑，當晚一家人只好擠在家公的一間宿舍裡過夜。

第二天一早，家公到辦公室請了假，帶一家人到武昌找房子住。箱子行李暫留軍校，找到房子後再來搬。他們在武昌街上慢慢的走，熟門熟路，不費事。勤務兵劉同志跟在後面。

武昌鬧市區大街也像碼頭一樣，亂作一團，到處標語傳單，人群擁來擁去，忙忙亂亂。遊行的，演說的，跳舞的，打架的，丟傳單的，滿地爛紙，四處污水。走不久，泰來舅喊叫餓了。家公見到路邊一家飯店，領全家走進去，坐在窗下，點了兩籠武漢湯包。

正等間，看到窗外一群人，穿著短襖，紮著草繩，吆喝叫罵著走。人群當中擁著一個老年婦人繩索捆綁，被人推搡著，跌跌撞撞。

家公對劉勤務兵說：「去看看怎麼回事。」

「是。」劉勤務兵應了一聲，快步趕出店門去，擋住那人群，指手畫腳說話。

家公站起，走出飯店，媽媽急忙跟著跑出。

「什麼事？」家公問。

勤務兵指著家公，對眾人說：「我告訴你們，這位是新任國民革命軍中央軍校軍法廳中校廳長。他斷得案子。說給廳長老爺聽吧。」

那堆人聽了，不再嘈雜，把那老婦人推到家公面前，按著跪倒。一個領頭模樣的人指著老婦，說：「她是反革命，要殺頭。」

「我不是，我不敢，大人開恩，冤枉啊。」婦人喊叫著，老淚橫流，磕頭不已。

那首領說：「她到軍閥政府控告我們廚師工會的常委，那個革命領袖便被軍閥殺死了。這老反革命血債累累，現在我們要她抵命。」

「我不知道呵。我如曉得，打死也不敢去告。大人明鑑，替老婦作主。」老婦人大哭大叫，聲音都啞了。

家公先問那首領：「所以你們是廚師工會的人了？」

那人答：「對。」

家公又問：「請問，你是何處廚師？在哪個餐館做事？」

那人一楞，臉紅起來，想了片刻，答說：「我是上級派來組織領導廚師工會工作的。」

家公笑了，說：「所以你是職業革命家了。」

那人沒說話，望著家公，不解其意。

家公轉臉問那老婦人：「你為什麼要控告人家廚師工會的常委？」

老婦叫道：「不敢說，不敢說。」

「你既要本廳為你作主，就老老實實說明原由，本廳自然公正裁決。」家公厲聲說，氣勢很大。嚇得眾人都沒了聲。可家公自己心裡發毛，當街可以開廳審案嗎？雙方都沒有律師。一閃念間，眼前彷彿看見上海法院裡關炯明大法官的樣子。不過，眼前這些人裡沒人懂司法，都恭恭敬敬地聽他發落。

那老婦仍然不敢開口。

劉勤務兵在一旁大喝一聲：「你不說，就讓他們拉去斃了。」

「我說，我說。」老婦慌忙叩著頭，急急說出，「那位工會老爺看上我家女兒，就要強行霸占。小女是黃花閨女，讓他糟蹋，就嫁不了人家。我娘兒倆，苦苦哀求。那位工會爺到底把我女兒糟蹋了，後來乾脆住到我家，吃喝以外，整天尋事，把老婦拳打腳踢。小女不堪虐待，懸梁自盡。老婦一怒之下，才告到縣衙去。若是老婦曉得他是工會老爺，死也不敢。求老爺饒命。」

「他家是地主老財。」

「他一家都是反革命。」

短襖草繩的廚師工會會員們七嘴八舌，又要打那老婦。旁邊圍觀的市民人眾，則都笑嘻嘻地看熱鬧，沒有是非判斷。

家公舉手止住眾人，問那廚師工會首領：「這老婦人家成分不好，田地財產當分工農，自然不錯。不過，要她殺人償命，是另外一回事，與田產無關。她說女兒遭姦一事，可屬實？」

眾人都默不作聲。半晌，那首領才點點頭。

「好了。她說得不錯，對不對？」家公慢慢說道，停了一停，眾人聽著。「那麼，我再問，誰殺了那位工會常委？是軍閥縣政府，還是這位老婦人？」

沒有人答話。只那老婦人連聲哭叫：「老婦沒有殺人，老婦沒有殺人。」

家公說：「是軍閥縣政府殺了工會的人，我們應該要軍閥來償命。對不對？」

「對。可是……」人群裡還有人嘟囔，但聲音不大，也沒人響應。

家公叫：「那麼，好了，來人。」

勤務兵劉同志上前一步，應道：「有。」

家公下令：「把那老婦鬆綁放了。」

「是。」勤務兵劉同志應著，動手給老婦人鬆綁。

家公對眾人說：「哪個人願妻女被姦。姦人妻女者，不能代表我們國民革命軍，不能代表我們工農革命者。我們工會不能讓姦人妻女的人做常委。有姦人妻女者，立刻開除出工會。我們不能讓這種人壞了我們國民革命的名聲。大家說，對不對。」

周圍的農人兵士都睜大眼睛看著家公，不知該怎樣回答。

家公又說：「明知這老婦人家是地主老財，是革命的敵人，那廚師工會常委，身為革命領袖，卻居然看中了地主老財的女子，還搬到地主老財的家裡，跟地主老財一起住。他是不是已經喪失了工農革命的立場了？變成地主老財家裡的人了呢？這樣的人，我們還能說他是革命領袖麼？還值得我們擁護麼？」

周圍眾人更說不出話來。那工會首領更是面紅耳赤，眼裡冒火，抓住腰裡的草繩，答不出聲。老婦人鬆了綁，仍站不起身，倒在地下一個勁磕頭。

家公揮揮手，宣布：「好了，休廳。大家散開。」

街上看熱鬧的人都散開了。工會那批人也走掉，不住回頭看看飯店的門口。有幾個好心人，扶著那老婦人一步一歪，走了。家公站在門口，直到那群工會的人跑遠，老婦人轉彎不見，所有圍觀的人都散完。

家公和媽媽回到桌邊，發現旁邊多站了一個人，是翼聖伯公，看樣子站了很久了，泰來舅拉著他的手。

家婆不滿意地說：「你們兩個，一出去就不見回來。」

家公對伯公一拱手，說：「大哥，不好意思。你也來這裡吃飯，碰巧了。煩你久等。」

伯公說：「哪裡，哪裡。軍法廳長斷案要緊。」

家公對媽媽說：「叫人了沒有？」

「伯伯。」媽媽叫。伯公不久前才去過上海，帶他們一家出去吃過一頓飯，大人小孩都不陌生。

伯公摸摸媽媽的頭，笑笑。三個人一起坐到桌邊。

看到桌邊太擠，跟在家公身後走進來的勤務兵劉同志說：「中校大人，你們幾位坐，我先回軍校。大人有事，叫我一聲就來了。」

家公拉住劉勤務兵，說：「不要，不要。你不肯這裡就坐的話，在旁邊一桌自己用餐，我這裡一起算帳，離開斷不可以。」

兩人客氣一番，劉勤務兵還是走了。

家公坐下。湯包上桌。一家人說說笑笑，吃起來。媽媽一不小心，讓湯包裡流出的湯燙了舌頭，哇哇大叫。家婆撕下些湯包皮，用嘴吹涼，餵進祥來舅嘴裡。家公吃得興起，把軍帽摘下，放到一邊。泰來舅拿起，戴到自己頭上。家婆一把搶過，放到身邊窗台上，瞪他一眼。

家公說：「在上海兩年，日日想這湯包。今天才得足心願。」

伯公說：「你這一來，可以日日吃了，吃到不要吃為止。」

「大哥在這裡好麼？我昨日才到武漢，發覺此處地覆天翻，動盪不安。」

「這是你們革命者做的呀。革命本來就是地覆天翻。我在上海對你說，只有自己來看。你才會明白。」

家公低聲問：「陶盛樓怎樣？母親沒有受罪吧？」

伯公收起笑，也壓低聲音說：「沒有。不過母親當然很生氣，覺得革命不好。我找到租種我家地的佃農，對他們說，你們種的地就算你們的了。所以我們家也沒有土地了，革命也革不到我們頭上了。」

「你做得對。我明天也去找他們來，家裡的地也有我這一房一份，最好早作打算，都分給他們了事。」

「你現在做北伐軍官，陶盛樓人如果聽說，我家成了革命家庭，誰還會來革我們的命呢。」

「我需要回家一趟看看嗎？」

「我想不用，只要寫個信，找個佃戶來武漢說句話，一人看見你了，全鄉就都曉得了。」

「好。我明天寫信去。大冶源華公司呢？」

「也一樣，工人們有了工會。股東們都成了資本家，要打倒。我早寫信去，宣布源華礦產歸工會所有，與陶家沒有關係。」

「做得對。」家公說完，又補充，「不過那樣一來，母親日子可不好過了。農人不交租，礦上不分紅。我想倉埠鎮上的房產商號也一樣分給了人，沒有進項。家裡儲蓄能有多少，母親能維持多久呢？」

「用不著擔心。那些佃農誰也不肯的，表面上答應了，誰也不會真把我家的地當作他們自己的。收成那時，恐怕革命早完了。農人們還是會按老章程，算好租糧來交租的。倉埠鎮上也是一樣，所有的房產商號，都要按時交錢來的。倒是源華礦的紅利真可能沒有了。那裡帳房先生都打倒了，沒人算帳，哪裡曉得今年有沒有紅利。再說礦上也去了共產黨領袖，鼓動工人每天罷工，不採礦，當然不會有紅利。」

「聽說汪精衛先生來到了武漢。你曉得麼？」

「我不是革命黨，聽不到那些消息。你在北大念書的時候，對他一直很欽佩。」

「對呀，他詩寫得很好：落葉空庭夜籟微，故人夢裡兩依依。風蕭易水今猶昨，魂度楓林是也非。入地相逢雖不愧，劈山無路欲何歸。記從共灑新亭淚，忍使啼痕又滿衣。那是他進京行刺攝政王被捕入獄，在獄中寫的，真是好。」

「你認識他麼？」

「我哪裡能認識汪先生，他是國民黨主席。我希望能夠在這裡見到他。」

二十二

下午兩點多鐘，家公家婆終於在水陸街上租好一座舊屋住下來。房屋寬大，卻陰沉潮溼，但租金便宜。家婆算過，家公做軍校政治教官的月薪是一百六十元，比上海商務書局薪水多三十元，但是武漢親友多，免不掉許多應酬雜用，離陶盛樓又近，少不了更多送禮。說不定太家婆一高興，來武昌住上十天半月。錢還是緊，所以租房子不那麼容易。

家婆留在新屋打掃，泰來祥來兩個舅舅跟著家婆在家裡。家公領了媽媽，回軍校去取行李。勤務兵劉同志幫忙，只一趟，就把全部東西都搬過來了。家婆把媽媽和泰來舅趕到後院裡去玩，自己抱著祥來舅，指揮家公和劉勤務兵在屋裡安床挪櫃，擺桌擦椅，直忙到快吃晚飯時分，家才算安頓下來。

吃過晚飯，勤務兵劉同志敬禮告辭。家婆擦桌洗碗。家公靠在躺椅上休息。泰來舅已經累了，趴在床上打瞌睡。祥來舅已自睡著。媽媽坐在家公躺椅腳下，轉著眼睛東看西看。最後，家公起身，說：「我想，平時我還是住在軍校裡好。說不定晚上有公事，省了跑路時間，軍校沒事也可以多看看書，早上還可多睡個把鐘頭。」

家婆問：「中午回來吃飯麼？」

「我想不會。住在兵營裡，一日三餐總是有的。我每星期六下午回來，星期一早上走。平時如果家裡有事，你喊一聲，我自然也就回來。」

家婆不說話。

第二天晚飯時分，家公回家，見家婆抱著祥來舅，坐在一個小凳上哭。家公看了一愣，忙問：「怎麼回事？」

家婆抹著淚說：「我今早帶泰丫去醫院換藥。紅十字會醫院醫生不理會病人，等半天人也不來。我只有求護士，護士不耐煩，她自己動手，從丫脖子傷口裡拉出藥布，把一條脆骨拉出來。丫疼得昏過去。」

家公生氣地說：「你不能等我帶他去嗎？你曉得現在革命，所有人都不會好好對待別人。我穿軍衣，醫院會對我們好些。」

家婆傷心地說：「一路坐船來，泰丫已經四五天沒有換藥了。」

「現在怎樣？」

「現在睡了，在床上，莫吵他。」

家公輕手輕腳走進裡間屋，走到床邊。泰來舅靜靜地睡著，好像睡得很香。他脖子上裹著厚厚的紗布，還是滲出紅色的血跡來。

家公拉拉蓋在泰來舅身上的被子，泰來舅翻個身，嘴巴咂了幾聲，接著睡。家公走出屋，關好門，對家婆說：「我現在回軍校，去請個假，今晚回來，明天一早帶泰丫去找那家醫院算帳。」

了。

可是第二天泰來舅不需要去醫院。幾個星期一直不好的傷口，竟然那晚上封了口，也不再痛

家婆嘴裡還是不停的嘮叨：「工農革命，人命不值錢。」

日子在緊張忙碌和天倫之樂中過著。晚春五月，北伐軍主力揮師北上，繼續北伐勳業。忽一日，半下午，家公匆匆趕回家，對家婆說：「我們軍校明天要出發打仗去。」

家婆睜大眼睛，瑟瑟發抖，說不出話來。

家公說：「唐生智率領國民軍北伐去了，武漢空虛，夏斗寅便乘機從宜昌沙市起兵東下，要來攻打武漢。夏軍後面是四川軍閥楊森的部隊。夏斗寅先頭部隊是萬耀煌指揮的師，已經打到紙坊。」

家婆嚇了一跳，問：「二哥麼？」

「就是的，你的堂兄。他已經打到紙坊，離武漢還有四十里路。武漢政府下令，把我們軍校與武漢農民運動講習所合組為中央獨立師，立刻會合葉挺的十一師，進軍紙坊，阻截萬耀煌部。」

「你要去跟二哥打仗麼？你可一定打不過。二哥從小念陸軍小學，又上保定軍官學堂，最後北京陸軍大學畢業，做了將軍，很會打仗。」

「我當然打不過二哥。整個軍校也不知有沒有人會打仗，那些人都是政治教官。不過據說葉挺將軍很會打仗。他從廣州一路打湖南湖北，沒有人打得過他。」

「你什麼時候出發？」

「我還不知是否入編，還有一批人在學校留守，希望……我最好回去打聽。我若不上前線，今晚就回家來。我今晚不回家，就是上前線了。」

「你自己要小心。只要不讓槍炮打死，就好。打不過了，莫硬打，讓他們捉俘虜。捉過去了，莫遑能，去求見二哥，告訴他你是誰。二哥一定保護你。我們萬家人都通人性，二哥人很好，從小跟我很親的。」

家公還是不說話。

「你要是讓二哥抓了去，留在他手下做參謀好了。他對部下很客氣，不像你們武漢軍校這樣。」

「你不用為我想，我們是部隊，人多，總好辦。我想，武漢很危險，你們母子幾個，最好還是先回陶盛樓躲一躲。」

家婆聽了，渾身打抖，半天沒說話。

家公吃過晚飯，又匆匆回軍校打聽消息去了。家婆坐在灶前小凳上發呆，幾個鐘頭不動，等家公回家。牆上大鐘敲過十二點，家婆嘆口氣，站起身，走到臥房，開始收拾行李，準備離開武漢。她曉得，家公一定是參加編隊，出發前線，打仗去了。

第二天一早，天才矇矇亮，家婆便把媽媽和泰來舅叫起來，穿戴停當，提個小皮箱，背好祥來舅，出了家門。頭一夜，她想來想去，沒有辦法，只好按家公的建議，帶孩子們回陶盛樓。要回陶盛樓，想當天趕到，必要打早出發。

剛到上海頭一年，媽媽不聽話的時候，家婆總嚇唬她說：「不要在上海住，我們回陶盛樓去好了。」一句話就能夠把媽媽制住。所以過了三年多，直到此刻，媽媽仍然依稀記得在陶盛樓的生活。聽說要回陶盛樓，媽媽鬧了好一陣，不願意走。可是，火燒眉毛的時候，由不得小孩子，家婆一把拉起媽媽，高聲罵著，出了門。媽媽眼裡噙滿了淚，再不敢出聲。

大小四口趕到江邊，找到陳鴻記運黃豆的船，搭乘回鄉。陳鴻記是二姑婆夫家的生意，三天兩頭有船在倉埠鎮和武漢之間跑運輸。陶家人從家鄉來武漢或從武漢回家鄉，只要時間趕得上，都搭乘陳鴻記的船。家婆那次帶媽媽到武漢看病，因為從沒出過門，又沒有人對她講過，不曉得這情況，買了船票搭客船，讓人家偷了包裹。不過因此也才經修女幫忙，找到盧醫生，救了媽媽的命。塞翁失馬，焉知非福。家公帶一家人離開老家去上海那次，是在倉埠鎮搭陳鴻記的船到武漢，家婆這才曉得了。所以這次回陶盛樓去，也搭陳鴻記的船，不花錢買船票。下午到倉埠鎮上岸以後，叫了一部牛車，搖搖晃晃，晚飯前後，回到陶盛樓老家大院。

望見那黑漆大門，家婆眼淚便流下來。這大門喚出媽媽更多的童年回憶，陰沉的面孔，狂暴的吼叫，單調的紡車，後門外的木棚，驪珠姨的臉和身體。媽媽向後縮著，大聲喊叫，不要進門。

大門開了，二福迎出來。家婆把眼淚一抹，橫下心來，抱著祥來舅走進去，媽媽和泰來舅只好硬著頭皮，跟進沉重的大門。

一切似乎都沒有改變。一切都沒有改變。這個地方，大概從明朝初年開始，一切就都從來沒有改變過。朝廷換成滿清，不過留起一條辮子，穿起馬褂。辛亥革命以後，不過剪掉一條辮子，還穿馬褂。現在國民革命，連辮子也沒得剪，依舊穿馬褂，更什麼也用不著改變。太家婆依舊坐在堂屋正中，按著祖制，掌管家業。大姑婆二姑婆仍然住在娘家，吆三喝四，打麻將。

家婆領著三個孩子跪到堂屋地下，磕了頭，說：「武漢要打仗，情況很危險，昨夜希聖方才決定，讓我帶幾個丫回鄉，未及給母親老人家帶什麼東西孝敬，就只身邊五十塊大洋，請您老人家收下，日後買些參茸補身子。」

家婆說著，伸手遞過一個紙包。二福接了遞給太家婆。太家婆抓過，塞進大襟裡，仍然吊著臉，冷冷地問：「只你一人回來麼？」

家婆跪在地上回答：「帶了琴丫、泰丫和祥丫。」

太家婆問：「我兒子呢？」

家婆說：「軍校都上前線打仗去了。他也跟著去了。」

太家婆提高了聲音：「你為麼讓他去打仗？你為麼不拉住他？」

媽媽和泰來舅一聽那高聲，都害怕起來，跪在地上用腿挪動，躲到家婆身後。這種吼叫，以前充滿了他們的耳邊腦際，十分恐懼。上海三年，已有些漸漸淡忘，眼下這一吼，一切記憶都猛然回復，栩栩如生，讓他們驚恐萬分。祥來舅從來沒有聽過人吼，便大哭起來。

家婆說：「他是個男子漢，當了兵，我怎能拉住他。」

太家婆揮著手，不住聲叫：「我不聽，我不聽。你去把我兒子找回來，你去把我兒子找回來。我兒子打仗要打死了，我兒子要打死了……」

家婆跪著，不敢出聲。

太家婆一轉聲調，對家婆叫：「你願意看我兒子打死，你放他去前線。我兒子死了，我也不要活了。」

太家婆一路大哭大叫，出了堂屋，回到她自己屋裡。家婆背著祥來舅，和媽媽泰來舅一起，還跪在堂屋地上。媽媽和泰來舅不敢出聲，只是打抖。祥來舅繼續嚎啕大哭。

兩位姑婆早已跑進來看熱鬧，指著家婆，齊聲說：「你要害死你男人，還要跑這裡來害死婆婆。你好大膽。」

家婆說：「我不敢。希聖命我母子回來躲一躲。」

大姑婆叫：「你會躲。你男人為什麼不能躲？」

二姑婆叫：「母親下了令，你立刻就去把他找回來，是死是活，找回來。」

家婆先跪在那裡，聽著姑婆們喊叫，楞了一陣，然後說：「我就去找他。」

姑婆們聽家婆開口，便停了喊叫。

家婆拉著媽媽和泰來舅，慢慢站起，又說：「外面兵荒馬亂。我把兩個大丫留在家裡。找到希聖，我們回來接。」

大姑婆喊：「不行，我們才不要替你養小癟三。」

二姑婆叫：「誰要聽他們吵，都帶去，不許留在家裡。」

家婆站著，渾身發了半天抖，好不容易鎮定下來，忽然仰起頭，提高聲音說：「這泰丫是陶家的兒，陶家的根。你們要我帶走，可以。到外面一炮打死了，你們莫說我不給陶家傳宗接代。」

這一頓話，倒把兩個姑婆說楞了。她們可以在家裡亂鬧，可是要說她們誤了陶家續香火，這罪名可太大，擔不起。

家婆見自己的話把兩個姑婆鎮住了，心裡得意。她在上海那樣大地方磨練了三年，到底算是見過世面，腦筋遠比守在屋裡的兩個姑婆好用得多。家婆想著，一手一個拉著媽媽和泰來舅，在兩個姑婆傻傻的目光中，朝堂屋門外走去。

走下堂屋外高台階的時候，二福跑出來，小聲告訴家婆：「老太太發話，把兩個大丫留在陶盛樓。不許帶去前線。」

堂屋裡，兩個姑婆一路大喊大叫，發著脾氣，摔東西打板凳，衝到後面花廳，去打牌消氣。

家婆不說話，領著媽媽泰來舅，在前院轉身，回到自己離家以前住過的屋子。他們走時什麼都沒有帶，現在屋裡已經空空如也，什麼都沒有了。沒有床鋪，沒有桌椅，沒有燈盞。只有牆上掛的那幅米芾的字還在，軸上落滿了灰。家婆想起，那年他們一家離開陶盛樓時，家公曾遺憾，沒有能帶走餐廳裡的關雲長塑像，花廳裡的幾幅字畫，還有這幅米芾的字。當時家公除吃穿用品，別的什麼也不能帶。他們想，有機會回來時再取走。現在她回來了，這個屋裡，凡能拿走的都拿走了，剩下這幅字，幾年了，說明是沒有人要，所以應該可以拿走了。家婆想著，站在屋子中央，四面看看，沒有椅子可以站，她身體又不高，摘不下字畫。家婆想了想，走到牆邊，彎腰拿兩個手從底下往上捲畫軸，捲到手不能再舉高，把捲好的字軸斜舉起來，輕輕搖一搖，把那掛字畫的線從牆上的釘上晃出來。一下沒成功，再晃幾下，到底讓她把字畫摘下來。家婆把字畫又捲緊一點，塞到自己背後背祥來舅的包袱邊上。

媽媽和泰來舅看著家婆做這些，一時忘記了哭，只是望著。家婆裝好了字畫，轉回身來，蹲下，拉拉媽媽的衣領，拍拍泰來舅的褲子，對兩個孩子說：「你們兩個大了，自己住在這屋裡。我帶祥ㄚ去找爸爸。找到了，回來接你們回家。」

媽媽摟住家婆脖子不放，哭起來道：「我跟你去，我會走路，走多遠都不叫喊。我跟你去。」

家婆說：「不可以。外面打仗，我不要你們打死了。泰ㄚ還小，你做姊姊，要照看弟弟。」

媽媽不說話，只是站著哭。泰來舅也只是站著哭。

家婆直起身，走到門口，又折回來，蹲下，囑咐：「在這裡，聽大人話，不許頂嘴，自己吃飯穿衣，莫亂跑，只在這屋裡等。聽見麼？」

媽媽哭著說：「姆媽，你一找見爸爸，就來接我們，莫遲了。」

家婆說：「我會，我再帶你們去漢口吃湯包。」

媽媽還說：「姆媽，你快來，莫遲了。」

家婆不再說話，站起轉身，背著祥來舅，在兩個孩子壓抑的哭聲中，走出屋門，走過前院，最後走出大門。

剛走上大路，家婆又忽然折過，從陶家高牆院外，繞過去走到後門邊。竹棚依舊，晚空依舊。家婆順那曾走過的小路，向野地裡走去。背上祥來舅看見天空雲彩，高興得手舞足蹈。家婆快步走到驪珠姨墳前，跪下來，咬著唇，手捂著臉，讓淚從指縫中流出。好一陣，家婆才止住抽動，略微穩定，張開眼，放下手，看到墳堆上長滿的野草。

「珠ㄚ，姆媽回來看你來了。三年了，你可好？」說到這裡，家婆又嚎啕起來。

背上祥來舅聽見家婆哭聲，也大哭不已。家婆不理會祥來舅，跪在地上，雙手在墳堆上拔野草，拔得淨淨的，一棵也不剩，然後把拔下的野草攏到一塊，拿手捧了，走過一邊小樹下丟光。再回來察看墳堆，在旁邊地面用手指挖出一些新土，小心翼翼的雙手捧著，培到墳頭上，拿手拍結實。

她一邊圍著墳堆培新土，一邊說：「祥ㄚ，這是你姊姊的墓。記住，你驪珠姊姊就睡在這裡面。她又聽話又能幹，會畫很好看的圖畫，會講很多好聽的故事。爹爹最喜歡她，可是她命不如你好，小小年紀受了很多很多罪，最後死了。珠ㄚ，都怨姆媽，姆媽對不起你。姆媽沒照顧好你，是姆媽不好，姆媽害的……」

家婆這樣培著土，一會對祥來舅說話，一會對驪珠姨說話。說一陣，哭一陣，哭一陣，說一陣，一直到整個墳堆都培上了新土，家婆才停下來，把手在衣襟上擦淨，再用手去擦那墳前小小的石碑。石碑上刻的一行小字依舊清清楚楚：

陶驪珠小姐

民國七年—民國十一年

家婆的淚水流在石碑上，家婆便用自己的淚水擦女兒的碑，都擦乾淨之後，她用手指，伸在刻槽裡，順著筆畫，一字一字的寫。

「珠ㄚ，姆媽一直想你，幾年了，遠在天邊，還是日日想你。姆媽每星期去教堂禮拜，都帶著你的畫，為你禱告，求上帝保佑你在天上快樂。珠ㄚ，姆媽在上海常看見餅乾，每看見一次，胸口就痛，就看見你抱著動物餅乾那時候的眼睛。珠ㄚ，來世你再轉回姆媽肚裡，姆媽再懷你一次，再生你一次。姆媽再不讓你受一天罪，姆媽再不紡線，再不洗衣，姆媽整天陪你玩，陪你畫畫，整天給你吃餅乾，姆媽再不讓你死了。珠丫，答應姆媽，再跟姆媽活一次。」

不知過了多久，西邊天際最後一絲光亮也都消盡，四圍都漆黑了。家婆才擦乾眼淚，站起身，一步三回頭，背著祥來舅走了。她又見了一次她的珠丫。她又跟她的珠丫面對面說過一回話。她覺得心裡靜靜的了。她不怕天黑，什麼也不怕，她這就走到倉埠鎮江邊，搭船回武漢，去找家公。她一定要找到家公，回來接媽媽和泰來舅。

二十三

當晚，家婆走到十一點鐘，才到倉埠鎮，坐了半夜十二點路過倉埠鎮的船，第二天中午回到武漢。武昌城裡，大街上兵荒馬亂，許多店門都關了，過路人都低了頭，匆匆忙忙，只怕天上忽然落下炸彈來，砸到自己頭頂。水陸街小，整條馬路，沒有一個人，一些落葉在路面上飛旋打轉，劈劈啪啪響。兩側住家院門都緊緊鎖著，房子裡悄無聲息。家婆一個人背著祥來舅走路，聽著自己腳步，撲通撲通，撞到牆上，返回聲來，讓人心驚肉跳。

好不容易，家婆到了家門口，掏出鑰匙開鎖，叮鈴咣啷，震天的響，嚇得家婆轉頭兩邊看，生怕驚動了什麼人，突然之間衝過來。房子裡還是他們走時的模樣，幾件要洗的衣服還泡在大木盆裡。飯桌邊椅上，搭了家公一件長袍。昨日媽媽不肯回陶盛樓，哭鬧時候打翻的那條板凳，仍然倒在地上。家婆過去，扶起那板凳，仍背著祥來舅，坐下來，望著空屋子，又是害怕，又是焦急。

她並不怕北伐軍打敗，或者夏斗寅軍打敗。北伐軍打敗，夏斗寅軍進占武漢，沒什麼可怕，堂兄萬耀煌自然不會為難家公家婆一家。北伐軍打勝，家公凱旋，自是功臣，更是好事。家婆怕的只是，仗打來打去，不分勝負，整日槍炮不斷，家公的生命安全總在旦夕之中。而讓家婆更加焦急的是，如果仗打不完，家公回不來，她便無法回陶盛樓去接回媽媽和泰來舅。此刻，家婆所操心的，不是國民革命成敗，不是西線戰事勝負，她一個婦道人家，只操心戰場上家公的安危，和兩個為了避難而留在陶盛樓的年幼孩子。

家婆發了一陣呆，覺得屋裡空蕩蕩的，又陰森又可怕，她們母子兩個，不敢住。家婆從桌子抽屜裡，取出一張小紙片，用鉛筆寫了幾字：借住堂姊家。然後起身，在自己的針線筐裡找出那個盛漿糊的大碗。每次家婆給家公或孩子們做新鞋，她用麵粉打漿糊漿鞋底，然後用錐子大針納起來。眼前大碗裡空空的，只碗邊還黏一點剩餘的漿糊渣，也都乾了，硬硬的。家婆用手指摳開那乾硬的漿糊渣，裡面上尚有點滴仍然軟著，家婆摳出一點，把剛寫的紙片貼在家門板上，又鎖好門，便背著祥來舅出門去。

她趕到江邊，搭了江輪，跑到漢口，找自己萬家的親戚。開門來的是萬耀煌的胞妹，我稱堂姨婆。

家婆見了，相求道：「三姊，希聖出外打仗去了。我帶兒女回陶盛樓，婆婆定要我來找到希聖回去，我一人住水陸街，實在怕，想在你這裡借住幾日。」

堂姨婆笑容滿面，連聲說：「快請進，快請進。自家人，本來請還請不來呢。」

進了屋，家婆看看，沒有一個人出來，覺得奇怪。

堂姨婆笑了說：「跟你們一樣呀，都怕打仗，家裡人都跑回萬家大灣去躲，只留了我一個看家。所以你來了，正好我們作伴。」

家婆點點頭說：「倒不是怕人，只怕槍炮不長眼睛。」

堂姨婆一邊幫助家婆從背上解開祥來舅，一邊對家婆說：「你莫怕，希聖和耀煌在外頭是敵人，我們在家裡，還是一家人。你要住幾日，就住幾日。」

家婆聽了，感動得眼淚掉下一串。

堂姨婆又說：「如果耀煌二哥進了武漢，自然會保護你們一家人。希聖不必擔心。其實，你應該勸勸希聖，莫做什麼國民軍了。他那樣好的文筆，到二哥司令部裡，可以封他做將軍。你做將軍太太，有人服侍，過幾天快活日子，不好麼？」

家婆嘆口氣，說：「我何嘗不這樣想呢，也勸過他。二哥打仗多麼厲害，國民軍怎麼打得過。希聖槍沒放過一次，連刀也沒有拿過，哪裡會打仗。可是，你曉得希聖脾氣，他哪裡聽我的勸說。只有這次打仗，他打敗了，吃了苦頭，但願才會明白過來。」

堂姨婆說：「也是，希聖年紀還太輕。年輕人總血性方剛，不曉得天高地厚，以為自己一個人可以扭轉乾坤。」

家婆說：「他的脾氣，路見不平，拔刀相助，到處惹禍，沒有辦法。」

堂姨婆忽然想起什麼，急忙問道：「你說把兩個大丫送回陶盛樓，哪日送去的？」

家婆說：「昨日。」

堂姨婆大叫起來：「昨日送去，此刻在我這裡。你昨夜趕了一夜船，今天才回來，大概一天一夜滴水未進，怎麼了得。快，快，先喝些熱湯，骨頭，煮了一夜，正好。我是剛剛吃過了，這些飯都還熱著，你不嫌棄，就吃些吧，我來幫你端菜添飯。冰如，不是我做姊姊要罵你，你不可以這樣糟蹋自己的身子。你大的小的三個丫，自己病倒了，丫怎麼辦法。」

聽堂姨婆一邊嘮叨，一邊手忙腳亂，添飯盛菜端湯，家婆心裡又是溫暖又是難過，眼淚不停地流。她坐在桌邊，像個小姑娘，聽著數落，不回嘴，乖乖地拿起調羹，盛了些湯，嘴吹涼，先餵到祥來舅的口裡，然後自己吃起來。

堂姨婆看見了，又嚷起來：「丫也沒吃奶，我來燒水，給你沖乾牛奶……」一邊嚷著，堂姨婆跑進廚房去了。

吃過了中午飯，給祥來舅餵飽了奶，放在床上，拍著睡著了。家婆走到客廳，跟堂姨婆坐著，商量怎樣打聽家公的消息。忽然聽得外面有人奔跑喊叫，家婆到祥來舅睡覺的屋子察看，怕祥來舅吵醒。從窗上看見街上很多人奔跑，臉色都驚慌失措。家婆嚇了一跳，忙跑回客廳，對堂姨婆說：「是不是二哥打進武漢了？」

兩個人趕緊跑出大門去問，街上的人跑著，指手畫腳說，前線的傷兵都運回到武漢了。

堂姨婆說：「二哥還離得遠，聽不見打炮。」

家婆聽到傷兵運回來，卻也急得要命，說：「三姊，丫睡著，我想把丫留在你家，三姊幫忙照看一下。我到醫院裡去問問，不知希聖在不在傷兵裡面。」

堂姨婆說：「那麼多傷兵，那麼多醫院，你曉得去哪裡問？」

家婆說：「我只好一個醫院一個醫院地跑，先在漢口跑，跑過以後，再過江到武昌的醫院裡去問。」

堂姨婆說：「那要多少日。傷兵每天都送來，你問過了，又來新的，你哪裡曉得。」

家婆站著發一陣呆，說：「我站在這裡沒有用，總要去找他。我現在也不曉得，我是盼著傷兵裡有他，還是沒有他。他受了傷，當然不好，可是抬回來了，總算活著，也算好。找到他了，我便可以馬上回陶盛樓去接ㄚ。他沒有受傷，當然好，所以他還留在前線打仗，生命還有危險，說不定哪天又要受傷，或者打死，那更不好。他不回來，我也不能回去接ㄚ。三姊，我不知怎麼辦，心裡亂死。」

堂姨婆看著家婆，說：「你去吧，到醫院裡去跑跑，看看找得到找不到希聖。不要太晚回來，回來吃晚飯。我幫你看祥ㄚ。」

就這樣子，家婆心裡七上八下，又怕家公受傷，又想家公回來，喜憂參半，每天在醫院裡出出進進，一連幾日，走遍武漢三鎮所有各家傷兵醫院，可是一直沒有找到家公。

第五天頭上，家公忽然一大早回了武漢，不是送傷兵送回來的，是他自己跑回來，身體全好無缺。他趕到水陸街，在家門上看到家婆寫的小紙條，便坐船過江，找到漢口萬家。家婆不在，正在外面醫院裡查看傷兵。堂姨婆對家公一說，家公馬上趕出門去找家婆。

家婆家公兩個人，你找我，我找你，這家醫院出，那家醫院進。誰也沒找到誰，到了中午，不約而同，前後腳回到堂姨婆家來，才算終於見面。堂姨婆端出飯菜來，兩個人都心事重重，並無相見之喜，互不說話，急不可耐，站著不坐。

家公鐵青著臉，說：「不再多打擾了，我們回自家再吃不遲。」

家婆流著眼淚，抱過祥來舅，綁到背上，說：「是，三姊，希聖回來了，我真得趕快走。」

堂姨婆說：「總要吃了飯才能走。你家裡冰鍋冷灶，回去做，也麻煩。」

家婆說：「三姊，打擾多日，實在……」

堂姨婆說：「那麼帶上些乾糧吧，昨天晚上蒸的米糕，拿上些。」

家公家婆兩個人拿好乾糧，向堂姨婆道謝告別，匆匆走了。出了堂姨婆家，家公急得快步趕路，家婆好像更急，一直走在家公前頭。兩個人像賽跑一般，也不說話，只管氣喘吁吁，跑到江邊。家公衝進擺渡江輪的碼頭，準備度過江到武昌。家婆一把拉住家公，走過渡輪碼頭，走去貨運碼頭。

家公跟著家婆跑路，一邊問：「我們不回水陸街麼？我有話要對你講。」

家婆說：「我找陳鴻記的船，今天要回陶盛樓，接琴丫泰丫兩個，一刻不能遲。」

家公不說話了，隨著家婆找到陳鴻記的船。剛好有船當天要回倉埠鎮，兩人趕忙上船，在艙裡坐穩。陳家的船夫相幫在船上火爐熱了堂姨婆家帶來的乾糧，又上岸買來一碗湯麵，家公家婆兩人分著吃了。又請船夫燒了些開水，給祥來舅沖了牛奶餵飽。都安頓好了，船也便開動了。

家公拉著家婆，抱著祥來舅，出了艙房，坐到船頭艙板上去，躲開船夫們。暖風徐徐之中，眼看著船駛出了武漢，已見不到城市那些高樓房屋，周圍無人，都是稻穀田地，散發著臭味。家公家婆坐著，聽著船下的水聲。家婆抱祥來舅睡在腿上，輕輕打著鼾。

又過一陣，家公才附在家婆耳邊，低聲說：「我惹了禍事，鄉下農會把我告了。我這次回來，是撤職查辦。」

家婆嚇了一跳，忙問：「怎麼回事？」

家公忙擺手，說：「低聲，低聲。說來話長。我跟共產黨共事多年了，一直覺得他們理論講得好聽，像是很有道理。這一次親身經驗，對他們的無產階級革命有切實了解，跟他們的理論背道而馳，實在可怕。我以前太無知，居然相信他們。」

家婆不耐煩，打斷家公，問：「莫講這些，你如何惹禍？」

家公說：「鄉下農會，到處胡作非為，殺人放火，我不許可，把他們得罪了。」

家婆說：「你們去跟二哥打仗，關農會什麼事？」

家公說：「我們還沒有開到紙坊，夏斗寅已經開始退兵。前面的部隊交幾次火，他便全部退走。我根本連見也沒見到。」

家婆問：「為什麼有那許多傷兵回武漢？」

「誰曉得。」家公說，有氣無力，「反正我一槍沒放，一炮沒見。只是在咸寧縣做了幾天農村工作而已。」

家婆又問：「你走哪裡，一定要惹禍。」

家公嘆口氣，說：「五卅那天，咸寧的農會請我給農會會員們演講。演講會前一天晚上，農會書記來見我。哪裡是農民領袖，分明肩不能挑臂不能扛，細皮嫩肉，卻要穿短襖紮草繩，一看便知是職業革命家。他對我說：明天五卅紀念會，農會發了通知，遠近六鄉農民都要來參加。我說：農民不來也沒辦法，湖北鄉間農民，很少人曉得五卅是怎麼回事，不要難為他們。那書記說：農會命令，誰敢不聽，不來也要綁了來。我聽了心裡不高興。他又說：這次大會，要把兩個農會叛徒捆來當場槍斃示眾。我想，農會這種組織，本來自願來去，哪裡有叛徒一說。有的農民先參加了農會，後來不要參加了，不來給農會做事了，農會便把他們定作叛徒。一被定作叛徒，便一定要殺才能了事。那農會書記清清楚楚對我明說：這是他們黨的規章，不可不執行。你曉得，鄉下農會，全是共產黨組織的。」

家婆問：「後來怎樣？他們殺人，關你麼事？」

家公說：「我不能容許他們隨便殺人。我對他說：我不曉得明天大會要槍斃人。他說：每次開大會都要當場槍斃人，否則農民不服從農會。我問：誰決定槍斃人？農會大家討論，還是某人決定？那書記說：書記決定。我說：你一個人決定。他說：對，農民什麼都不懂，只有我們領袖來作決定。我聽了火氣上衝，站起來，瞪著眼對他說：你聽好，我現在是中央獨立師軍法處處長對你講話。立刻廢除農民大會當場殺人的慣例，以後農民大會如果殺人，我就先槍斃你。我當時大概神色嚇人，那書記滿臉是汗，聽完我的話，不敢出聲，就退出去。我跟了出門，大聲叫副官，命令他帶十四個兵，持槍準備，到大會上去，準備逮捕那農會書記。第二天大會沒有槍斃人，那書記根本沒有到場，他跑到武漢，找共產黨黨部告我。今天一早，命令下來了，調我回武漢，撤職查辦。」

「你的上司呢？那周佛海不能替你說句話麼？」

家公苦笑笑：「他？五天前那天晚上，我從家裡回軍校，去打聽消息，看我有沒有編進獨立師。從家出來，先去了周佛海家。周佛海是軍校政治部主任兼校務委員會常務委員。我對他們說：我是本地人，說本地話，換件衣服，就可以躲到鄉下去。你們外地人，最好到漢口法租界去躲一躲。哪知其實他們兩口已經在準備逃走，以為我是去探聽他們行蹤的，嚇得話也說不出。最後他們取出一件嗶嘰袍子送給我，想是為了堵我的口。我前門告辭，他們後門就坐車子走掉了。現在大概在漢口租界吃牛排呢。」

家婆嘆口氣，說：「共產黨原本會殺你麼？」

「農會連不肯參加的農民都要殺，我這樣明白反對農會書記，他們還能饒我麼？他們殺個人，同捏死個螞蟻一樣，不在乎。共產黨總書記瞿秋白，主張建立農民軍，向國民政府武裝奪權。照他的話，我就死定。可是共產黨元老陳獨秀，則說農民運動已經過頭。我們軍校政治部新任主任施存統，支持陳獨秀，所以保護我，只撤了我的軍法廳長，換作政治部秘書。」

陳鴻記的船快，中途不靠岸，晚飯時分便到了倉埠鎮。家公家婆急忙下船，雇了馬車，趕到陶盛樓。這路上，家婆抱著祥來舅，再沒聽家公講話，心裡上下不安，惦念兩個孩子。

遠遠地，看到那高牆飛檐，黑漆大門。對家公來說，熟悉的一切，親切又痛楚，突然掃去近幾日的煩惱，而代之以童年的歡樂，少年的幻想，青年的憂愁，以及結婚生兒育女的苦痛經歷。媽媽出生時那一個狂風暴雨天，那幾聲悶雷，那些烏雲，都湧上心頭。家公不由揚臉看看，好像在看是否能重新找到當年的一切。他曾在這裡發誓，要保衛他的兒女，要讓他的兒女過好日子。他不怕自己受罪，但他絕不讓兒女再經歷他們曾經歷過的苦難。

家公想著，被家婆一聲驚叫嚇了一跳。抬眼看去，黑朦朦中，依稀看見媽媽和泰來舅，蹲在黑漆大門外高台階下面。一個張開大口的石獅立在他們的頭頂上。

「琴丫，你帶泰丫在外面做麼什？」家婆來不及下馬車，便站起來，大叫。那邊媽媽和泰來舅聽到家婆喊叫，抬頭看到，馬車衝到面前。

馬車一停，家婆把祥來舅往家公手裡一丟，不顧一切，跳下車，衝過去，手舉起來，要打女兒耳光。可是她的手下不來，停在半空。

媽媽仰著臉，伸著兩手，沒有站起身，蹲在地上哭。才幾天，她的臉瘦得什麼都看不到了，只剩下兩個眼睛窩，眼淚一股一股地湧出，四處橫流。

家公下了車，過去蹲下身，一手抱著祥來舅，一手抱住媽媽，替她擦淚，問：「你兩人在外面做什麼？」

媽媽哭著說：「等爸爸姆媽。」

家公問：「你怎麼曉得我們今天來？」

媽媽說：「我們天天在這裡等。」

家婆蹲下摟過泰來舅，嚇了一跳，說：「泰丫這麼熱。」

媽媽哭得更凶起來。

家婆摸摸泰來舅額頭，大叫：「他發燒，燙死人了。」

媽媽哭著說：「泰丫肚子痛，拉稀，一天拉幾次。我擦不乾淨。」

泰來舅不說話，只是抱著家婆的脖子痛哭。

家公問：「他們沒人管你們麼？」

媽媽搖搖頭。

吃。」

家婆問：「你們每日吃飯麼？」

媽媽說：「沒人叫，我們不敢去吃飯。他們吃過，出去打牌，我們鑽到廚房，撿剩稀飯給泰丫吃冷飯。」

家婆生氣，罵道：「那不是都冷了麼？怎麼吃得。吃冷粥，自然要拉肚子。你怎麼不懂事，

媽媽又委屈地哭起來，抽泣得喘不上氣：「我餓，泰丫也餓。」

家公拍著媽媽的背，連聲說：「好了，好了，爸爸和姆媽回來了。不哭了，不哭了。」

家婆問：「你們在門外面，天黑也不回去麼？」

媽媽說：「天黑了，看不見了，才回去。房子裡沒有燈，夜裡什麼也看不見，嚇死人。屋裡沒有床，我們睡地下。半夜裡，泰丫喊叫冷死了。我抱他暖他，兩個人都睡不成。」

家婆抱著泰來舅，刷地站起來。

媽媽拉住家公的手，站起身，便朝大路上走，嘴裡叫：「我們回家，我們回家。」

家公說：「等一等，總要進門去說一聲。」

媽媽跳著腳，大聲嚎哭，邊嚷：「不要，不要。我不要進去，不要。我要回家，回家。」

家婆左手抱起泰來舅，右手從家公手裡拉過媽媽，三個人一道邁步就走，爬上馬車去，頭也不回。家婆一邊大聲說：「我們回家，回家。以後我們就是死，也死在一道。姆媽再不跟你們分開了。」

家公站在黑漆大門口，抱著祥來舅，看著家婆三人上馬車。不得已，只好跟著他們走過來，

走幾步，回頭看看那院門。這許久，院裡始終沒有一個人開門出來。

二十四

家公家婆接了媽媽和泰來舅，剛進水陸街的家門，幾個北伐軍跟蹤進來，二話不說，綁住家公，拖了便走。

家婆急得追出門大叫。媽媽也在後面邊哭邊趕。

家公讓人一路拉著走，一邊回頭，對家婆說：「不要緊，不要緊，到軍校找周佛海，或者施存統，就可以問到我。」

家婆停下腳。媽媽還要追趕，被家婆一把拉住，摟在懷裡。

家公已走遠，仍回頭連聲高喊：「先看泰丫的病要緊，帶他去醫院。」

這一句話，提醒了家婆，趕緊拉起媽媽，跑回屋裡。泰來舅躺在地上發抖，半昏半醒。家婆趕緊把祥來舅綁到背上，前胸抱了泰來舅，對媽媽說：「我帶泰丫去看醫生，你在家等我。」

媽媽拉住家婆衣角，說：「我跟你去。」

家婆說：「拉好，莫丟了。」

四個人便上了街，家門也顧不得鎖。紅十字會醫院不遠，家婆以前領泰來舅去換過藥，所以認得，很快走到。進了門，看急診。免不了打針吃藥，然後回家。整整一夜，家婆摟著泰來舅，睡夢裡仍然驚叫幾次，到早上，泰來舅終於退了燒，吃了些熱飯。又吃過一回藥，重新躺到被裡，熟睡起來，這一覺則睡安穩了。家婆心裡焦急，惦念家公安危，想到軍校去打問一下，可又不放心把泰來舅一人丟在家裡。門裡門外，抱著祥來舅，出去進來，坐立不是，不知該怎麼辦。

中午過後，泰來舅終於醒來，家婆忙把祥來舅綁在背上，抱了泰來舅，拉著媽媽，準備出門，到軍校去打探家公的消息。

不想家公此時走進家門來，依然穿著北伐軍裝，戴著軍帽，背著公文包，見到家婆幾人，便蹲下身來，對媽媽張開手。媽媽一見，張開雙臂，歡叫著撲過去，爬上家公的肩膀，摟著家公的脖子。家公抱著媽媽，站起身，一邊跟家婆一起往屋裡走，一邊大叫：「吃飯，吃飯，餓死了，餓死了。」

家婆仍然抱著泰來舅，一屁股坐倒在床沿上，虛弱無力，說：「我們要去軍校找你，冰鍋冷灶，哪裡有飯吃。」

家公把媽媽放到飯桌邊的椅子上，把背後公文包一拉，說：「我曉得，所以中飯都在這裡。泰ㄚ如何？」

說著，家公把背包取下，放到桌上，便走過來，從家婆手裡抱過泰來舅，查看他的體溫臉色。

「昨夜去看急診，打了針，吃了藥，昨夜睡不好，今天早上睡得好些。」家婆一邊說，一邊站起，走到桌邊，從家公背包裡取出幾個荷葉包，打開，展在桌上。幾個芝麻燒餅，一包五香牛肉，一包豆腐乾，一包熏雞。

家公說：「今早拉過肚子了麼？」

家婆走去廚房拿來筷子勺子，一邊答說：「沒有，好像拉稀止住了，打針最快。都是些雞和肉，沒有青菜，怎麼做一頓飯。」

家公說：「只能買這些乾東西帶，青菜都要炒熟，湯湯水水，怎麼帶法。偶爾一頓不吃青菜，不要緊，晚上多吃些青菜好了，不會生病的。家裡開水總有，只好喝開水。」

家婆說：「今早有剩稀飯，點火來不及了，開水熱熱吃算了。」

家公到桌邊坐下，把泰來舅放在自己腿上，動手幫忙媽媽在燒餅裡夾牛肉豆乾，遞給媽媽吃起來，又給泰來舅夾一個燒餅。

家婆端了開水沖稀飯上桌來，一人一碗。

家公問媽媽：「好吃嗎？」

媽媽說：「好吃。我要吃雞。」

家公說：「自己用手抓來吃吧，捏一塊就好，這熏雞吃起來有點甜味，跟上海的差不多。對，那塊最好，吃吧。」

家婆這才把祥來舅從背上解下，抱著，坐下，一邊餵他，一邊問家公：「怎麼回事？昨天綁你走？」

家公苦笑著說：「不過虛驚一場。我被帶到軍校，關在一間小屋裡，地板上睡了一夜。今天一早，就放出來，什麼事都沒有了，我還去軍校政治部做秘書。中午便回家來，下午也不去了。」

家婆問：「沒有人說明是怎麼回事麼？他們綁錯了人。」

家公說：「嗨，共產黨做事，做對了，當然吹得比天高。做錯了，從來沒有人承認錯，一句話也不說。像我這樣，抓了就抓了，放了就放了，我能怎麼樣，沒殺了我就算我走運。昨夜裡若是把我殺了，也還是這樣，我只有白送一條命。」

「那麼你忍氣吞聲，白受一場冤枉氣？」

「只有這樣，沒理可講。從今以後，我不住軍校了，每晚回家來睡覺。」

家婆問：「是不是要出大亂子？」

家公說：「我估計局勢會有些動盪。三月，蔣介石校長指揮北伐軍攻克上海南京，統一中國勝券在握。周恩來領導上海工人三次暴動，與北伐軍發生對抗。汪精衛先生從歐洲回到上海，見此形勢，四月五日與陳獨秀聯合發表宣言，再度號召國共合作。隨後汪精衛赴武漢，領導國民政府。四月十二日，蔣介石在上海發布清黨命令，制裁工人暴亂，防止共產黨奪權。汪精衛先生不支持蔣介石之舉，用武漢中央政府名義，開除蔣介石國民黨籍，並宣布解除他北伐軍總司令之職。這樣一來，四月十八日，蔣介石在南京召開國民黨中央會議，成立南京國民政府，與武漢政府對抗，造成寧漢分裂。武漢政府原是從廣州遷來，基本上由蘇俄代表和共產黨控制。這樣一分裂，汪精衛先生自己就感到壓力，好像武漢政府是俄國的，南京政府是中國的。可是，汪先生哪裡肯讓南京政府罵作是共產黨的傀儡。看來，形勢會緊張起來，武漢也是風雨飄搖。」

媽媽聽不懂，不出聲，只顧吃五香牛肉。

家婆舉手拍了媽媽的手一記，說：「不許再吃了，牛肉吃多了要脹肚子。泰丫剛好，你不要生病。吃好了，去睡覺吧。在陶盛樓沒有睡好，現在讓你睡夠，補過來。去吧，洗了手，上床去。」

媽媽睡了，泰來舅睡了，祥來舅也睡了，三個一排，睡在大床上。家公坐在桌邊，喝水。沒有茶，開水瓶裡的水不夠燙，沖不了茶。家婆沒心思點火燒水，她坐在床沿上，輕輕拍著泰來舅，看著三個孩子睡覺。

自那日以後，家公果然每天回家過夜，而且不常常去軍校上班，能不去便不去，好像在家裡躲藏似的。過了好多天，一個夜裡，家公終於走到廚房，擠在家婆身邊，輕聲對家婆說：

「時局緊張，武漢難以維持了。看來汪精衛先生也快要忍受不住，最後難免會在武漢分共，各求生路。這兩月，武漢街頭，傳說紛紛，社會動盪，武漢政府行將崩潰。你立刻出去另找兩間小屋，要在僻靜地方，一旦危急，我們可以躲避一時。」

家婆前幾日在街上聽人說個偏方，板鴨湯可以治拉肚子，便買了隻板鴨，此刻只顧忙著煮板鴨湯，給泰來舅治痢疾，也不細問家公的話，隨口答應一聲：「我以前看過福壽庵那裡有幾處房子，很僻靜，我去找兩間。只是我們手上一文沒有，租房子要錢。」

「沒錢也要想辦法，這事關一家性命，不可馬虎遲延。」

家婆這才聽出問題嚴重，抬頭看看家公。

家公踱著步，說：「前幾天，湖南許克強以一個團兵力，宣布反共，打進長沙。湖南各地農民聽說，紛紛響應，都跑去把當地農會領袖殺掉。這種局面對武漢打擊很大，共產黨國民黨都很震驚，難免有一場大亂。」

「我明天就去找。」

第二天晚上，家公回家，家婆告訴他：「房子已經租好了，在漢口。」

「很好，越遠越好。怎樣的房子？」

「後院住幾個傷兵，前面堂屋，左側住房東，右側兩間我們租下。」

家公呵了一聲。

「房東太太問話，我囑咐了琴丫答說姓萬。」

媽媽得意地說：「我對房東太太說，爸爸叫萬賢，要從黃岡進城來找事做。」

「好，好，」家公誇獎道。一家大小都說湖北話，沒有什麼可懷疑的。

一夜無話，家公在床上翻來覆去睡不著。第二天晚上，下起小雨，家公晚上沒有回家睡覺。家婆以為是下雨緣故，並不焦急。第三天中飯剛做好，一家人還沒吃進嘴，家公突然冒著雨，衝回家，臉色發白，對家婆說：「馬上收拾，搬去漢口。」

「不吃飯？」

「不吃，搬過去再吃。」

「外面下雨。」

「下刀子也要走。」

家公邊說，邊動手開箱子，收衣服。家婆不敢多問，急忙滅掉灶火，招呼媽媽找東西，整理行裝。兩個鐘頭後，一家大小背著幼兒抱著病子，匆匆出門上路。

傾盆大雨裡，家公提著箱子、網籃、行李捲。家婆抱著小的，領著大的。一家人找了兩部人力車趕到江邊，碼頭上沒有工人幫忙。家公家婆先把三個孩子放在地上坐好，淋著雨等著，然後一趟一趟把十幾二十件東西，在雨地裡一件一件拖下江坡，再把三個孩子一個一個送下坡。下雨天，沒人願意搖船過江，家公摟著三個孩子，坐在江邊雨地裡打抖。家婆沿江邊走，挨著船一個一個央求，終於找到一個好心人，答應用個小划子，送他們過江。於是，一家五口，冒著風雨，在長江的浪裡顛蕩漂浮，渡江到漢口對岸。家公家婆照樣先把三個孩子放在雨地裡坐著等，然後一趟一趟把行李包裹拉上岸，再一個一個把孩子抱上坡。然後家婆看管孩子東西，家公四下裡冒雨找到挑夫，把東西挑到新租好的房子。房東太太站在堂屋窗裡看，奇怪他們大雨天搬進來。一家人裹著溼衣，一身泥污，顧不上說話，直進到自己房裡，關好門，都齊齊躺在地上，半天起不來。

過了一陣，家婆支撐著爬起，打開行李，找出毛巾乾衣服。然後從小到大，一個一個把舅舅從地上拉起來，脫下溼衣服，拿毛巾把身體擦乾，再換上乾衣服。舅舅們都換好了，家婆讓兩個一排坐在靠裡牆一張光床板上，遞給泰來舅一盒餅乾，分給祥來舅一起吃。然後又把媽媽從地上叫起來，蹲到靠窗前的另一張木板床上。家婆兩手拉開一塊床單遮在床邊，看著媽媽在床單後面脫下溼衣服，擦乾身體，換上乾衣服。媽媽換好了，家婆叫她也過去陪舅舅們坐著。這才從地上把家公拖起來，把他推到媽媽剛換衣服的床板邊。家公沒說話，自己坐著，脫下溼衣服，擦乾身子，換上乾衣服。家婆忙著墊床鋪被放枕頭。這好半天，屋子裡沒有一個人說話。

家公躺到床上，鑽進被窩，兩手墊在頭下，盯住天花板發楞。家婆把泰來舅祥來舅都抱過來，順著家公身邊，塞進棉被去，用棉被圍住他們三個的身子，讓家公的體溫暖兩個舅舅。然後去收拾靠裡牆的另外那張床板。媽媽在一邊幫忙從行李袋裡拿出床褥棉被。

兩張床都弄妥了以後，看著媽媽鑽在被裡滾動，家婆又把泰來舅祥來舅抱過來，放在被裡，跟媽媽三個一起躺著。家公一人躺在窗前的床頭。家婆把滿地的溼衣服都收攏，堆在屋門外面，明天問房東借個大盆洗，又對媽媽說：「琴ㄚ，照看ㄚ們。我做飯。」說完便到灶間去，自己換了乾衣服，然後生火做飯。

一家人等於空過了午飯，下午五點鐘，飯才做好，午飯晚飯合成一頓吃。家公堅持不到堂屋去吃，所以一家人就在自己屋裡，坐在土地上吃飯。家婆拿個枕頭墊了，讓泰來舅坐，怕他在涼地上坐了，又拉肚子。

吃過飯，家公似乎放鬆一些，仰在床上，望著窗外，茶杯放在窗台上。媽媽和舅舅們也都鑽在另外那床上的被裡玩耍。家婆洗完碗回來，繼續打開著行李整理衣服，問：「又怎麼回事？今天？」

家公說：「昨天七月十五日，軍校學生一早出去去參加總理紀念週的大會。排著隊，打著旗：擁護汪主席。擁護工農小資產階級獨裁。意思就是想繼續維持國共兩黨合作。我做秘書，留校公幹，沒有去大會。上午看隊伍高呼口號出發了。下午看他們垂頭喪氣回來。原來，汪精衛先生在大會上宣布，國民政府不再與共產黨合作。這實在嚴重得很。晚上臨下班，惲代英把我找去談話。他是有名的共產黨，武漢軍校校長是蔣總司令，實際上是惲代英領導。他告訴我，時局在變化。武漢三鎮，駐漢陽的何鍵部隊反共。駐漢口的程潛部隊擁共。駐武昌的張發奎部隊，沒有表態。軍校決定跟農民運動講習所的人一起改編成教導團，跟第二方面軍南下，回廣州。農民運動講習所是毛澤東主持，聽說他是湖南農民領袖。我曉得，農民運動講習所全部都是共產黨。惲代英任命我做教導團政治指導員，派十名幹事一名秘書協助我工作。」

家婆有點不耐煩，問：「我們為麼要兩地裡搬家？」

家公說：「你聽我說。昨夜我沒回家，是領導軍校政治部員工辦結束。第二方面軍和我們教導團馬上要開拔南下，去湖南，所有案卷、信件，乃至家具物什，一概造冊，準備移交。今天一早，我還在繼續收拾文件，一個人來找，說是奉惲委員之命，給我做秘書。我不認識他，但見過他領導軍校共產主義青年團活動，曉得他是共產黨。我問他：第二方面軍政治部主任郭沫若是共產黨員麼？他像不大明白。我說：我可不是共產黨，怎麼跟你們一起工作呢？這話一說，他臉色大變，立刻轉身退出辦公室去。我怕他去找惲代英或者郭沫若，派人來把我綁走，連忙丟下手裡東西，就回家，趕緊搬走。現在他們可能已經在到處搜捕我。我們在這裡須得避些時，躲過風頭再說。」

家婆說：「他們要南下，你不要去，就不去，他們綁你做麼什？」

家公說：「你忘記我對你講過。共產黨，進去容易出來難。只要黏上一點點，他們便認為你參加了共產黨，哪一天你不要再給他們賣命了，他們就判定你是叛徒。共產黨對叛徒，絕對不手軟，全部殺死。鄉間的農會，那些窮苦農民，跟著搶過一兩次糧倉，就算參加農會，後來不肯再去搶，就算叛徒，每次農會開會，就要當眾槍斃幾個。我這樣在北伐軍裡做教官，私自脫逃，更要定為叛變革命了。」

家婆看他一眼，嘆口氣，沒說話。能說什麼呢，家婆本來一直反對家公跑到武漢來。在上海商務印書館做事，每年升職加薪，薪水現在也一定比在武漢軍校多，一家人平平靜靜，用不著擔驚受怕，東躲西藏。跑來武漢參加革命，好處沒得到，幾次三番，自己差點掉腦袋。

從此，家公整日待在屋裡，足不出戶。他除寫作之外，就是躺在床上看《資治通鑑》和《二十四史》。家婆也少出門，到街上去買菜時，會帶媽媽。她們先把家公寫的稿子交郵局寄給報館，同時買當天報紙，裹在菜蔬裡帶回家。外面找不見家公這人，可是家公文章卻隔不幾日，在報紙上刊出一篇。

家公一直不敢公開住址，所以報館沒法給他寄稿酬，家裡經濟很困難，一家人吃了上頓沒下頓。市面不穩定，只有銀元吃香，紙幣不值錢，交通銀行鈔票一塊錢只能買五根油條。有過三天，全家人上午下午光吃藕粉度日，而且沒有糖。

終於一天，家公說：「今天看到，昨日《中央日報》有一則啟事，副刊編輯孫伏園說是找我有事商討。」

家婆問：「你要去？」

「我想去。」

「要去的話，我替你去一趟好了。」

「我必得親自去。我起碼去討回這幾個月的稿費。討錢，你去討不回來。」

「就算真是報館自己有事，報上登出啟事來，政府看到，曉得你會上門去，恐怕也布了埋伏。我們還可以度幾日，不必為這幾個錢，出去冒險。」

家公說：「我去討錢，不為買米買油。我們躲在武漢，終不是長久之計。我們必得找些錢，設法逃出此地才好。」

家婆聽了，不再說話。
家公穿上一件白色夏布長衫，戴一副墨晶眼鏡，打扮停當。
家婆說：「帶琴丫一道去，她現在會辦事。」
家公在門口停住，想了一想，說：「好，帶個丫更不引人注意。」
家婆又囑咐：「路上多小心，不要惹是生非。」
家公應著，領了媽媽，出門上街，過江到武昌。一路上，家公果然小心，老實走路，到了報館，對門房說找孫主編。門房打電話進去，說一位陶希聖求見。隔著話筒，聽見孫先生大叫：「快請進來，快請進來。」
門房急忙放下電話，一路彎著腰，引家公到了孫主編辦公室。
孫伏園站起身，笑眼瞇瞇。繞過辦公桌，雙手抱拳，連連打拱，不住聲說：「陶先生文筆出眾，久仰大名，今日得見，不勝榮幸。」
家公也趕忙躬身拱手，道：「孫先生主編副刊，萬眾稱謝，實在佩服。」
「哪裡，哪裡，不過山中無老虎，猴子稱霸王罷了。」
「孫先生過謙了。」
孫伏園伸一隻手，說：「請坐，請坐。呵，這裡還有一位千金。幾歲了？」
媽媽伸出手比畫說：「六歲。」
孫伏園說：「上學了麼？」
家公坐在沙發裡說：「兵荒馬亂，我又東奔西跑，實在沒法送她上學。」

「還早，還早，要七歲才可以上學。」孫伏園坐回到大辦公桌後面，望著家公說：「希聖兄寫作繁忙，小弟不多耽誤時間寒暄。」

家公忙欠身說：「孫先生快言快語，令人欽佩。」

孫伏園取出一支香菸，自己用打火機點燃，轉頭問家公：「希聖兄用菸麼？」

「謝謝，不會吸菸。」

孫伏園笑了說：「寫文章的人不吸菸，倒是少見。好了，是這樣。武漢政府中央宣傳部部長顧孟餘先生，讀了希聖兄的文章，非常讚賞，久有心意，想請陶先生再出山來幫助政府作作宣傳工作。」

家公笑笑說：「果然武漢政府還在找我。我當初是私自逃脫出來，原以為他們要逮捕我法辦呢。」

「哪裡。武漢政府現在不是共產黨控制，而是汪先生國民黨領導，哪裡會為難陶先生。不光不會為難，還要重用陶先生。現在中央宣傳部決定要出版一份週刊，顧部長想請陶先生做主編。故此要小弟在報上刊出尋人啟事。不知希聖兄以為如何？」

家公站起身來，拱手稱謝說：「多蒙顧部長和孫主編垂青，實在受寵若驚。希聖若能勝任，當仁不讓。可惜陶某只不過會寫寫文章而已，做編輯則需又會作文又會經營商務，還要有才能管理員工，像孫先生這樣的人才才行，陶某是萬萬做不來的。」

孫伏園見他當下推辭，頗感意外，也忙站起，說：「希聖兄熟讀歷史，一定很清楚，這位顧孟餘先生，與陳公博兩人，並稱汪精衛先生左右臂。你從顧先生做事，就是做汪先生的幕僚。汪先生是國民政府主席，閣下將來前程可是不得了的。」

家公又拱手，笑著搖頭說：「實在感謝孫主編抬舉。陶某就是想做，也做不來。」

「顧部長不過徵求希聖兄意見，自然不會勉強。」孫伏園無奈，只好對家公拱著手，笑說：「不過，常常給我們報紙寫文章是不能推託的。」

家公也拱拱手，答說：「當然，當然。」

「我也會向顧部長舉荐，希聖兄以後也給顧部長的週刊寫稿子才好。」

「是，是。」家公說著，趕忙走出孫先生辦公室，轉身又探頭進去說：「對不起，孫先生，說來實在不好意思，不過，不過，一家大小等米下鍋……」

「哎喲，自然，自然，此事怎可怠慢。」孫伏園舉手拍拍額頭，忙說：「我們找不到希聖兄地址，不能寄稿費去，全數都存在報館。請希聖兄去找總經理楊綿仲先生，我馬上打電話通知他。」

「多謝，多謝。」

楊綿仲總經理不在，秘書小姐拿過一個封套，上書：陶希聖先生親啟幾字。打開一看，裡面裝了七十塊銀元，一張稿費單據。那位秘書又說：「楊總經理留過話，以後請陶先生常寫稿，常來，來了直接找他好了，有什麼要求儘管提，一定照辦。」

家公點頭稱謝，走出楊先生辦公室，對媽媽說：「現在我們可以逃出武漢了。」

二十五

上海好像沒有多大變化。這裡沒有武漢碼頭上的那種喧囂氣氛，沒有大標語，沒有集會，沒有槍斃人，沒有高帽遊街，也沒有工人大爺們東倒西歪辱罵客人。但家公看出，上海終究還是不一樣了。腳夫們雖然比武漢工會會員們客氣，但遠不像四五年前他們第一次從老家搬來上海時那麼熱情。給他們搬行李的腳夫，結結實實地打量了他們幾眼，才不大情願似地扛起行李，提起皮箱。他走路慢吞吞，落在家公一家人後面老遠。家婆抱著祥來舅，不住回頭看，怕他偷了行李跑開。

家公一手領著媽媽，一手領著泰來舅，走出碼頭，四周看看，樓房建築上依稀仍然能看出貼標語的殘痕。這裡那裡有些房屋被燒毀，半截斷壁煙熏灰黑，塌掉的屋頂支楞著房梁木椽，像乾枯的手指，張牙舞爪。估計走近去，可能還看到槍彈孔和炮彈皮。

家公家婆帶著一群兒女，找到大沽路上一座房子住下來。這房子有兩樓兩底，家公只租兩底兩間大屋。後面一間作臥室，順牆放了一排床，全家都睡在裡面。外間作客廳，飯廳和書房。家婆走到家公面前，伸手遞給他一個紙卷，說：「好了，在這裡，你把它掛起來了，你的寶貝。」

家公把媽媽放下地，雙手接過，還沒完全打開紙包，從紙縫裡瞄了一眼，就跳起來，大叫：「米芾。」一邊叫著，急忙把紙卷放在方桌上，兩隻手小心翼翼地解開紙包。

媽媽和泰來舅站在桌邊看，是家婆從老家屋裡摘下的那張字。

家公打開字軸，拿手舉著，站在堂屋當中四周看，最後選中了窗邊書桌和書架之間的一面牆。家婆端過一把椅子，家公站上去，拿手比畫看高低，發現那牆頂上原有一個鐵釘，正好順手把字畫掛上，雖然不在正中，有點靠左，離書桌近了一點，也不大要緊。家公掛好，下了椅子，倒退著走幾步，站好，背起手，瞇起眼，細細地看那幅字。果然，字畫一掛，屋裡就不一樣了，多了景色，多了氣象，帶回家鄉的溫情，引動少年的遐想。家公臉上放光，搖頭晃腦，酒醉一般，陶然自得，旁若無人。

家婆不理他，自管自把帶來的東西都擺出來，兩間屋仍然空蕩蕩，除了幾件家具，什麼都沒有。家婆把手一攤，亮出手心裡兩塊銀洋，對家公說：「現在，除了剩的這兩塊銀洋，我們一無所有了。」

家公看看大家，說：「我們有這房子可以住兩個月，避風避雨。我們有全家五口人安安全全在一起，就足夠了。我及時逃出來，沒有跟第二方面軍教導團南下，因此避免了參加南昌暴動、秋收暴動和廣州暴動。所以我現在還在人間，我們一家都還在人間。我們面前仍然有一片光明的希望。」

家婆看著腿邊的祥來舅說：「活下來就夠了麼？自然還得活下去才好。沒有在武漢讓槍炮打死，總不能在上海餓死。」

家公搖著頭說：「不要急，我想過了。我現在認識的人比幾年前多得多了。我明天去南京，會幾個朋友，總會找到一份工。」

「要到南京去麼？在上海找不到事麼？」

「國民黨第二屆中央第四次全會剛開過。蔣總司令已經宣布，第二次北伐就要開始，機會比上海多。」

家婆不聽他，把祥來舅放到客廳地板上，轉身走到後面灶房去了。

第二天，家公一個人到南京去。過了三天，又回家來。這三天裡，家婆帶著三個兒女，把最後兩塊銀元用完，剛夠買米買柴買小菜。家公一進屋，站在外屋飯桌前面，從長袍大襟下，一個一個摸出銀元來，堆在飯桌上。

家婆和媽媽圍過來看。

家公頗得意地說：「這是我預支的薪水。」

家婆問：「找到工了？」

家公一邊坐到椅子上，一邊搖頭晃腦地說：「頭一天，總司令部總政治部宣傳處處長周炳琳先生約我做編纂科長。第二天中央民眾訓練委員會常務委員朱霽青先生任命我作科主任，設計指導民訓工作，還有一部專用人力車。第三天周佛海來看我。他受任中央陸軍軍官學校政治部主任，約我任政治總教官。看看……」

家婆不滿意，打斷家公說：「你忘了武漢麼？」

「我自然不會忘，不過大人小丫總要吃飯，不要在上海餓死才好。」家公說：「我已經跟他們講好，一個禮拜只在南京做三天，禮拜三晚上坐夜車回上海，禮拜天晚上回去。所以我每禮拜可以在上海四天。」

「所以要多用許多火車錢。」

「那才幾個錢，我在南京，可以在各處食堂裡免費吃三天飯，一趟車錢也便省出來了。」

「明天就開始麼？」

「昨天已經開始，二次北伐正在積極準備，今天是專門送銀子回家。」

「又要去打仗麼？」

「不會，都是寫作的事，傳單標語，已經在火車上做出來。」家公說完，停了一停，又補充，「如果我禮拜三夜裡沒有回家，你禮拜四一早發個電報，催我速歸。」

這樣說好之後，家公在上海住了一夜，第二天一早，又匆匆回南京去。

一家人生活總算安定下來，雖不似在武昌軍校時間那樣轟轟烈烈，卻也不必像在漢口躲藏時那般提心吊膽。一連幾個月，家公基本遵守約定，南京三日，上海四天。他回上海時因為從辦公室直接到火車站，所以還穿著軍裝到家。到了上海，第二天一早便換長衫。

在南京，他每天早上六點鐘起床，在家做點公事，上午十點又睡覺。中午十二點再起來，到食堂吃午飯。飯後去辦公室辦公，直到晚六點，在食堂吃過晚飯，回寓所又睡一會覺。晚九點起床，開始伏案寫作，到半夜兩點左右止筆。夜間寫作，都是自己的中國社會史論研究。

夏天過去，秋天一到，家公家婆送媽媽去上小學一年級。暑假報了名之後，媽媽一天一天搬著手指頭數日子，等不及開學。

家公帶媽媽上街去買了一個新書包，媽媽自己挑，黃色的小皮書包上，有幾道咖啡色的條紋，還釘了一個大蝴蝶。家婆買了一塊白布一塊藍布，照著街上小學生們的穿戴，量著媽媽身材，做了一身白襯衫藍裙子。白襯衫有一個尖尖的翻領。藍裙子有背帶，兩個大玻璃扣，好看極了。

開學那天是星期一，家公專門向南京請了假，那一天留在上海，送媽媽去上學。家婆給媽媽梳了頭，紮了兩個漂亮的小辮子。媽媽穿上新衣裙，一雙小黑皮鞋，背上新買的皮書包。小書包裡放了鉛筆橡皮和一個小本子。然後媽媽拉著家公的手，走到學校去。

媽媽上學頭幾星期，家公去南京的幾天，家婆早上送下午接。家公在上海的日子，家公早上送下午接。一個月後，媽媽習慣了，可以自己走路上學回家，也跟鄰居小孩熟了，結伴一道走路上學。

十月中《新生命》月刊管發行的楊敬初約家公談話，把家公在《新生命》月刊上發表過的論文，以及若干大學演講稿編輯一冊，印書出版，第一版印刷七千冊。不料，書出版不到一個月，七千冊銷售一空，人家還在問。於是馬上出第二版、第三版，每版印出二千到五千冊。之後四年內印出到第八版。一時間，家公的文字當紅暢銷，於是家公辭去南京所有差事，回到上海，又租下樓上房間，住得寬敞些，可以專心寫作。家裡要米要麵，房租到期，家公拿一篇文稿，遞給家婆說：「支票在這裡，一千字五塊錢。」

家婆無所謂，只要不欠房租，一家人有吃有喝，隨多隨少。

春節過後，陰曆正月初二，家公決定休息，一家人去南京路閒逛。經過一家書店，玻璃窗裡擺著家公寫的書，屋簷下掛了大標語，上書：「陶希聖暢銷書新版」。媽媽認得陶希聖幾個字，一手指著，跳著腳叫起來：「爸爸，那是你的名字。」

家公笑笑說：「現在這是常見的了。我這多年努力奮鬥，到底看到些成績，開始得到社會的承認，能夠接受大眾的尊敬。」

家婆說：「我倒要去看看，有沒有人買你的書。」

「沒有人買，算什麼暢銷書。你去看好了。」

家婆抱著祥來舅，一頭走進店去。家公沒有跟著進店，只站在街上等。泰來舅願意跟著家公在街上看人。媽媽跟了家婆走進書店。

店裡不大，擺滿了書架。其中靠近櫃台的一個架子上，擺著家公的書。幾個人站在架前翻看，一個書店店員拍著家公書的封面，對一個年輕人說：「這本書不到一年出到第四版，版版是一星期裡賣光，這一版昨天才到，你老弟有福氣，剛好碰到。」

這位店員說完，轉頭看到家婆，上下一打量，強陪笑臉問：「這位娘姨，請問是要買……什麼嗎？」

家婆搖搖頭，一手拉拉媽媽，走出店去。

媽媽追趕著出門，大聲問：「姆媽，他叫你娘姨？娘姨是什麼？」

家婆說：「娘姨就是佣人。」

媽媽說：「你不是佣人。」

家婆說：「上海人勢利眼，不看人，只看衣服，一個女人衣服穿得好，商店菜場馬上叫少奶奶太太，衣服穿得不好，馬上叫娘姨。我是湖北來的鄉下人，穿的衣服又舊又破，許多年一直被人叫做娘姨。也沒什麼。」

家公在門外，聽到家婆的幾句話，問：「怎麼了？這麼快便跑出來了。」

媽媽還在憤憤不平，對家公說：「書店裡的人叫姆媽娘姨。」

家公一聽，滿臉通紅，火冒三丈，說一聲：「豈有此理。」便拔腳轉身，朝書店門裡走。家婆一把沒拉住，家公進了書店。媽媽泰來舅都跟進去，站在家公身後。家婆抱著祥來舅站在門外，不再進店去。

那個年輕店員一見家公，先是一楞，接著忙走過來，彎著腰，陪笑問：「這位先生要買書嗎？」

「買豆腐不會進你書店。」家公硬硬地給他碰個釘子。

那店員楞了一下，不知說什麼好。店裡其他客人都站住腳，停下手，看著家公。一般來說，進書店的人都較為有禮貌，言談會溫和些。這位先生進門就沒好臉，粗聲粗氣，很是奇怪。

「我是剛才那位娘姨的先生，你伺候不伺候。」家公說著，指指門外站著的家婆的背影。

店員更發了矇，不知怎麼得罪了這位先生，臉漲得通紅，說不出話。

家公提高聲音叫：「叫你們老闆出來。我跟他講話。」

店後面一扇小門開了，一個白白胖胖的光頭男子打著哈哈走出來，一連聲問：「啥事體？啥事體？」

店員指著家公說：「這位先生進門來，專門尋事吵架。」

「對，我就是來尋事的。」家公舉手四周一指，又指窗外大標語，厲聲說：「你把這些統統都拿下來。這些書不許在你這家店裡賣。」

店老闆臉也沉下來，說：「先生講話客氣些。」

家公說：「從此以後不許你賣我寫的書。」

那店老闆上下打量家公好幾次，忽然大笑起來，說：「你先生會寫書，好好，請問你先生這一輩子寫過多少書？尊姓大名？」

家公說：「這些書都是我寫的。本人就是陶希聖，怎樣？」

店老闆笑得更厲害了，指著家公，對圍觀的人們說：「各位，各位，這位就是陶希聖先生，像不像？」

書店裡圍著看熱鬧的人，有的搖頭，有的點頭，都笑著。店老闆揮揮手，對家公說：「好了，好了，此地是做生意的地方。你不要發神經，吵我的客人。我呢，也不叫警察。你呢，快些走掉算了。好不啦？」

家公還站在那裡，想要分辯什麼，店老闆忽然伸手從懷裡掏出一張鈔票，向家公遞過來，一邊說：「好了，你拿去買幾只燒餅，算我請客。去吧，去吧。」

家公不接，滿臉通紅。店老闆和那店員四隻手推著家公，朝門口走。媽媽和泰來舅見了，早嚇得跑出店門去。

家公一邊仍在辯解：「我是陶希聖，我真的是。這確實是我寫的書。」

胖胖的店主一邊推，一邊打哈哈：「是啦，是啦，你寫的，是你寫的，好了吧。」

這時門口走進來一個人。家公看了有些面熟，連忙搖手招呼道：「喂，你……」

那人稍停腳步，站在家公對面，盯住家公看了一眼，衝口而出：「你……你……你怎麼搞得這副模樣。」

說完，他前後左右張望一下，見店裡都是人，望著自己，趕忙搖搖頭，轉身急急走出店門去了。

家公大驚失色，站著不知如何是好。書店老闆和店員又用力推了一推，把家公推出書店門。店老闆對那店員說：「我在裡面招呼，你守牢門口，不許他再進來，神經病。」

家公站在店門口發呆。媽媽和泰來舅仰著臉，望著家公。

家婆笑了一下說：「沒有什麼。常這樣，所以人家叫我娘姨呀。」

家公問：「我不像陶希聖麼？」

家婆說：「馬路上不掛你的照片，書裡也不印你的照片，誰認得你。陶希聖寫的書那麼好，你這樣子誰相信。認識你的人也不願意別人看見他跟你站在一起。」

家公說：「我怎樣？」

家婆說：「你衣服破，又不肯理髮，一副窮困潦倒的樣子。」

家公低頭看看自己身上的長衫，方才明白，長嘆一聲，說：「一件衣服而已，惹得一番羞辱。虎落平陽，渾沌世界。」

家婆說：「你才頭一次曉得麼？」

家公仰臉，對天搖頭，拔腳走路，離開書店。家婆趕過去，跟在家公後面說：「好了，也用不著生氣。我們正在南京路，順便買塊衣料，我給你做一件新長袍來，穿了再來就是。」

家公忽然說：「我們去買兩件線春。」

家婆和媽媽都奇怪地看著家公。他從來不對衣服之類發表意見，有什麼穿什麼，家婆給他弄什麼是什麼。今天點名要買線春。

家婆問：「線春麼？」

家公說：「對，線春。當年在大倫布店，人家看我不起，要我上樓買洋布。今天人家又看我不起，當我叫花子、神經病。非要出出這口氣。」

家婆說：「你確是讓人一看就看不起。那次我給你十八塊大洋，一件線春長衫只幾塊錢，十八塊大洋可以做三四件。」

家公說：「那次一氣之下，一件沒做。去買了些書。所以有了今天的地位和成功。」

家婆說：「今天還是穿破長衫，讓人看不起。」

家公說：「今天才曉得其中事理。」

家婆問：「想清楚了？決定要做了麼？」

家公說：「要做，做它兩件。」

新的線春長衫做好以後，家公並沒有穿了到南京路上去挽回面子。他沒那工夫。他的書文寫作，引起了上海學界一場大辯論。上海報刊雜誌，每天總有文章，點著名，跟家公論戰。家公很得意，很高興，告訴家婆和媽媽：這是一場社會史大論戰。

天井裡，家婆圍著大圍裙，坐在大木盆前面，用力地在搓板上洗衣服。書房裡，家公在椅上看書，媽媽在小凳上剪報。窗外天晴日豔，輕風徐徐，鄰居一枝紅杏過牆，纏在自家小天井綠葉之間。窗內一盆雲竹妖嬈搖曳，暖意盎然，讓人心醉。

忽然有人在外面敲鐵門，家婆在圍裙上擦乾了手，走過去開門，原來是商務印書館的總經理王雲五先生。

「王先生別來無恙？」家公趕緊走出客廳，拱手問候，「聽說王先生已自編譯所所長升任商務印書館總經理，可喜可賀。」

王雲五先生走進屋，說：「儂陶先生現在上海領導社會史大論戰，不得了。」

家婆托個青銅茶盤，上面放兩個細瓷小茶盅，都蓋著蓋，走到客廳來。

王雲五看到，忙站起身道：「嫂嫂不忙。」

家婆把茶盤放到桌上，答說：「王先生請坐用茶。」

王雲五一邊重新坐下，一邊笑著說：「希聖兄現在是上海大名人了，嫂嫂跟著享福的日子不遠了。」

家婆一邊從茶盤裡一個一個取出茶盅，放到王雲五和家公面前，一邊說：「他在外邊做事，還不是要王先生多照顧，不要做錯才好。」

家公伸著手請：「請用茶，請用茶。」

家婆不聲不響地走開，到樓梯口把媽媽推上樓去，說：「大人講話，你看麼什。上去做功課。」

王雲五端起茶杯來，說：「嫂嫂很賢惠。女兒也聽話。希聖兄好福氣。」

家公喝了一口茶，放下杯子，說：「我初回上海時，曾去印書館看望友人。說是王先生那時剛好出國去了。」

王雲五趕緊放下茶杯，解說：「我到美國去了一些時，考察現代化企業管理。前幾日剛回到上海，聽說儂陶先生在上海灘呼風喚雨，攪得四鄰不安，所以馬上來拜訪。」

這句笑話，並不可笑，王雲五卻先自哈哈笑起來。

家公也強笑笑，說：「哪裡，哪裡，不過是些學術爭論而已。」

王雲五話題一轉，說：「我今天來是請你去吃飯。」

家公說：「王先生這是何必。」

王雲五說：「我是有事相求。」

家公說：「王先生只管直說就是，只要陶某能做的，一定鼎力相助，絕無二話。」

「走吧，我們去新雅。」王雲五說著站起身，提起皮包，就要走的樣子。

「那麼恭敬不如從命，無功先受祿了。」家公一邊說，一邊站起，對王雲五拱拱手，跟著他走出門去。

那一頓飯竟然吃了四個多鐘頭。家公回到家，家婆端過來洗臉水，放在家公面前，說：「要回書館去了。」

「是。」家公回答，一邊擦臉。

「自己還寫文章麼？」

「就是討論這件事，所以耽誤時間。」家公放下毛巾，坐到椅子上，繼續說：「我在各大學裡講課的安排，還要保留，自己的研究和寫作，也還要做，給他們做事的時間當然不會多。」

家婆端了洗臉盆走到後面去倒，一邊問：「怎麼安排？」

「星期四下午我要兼課，下午兩三點就離開印書館。另外每星期給我兩天時間，做自己的研究寫作，可以在書局做，也可以在家做。最好的是，進了書局做事，我又可以利用圖書館了。」

家婆端了新沖的茶走回屋裡來，又問：「還做編輯麼？」

家公接過茶，喝了一口，說：「還做編輯我會答應去嗎？」

家婆撇撇嘴說：「你有什麼了不起。」

「他請我做中文秘書，辦總經理的書信，公司的文書。」

「不過秘書而已。」

「只是做秘書，我怎麼會答應去。他要我主要做公司的法律事務。這是我的學業本行。王先生對我說：有名的律師太忙，無名的律師不可靠。還是我這個不掛牌的律師，能夠擔當書局的法律事務。」

「人家看重你。」

「其實，我之所以答應回去，主要原因嘛……是因為王先生考察了美國工商管理回來，決定要改革商務印書館的管理，要我幫助。否則，回去有什麼意思。」

「薪水多少？」

「每月二百元。」

「每禮拜只做四天半，薪水不算低。」

「這樣，星期天就只好用來寫文章。」

「你不去書局做事，差不多星期天也都是看書寫文章，誰耽誤過你。琴丫，收桌子，吃晚飯了。」

家公有些奇怪，說：「啊哈，我才吃過中飯回家，又吃晚飯了。」

肉。

「你看看鐘，你一頓飯吃了五個鐘頭。你不餓，我們都餓了。」家婆說完，到廚房去盛菜端

家公站起身，幫忙把祥來舅抱上椅子坐好。泰來舅自己早爬上椅子坐好了，望著家公。

家公在桌邊坐下，對媽媽擠擠眼睛，小聲說：「我還是要吃的。」

「姆媽，爸爸還要吃。」媽媽大聲對著廚房叫一聲，又轉頭對家公皺皺鼻子，小聲說：「饞貓。」

第二天開始，家公又上班了。每天早上出門，中午回家吃飯。他現在在商務印書館總管理處的總經理辦公室做事，坐在對面的是英文秘書潘光迴先生。總管理處的普通職員們，像所有編輯一樣，上班下班要打卡片，記錄上下班時間。可是家公不用打卡，他算享受當局待遇，與協理襄理同樣，不必打卡。桌子是紫色長方桌，桌面滿幅玻璃，還有兩架電話擺在桌上。坐椅是圓形，可以四面轉動。

幾天做下來，家公才曉得，當局待遇也有不足之處。一般職員上工下工打卡，按時上工，按時下工。下工時間一到，不論手上工作是否做完，哪怕一件事正做一半也會放下，鎖好抽屜就走。家公現在不打卡了，每天要在一般職員上工之前，先進辦公室。下工時手上工作沒做完，卻不能下工。而且，家公幾乎每天工作到下工時都做不完。除了總經理書信、公司文書、法律事務之外，商務印書館出版的各種雜誌，每期最後校樣都要送家公檢閱，批注，發下去，才可付印。事情太多。不過，家公自己寫的文章，總可以在商務的《東方雜誌》上作第一篇發表，也算報償吧。

二十七

那天從天亮就一直陰著天，很冷。家公說可能他傷風了，中午回家吃過中飯之後，下午沒有再去印書館上工。他先在床上躺了一會，又睡不著，下樓來坐在書桌邊喝茶。頭疼得很，看不進書去，家公手裡拿著書，從書房門望出來，看祥來舅在客廳地板上專心一意搭積木，擺高了塌，塌了又擺，很耐心，很安靜。看了一會，家公問：「祥ㄚ，你天天中午不睡中覺嗎？」

祥來舅抬頭看看家公，搖搖頭。

家婆在灶間，坐在大木盆邊上洗衣服，聽到家公問話，大聲回答說：「他從來中午不睡中覺。他每天晚上吃過晚飯就睡了，大概不到七點鐘，一覺睡到早上六點半，每天也可以十二個鐘頭，夠了。」

家公看著祥來舅擺積木，想起泰來舅小的時候是擺菊花牌牛奶筒玩耍。家公忽然意識到，在家裡很少聽到祥來舅的聲音，也不多聽到泰來舅的聲音，只有媽媽在家一天到晚大嗓門叫喊。家公放下手裡的書和茶杯，走出書房，過去在祥來舅身邊蹲下，說：「爸爸帶你出去走走，好不好呀。」

祥來舅抬頭看著家公，沒有說話。

家公說：「爸爸不常帶你們出去，今天不上工，帶你到公園去玩玩。好不好？」

祥來舅站起身，仍然望著家公，不出聲。

家婆在灶間，停著搓板，說：「不要出去跑。秋天了，天氣冷，又陰，說不定要下雨。他這兩天流清鼻涕。就在家裡玩吧。」

家公無可奈何，對祥來舅笑一笑，說：「姆媽說了，不能出門去，只好在家裡玩。」

祥來舅還是站著，望著家公。家公只好重新回到自己書房，坐到書桌邊，拿起書，翻起來。過了一會，家公站起身，出書房，過客廳，到灶間給茶杯添開水。走回來時，發現客廳地板上積木散亂丟著，祥來舅搬了一個小凳到客廳門邊，站在上面，對著門上玻璃窗向外望，好像已經望了很久了，窗玻璃上被他自己口鼻吹出的哈氣烏了一大團。看來，家公剛才提出帶他出去玩的話，打擾了他在家裡玩積木的安靜，生了出去玩的心思，所以站在窗前向外面張望。

家公心裡有些不好受，走回書房，把茶杯放到書桌上，又走出來過去站在祥來舅身後，說：「我來教你玩一個新鮮的。」

祥來舅轉過臉來，看著家公。

家公指著玻璃窗說：「你看這裡，是你鼻子裡口裡吹出來的哈氣。這樣，用一個手指，可以在哈氣上畫圖寫字。你看，這是大，這是來，你的名字。看見了嗎？好玩不好玩？」

祥來舅睜大眼睛，盯著窗玻璃上家公手指畫出來的字。又回頭看看家公。

家公說：「你也可以寫，你自己寫，自己畫，用一個手指頭。對，對，這樣就好了。你可以畫狗，畫房子，愛畫什麼就畫什麼。」

祥來舅一個手指在玻璃上的哈氣上畫，他終於笑起來。

家公也笑了，把臉貼到玻璃上，對祥來舅說：「畫得多了，窗上哈氣沒有了以後，你這樣張開嘴，朝玻璃上哈。嘴裡哈出來的是熱氣，玻璃上面冷，所以嘴裡的熱氣會在玻璃上結哈氣。看到嗎？」

祥來舅學著家公的樣，把臉貼近玻璃，張嘴哈。他嘴小，一次只能哈一點點地方，然後用手指畫一兩個道道，一次又一次，不厭其煩，覺得有趣，樂得笑出了聲。

外面有人按響門鈴。家公把祥來舅抱到旁邊客廳窗前，挪過飯桌邊的一把椅子，抱祥來舅站上，高了許多，剛好夠得著玻璃窗。家公說：「好了，在這窗上也可以哈氣畫道道。」說完，家公過去，搬開門邊剛才祥來舅站的小凳，開了客廳門，走過天井，打開前院的鐵門。

想不到，門外來的三個人。一個高個穿西裝，一個低個穿長衫，另一個穿學生制服戴學生帽。家公看著，覺得好像面熟，卻並不能叫出姓名來。三人一見家公，陪著笑臉點頭。

低個長衫說：「陶先生，下午在印書館找你，不想你身體不適，沒在辦公室。不過有些事情很要緊，只好到家裡來打擾。」

聽這麼一說，家公反應過來，這三人都是商務印書館的員工，但都沒有跟家公同過辦公室，家公在書局裡偶爾見過一面，並不認識。

高個西裝介紹說：「這位是張先生，這位是李先生，敝姓劉。」

家公於是伸手讓客，說：「張先生，李先生，劉先生，三位，請，請。」

三個人隨家公走進客廳，轉進家公的書房。家公一邊對著灶間喊：「來了三位客人，泡茶。」

高個劉先生忙說：「不用招呼，不用招呼，坐一坐就走。」

家公挪動書房裡的兩把椅子，又從客廳飯桌邊搬兩把椅子進書房，一邊說：「不好意思，家裡小，也沒有客廳沙發，只好委屈三位。不過我的茶可是上等的。」

三人都笑，忙說：「陶先生客氣。」

看到客人們都坐好了，家公便也在書桌邊自己的坐椅坐下來，正對著書房門，剛好看到祥來舅站在窗前，仍然在專心致志地畫玻璃上的哈氣。家公心裡又覺得一陣不舒服。

家婆端進茶盤來，放好三個茶杯，提起茶壺要斟。

張先生忙欠身說：「陶太太不必費心。我們自己來，自己來。」

家公從家婆手裡接過茶壺說：「我來好了。」

家婆走出去了。家公一個一個倒茶。

李先生說：「我們今天來，是與先生討論印書館的新規則。」

家公放下茶壺，說：「我想得到。請用茶。不過，說到新規則，那是王雲五總經理出國考察之後，根據美國管理方法，親自制定的一套科學管理通則，公布出來，宣布要實行。與我並無關係。」

劉先生說：「可是看其中命意措辭，知道是先生的手筆。」

家公說：「所以你們要談的，並不是王先生的新管理規則，而是對你們罷工十九條條件的答覆。」

三個客人你看看我，我看看你，一時說不出話來。

家公從門口望著窗前的祥來舅，對客人們說：「書局管理通則，是王總經理親自編寫的，我一點沒有插過手。書局對員工所提條件的答覆呢，是印書館總管理處人事科提出來的。王總經理看過之後，不過讓我在法理上做些研究罷了，也不是我寫出來的。」

三個客人開始輪流講話，你一言，我一語，反來覆去。

王雲五考察過美國商業管理之後，想在商務印書館也採納一些現代管理措施，比如員工中午不回家午餐，印書館開設一個餐廳，提供午飯茶水。又如每個員工的工作定額定時，限期限量必須完成，不允許員工繼續自由散漫，上工時睡覺聊天。又比如要考察工作成績，根據業績評定薪水，做得好升級提薪，做得不好也要降級減薪，三次警告不改進的，只好解聘。

可是，印書館員工們不接受，不答應，甚至向總經理提出條件，不答應就罷工。

家公聽著三人講話，心不在焉，只是望著客廳裡在窗上哈氣玩的祥來舅。過了一陣，家公最後實在聽不下去了，便插嘴說：「三位，請聽我說一句。我覺得，王總經理這些新規定並沒有什麼不對，既要工作，自然敬業樂業最為重要。願意做好，自然做得好，定不定額，定不定時，沒什麼要緊，反正做得到。說不定，定額定時反讓各位輕鬆了呢，用不著做那麼多了。再說，印書館說要給大家吃午餐，你們各位大聲叫好，沒有一點異議。一說請大家努力工作，就叫苦連天。這也有失公允吧。印書館是大家的，所有人都做得好，書局賺了錢，大家都得利。只要求印書館照顧大家，卻沒有人願意多為印書館出力，印書館做不好，賺不來錢，大家都會受損失。倘若最後印書館關了門，各位都失了業，有什麼好呢。我這是為各位著想，才說這幾句話，其實，我個人對印書館生意做得好做不好，才最是無所謂。我本來並不靠印書館活命，不在印書館做事，我照樣寫書，照樣過生活。不過，王總經理改進現代化管理，我覺得很應該……」

院外大門門鈴響起，打斷家公的話。祥來舅在客廳裡歡呼一聲：「姊姊哥哥回來了。」祥來舅一邊叫，一邊從椅上爬下，開了客廳門，跑過天井，到大門口，踮著腳尖，夠著門把手，打開門。家婆從灶房出來，站在客廳門口微微笑著，張望。媽媽和泰來舅背著書包走進門來，他們兩個人上同一間小學，每天一起上學，一起放學。

家公可以從窗中看到天井裡，祥來舅和泰來舅指手畫腳地講話，一邊走進客廳來。

家公叫：「你們幾個，過來叫叔叔。」

媽媽泰來舅站著腳，轉過身，看見書房裡的客人，齊聲叫：「叔叔好。」

劉先生問：「這是小姐公子嗎？這麼大了，都上學了嗎？」

家公答說：「一個三年級，一個一年級。」

「好，好，好，好。」三個人一連串說好，不知是說什麼好。

媽媽說：「我們要做功課。」

平時下午，家公不在家，媽媽、泰來舅放學回家，都趴在家公書房的書桌上做功課。今天家公書房裡坐了一堆人，不知怎麼辦法。

家婆對媽媽、泰來舅說：「你們今天就在飯桌上做功課。」

媽媽、泰來舅在飯桌邊坐下來，打開書包，拿出書本，寫功課。祥來舅也坐在飯桌一邊，家婆給他一張紙一枝筆，畫圖。

家公站起身，走到書房門邊，手扶著門框，探出頭看看。三個孩子都坐在飯桌邊，寫字的寫字，看書的看書，畫圖的畫圖，安安靜靜。家公心裡突然湧起一個念頭，很想跟孩子們坐在一起寫字畫圖。可身後這三位先生，還在喋喋不休。

李先生說：「陶先生是否明白了我們全體職工的意思？」

家公只好轉回身，重新坐下，拿起茶杯，答著：「明白，明白。」

張先生問：「那麼，陶先生怎樣答覆？」

家公並沒有聽清這三個人剛才說的那一大片話，只好看著他們，連著喝幾口茶，不作聲。他真想大聲對這幾張臉喊叫：走開，你們都走開，讓我跟我的孩子們一道寫字，一道玩耍。

劉先生說：「陶先生不做出明確的答覆，我們受印書館全體員工委託，今天是不能離開陶先生家的。」

家公說：「這……這……容我想一想，想一想。」

李先生說：「現在我們這樣來，跟陶先生客客氣氣地談，以同事的友誼來勸說陶先生辭職。如果陶先生不辭，大家就要出標語：打倒陶希聖。那時我們不好意思，恐怕對陶先生聲譽上也不大好。」

聽到這裡，家公才明白這些人到家裡來這一趟的用意。家公想了想，對他們說：「讓我想一想，跟內人討論討論，再給你們個答覆，是否可以？」

張先生說：「只要陶先生辭職，我們大家就可以對當局提出新規則作廢。」

家公說：「我再聲明一次，那規則與我無關。」

劉先生說：「我們可以等，請先生現在考慮好，給我們一個肯定的答覆，我們才可以回去給全體員工們回話。」

客廳裡，媽媽、泰來舅功課做好了。祥來舅拉著泰來舅到窗前，自己站到椅子上，把臉貼到玻璃上去哈氣，一邊笑著告訴泰來舅：「爸爸剛教我玩的。」

泰來舅說：「這個我小時候也玩過。小時候爸爸還教我在牆上玩打影子。有太陽光從窗裡射進來，兩個手合在一起，在牆上打影子，可以打出馬、狗、鳥，鳥還會飛。」

祥來舅爬下椅子，拉住泰來舅的胳臂，求他：「哥哥，你教我。」

「今天沒太陽射進來，做不成。明天太陽出來了，我教你。」泰來舅一邊說，一邊扳動祥來舅的手，說：「這樣做，兩個手這樣合，就可以做成馬……」

家公突然說：「好吧。既然同事們一致要求，我可以明天就到書館去提出辭職。」

李先生說：「明天才去嗎？」

家公說：「看看外面，天已經黑下來了。已經六點鐘了，印書館已經下了班，沒有人在了。我明天一早去，去了就提交辭呈。」

「好，好，好。」三個人又一齊連聲說好，這次意思很明白。

「再喝些茶了。」家公對外面叫，「添茶。」

家婆在灶間叫：「添什麼茶，吃飯了。」

張先生說：「那裡，哪裡。我們來之前並無約會，來時也未作久留的聲明，怎可留下吃晚飯。」

家公不過順口隨意讓讓：「隨便吃一點。」

李先生便說：「也好，也好。恭敬不如從命。」

家公陪著三個客人站起，走出書房。

家婆在灶間大聲說：「沒有什麼吃的，不知道幾位要來，沒有準備。只在廚房找找，煮麵大家吃。」

劉先生說：「煮麵就好了，煮麵就好了。」

家婆又說：「一個小火爐，只能一鍋一鍋燒開水煮麵，你們受委屈，只能一批一批端上桌，一人一人吃。」

張先生說：「不妨，不妨。」

一邊說著，那三人也不客氣，在飯桌旁坐下。媽媽趕緊把桌上自己的功課收起來，放進書包，站起走開去。

李先生笑了說：「陶先生的小姐公子都很有禮貌。」

家公朝三個孩子招招手，說：「吃飯了呀，都來坐。」

家婆端著一個大托盤，上面放了三碗麵，走出來，說：「你們先吃，丫們等一等。」

家公便招呼客人們先開始吃起麵來，稀里呼嚕，邊吃邊讚。媽媽、泰來舅和祥來舅都爬上椅子，坐著，隔著飯桌看人吃飯。三個客人自顧自，邊吃邊說笑，沒有人看孩子們一眼。

開飯本已經晚了，又是客人們先吃。看看已經快七點鐘，祥來舅熬不住，坐在飯桌邊叫：「姆媽，我不吃了，我要去睏覺。」

祥來舅的習慣，晚上六點鐘一吃過晚飯，就自己爬上樓去睡覺。

家婆在灶間喊：「就來了，祥丫，不吃飯不許睡覺。」

祥來舅眼皮打架，已坐不大穩，帶著哭聲叫：「不要，不要，我不要吃，我要睏覺。」

客人們停住講話，望著祥來舅。家公煩起，伸過手臂，拿筷子的手朝祥來舅頭上打了一巴掌，嘴裡喝罵：「你吵什麼。」

祥來舅本已坐不大住，挨了一記打，身子一倒，跌下椅子去，頓時放聲嚎哭起來。

家婆在灶間，正從鍋裡往飯碗裡撈麵，突然聽到飯堂裡通的一聲響，接著祥來舅嚎啕大哭，兩聲哭過後，幾乎喘不過氣來。家婆急忙放下手裡的碗，衝進飯堂。

飯堂裡，家公還在大聲喝罵。客人們都站起身來看，不知所措。媽媽和泰來舅坐在椅上發抖。祥來舅跌倒在地上大哭。

家婆從地板上抱起祥來舅，一邊搖著拍著哄，一邊走出屋子，上了樓。

家公對客人們說：「家裡吃不好飯，對不起，我們就近找個館子吧。」

三個人推讓：「不必，不必。」

家公說：「走吧，走吧。」

四個人一道走出門去了。

家婆把祥來舅放到床上，摟住連聲哄了許久，祥來舅漸漸終於停住哭泣，睡著了。家婆躺在祥來舅身邊，一手拍著祥來舅，一手輕輕擦著祥來舅臉上乾了的淚痕，自己眼裡的淚也一串串流。

天忽然下起雨來，淅淅瀝瀝。遠處似乎響一兩聲雷。

樓下媽媽和泰來舅自己跑到灶間，把家婆剛撈出來的兩碗麵吃掉，自己洗了臉，刷了牙，換了衣服，上了樓。

家婆聽見媽媽和泰來舅上樓來，便流著眼淚，輕輕走過他們屋裡，幫他們蓋好被，看他們睡覺。突然，聽到隔壁屋裡，祥來舅大叫一聲，家婆馬上跳起來，衝過去。

二十八

祥來舅從床上摔到地上，身子抽搐，眼睛向上翻，嘴裡吐白沫，拍他抱他全無反應，隨即失去知覺。家婆嚇壞了，忙抱起他，隨手拉過床上的一條被單，把祥來舅包好，衝下樓，一面大叫：「琴丫，我送祥丫去紅十字醫院。」

媽媽叫：「姆媽，我也要去。」

「不要。留在家裡，看著泰丫，爸爸回來跟他講。」家婆喊叫著，抱著祥來舅衝出家門去了。

外面下著大雨，烏濛濛的，一出門便已看不清家婆奔跑的身影，只聽見雨地上劈里啪啦急促的腳步聲，輕輕重重的響著，遠去了。

媽媽關上大門，頂著雨跑過天井，回進屋裡，擦乾頭髮，抱著雙手，坐在樓梯上發呆，聽著外面的雨聲，數著秒針的跳躍。泰來舅也走下樓來，不知發生了什麼，不敢問，又瞌睡，靠著媽媽身邊，坐在樓梯上，閉著眼睛，身子一搖一搖地打瞌睡。

過了一個鐘頭，九點半多了，院子大門被推開。媽媽跳起來，泰來舅也驚醒，兩個人一起從樓梯上站起來，衝到屋門口，高聲叫：「姆媽，姆媽……」

回家來的不是家婆，是家公。他兩臂舉在頭上遮著雨，快步跑進屋門。

媽媽撲到家公懷裡大哭，結結巴巴地說：「祥ㄚ不好了，到醫院去了。」

家公一聽，慌了，問：「怎麼了？祥ㄚ怎麼了？」

媽媽接著哭，說：「他昏了，姆媽送去紅十字醫院了。」

家公轉身就朝門外跑，媽媽和泰來舅跟在後面，不顧打傘，黑天雨夜，光著頭，踩著水，跑到紅十字醫院。醫院不大，家公逢人便問，衝到急救室。媽媽和泰來舅緊緊跟著跑，三個人身上的水流了醫院一地。

前面是急救室，寬寬的走廊裡，靠牆放著幾張長椅，兩張活動病床，沒有醫生病人，只有家婆一個，坐在最頭一張長椅上，兩手蒙著臉，身邊地上積了一團水。

家公突然停著腳步，不敢再向前走，去問家婆。他心裡恐懼，怕問那個不得不問的問題，他怕聽到一個不幸的回答。他有預感，看到家婆坐在那裡的身影，他知道事情一定不大好。

媽媽卻衝過家公，張著手向家婆跑過去，一邊喊叫：「姆媽，姆媽。」她渾身溼透了，頭髮貼在額前，鞋子也灌滿了水，在地板上趴答趴答地響。

泰來舅也跟著媽媽向前跑了兩步，又停著，回頭望望家公，然後放慢腳步，隨著家公一步一步地走過來。

家婆把手從臉上放開，眼裡都是淚，轉過頭，看著跑近的媽媽。媽媽撲進家婆懷裡，大聲哭。

家公走近，甩著兩手的雨水，輕聲問：「怎麼樣了？」

家婆不答話，把媽媽和泰來舅摟進自己懷裡，把自己的臉埋在兩個孩子的頭髮裡。

家公站著，雨水順著兩手向地上滴，不知該怎麼辦，坐也不是，站也不是。他痛恨自己，竟突然有那麼大的火氣，出手去打了祥來舅，他從來沒有打罵過孩子。家公愛他的孩子，所有的孩子，每一個孩子。他曾發過誓言，要保衛他的兒女，讓兒女過上好日子。可是現在，他竟然親手打了自己的兒子，看來兒子眼下生死不知。

家公腦子裡翻江倒海一般，心頭像千萬枚鋼針猛烈刺穿，疼痛萬分，鮮血洶湧。他蹲下身，兩手抱著頭，痛哭，無聲地痛哭。身上的雨水和著他的淚，流淌到醫院的地板上。他擔憂祥來舅的安危，他覺得對不起祥來舅，對不起全家大小，他恨他自己。

過了不知多久，兩個醫生從急救室走出來。家公家婆馬上站起身，盯著醫生看，不說話。

兩個醫生走到他們面前，看著家公家婆，過了一會，嘆口氣，搖搖頭，說：「孩子的腦子跌壞了……我們用了許多辦法，終於回天無術……」

「你說，你說，他……」家公張大嘴巴說不清話。

一個醫生摘下眼鏡，用白大褂擦著，說：「你們準備後事吧……」

「祥丫，丫，我的丫……」家婆大叫著向後仰，倒下去。

兩個醫生手腳快，又有經驗，估計到這種情況的發生，所以早有準備，伸手扶住家婆，把她放倒在長椅上。家公呆立著，眼前一片空白，什麼都看不見。媽媽哭叫著，要往家婆身上撲，被一個醫生攔腰抱住。泰來舅坐在家婆腳頭長椅上，望著家婆，流眼淚，沒聲音。

一個醫生蹲在長椅旁，從白大褂口袋裡掏出一個小瓶子，打開蓋子，拿瓶口在家婆鼻子前搖了幾搖。家婆好像有些動作起來。醫生把小瓶蓋好裝回大褂口袋。

家婆醒過來，突然大叫：「我的ㄚ，我的ㄚ……」

一個醫生扶著她，說：「安靜點，安靜點……」

家婆直起身，跳下長椅，張開手臂，呼叫著，衝進急救室去。兩個醫生都沒有把她攔住。

祥來舅那年才四歲。

醫院隔壁一座大樓第二天新開張一家飯店，從高高的樓頂到地面，垂掛著許多燈飾，從午夜十二點鐘開始亮，閃閃爍爍，把空中的雨絲都照亮了，染了色。早上三點鐘，新飯店的主人工人都上了工，忙出忙進，張燈結彩，在雨地裡呼喊歡笑。不到五點，開始有客人來捧場祝賀，車水馬龍，絡繹不絕。馬路上放起鞭炮，笑聲、呼聲、車聲、鞭炮聲，此起彼伏，天都好像亮得比平時早些。

家婆在祥來舅的病房裡，跪在祥來舅的病床前，兩手拉著祥來舅的手，望著祥來舅的臉，默默地流了一夜淚。家公站在病房窗前，木然地站著，木然地望著窗外，臉上流著淚。窗玻璃上反射著隔壁飯店的燈光，順著流淌的雨水移動，五顏六色，忽隱忽現。家公流淚的臉，湮沒在這斑爛的燈光雨水後面，模模糊糊，難以辨認。媽媽和泰來舅躺在走廊中的長椅上，半睡半醒，昏昏沉沉。

第二天上午，雨還是不停地下。殯儀館送來一個小棺材，只有三尺長，一個人便扛來了。家婆要給祥來舅換衣服，可是她兩腿發軟，走不回家去給祥來舅拿乾淨衣服。

家公默不作聲，跑回家去，一捧把祥來舅所有的乾淨衣服都抱了來，放在祥來舅的病床上。

家境不寬裕，家婆過慣了節儉的日子。孩子們的衣服都是她親手做，從來沒有在外面商店買過新衣服。媽媽穿小了的，給泰來舅穿。泰來舅穿不下了，留給祥來舅穿。每件衣服都縫縫補補，接了袖口，也接了褲口。家婆在家公抱來的一堆舊衣服裡挑，眼裡的淚流不止。家婆不久前開始給祥來舅做一件衣服，準備祥來舅到五歲時送他去幼兒園的那天穿，可是那衣服還沒有完工。家婆找到了，一件黃顏色小褂子，裹在一堆舊衣服裡，家公也抱了來。家婆拿起那件小衣服，兩手抹抹平，從自己衣襟下面取出針線來，動手給祥來舅把那件新衣做完。家婆整天手不停做活，針線時刻帶在身邊。

家婆靜靜地坐在祥來舅的病床邊，一針一線地縫衣服。家公站在一邊看著，不敢言語。醫生護士走來，看到了，都不說話，默默地走開。殯儀館的那人，坐在病房外走廊的長椅上，看著媽媽和泰來舅，也不說話。大家都曉得家婆現在的心情，誰也不願去打擾她。

過了一陣，小衣服縫完了，家婆把家公趕出病房，關了門，誰也不許進。她要獨自一人給祥來舅換衣服，一邊換一邊跟祥來舅說一回話。從小家婆就這樣每天早上給祥來舅換衣服，一邊換一邊說話。直到今年初，祥來舅能夠自己穿衣了才停。現在，家婆又一次親手給祥來舅換衣服了，給祥來舅穿上新做的衣服。可是，萬萬沒有想到，這竟是家婆最後一次服侍祥來舅。祥來舅有生以來，頭一次穿上一件新衣服，竟也是最後一次穿上新衣服。

家婆流著淚，嘟嘟囔囔地嘮叨：「祥丫，你乖乖的，姆媽給你穿衣服，姆媽再給你穿一回衣服。祥ㄚ，這是姆媽新做的衣服。祥ㄚ，你是最受苦的一個。從小沒穿過一件新衣服，姆媽今天給你穿，可是……姆媽對不起你，祥ㄚ，姆媽怎麼不早些給你做新衣服，多做幾件新衣服呢……祥ㄚ，你一出世，就沒過一天好日子，姆媽沒奶餵你，你沒吃過姆媽一口奶。你吃罐頭牛奶長大，姆媽心裡一直覺得對不起你。姆媽想能再餵你吃一口姆媽自己的奶。祥ㄚ，你醒醒，再吃姆媽一口奶吧……你一歲多一點，就跟著姆媽，東跑西顛，受夠了罪。在武漢，姆媽整天怕一家人讓槍炮打死，從來沒好好跟你玩過一天。你兩歲上，我們東藏西躲，沒有飯吃，一天到晚吃藕粉，你從來也不鬧，乖乖地吃。你從小沒吃過多少肉，你倒要吃湯泡飯。從小到大，沒人給你買過一件玩具，你只玩泰ㄚ玩剩下的，玩些瓶瓶罐罐，從來不吵。你會走路的時候，一個人走到門口，手扶著紗窗門站著，朝外張望小天井裡的花草蟲鳥，一聲不響。姆媽曉得，你心裡有過很多很多夢想，可是你從來沒跟姆媽要過一件東西。祥ㄚ，不是你不要，是姆媽從來沒時間跟你一起玩，姆媽從來沒問過你。祥ㄚ，姆媽後悔了，姆媽應該常跟你一道玩一玩，姆媽應該常跟你講講話，問你心裡要些什麼東西。姆媽知道，你最高興的時候，是到天井裡去捉蝴蝶，捉螞蟻。祥ㄚ，姆媽對你講過，會給你買兩隻蟋蟀。可是姆媽不好，一直沒有給你買過。祥ㄚ，你怎麼不跟姆媽吵，不跟姆媽要呢。祥ㄚ，你醒轉來，姆媽今天給你去買蟋蟀，蟋蟀放在小罐罐裡，會打架，會叫，很好聽。祥ㄚ，你醒轉來，姆媽不要你死，姆媽還有好多好多故事要講給你聽，姆媽還要做好多好多好吃的給你吃。祥ㄚ……」

不論怎樣地拖延，怎樣地哭，怎樣地停，衣服終於換好了。護士推開了門，殯儀館的人把棺材抱進病房，兩個人動手，把祥來舅從病床上抱起，放進棺材去。家婆連聲大叫，昏倒在祥來舅的棺材上面。護士又手忙腳亂幫忙救醒家婆，扶她在祥來舅的病床上休息。

天上全是灰黑的雲，雨稀里嘩啦地下。在雨地裡，祥來舅的棺材下進墓地挖好的墓坑。殯儀館的人默不作聲，操作一切。墓坑旁，家公站著，拉著媽媽和泰來舅兩個人的手。沒有人打傘，雨水在每個人臉上流，攙和著淚，澆到胸前。每個人的衣服都淋得透溼，卻沒有人感覺。家婆跪倒在地上，對著墓坑哭。只一天一夜，家婆好像瘦了一圈，蒼老許多，看起來不像家婆了。她從給祥來舅換過衣服，便一句話再沒有講過。

小墳堆起來了，小石碑立起來了。家婆抱著那石碑，放聲號啕。幾年前，她曾這樣抱著驪珠姨的石碑，失聲痛哭。驪珠姨是四歲死的，現在祥來舅又四歲上死了。家婆的命怎麼那樣苦，兒女都這樣小小年紀就死去。她不稱職，她養不活兒女，不配做母親。家婆哭嚎著，昏倒墓邊，醒過來，又哭昏過去。殯儀館的人看著不忍，把家婆救起，連拖帶拉，把家婆扶上運送棺材的車，默默無聲地把一家人送回家。

一路上，家婆昏昏沉沉，到了家，家公和媽媽一起扶著家婆，拖進屋門，放倒在地板上，然後動手給家婆換下溼衣服，擦乾身子，換上乾衣服，拖上樓，放在床上。家婆醒過來，躺著，兩眼望著天花板，一句話不說，默默地躺著，眼淚也沒有再流，好像呆了。

媽媽看著家婆的模樣，嚇壞了，一直守在她身邊，一手拍著家婆的胳臂，不停聲叫：「姆媽，姆媽，你講話，你講話。」

家公一天沒有到書館去，只給書館總經理辦公室秘書寫了個短信，說明祥來舅去世的消息，同時請秘書轉告王雲五總經理，為了解決書館的勞工糾紛，應員工們的要求，他已經決定辭職。

請王雲五馬上另請人。待過幾日，家裡的事處理完畢，再補寫一份正式辭職書。信寫好後，他匆匆跑出門，投進路邊的信筒，又跑回來照顧家婆。

一家人從昨晚開始，到現在，一整天沒有吃飯，沒人覺得餓。晚上，家公動手煮了一些麵，家公媽媽泰來舅三人吃了一點。半夜，沒有人能睡著覺。媽媽悄悄爬起身，走下樓來。從窗戶看見天井裡有人影。媽媽趴到窗上，看見是家公跪在雨地裡，朝天舉著雙手，好像在對著天講話。媽媽不敢出去打擾家公，趴在椅子上看。忽然，天上劃過一道閃電，隨後是一聲悶雷。家公伏到地上，好像在叩頭，很久很久。

媽媽看著看著，趴在客廳的椅子上睡著了。

天快亮的時候，家公走回屋裡，房門的響聲驚醒了椅子上的媽媽。睡眼朦朧中，媽媽看見家公溼衣泥腳，頭髮蓬亂，下巴尖削，背躬了，腰彎了，腿曲了，步伐也蹣跚了。一夜之間，家公蒼老了，消瘦了，神志恍惚。媽媽跳下椅子，跟著他，家公沒有覺察。他徑直走上樓去，走進臥房，走到家婆床前，在地板上跪下，一個字一個字從嘴裡吐出話來，對家婆說：「我只求你饒恕我。從今以後，我一生一世，絕不碰孩子們一指頭。我要好好待孩子們，我起誓。」

家公說完，站起來，轉身走出屋，下了樓，一直走出屋門，走出天井，走出院門，不見了。誰也不曉得他去哪裡，去做什麼。他自己也不曉得，他只是在馬路上走，在人群裡走，沒有目的，沒有感覺。他一直這樣走到下午，兩條腿麻木了，軟綿了，不由自主，在一大群擁擠的人堆之中，癱倒在地上。

半昏迷中，他看到許多青面獠牙、奇形怪狀、五彩斑斕的鬼臉，在他眼前旋轉跳躍，張著血盆大口，齜著牙，向他撲下來。有幾個鬼手裡拿著各種各樣的武器，刀槍劍戟、斧鉞鉤叉，一齊向他砍下來。家公閉上眼睛，等著那巨口的吞咬和那兵刃的劈殺。他昏過去。再醒來的時候，發現自己躺在老城隍廟裡，周圍全是人，彎腰望著他。人頭上方，高處站立著各種神像泥塑，模模糊糊的，天色已經蒼茫。再細看，原來是一個警察把他搖醒的，那警察的身邊站著媽媽。

家公出門一天不回家。家婆躺在床上，一動不動，不講話。泰來舅餓得哭，九歲的媽媽只好到廚房灶前生火，把昨天晚上家公煮的麵，放到火上熱。灶裡火並沒有真的燃著，一會兒就熄滅了。媽媽用手摸摸灶眼上的鍋，好像溫溫的了，便把麵盛出來，自己和泰來舅兩個半冷半溫馬馬虎虎吃了。到下午，家公還沒回家，泰來舅嚇得哭起來。媽媽對泰來舅說：「我去找爸爸，你跟姆媽在家，不要出去。」

泰來舅答應了，坐在家婆床前等。

媽媽走到馬路上，不知到哪裡去找，東走兩條馬路，西走兩條馬路，最後走迷了，站在馬路當中大哭。一個警察走過來問，媽媽告訴給他自己家裡的不幸，告訴他找不到家公了。那警察便拉著媽媽的手，在馬路上一邊走一邊問，找到城隍廟來。

家公站著，衣衫襤褸，形容枯槁。那警察把家公好罵了一頓，讓他領著媽媽回家去。家公什麼也沒聽清，搖搖擺擺，跟著媽媽回了家。

第三天早上，家婆終於起了床。她默默無語地洗了臉，換了衣服，出了門。媽媽跟上去，拉住家婆的手。家婆沒有轉頭看她，也沒說話，領著媽媽走上馬路。

母女兩人在馬路上走，家婆好像並不曉得她要去哪裡，朝東走了一陣，又朝西走。媽媽跟著，抬頭看看家婆，不說話，又跟著走。過一會，又抬頭看看家婆，還是不說話，跟著走。最後，家婆站住腳，四周張望一會，低頭問媽媽：

「琴ㄚ，我想去祥ㄚ的墳，不記得路了。」

三天前，埋祥來舅那天，家婆一直在半昏迷的狀態中，從墓地回家時，根本全昏迷，幸虧殯儀館的人開車把他們送回家。但是，媽媽記得路，拉住家婆的手，轉過身，順著大馬路朝南走過去。快走到馬路盡頭了，向左一轉，就看到那一片墓地了。她們兩人不說話，默默的走，媽媽在前領路，家婆在後跌跌撞撞地跟著，到了祥來舅的墳前。

家婆跪下來。媽媽也跪下來。

埋葬祥來舅那天，下大雨，昨日天晴之後，墳堆上的土結成硬塊，又裂開，一片一片的，像是魚鱗，大大小小，奇形怪狀，捲著邊緣。但還是看得出，這是一座新墳，一個很小的新墳。周圍的舊墳上乾裂的土塊都是黑色的，而祥來舅墳堆上裂開的土片是乾鮮的黃色。墳前的小石碑，讓雨水沖刷得乾乾淨淨，好像透明的一樣。碑上刻的兩行小字，鮮紅鮮紅：

陶祥來公子

一九二六年三月十五日—一九三〇年八月二十九日

家婆跪著，沒有聲音，流著眼淚，看著那小小的墳頭，那小小的石碑，很久。然後伏身到那小石碑上，摟著，把臉緊貼在碑上，眼淚一串串的滴落到石碑上，又順著石碑邊緣流下，滲到墳地裡去。家婆嘴裡不住嘟嘟囔囔地說話，囑咐祥來舅上天之後要記得穿衣吃飯，不要著涼感冒生病，又述說自己做母親的不是，四歲就丟開祥來舅去了。家婆嘟囔了好半天，媽媽跪著，不敢動，也聽不清家婆說些什麼。

時間好像在靜默和悲哀中流逝，又像在思念和悔恨中停滯。家婆從石碑上放開手，跪著，用膝蓋走路，繞著小墳堆，用兩隻手，把一片乾裂的土塊掰碎，重新撒回墳頭上去，又拿手拍平整，然後她又拿起另一片乾裂的土塊。媽媽看到了，也跪著，用膝蓋爬到墳前，學著家婆的樣子，拿起一片乾裂的土塊，掰碎撒回，拿手拍平。

一雙手指彎曲骨節突起枯乾的大手，一雙幼嫩粉紅的小手，一行一行，一片一片，掰碎土塊，撒回新土，拍整墳頭。晚夏初秋的風好像怕驚擾這一對母女，輕輕吹過，無聲無息。墳場上立著的樹，低著頭，搖曳枝葉，刷刷地哭泣，偶爾從葉片上滴落下一兩粒淚珠來，在西斜的陽光中閃著亮光。

都弄好了，整座墳頭都覆蓋好了新土，沒有一片乾裂的土塊了。家婆又齊齊把墳頭拍過一遍，才站起來，沒站穩，向前跌了一步，扶住媽媽的肩膀，才沒有跌倒。然後，媽媽拉住家婆的手，跟著家婆，慢慢走出墳場。樹葉間透下的陽光疏影，散落在一大一小彎曲的脊背上。

家婆沒有回家。她領著媽媽從祥來舅的墓地，一直走到她星期天常去做禮拜的基督教堂。

家婆拉著媽媽，走進去，跪倒在基督的神龕前，雙手合十，抬眼望著耶穌畫像上憂鬱的面容，默默地祈禱。教堂高大的圓頂上，畫著彩色的圖畫，鑲著金線。兩邊長方形的巨大玻璃窗，鑲拼著五顏六色的玻璃。一排排長木椅，好像都低著頭，跪在神像面前。輕輕的鐘聲，在高大空曠的教堂裡迴盪不已，似乎有悠悠的歌聲從天上降下來。寧靜，親切，安和，彷彿把家婆和媽媽帶著，飛升起來，融進那一片高遠廣闊的藍天之中。

大約在教堂裡禱告了半個時辰，家婆終於站起身，走上前去，到供桌邊，取一根香，在旁邊一支蠟燭火上點燃，再伸過去，用這香火頭點燃另一支蠟燭，嘴裡還說著：「祥丫，願你在天上過快樂日子。姆媽從今以後，每天為你祈禱，求上帝保佑你。」

然後，家婆領著媽媽慢慢走出教堂。

從那以後，家婆一直不大言語。除了像往日一樣，招呼一家人吃喝以外，凡有空閒，家婆就坐在祥來舅原先睡覺的床邊上，做小衣服。家婆在教堂裡對耶穌基督許了願，她每年要做一百件小孩衣服，像祥來舅能穿的那麼大小，送到教堂去，分給別的小孩子穿。夏天，她在家裡燒水熬粥，到街上擺攤子，給小孩子施粥。每天一百碗，每年施一百天。她要這樣多做好事，超度祥來舅。她想，祥來舅活著的時候沒多少玩樂，死了以後，在天堂裡，能夠得到一些補償。家婆多做了，耶穌曉得了，一定會讓祥來舅多得到一些玩樂時光。

二十九

日子在悲傷中度過，彷彿永遠沒有終結。幸虧北平發來一封電報，才終於打破了這無盡的冷漠與淒涼。那是是北京大學法學院周炳琳院長發來聘書，請家公做北京大學法學院教授。

因為要準備搬家，家婆格外忙碌起來，因此分散了她些許喪子之痛。而且北平一直是家婆十分嚮往的地方，記得她嫁到陶家，開口講的第一句話就是問家公：北平下雪麼？所以現在有機會能去北平，她心裡感到有一種興奮。家婆說話開始增多，眼淚漸漸減少。家公在家時間增加，又開始在飯桌上講笑話，家婆有時也跟著笑一笑。

家裡慢慢恢復正常。

過了幾個月，我的又一個舅舅出生了。雖然祥來舅已經死了，家裡人還是一直稱他為老二，所以我把新出生的舅舅叫做三舅。

那天，住在上海滬西的一位家婆娘家表姊，我稱作表姨婆，來家裡作客。接生醫生早請來了，在一邊伺候。生兒時刻，有個娘家姊妹在身邊，家婆感到格外安慰，一直請表姨婆在樓上陪她。

有助產醫生幫忙，生產很順利。在上海，沒有湖北老家男人不許進產房的規矩，家公和表姨夫一起上樓，進屋去看望家婆。

家婆躺著，眼裡流著淚，看著醫生歡天喜，擦洗包裹新生兒。

表姨婆坐在床邊，輕聲對家婆說：「你們祥ㄚ死了一年。這ㄚ出生，恐怕需要過繼出去，才好養得大。」

家婆聽了，點點頭，說：「我也這樣想，所以叫你們來，是要過繼給你們呢。」

表姨婆說：「過繼給我們，定能保他無病無災，長命百歲。」

醫生笑著說：「這孩子哭聲如此之大，可見他身體健康，個性強，意志堅，將來一定成就卓著，出人頭地。」

聽見這話，家婆又哭出聲來。表姨婆陪著流眼淚，一邊不住聲勸。好一會，家婆止住哭，說：「我沒有餵過祥丫一口奶，他死了。這丫，我一定要自己餵他奶。等他長大些，能夠自己吃飯的時候，再送到你家裡去。」

表姨婆一個勁點頭，說：「不急，不急，我們只是要幫你保住丫的命。一家人，不分彼此。」

家婆說：「那麼請你們給丫起個名字吧。」

表姨婆看了表姨夫一眼，說：「要保住他長命百歲，過了繼，名字也不能再接著按來字輩起，要變動一下，改改命運才好。」

家婆點頭說：「他是你們的兒子，聽你們起名字。」

表姨婆說：「就叫恆生吧，盼他長命。不知你們怎麼想？」

家婆說：「好的，就叫恆生。呵，恆丫，恆丫。」

家公一直坐在一邊，一句話沒說。所有一切都由家婆說了算。

家婆抱著三舅，嘴裡叫著恆丫，眼淚又流下一大片來。

可是三舅還沒有斷奶，家公就要到北京大學去上任。家公先兩個月去北平，安排好學校的事情，找到合適的住處，請好佣人，然後家婆帶了三個子女，搬家到北平與家公會合。

家公在西城學院胡同租下一座房子，是一所大宅的邊院。正院裡住的是一位何姓師長，經常出去帶兵剿匪。同一個大門進去，左方是二門，進何師長家正院。右手院門，則是通進媽媽家住的小院。

家裡拉洋車的車夫小張，坐在大門口車裡養神，看見家公幾個到了，急忙跳下來，差點跌倒，引得媽媽和泰來舅大笑。家公只有去學校上課或出外演講會客，才坐小張的洋車。今天去車站接人，一個車反正坐不下，家公便沒勞動小張，讓他在家裡等候。

家公笑著對家婆說：「小張家裡有個老母親，去年才結婚了個小媳婦。每天晚上要回家去住，不能遲到。」

「陶老爺就愛說笑話兒，哪兒的事兒呀。」小張紅著臉，摘下頭上的氈帽擦汗。北平話好聽，捲著舌頭，一口一個兒音。

家公領一家人進了門，走進自家院子。小院裡，正房三間住人。隔著庭院，對面還有三間房，一間作客廳，一間做飯廳，一間作書房。中間小院，種著四棵花樹，一棵丁香，一棵梨樹，一棵桃樹，一棵夾竹。正是中秋，小院芳菲，葉綠果紅，清香迎人。廚房和佣人房都在外院。外院有一棵巨大的垂楊柳，有幾百年了。北平的傳統四合院，可真好。媽媽頭一眼看，就愛上了這個家。

廚子老邢，東北大漢，頭一天就露了一手。家婆幾人剛到，行李沒開，老邢便招呼一家到餐廳坐好，端上一桌用手拉出來的炸醬麵，家婆、媽媽、泰來舅從來沒吃過。恆生舅還太小，不能吃麵條。老邢還專門拿了一團麵，站在飯桌邊拉給媽媽和泰來舅看。一團麵在老邢手裡，居然會拋到天上打轉，也會拍得啪啪作響，在他手裡轉著圈，扭來扭去，一縷一縷變細變長，終於成為掛麵粗細的麵條。他說：「這在北平叫抻麵，你們南方叫拉麵。」

媽媽和泰來舅看得眼花撩亂，驚叫不絕。家公家婆也是目瞪口呆，搖頭不已。只有陪坐的小張，不以為然，喝他的二鍋頭。

媽媽吃著麵，突然叫出聲：「我要買果丹皮。」

老邢聽見，忙說：「小姐要吃果丹皮，那還不好辦。我明天出去買菜，帶些回來就是。那真是北平城裡才有的小吃。」

媽媽說：「你指給我看在哪裡買，我自己去買。果丹皮好吃。」

家公笑了，說：「這叫遺傳。」

家婆斜眼看了家公一下，暗自笑笑，臉上紅起來。

老邢說：「好吧，明天我帶你去看，在哪兒買果丹皮。」

胡同裡傳來一陣吆喝聲，由遠而近，響亮婉轉，拉著長音，好像歌唱，伴著一串鐵片相擊之聲，鏗鏘有致。

媽媽不大懂北平話，聽不出吆喝的是什麼，便問：「那是什麼叫聲？賣糖粥麼？」

老邢笑了，說：「那是磨剪子磨刀的，肩上扛個長凳，一頭綁塊磨刀石，我要磨刀，出門招呼一聲，他就坐在門口，給我磨，二分洋磨一把，磨得很快。」

媽媽說：「我要去看。」

家婆說：「不許去，正吃飯，朝外跑，什麼規矩。」

老邢說：「你喜歡這，那太好辦，以後我磨刀的時候叫你。」

小張插嘴說：「明兒有來的，我叫你出來看。北京城裡，串胡同叫賣的，太多了。磨刀磨剪的，鋸鍋鋸碗兒的，搖煤球兒的，涮洋鐵壺的，捏麵人兒的，吹糖人兒的，耍猴兒的，演皮影戲的，看洋畫兒的，賣糖炒栗子熱白果的，挑個擔兒，站胡同裡現炒，你準愛吃，仨銅板兒一包，十來個兒白果，五個銅子兒一包糖炒栗子。」

家婆說：「上海也有到弄堂裡來賣栗子白果的，不挑擔子，提個籃子，不當時炒，籃子上蓋塊小棉被，暖著。」

媽媽說：「上海還有五香茶葉蛋，我最愛吃。」

晚上，恆生舅早早在自己小床上睡著了。媽媽和泰來舅不肯睡，也不願意在自己屋裡，都跑到家公家婆臥房，鑽在他們的被子裡，要聽家公講北平的事。

家婆抱怨：「做麼什租這樣大的院子，太貴了。」

家公說：「北平各大學，經費充足。教授們生活安定。北平宅院，教授住得起的，至少都有兩進，上房五間，兩套廂房，一間客廳，加兩三間下房。教授們除了到校上幾節課，其餘時間，都是在寬敞的家裡做學問，過日子。我這樣簡陋，算得什麼。」

「我可以自己做，僱佣人做麼什？你有多少錢，做老爺太太。」

「我做北京大學教授，每月薪水四百元。我還在北京師範大學兼一節課，每月一百元。另外還有其他幾間大學，清華大學、中國大學等等，也都在請我兼課，每兼一課就是每月一百元。加上我寫些文章書籍，拿些稿費，每月拿回來上千元，應當不難，錢是夠用。可我要跑來跑去講課，或演講，所以要僱洋車。」

「最怕你到處去演講，又要惹事。莫忘了在武漢，為了演講，險些捉住槍斃。」

家公笑了，說：「哪裡有那樣嚴重。我現在是北京大學教授，有身分有地位的人，他們能把我怎麼樣。不要理會他們，安安心心過我們的日子。」
「但願能夠長久。日本人不會打到北平麼？」
「日本人自然一定會要往關內打，這狼子野心，已經世人皆知。我的估計，北平現在是在風雨飄搖之中。」
「日本人真打過來，怎麼辦？」
「現在還很難說，只有到那時隨機應變，南下撤退。」
媽媽忽然插嘴說：「明天我跟老邢上街買果丹皮。」
家公說：「他帶你最近的去處，一定是西單牌樓，那裡商店很多。往南還有西四牌樓，新街口。不過，最好玩的地方，是東單王府井的東安市場，那裡各色小店齊全，天下小吃集錦，逛一天也逛不完。現在是秋天，這個星期日我帶你們去中山公園。下個星期日，我帶你們去北海，北海裡面有個仿膳，可以吃到過去皇宮裡太后皇上吃的東西，栗子麵的小窩頭。還有天壇、陶然亭、紫竹院、頤和園、故宮，每次一處，玩不夠。十月再帶你們去香山，爬鬼見愁，走櫻桃溝，看臥佛寺，那滿山的楓葉都紅了，整架山都變成紅色。再遠一點，還有潭柘寺、八達嶺長城、明十三陵、八大處，京郊古跡，夠我們逍遙自在，住幾年也逛不夠。」
家婆說：「整天玩麼？琴丫、泰丫要上學。」
家公說：「我說是星期天才出去玩，平日我也要講課，哪裡可以閒逛。丫們上學的事，我早有安排，明天一早，要小張拉了洋車，送你們一道去。兩個丫都上口袋兒胡同小學，離家最近。」

「口袋兒胡同？」媽媽和泰來舅都笑起來。「我們都在口袋兒裡頭上學。大口袋兒，小口袋兒。」

家公也笑了，說：「北平地名很有趣，有些很難想像得到，王寡婦斜街、帽兒胡同，一說就能記住了。據說口袋兒胡同小學以後要改名叫北平市立第三十五小學，不過現在還沒改。」

媽媽說：「我要叫口袋兒胡同小學，不要改。」

家公從桌子抽屜裡取出幾張紙，說：「報名表都填好了，交了去就可以開始上課。北京大學教授的孩子，在學校受尊敬。」

家婆說：「那麼了不起。」

「真的，大學教授在北平地位之高，全中國難比。琉璃廠的書店，得知哪位教授喜歡哪種類別的書，會隨時按類送書上門，好像不要錢，過兩三個月，逢年過節了，才來結帳。北平的書店和圖書館之多之大，古今中外，什麼書都看得到。眼界開得大了，也逼得教授們懂得，並不是讀一兩本書，就自以為可以做專家。北平每一家有名的菜館，都有固定的教授主顧，有這位先生的特別菜單，他一去，只看自己的菜單，又便宜又可口。你看在北平做教授怎樣？所以我說，做教授，必在北平做才理想。」

家婆斜家公一眼，問：「你的菜館在哪裡？」

家公喝了一口茶，慢慢說：「我才來兩個多月，北平多少餐館，我還要慢慢一家家吃過去，才能決定哪家最喜歡。」

「我喜歡老邢的抻麵。」媽媽叫，用手比畫學老邢拉麵。

家公說：「那還有山西刀削麵，我以後帶你去前門天橋看看。頭上頂個盤子，盤子上放麵，麵從盤子邊上流下來，那廚子手拿雙刀，麵一邊往頭兩邊流，他一邊在頭兩邊砍，削成一片一片，掉進身邊兩口鍋裡煮。」

家公一邊說，一邊手比畫。媽媽和泰來舅兩眼瞪得銅鈴一般，張大嘴，出不了聲。

家婆笑了，說：「你胡說，哪有這等事。那麵和得乾還是溼？乾了流不下，怎能砍。溼了流得下來，必定黏黏糊糊，怎能砍得下片。」

家公說：「我聽人家說，自己沒見過。聽你這樣講，大概那是誇大編排。不過刀削麵是有的，我在餐館裡吃過，廚子站在大鍋邊上，手裡端一大團麵，看起來很硬，拿把刀，從那麵團上一片一片往下削，削下來的麵片，直接飛進開水鍋裡去煮。吃的時候，放很多山西老陳醋，咬起來很筋斗。北平話叫筋斗，上海話叫做有咬閘。」

媽媽問：「還有什麼？北平的菜館比上海的菜館更好吃嗎？」

家公說：「吃的東西不一樣，北平人不像上海人那樣炒小菜。北平人吃韭菜餃子、烙盒子、大火燒，還有白麵饅頭，烙蔥花餅，東來順的涮羊肉，全聚德的烤鴨，沙鍋居的白肉，前門都一處的燒麥，年糕張的切糕，陝西的羊肉泡饃，天津衛的狗不理包子，六必居的醬菜，鴻賓樓的全席，西單口上曲園的桌羅，功德林的全素席，東安市場的艾窩窩、麻團、驢打滾……」

「驢打滾，我要吃驢打滾，哈，驢打滾，這麼滾。」媽媽說著，在床上滾起來，壓到泰來舅身上。

泰來舅也喊：「我要吃狗不理，狗不理，汪汪汪。」

家婆站起身收拾針線，說：「好了，好了，瘋夠了，去睡了，明天還要上學。」
媽媽問：「爸爸，我喜歡北平。我們能一直在北平住嗎？」
家公說：「當然。我在北京大學做教授，可以做一輩子。」
媽媽歡呼起來，在床上跳。
家婆冷冷地說一句：「那也要看日本人是不是會打進來。」

三十

學校剛開學頭幾天，翼聖伯公帶了鼎來舅，坐火車從武漢到北平來，說是伯公一個月裡沒有幾天在家，常常去廣州商討設計修建粵漢鐵路的事，現在看來快要做起來，伯公得搬到廣州去。一修開鐵路，伯公會整年在野外，跟著鐵路進程，不斷搬家，固定不下來。鼎來舅上初中成問題，決定把鼎來舅寄居家公家幾年，在北平上學。

鼎來舅比媽媽大一歲半，因為是獨生子，整天跟伯公、伯婆在一起，所以言談舉止比較老成。他身材不高，圓頭圓臉，穿著一身淡黃色西裝，頭髮梳得整齊，說話細聲細氣慢騰騰，從不大喊大叫。剛開始，媽媽和泰來舅都不太喜歡他，慢慢習慣了，也就一塊玩起來。鼎來舅天生工程師頭腦，安裝飛機輪船玩具，又快又好，媽媽很羨慕。

幾個月後，媽媽已經會說北平話，能夠跟同學們在街上奔跑，從柳樹上摘柳葉吹哨，從樹上抓吊死鬼拉絲，採咕蔫兒，比勾乾，捉蜻蜓，爬樹摘桑葚兒。或者半夜裡打手電捉蛐蛐，嚼美國泡泡糖放到竹竿頭上黏知了，拿樟腦丸在地上畫圈圈看螞蟻爬，拿大紙盒子養蠶吐絲，晚上在院牆上看蠍里虎子在燈影裡爬。還玩跳皮筋、踢毽子、夾包、跳房子、拍洋畫兒、彈球兒、擠老米、紅燈綠燈、騎馬打仗。更有趣的，是站在街上看磨刀磨剪的、鋸鍋鋸碗的、修鞋釘掌的、搖煤球的、捏麵人的做活，或者看皮影戲、敲鑼耍猴、練把式賣膏藥。媽媽還跟同學去過一次天橋，看人家擺攤變戲法，搖扇子說相聲，敲皮鼓唱單弦，打鐵板兒說快書。

而所有這些樂子裡面，最讓她終身難忘的，是第一次看到下雪。上海冬天常常只是下雨，偶而會下幾粒冰珠，稱不上雪，連白顏色也看不出來，落到地上就化掉了。在北京，才能看見真正的雪。

雪是半夜裡開始下起來的，悄然無聲。大清早，媽媽在夢中被窗外家婆的驚喜叫聲吵醒，一骨碌爬起來，隔著窗戶朝外一看，媽媽也完全驚呆，叫出聲來。

下雪了，北京的雪，多麼美麗。院裡地上鋪著厚厚一層雪，沒有人走過，一個腳印也沒有，看上去像是毛絨絨的一大塊白色地毯。四棵花樹，葉子早落光了，那些禿禿的枝杈在空中四散伸張，每一枝上都搭著雪，就連最細的小枝也裹上了雪，辨不清枝條，只看見相互交叉的一條條雪線，晶瑩透亮，好像用水晶編織的圖案，看去彷彿是一片恍惚縹緲的仙境。屋頂上，房檐上，牆頭上，到處都是三五寸厚的白雪，讓人只看到白色的輪廓線條，注意不到白線下的一切。天還是淡淡的灰色，雪還在飄揚落下，千片萬片小小的雪花，在空中輕輕蕩漾，搖擺飛舞，好像並不急於落地，想在空中多享受片刻自由飛翔的快樂。這世界沒有任何其他的一切了，只剩下這白色，這雪。

媽媽輕輕地退回床邊，輕輕地披上棉袍，輕輕地踏上拖鞋，又輕輕地拉開屋門，小心翼翼地走出屋子，默默地站在門廊下。她生怕一點輕微的聲響，會打破這一片潔白神聖的世界。她站在雪中，伸手接到一片雪花，手心裡涼涼的，舉到眼前，可以清楚地看見雪花六角形的圖案，甚至構成每個角的那些極細極細的斜線。只一秒鐘，那片雪花在手心裡融化了，變成一粒極小極小的水珠，晶瑩透亮。媽媽站著，伸著雙手，接天上飄落下來的雪花。她的眼裡忽然湧出淚來，心裡充滿了感動。

旁邊門廊下，站著家婆、泰來舅、鼎來舅，還有家婆手裡抱的恆生舅，都像媽媽一樣，裹著棉袍，呆呆地望著天上的雪，空中的雪，樹上的雪，和地上的雪。家婆又想起她過門到陶家第二天，家公回到家，他們第一次見面談話，就是關於北京的雪。那一天，家公許下願，早晚有一天，他要帶家婆到北京來看下雪。現在她在北京，她看到了。

「哈哈哈，一家人都站在門廊下看雪，好看吧。」廚子老邢端著一鍋水走出廚房門，看見一家大小這模樣，大聲笑起來，一邊說，一邊邁著大步，在雪地上走，穿過院子。立刻，毛絨絨的白毯上印出了一溜大腳印。

媽媽大叫起來：「不要，不要。」

老邢嚇了一跳，端著鍋，停住腳步，在院當中站住，望著媽媽，不知怎麼回事。雪花飄下，落在老邢的頭上、肩上、臂上、手裡的鍋上，甚至眉毛上。兩個舅舅看見，樂得拍手大笑。

家婆在一邊叫起來：「沒事沒事，老邢，莫在雪地裡站著，做你的事。琴丫，莫亂喊叫。」

老邢又邁開步走起來，還回頭又看一眼媽媽。

家公聽見院裡熱鬧，也披衣跑出來，一看便曉得是怎麼回事，大聲對媽媽說：「這不過是第一場雪，一冬天還要下好幾次呢。這雪或許要下兩三天，今天踩下了腳印，明天一早又都蓋平了。要是碰上星期天下雪，帶你們去北海頤和園看看雪景，那才好看。」

泰來舅問：「雪能玩嗎？」

「當然。堆雪人，打雪仗。我們當年做了大學生，在北京大學，碰上下雪，還打雪仗。」家公說著，幾大步走到院子裡，彎腰伸手，從雪地上捧起兩把雪，用力捏緊，做成一個雪球，舉起掄動，把那雪球投出，打在泰來舅的身上。雪球一打上身，便碎了，落到地上。

媽媽叫起來：「啊啊啊，打雪仗啦。」就在雪地裡捏雪球，朝家公投。

泰來舅叫起來：「打雪仗，打雪仗。」往院子裡跑，一滑，跌了一跤，卻不疼，也顧不上揉，忙爬起來，兩手做雪球，丟過來打家公。

鼎來舅也叫著，衝進院子裡。他不敢拿雪球打家公，所以跟家公一夥，拿雪球去打泰來舅。恆生舅也揮著兩手叫，可是他離不開家婆的手臂，只能吶喊助威，不能親臨前線。

所有的人都跑到院子裡，拉車的小張，做飯的老邢，都急急忙忙捏雪球，打雪仗，你打我，我打你，大聲笑，大聲叫。家婆抱著恆生舅，站在廊下，竟也挨了幾雪球，笑得喘不上氣。

一家人都高興，享受著舒適安詳而忙碌的生活。

北京大學放寒假，家公過了元旦，一月二十五日到上海去，與商務印書館王雲五總經理商談出版書籍的事務。誰也沒想到，他到上海後的第三天，一月二十八號夜裡，日本海軍陸戰隊突然在虹口開戰。日本海軍飛機轟炸閘北，把商務印書館炸毀。北平各大報紙馬上刊出消息，登出閘北斷壁殘垣的照片。還有一家報紙，專門報導商務印書館被炸毀的消息。這下子，把家婆和媽媽急壞了。

連續許多天，平滬通信中斷，家公渺無音訊。每日早晨，媽媽起床後第一件事，是跑到街上幾個報攤，把能買到的當日早報或日報全部買回家。吃早飯時，家婆挨著，一份一份把有關上海戰事的消息，讀給媽媽和泰來舅聽。駐守上海的十九路軍軍長蔡廷鍇和總指揮蔣光鼐，領導上海軍民奮起抵抗，連續幾天擊退日軍進攻。上海一片焦土，軍民傷亡慘重。

第五天頭上，家婆讀到一張報上刊出一份上海各界名流連署的抗日宣言，上面有家公的署名。家公還活著，媽媽拍手一跳老高，歡呼大叫。家婆眼淚流下來。

又一天，家公的信到了，一切平安。只等上海車船交通恢復，即可啟程北返。可是沒有那麼快，家公在上海困了將近兩個月，最後還是搭船從上海到天津，然後坐火車回北平。到家時，已是陰曆年除夕。

因為這一場大變，今年年夜飯特別豐富。老邢說是給家公壓驚。除了炸雞、滷鴨、燒魚、蒸肉、莧菜、豆芽、竹筍、芙蓉蛋八個菜以外，老邢專門點了個火鍋，擺在飯桌中央。銅火鍋擦得明光發亮，能照見人。火鍋裡面點了木炭，燒得通紅，吱吱作響。火鍋頂上套了半截煙筒，拔著火，燒得旺。鍋圈上蓋著銅蓋，蓋下開水沸騰。桌上擺了一碟油豆腐，一碟切得細細的白菜絲，一碟嫩豆腐條，一碟粉絲，一碟蛋餃，和一大盤薄如蟬翼的肉片。

媽媽幫著老邢準備這些菜，學會了怎麼切那麼薄的肉片。老邢先把肉放在一個筐裡，掛在院子廊檐上凍，一夜就凍硬了。然後拿進屋，稍稍化一化，再切。肉凍硬了，就能切出很薄很薄的片，薄得甚至能看透過去。老邢說，肉不這麼凍一下，無論如何切不出薄片。可是吃火鍋，肉片只在湯裡一涮，就吃，才鮮嫩，不可以放在湯裡濫煮，所以肉片一定要切得極薄。

做蛋餃更好玩。老邢先把雞蛋都打成羹，又拌好肉餡，然後拿一個鐵湯勺，像放鍋一樣，直接放在煤球爐火上，勺裡澆一點點油，用湯匙舀一匙雞蛋，放進鐵湯勺裡，雞蛋馬上就煎成蛋餅，順著湯勺形狀，圓圓的。老邢用拿筷子在蛋餅中央放一點肉餡，再拿筷子把蛋餅摺起來，包住肉餡，用筷子頭壓緊摺過重合的蛋餅邊，翻個個煎一煎，一個小巧焦黃半圓的蛋餃就做成了。

一家人圍著桌子坐好了，拉車的小張也坐了。家婆忙著安排恆生舅，在椅子上墊枕頭，戴圍嘴。老邢站在桌邊，挨個給大家倒酒。家公、家婆、老邢、小張每人一杯紅葡萄酒，一小盅山西汾酒，一小盅陝西西鳳，一小盅二鍋頭，不必全喝，愛喝什麼喝什麼。鼎來舅、媽媽、泰來舅和恆生舅，每人一小杯紅葡萄酒和一小杯米酒。

媽媽問：「爸爸，我們也喝酒麼？」

家公說：「過年嘛，喝一點也無妨。一年一回而已。」

圍著桌子，一家人都站起來，大大小小的手舉起，碰了杯，大聲說著喜慶話，笑著，各自抿了酒，坐下，動手吃飯。

老邢放下酒杯，又站起來，把火鍋銅蓋一揭，頓時熱氣升騰，眾呼喝采。老邢招呼說：「快動手，用筷子夾白菜、油豆腐、肉片、蛋餃，隨便什麼，放鍋裡涮。白菜油豆腐粉絲，要稍稍在鍋裡煮一煮，才能撈出來吃。蛋餃和肉片，用筷子夾住，不要放開，在鍋裡只這麼一涮，就撈出來吃，涮久了反倒老了，不好吃。看，就這樣一涮，肉色一變白，齊了，就能吃了。別怕，保證熟了。」

家公笑著點頭。他在北京大學時，吃過多次。可是家婆、媽媽和舅舅們可是第一回。這純粹是北方冷地方人的吃法，江南天熱，人哪裡會吃火鍋。可是，這樣吃法，多熱鬧，多有意思。家公、家婆、媽媽都動手涮起來，泰來舅和鼎來舅乾脆站著吃。家婆涮了一塊，忙著吹涼，餵進恆生舅嘴裡。一家人圍住火鍋，熱氣騰騰地吃年夜飯。

火鍋裡涮出來的肉片真嫩，進嘴就跟融化了一樣。蛋餃新鮮可口。豆腐嫩得簡直夾不起來，只能用湯勺舀起來吃。粉絲白菜都好像比平時好吃許多。吃了一個多鐘頭，老邢一會給火鍋加木炭，一會放煙筒拔火，一會又在煙筒上蓋一塊鐵皮，說是壓壓火，不能太旺了。火鍋裡的湯，咕嘟咕嘟煮著，白菜、粉絲、油豆腐、嫩豆腐、汆肉、蛋餃，各種東西在火鍋裡煮，那湯自然味道鮮美。

一頓飯吃了兩個小時，老邢才滅了火鍋裡的火。一家人把火鍋裡的菜肉吃完，又各用湯勺把湯都喝乾，才酒足飯飽，坐著品味養神。

老邢收拾桌子。家婆幫忙。小張說：「那我告辭回家了。」

家公說：「去吧。過年好。」

「您過年好，您過年好。謝謝您這頓年夜飯。」小張戴上他的黑氈帽，走出門。到門口，又回頭說：「我明兒一早來，接您出門兒拜年去。」

「等等，小張，」家婆從廚房走出來，手裡捧個荷葉包，遞給小張，說：「這是一塊年糕，你們一家明天早上蒸了吃，年年高。」

「您這是，這是……」小張連忙捧了荷葉包，點頭哈腰，不知說什麼好。

家公笑了，說：「明天也不用一早來。熬了夜，明天必定起得晚。你要沒事呢，順腳來看看。有事呢，不用來了。要出門，我可以坐電車。」

家婆說：「就一言說定，不用來了。我們自己坐電車出門就可以了。過年，陪媳婦出去逛逛。」

小張說：「謝謝您二位，我明兒再瞧著辦吧。」

家公說：「不用來了。」

小張點著頭，捧著荷葉包走了。

「得了，你們幾個跟我上廚房包餃子去吧。」老邢招呼媽媽和舅舅們。老邢孤身一人，沒有家，就住家公家後院佣人房了，所以今夜在這兒包餃子熬夜。

家公說：「你們去吧。我在這兒喝茶。」

廚房裡，老邢早準備好了麵和餡，擺開架勢，揪下一塊麵團，在案板上揉幾下，掄幾把，揪成一個個扁球，然後掄起擀麵杖，一手滾杖一手轉麵球，幾下子就壓出一個小圓麵片，拿起麵片，用筷子把一團肉餡放在麵片中央，兩手一轉，就捏出一個餃子來，邊上還帶波浪花。

媽媽看得眼花撩亂，家婆抱著恆生舅，也站在一邊看，搖頭讚嘆。

「我家原是在關東，知道嗎?吉林，長白山邊上。」老邢一人又滾皮，又包，一溜一溜把餃子擺在竹筐籮蓋上，還邊說：「日本人打過來了，才跑進關。我家裡還有人在關東呢，也正過年。」

「老邢，你看我包的這個怎麼？」家婆也在學包餃子。

老邢說：「您這個看著挺好，一下鍋煮，就開了。包餃子這事，最要緊的是把邊捏緊。餃子要下開水鍋煮，你想，七滾八滾，捏不緊，還不開了。就成肉丸子麵片湯了。」

媽媽問：「老邢，你家關東人也是包餃子熬夜的嗎？」

家婆叫了一聲：「琴丫。」

老邢說：「沒事，太太，已經一年多了，說說關東，也不那麼礙事了。我們關東人每年都是包餃子熬夜，家家戶戶都是一家人圍坐炕上包餃子說笑話。炕燒得暖暖和和的，舒服得很。」

媽媽問：「包一夜嗎？那得包多少？」

老邢說：「就是包一夜，包好多好多，包夠一家人加親朋戚友三天吃的。」

家婆問：「放三天不會壞嗎？」

老邢說：「咱關東春節時分，冰天雪地。包好的餃子不煮，生著，一層一層放一個大瓦缸裡，擱門外，一會會兒，就全凍硬了，成冰疙瘩了。甭說三天，擱一個月也壞不了。熬完夜，初一初二初三，沒人做飯，都穿上新衣服，出門拜年，你來我家，我上你家，到誰家都是煮餃子。主人家從大瓦缸裡取出一層凍硬的餃子，往開水鍋裡下，煮熟了，拜年的人一塊兒堆兒吃。」

家婆說：「所以那三天，人人都是天天頓頓吃餃子，走誰家都一樣。」

老邢說：「對了，舒服不過躺著，好吃不過餃子。過年就是天天吃餃子，能吃餃子就是過年。家家都吃餃子，所以又有個比了，誰家餃子好，誰家餃子賴。」

媽媽神往地說：「真好玩，我們要是能去關東住兩年就好了。」

老邢說：「現在不行，東三省都讓日本鬼子占了。日本鬼子凶殘得很，殺咱們中國人不眨眼……等以後，把日本鬼子趕走了，我帶你們回我們老家住些時。我帶你們上長白山，挖人參，打貂鼠。長白山，三件寶，人參貂皮烏拉草。」

說著話，包著餃子，聽見客廳牆上大掛鐘敲過十二點。老邢便帶著媽媽舅舅們，到院子裡放鞭炮，喊叫了一陣，家婆高聲罵著，才都回屋睡下。

關了燈，家婆問家公：「你聽見了？」

家公說：「聽見了。」

家婆說：「老邢老家還有人呢。」

家公說：「不知是誰？老婆？孩子？父母親？兄弟姊妹？」

家婆說：「我問過，他不肯說。不過，不管是誰，都一樣，是親人。」

家公說：「明天我跟他說，每月多給他五塊錢。他攢起來，將來可以回老家。」

家婆說：「我也這樣想。但願日本人不要打進關來。」

家公說：「早晚的事，日本人不會占了東三省就罷休。他們打上海，就是先兆。日本人打仗很殘忍，所以我們中國人打不過他們。我們講究仁義，把一座城全炸平，我們下不了手。日本人眼都不眨，狂轟濫炸，死多少人都不在乎。武士道精神，連自己的命都不在乎，動不動剖腹自殺，哪裡還會在乎別人性命。」

家婆說：「他們打進關來怎麼辦？」

家公說：「誰曉得，只有走著看。不過，我相信，日本人如果占領了整個中國，所有中國人都絕對沒有活路。我北京大學的教授也做不成，琴丫幾個要有好日子過也不可能。那時要做中國人恐怕都不容易。」

家婆說：「那怎麼了得。」

家公說：「所以中國一定要抗日。不能讓日本人占了中國。日本人來了，做順民不如死。不如抗日戰死，還光榮。」

家婆說：「說起來容易。你要我們幾個丫去從軍打仗麼？」

家公笑笑，說：「我沒有這個意思。我只是這麼個心情，做亡國奴不會有幸福生活。我們自然是想讓我們的兒女過上好日子。」

三十一

過了一年，日本人進了山海關。夜深人靜的時候，在北平也有時能聽見遠遠日本飛機飛過的聲音。

到年底放寒假前，家公家婆決定全家搬到山西太原去躲一段時間，看看華北局面發展再說。伯公早已來趟北平，把鼎來舅接回武漢去了。家公一家坐火車，走平漢鐵路四個鐘頭，到石家莊，換正太路走一小時，過娘子關進山西，再一小時到太原。家婆帶幾個孩子住太原，家公一人獨自回北平教書，往返於平晉之間。

家婆一家到太原，先住一個旅館。旅館附近並沒有軍營，卻不知為什麼，每天一大早，太陽沒升起，就會有軍隊經過，高唱軍歌，前隊後隊一遞一句地互相呼應口號，腳步跟著拍子走，整整齊齊。恆生舅最喜歡，每天軍隊走過來，趴在窗台上看。

恆生舅才三歲多，剛會走路不久，纏著泰來舅幫他用木筒做了一個鼓，自己背起來敲打著，走來走去。第二天，他聽見軍樂隊走過，背著自己的鼓，跟著樂隊走了。過好久不見回來，家婆急了，派媽媽和泰來舅分頭去找。媽媽跑過兩條街，才看見恆生舅坐在街口地上哭。他走得太遠，找不到回家的路了。媽媽帶他回了家，自然挨了家婆一頓打，從此不敢自己出門瞎跑。

家婆討厭這些軍隊活動，急急忙忙三五天裡，選租了太原天地壇三十三號一所房子。媽媽和泰來舅上學，家婆在家除照看恆生舅，還做小衣服，送教堂分發給小孩子，另外燒粥在街上擺攤施捨。她心裡永遠忘不掉驪珠姨和祥來舅，兒女個個都是娘身上掉下來的肉。

媽媽和泰來舅兩人都轉學到太原山西省立第一實驗小學。媽媽讀六年級，泰來舅讀四年級。開學頭一天，媽媽下午跑回家，把書包一摔，生氣說她再也不去上學了。上海北平小學念得都是白話文課本，有圖有畫，印刷精緻，還有從法國課本翻譯過來的補充讀物。太原的小學，發下來的書是《三字經》，媽媽一句也不會讀。

媽媽大叫：「爸爸說過，《三字經》是天底下最枯燥的兒童讀物，他從小就不喜歡。」

家婆不說話，可是第二天一早，媽媽還是得上學去。

太原學校重師道尊嚴，全以戒尺管教學生。媽媽在上海讀一年級時，也挨過老師打手板，但是遠不像山西學校這樣，幾乎每節課都要打。尤其住校學生，伙食不好，有學生偷出校門買吃食，被學校捉住，第二天早上，就在全校早會上打手板、罰跪，嚇得媽媽回家哭。

媽媽班上開學時，只有兩個女學生。太原城裡，過了十歲還上學的女生很少，十幾歲的女青年還有許多裹小腳。媽媽從上海北平來，看著很覺奇怪。

四五天後，媽媽跟另外那個女生認識了。她叫袁敏，十五歲了，才上小學六年級。她總是面帶愁容，低眉順眼，好像心事重重。課間，兩個小姑娘並肩坐在一處台階上說話。

媽媽問她：「你不快活嗎？」

袁敏不說話，低著頭。

媽媽問：「我有北平帶來的果丹皮，你吃過嗎？」

袁敏搖搖頭。

媽媽說：「果丹皮只有北平才有。你嘗一點，都是用果子做的，放在嘴裡拿舌頭抵一抵，自己就化了。」

袁敏轉過頭，望著媽媽。

媽媽撕下一塊果丹皮給袁敏。

袁敏接過，放在嘴裡嘗，眼睛亮起來，臉上有了一絲笑容。

媽媽問：「好吃嗎？」

袁敏說：「好吃。」

媽媽說：「喜歡嗎？我明天再帶一點來。我喜歡，所以從北平帶來好多。」

袁敏說：「我明天給你帶娘做的黃米糕。」

媽媽說：「你明天可以到我家去玩嗎？我有很多好看的書。」

袁敏說：「我不能去。我得幹活。」

媽媽說：「幹什麼活？」

袁敏說：「在家幫娘做活，納鞋底子，縫衣服，還餵豬。」

媽媽說：「幹麼要幹那些活呢？」

袁敏說：「娘說，女人都要會做。將來好嫁人。」

媽媽說：「你讀書識字，還怕嫁不了人嗎？」

袁敏說：「不做活，爹會打。」

媽媽不說話了，看著袁敏。

袁敏從小書包裡掏出一塊綢子，給媽媽看，一邊說：「這是我自己繡的，好看嗎？」

那是一塊淡藍色的綢子，好像一片晴朗的天空。袁敏手繡的兩隻鳥兒在飛翔。那鳥兒身上五顏六色，頭上有個鳳冠，黃黃的嘴，黑黑的眼，展開著寬寬的翅膀，長長的尾巴打著彎，一隻在前，飛得高，轉回頭來望。後面一隻飛得低，仰著頭追。鳥兒身下橫著一枝樹花，碧綠的葉子，一些銀白色的花，一朵朵像半開的小扇子。

媽媽問：「這是什麼花？」

袁敏說：「那叫銀杏。我家後院裡有一棵，可好看了。我最喜歡坐到樹下，望著銀杏花，想事。」

媽媽問：「這是什麼鳥？」

袁敏說：「沒名。沒有這種鳥，是我自己想出來繡上去的。」

媽媽說：「真好看。你真會想。這鳥有一個是你吧？」

袁敏臉紅了。

媽媽問：「另一個呢？是誰？」

「我不知道，我只是憑空裡想的。」袁敏說著，臉更紅了。

媽媽問：「哪一個是你呢？前面的還是後面的？」

袁敏快快拿手一指。媽媽沒有看清楚，她指的是前面的一個，不，她指的是後面的一個。也許她想指前面的一個，可是又要指後面的一個。

媽媽說：「你手真巧。我就不會繡。」

袁敏說：「你喜歡，這個送給你好了。」

媽媽說：「為什麼？」

袁敏說：「這個學校裡，從來沒有一個人跟我說話。」

媽媽說：「你娘知道了，要罵你。」

袁敏說：「娘不知道我繡這個。我偷偷繡的。娘不讓我繡這個，娘只許我照著圖繡，不讓我自己想著繡。」

媽媽說：「你繡了好半天。我不要。」

袁敏說：「我會繡，以後還可以繡更多。」

媽媽沒說話，不知道應不應該接受。最後還是堅決把那塊綢子還到袁敏手裡，說：「我回家問了姆媽再說吧。」

袁敏收起綢子，答應說：「好吧，明天我再給你。我得走了，我還得去幹活。」

媽媽點點頭，讓她走了。媽媽聽別的同學說，袁敏每天要給別班的一個老師鋪床疊被倒痰盂，她說這老師是她的親戚。

第二天，上課的時候，袁敏沒到教室來。媽媽坐在自己座位上，望著袁敏的空桌子發楞。老師走進來，說：「大家上自習。老師有事出去一下。」說完就走掉了。

接著，教室外面學校亂了起來，到處是人聲，同學們都站到窗口張望。醫院的救護車開了來，停在校門口，穿白大褂的醫生護士在學校裡跑來跑去。後來有些穿黑衣褲的人跑到學校來，站在校園當中跳著腳哭罵。校長主任都跑出來，把他們拉到校長辦公室裡。有認識的同學說，那群人裡有袁敏的父母。

媽媽是新轉來的學生，又是女生，沒有人跟她說話。幾個年紀大些的男生跑出教室去打聽了，又跑回來，擠在一堆擠眉弄眼。媽媽過去問，他們告訴她：袁敏死了，在她那個親戚老師屋裡上吊死了。一個男生又加一句：那個老師把她糟蹋了。班裡同學聽了，都跑出去看。教室裡空了，只剩媽媽一人。

媽媽心裡很害怕，慢慢走回自己的課桌坐下。忽然她的手在課桌裡碰到一個小紙包，取出來打開看，是昨天袁敏說要送給她的那塊綢子。兩隻夢想出來的鳥兒仍在飛，讓袁敏發生夢想的銀杏樹仍然開著美麗的花。

媽媽心裡一陣難過，趴在課桌上哭起來。不知過了多久，一個男生衝進教室拿書包，對媽媽喊：「學校今天已經放學，還不回家。」

媽媽趕緊把那塊綢子塞在書包裡，走出學校。回到家，媽媽哭著把袁敏的事講給家婆聽，又拿綢子給家婆看。

家婆抱著媽媽，沉默了好半天，才說：「真可憐，真可憐。」

媽媽哭著嚷：「我不要去學校。我不要再去那個學校。」

第二天第三天，家婆沒有讓媽媽去學校，在家跟家婆學繡綢子。媽媽也想能像袁敏一樣，把夢想繡到綢子上去。

第四天，媽媽又上學去了。事情好像全過去了，學校裡一切照常。袁敏的父母沒有再來學校吵鬧。學校裡校長、老師都絕口不提這件事。袁敏的親戚老師仍舊每天拿戒尺打學生。現在班裡只剩媽媽一個女生，她再也找不到人說話了。

媽媽只能找泰來舅說話。可是泰來舅一天到晚不說別的，只說一件事，就是學校一個體育老師組織的學生鼓號隊。鼓號隊裡都是高高大大的男生。每天早上上課前和下午下課後，會在操場上練習，排著隊，走過來走過去，很整齊，精神抖擻，威武雄壯。媽媽是女生，不能參加。泰來舅一天到晚說，等他到五年級，他也要參加鼓號隊。他要去打大鼓，打最大的那種鼓。

時間久了，媽媽慢慢適應了太原的學校。在上海和北平的學校裡，老師學生們常常上課時談論國家大事，比如日本人侵略東北、北伐戰爭的意義等。在太原的學校，每日除了背誦《三字經》，好像不做別的什麼。寫作文時，同學們只會寫家裡吃了新買的老陳醋，或者爺爺從鄉下進城來過年之類。

媽媽寫了一篇作文，講她在北平時，學校老師同學們一塊到街上去撒抗日傳單的情況。老師看了，拿到校刊上去發表。那以後，媽媽每篇作文都寫她十二年生命中，跟隨家公家婆南北輾轉的經歷，篇篇都在校刊上登出來。只三個月，媽媽在學校裡成了大名人。太原的同學沒人有過那般經歷，都對媽媽十分景仰。老師誇，同學敬，男生們也都找她說話。泰來舅因為媽媽的名氣，提前參加了鼓號隊，對媽媽千恩萬謝。媽媽覺得滿意，也得意。

四月份北京大學放春假，家公從北平到太原來。進家門，剛泡好一壺茶坐下，媽媽和泰來舅放學跑回到家來，馬上圍住家公，爭著講學校裡的事。媽媽拿出幾期校刊，翻到自己文章，指給家公看。泰來舅在堂屋裡學鼓號隊走路，講解鼓號隊各種走法。

到八月中旬，北平竟然安安靜靜，什麼事都沒發生。日本人好像並沒有要打北平的意思。北京大學秋季又要開學，家公、家婆一家搬回北平。在太原的這段日子，我的四舅出生，叫做晉生。

他們還是住學院胡同的房子，還是老邢做炸醬拉麵，還是小張拉洋車。泰來舅進了鮑家街小學讀五年級。媽媽沒趕上北平中學會考，只好參加志成中學第四次招生考試，上了志成。

發榜當天，媽媽便纏著家公上街去買自行車，那是家公早答應的。媽媽早打聽過，西四牌樓有一個很大很好的腳踏車店。過了幾日，家公有了空，父女兩人坐了小張的洋車，奔去那裡。

家公說：「琴丫，上了中學就不再是小孩子了。」

媽媽說：「我曉得，我會用功。」

家公說：「你很聰明，創造力很強，想像力很強，你也可以做一個文學家，寫很多小說。」

媽媽說：「我寫的頭一篇作文已經在學校校刊上發表了。」

家公說：「是嗎？帶回家來我看看。」

媽媽說：「我的文章也可以在你的《食貨》上發表。」

家公笑起來，說：「你的文章不可以在《食貨》上發表。《食貨》發表的文章都是史論，不是文學。不過，你的文章如果寫得好，我可以給你找到報紙去發表。」

媽媽說：「你答應了的，你記牢呵。」

家公說：「當然。不過你要寫得好才可以。可惜我沒這份創作的才能，不會寫小說。我在安慶教書的時候，有個朋友叫做郁達夫，他是個文學家，寫過很多詩，也寫很多小說。」

媽媽說：「我念過他寫的書。我的同學有他的書，我看過好幾本。我要像你一樣做教授，還要做文學家，寫小說。」

家公說：「那就像謝冰心了。她也是女性。」

媽媽說：「對，我也念過她的文章，念過她的身世。謝冰心是我的理想，我的偶像。我長大要做她的學生，做像她一樣的人。」

家公說：「有志氣。我們一定盡全力支持你。要作謝冰心，早晚要出國一次才好。」

媽媽說：「我想過了，我要出國留學。」

家公說：「爸爸這一生只一件恨事。沒有出過國。所以爸爸希望你們幾個，將來都能出國留學。學成之後，回國來，到北京大學清華大學做教授。」

「我一定會。」媽媽站在馬路上答應著，轉身去看那家店。

店不小，大大的玻璃窗上掛著一輛明光閃閃的腳踏車，店員見家公和媽媽進了門，忙上前招呼。

家公打斷店員的問候，轉頭問媽媽：「琴丫，你說要哪個牌子？」

媽媽看了店員一眼，對家公說：「我上中學了，不要再叫丫了，行不行？又不是還在黃岡陶盛樓。」

家公笑了，答應道：「好吧，我跟姆媽講一聲，丫們一上中學，就叫大名，不叫丫了。那麼，琴丫……」

媽媽說：「你還叫丫呢。」

家公說：「好吧，琴薰，你要哪個牌子？」

媽媽樂了，眉飛色舞地說：「我要鳳頭。」

那店員忙說：「好眼力，好眼力。鳳頭，聽牌子就適合小姐女士。誰家閨秀愛玩槍，三槍是給小夥子們玩的。」

花了半個多鐘頭，總算把一切都買齊了，一共十六塊大洋。怎麼拿回家呢？打足了氣，媽媽騎著，跟著小張的洋車？媽媽不願意，捨不得。得了，把新車擱洋車上拉著回家，家公媽媽自己搭電車走。那個店員眉開眼笑，幫著把新車包裝好，免得搬運的時候磕著碰著，然後替媽媽舉著，出了店門，跟小張兩個人，小心翼翼把自行車放到洋車座位上，拿繩綁結實了。

「回頭見。」小張拉上車，朝家公招著手，跑走了。

「回見您哪。」店員也朝家公招招手，走回店門。

媽媽很高興。她現在有一輛嶄新漂亮的鳳頭腳踏車。她想了快兩年了，自從一到北京，看見那麼多人騎腳踏車，她就開始想了。

家公招呼媽媽：「過馬路吧。」

媽媽說：「過馬路幹麼？車站在這邊。我們不搭電車回家嗎？」

家公說：「不急。我們到西單牌樓走走。」

剛過了馬路，一輛電車就叮鈴咚隆壓著鐵軌開過來，家公和媽媽趕緊跑幾步，拉著車把，跳上去。從西四牌樓到西單牌樓沒幾站，過缸瓦市、甘石橋、靈境胡同，就到了。

跳下電車，家公左右看看，說：「我記得這裡大木倉口上，有一家上海商業儲蓄銀行的。呵，在那邊，我沒記錯，看見那個大樓了嗎？那是一家大銀行，信用好，開銀行還得靠上海人。」

媽媽沒說話，不曉得家公要做什麼。銀行的事，家裡錢的事，家公、家婆從來不跟孩子們說。

家公說：「那邊櫃台是客人存錢取錢的。我們不去那邊。」說著，領媽媽走到另一邊一個辦公桌邊。

坐在桌後的先生抬起頭，看著家公問：「先生要幹什麼？」還是地道北平口音，不是上海人。

家公說：「我想開個定期存款。」

「這好辦。請坐。」辦事員站起身，伸著手請家公坐。他穿著一件有些舊的藍長衫，兩肘都打了補丁。頭髮在頭頂中間分開，梳到兩邊，戴著一副茶色的圓形眼鏡。

三個人都坐下之後，這辦事員問：「先生想定期多少年呢？」

家公說：「十年。」

辦事員說：「十年定期的利率最高。先生要存多少？」

家公說：「十年以後，我要取到一萬塊。你算一下，按照眼下利率，我現在開戶得存多少錢？」

「請等一等，」辦事員把手裡的算盤撥得劈劈啪啪響。過了幾分鐘，抬頭笑著對家公說：「按照現在的利率，您先生現在開戶放下三千塊，十年以後就可以取出一萬塊錢了。」

家公低下頭略微想了一想，又抬頭說：「那可以。」

辦事員問：「先生今天就開戶嗎？」

家公說：「我現在手上沒有現款，如果你們能夠從我的銀行裡轉過我的存款來呢，我今天就開戶。轉不過來呢，我就去取了銀行匯票再來開戶。」

辦事員說：「這個……先生請坐，我得去問問。」

家公小聲對媽媽說：「這個戶頭是給你開的。也許你不夠年齡，不能用你的名字開，我們兩個人合開。現在存進去三千塊錢，十年以後，你剛好大學畢業，可以取出一萬塊錢，送給你出國留學。」

媽媽這才明白，家公這老半天還一直想著剛才父女倆關於出國留學的談話，所以突然決定，來給媽媽開個存款帳戶。

「先生，非常抱歉，」那位辦事員回來了，對家公拱著手，說：「敝行現在還沒有能力從別家銀行轉款。您先生還得麻煩，先去貴銀行取出匯票送來，我們才可以給先生開戶。實在抱歉。」

家公說：「我想到的。我也是突發奇想要這樣做，就走來了。反正圖章也沒有帶，總歸辦不成，沒什麼。我過兩日，拿到匯票再來好了。」

辦事員說：「不過，我可以現在替先生開個虛戶，鎖住今天的利率。您知道，銀行利率每天變動，要是低下來，您就不合算了。」

家公說：「那也好。這樣我必須幾天以內拿了匯票來呢？」

辦事員說：「一星期之內都可以。先生請先把這張表填好，我存起檔來就好了。」

家公一邊接過表格，一邊問：「我是給小女開這個戶，可以用她一個人的名字開嗎？」

辦事員說：「必須要十八歲才可以獨立開銀行戶頭。您先生還是父女兩人合開這個戶頭比較好些。」

「我也這樣想。」家公說完，幾下子就把表填好了，還給辦事員。

辦事員看了看，又把表遞過來，說：「陶小姐也必須在這裡簽個名。這樣呢，陶小姐十八歲以前一個人簽名不能取款，取錢的時候，一定要請您們二位一起來，都簽了名，才能取出錢來。陶小姐十八歲以後，就可以獨自簽名取錢了。」

家公說：「這樣很好。」

媽媽接過表，在上面寫好自己的名字。

辦事員又把表看了一遍，拿筆在上面寫了幾行字，又在表格上端貼上一個小號碼，對家公說：「是您的帳號，請您記好，下次來送匯票時，說這個號碼就可以開戶了。」

家公說：「好了，我這一兩天裡再來好了。」

辦事員站起身，跟家公兩個人相對拱手，一邊說：「回頭見，陶先生。敝姓周，下次來您來，還是找我最方便。」

家公說：「再見，周先生，謝謝你。」

周先生說：「慢走，慢走。」

家公領著媽媽走出銀行，繼續往南走。家公說：「我還沒跟姆媽商量過。不過我想，這種事，凡為了你們前途的事，姆媽都是一口答應，沒有二話。」

三十二

十二月九日，北平各大學的學生，集合到天安門廣場，列隊遊行，反對冀察自治。就像十五年前的五四運動一樣，北平學生運動自然以北京大學打頭。遊行之後，冀察政治分會主席、二十九軍軍長宋哲元，下令搜查北京大學、清華大學和中國大學，逮捕鬧事學生。

家公在家，從無線電廣播中聽說這消息，當即坐下，給蔣夢麟校長寫信。家婆和媽媽曉得他又要出去惹事了，很緊張，站在書房裡看著他寫信，卻又不敢開口勸。家婆深知家公的脾氣，這種時刻，他無論如何安靜不下來。信寫好後，家公拿起又讀過一遍之後，點了點頭放下，家婆才開口說：「你不要又去惹是生非。」

家公一邊封信封，一邊說：「我哪裡惹是生非，是非已經鬧起來了，我不過向蔣校長提議一下：北平各所國立大學，應該聯合與二十九軍調解合作，不要對抗。」

家婆說：「你莫要捲進什麼政治活動。老老實實教你的課，萬事大吉。我老五要出生了，家裡安安靜靜的才好。」

家公說：「你們知道嗎？這幾天，我們北大有三名教授和三十多個學生被捕了。當年五四運動，我跟到趙家樓去鬧事。蔡元培校長、張教授、鍾教授，都並沒有參與。但一旦學生被捕，情況危急，他們便挺身而出，把學生當作自己孩子一樣來保護。現在，我的學生被捕了，我不能坐視不救。像蔡校長說的，學生是中國的棟梁。」

家婆說：「你能管得了。」

「國家興亡，匹夫有責。」家公說完，站起身，又說：「形勢緊張，我們要趕在宋哲元說出任何話來之前，把我們的意思先講給他聽。」

家婆不作聲。媽媽覺得家公很偉大。

家公向門外走，一邊說：「我請小張把我先送到胡適之先生家，然後把信送到蔣校長府上。不必等我，今晚我們無論如何要商議個辦法，救出北大的教授和學生。」

家公當夜沒有回家。第二天一早，家公匆匆回家，換了內衣長衫，坐到桌邊三口兩口吃早飯，對家婆說：「我要趕去北平市府，求見秦德純市長，提出三點建議。我們昨夜商量好了，由我代表去交涉：第一，二十九軍停止搜查各大學。第二，除非另有共產黨組織關係的證據，不能逮捕學生。各大學教授有共產黨組織關係者，各校校長於學年終了時解聘。第三，被捕的教授立刻開釋。被捕的學生由各校校長保釋。好了，我現在就走，如果中午回來吃中飯，就是好消息。不回來，事情就麻煩些。」

家婆說：「戴頂皮帽吧，外面很冷。」

家公戴上皮帽，提著皮包，匆匆走了。媽媽也出門上學，可那一天哪有心思聽講念書，滿腦子全是家公早上這些話。中午一放學，媽媽急忙趕回家等家公。沒想到，媽媽前腳進家門，家公後腳就跟進來，臉上喜氣洋洋。

家婆說：「說通了？」

家公坐下來，摘下皮帽，說：「我堅持說，二十九軍官兵跟我們大家一樣，都是愛國的，沒錯吧。我把三點建議一說，秦市長馬上表示立刻報告宋主席，看來有用。」

第二天，北平各大學搜查停止。被捕教授和學生陸續開釋。次日，家公參加騎河樓清華大學同學會聚餐，提出國立大學與二十九軍將領見面之議，北大清華兩校長，幾位院長和教授在座，都同意。家公遂與唐嗣堯先生聯名寫信，邀請雙方要員，在廊房頭條擷英館會餐。過一星期，秦市長又邀大家在中南海會餐。一場危機，就此化解。

那年元旦，家公特別高興，帶了全家逛天壇。

雖是冬季，天氣很好，豔陽高照，頗為和暖。天壇是歷代皇帝祭天之處。每年皇帝們到這裡來，求天恩賜，風調雨順，也到這裡來謝天恩。所以這裡亭台樓閣很多，其中以祈年殿為中心。祈年殿高大的圓頂，藍瓦鋪設，象徵天空，周圍九層玉欄，象徵九層天。家公在北平念大學的時候，來玩過好幾次，對這裡很熟悉，興致勃勃領著一家大小走來走去，看了每一個殿堂，每一個台壇。天壇地面很大，樹木不多，遊園的人都頂著大太陽，在園裡走路。

家婆有身孕，走得累了，又覺得太曬，要休息。家公領著眾人，到回音壁牆外，指著一棵巨大無比的柏樹，說：「那是天壇裡唯一的大陰涼處。」

家婆看著那樹，驚訝地說：「這樹好大，總有幾百年了吧？」

家公說：「相傳此樹於明永樂年間栽下，距今已有五百年了。你們看，樹幹扭接糾纏，說是九龍盤旋，所以這樹叫做九龍柏。」

樹陰雖大，樹下還是坐滿了人，休息說話。家公家婆帶著媽媽幾個，圍著樹繞了半圈，找到邊上一角花壇，可以讓家婆坐下，便都休息下來。

媽媽坐在家婆身邊，用手撥拉著地上的草，忽然問：「爸爸，你曉得這是什麼草嗎？天壇裡面好像到處都是。」

家公順著媽媽手看了看，那草方莖，葉如掌形，邊緣似鋸，笑著說：「琴薰，你果然可以做一個大作家，善於觀查，目光敏銳，好，好。這草叫做益母草，是一個在同仁堂的人告訴我的，天壇的益母草做婦科良藥，最為有名。清乾隆年間就有天壇人賣益母膏的記載了。同仁堂的藥叫四物湯益母草，很有療效。可是治什麼婦科哪一種病，我可就不知道了。」

家婆和媽媽聽了，忍不住笑。

家公穿一件夾長衫，肩上斜背個包。家婆也穿一件大襟長袍，挺著肚子。媽媽剪的中學生短髮齊肩，穿半截長袍，完全大姑娘模樣。男孩子不怕冷，泰來舅白上衣藍長褲，腰裡繫一條皮帶，少年老成。恆生舅藍上衣藍褲，頭上戴頂黃藍兩色六瓣小帽，很神氣。晉生舅則還是嬰兒包裏，坐在四輪小推車裡，自顧自玩。

看著身邊的一群，家公忽然微笑起來。他覺得一家人幸福美滿，很得意。他轉頭看看不遠處的圜丘祭壇，忽然站起，向圜丘走過去。

媽媽和泰來舅馬上跳起來，一邊叫一邊追：「你去哪兒？」

家公沒答話，一直走上圜丘，站定在正中央，雙手合十，閉上眼，仰起頭朝著天，默默地站了好一會。

媽媽看見家公鬆開手，睜開眼，回頭來看她，就問：「爸爸，你在做什麼？」

家公說：「這裡是皇帝跟天說話的地方。現在沒有皇帝，我們也可以進來，我想，我也可以在這裡跟天說說話。」

媽媽問：「你跟天說什麼？」

「我感謝上蒼，保佑我們一家團圓和睦，健康幸福。」家公說著，跟著媽媽和泰來舅走下祭壇，回到家婆身邊，又說：「我早年發的誓，現在實現了。」

家婆看他一眼，說：「這才平安幾年，以後日月多著呢。你先莫要過早得意。」

家公說：「只要做得到，我們永遠保持這種生活，永遠這樣。」

恆生舅這半天一個人跑開到一邊，看一個大遮陽傘下面，有個人擺弄一個方匣子，用一塊黑布蒙著，頭鑽在黑布底下。方匣子前面站一個人或幾個人。一會站著，一會走開。

家婆站起身，朝他叫：「恆ㄚ，過來啦。」

恆生舅跑過來，還回頭朝那遮陽傘望望。

家公說：「那些人在照相。那方匣子叫照相機。擺弄照相機的人叫攝影師。好，難得今天我們全家一起來玩。我們也來照一張相。」

說完，家公帶著一家大小走到照相地方。攝影師一見他們到來，也不用他們說話，就朝他們揮著手說：「站那邊，隨便一點，自然一點。這樣，好了，這位先生，你離別人太遠了一點兒，再往右邊走一步，稍稍靠近一點兒。還是遠了些，不過，如果您先生要這樣。好，這位坐車裡的小弟弟不看鏡頭也沒辦法了。你們幾個大的，看我的手，好，好，得了。」

那攝影師頭蒙在黑布裡面，邊喊邊把右手在頭頂上搖。

照片照好了，說要過一禮拜才能送到家裡去。也不知照得好不好。家公填了一張單子，說聲：「謝謝。」領著全家走了。

過幾星期，照片送來了，剛巧也是家婆生產的日子，又是一個兒子，我的五舅，取名范生。

三十三

農曆大年初二，家公帶媽媽和泰來、恆生兩個舅舅去逛廠甸兒。家婆坐月子剛完，身子弱，又要看護剛出生的范生舅，不能去。家婆不去，晉生舅太小，也不許跟去。北平初春比冬天還冷，家公穿上新做的棉袍，戴頂禮帽。媽媽也穿上新棉袍，手上戴了個銀鐲子。泰來舅穿新棉襖新棉褲，好像不會走路了。恆生舅不肯穿新衣服，所以還是他平時穿的一身舊棉襖棉褲，不過沒有補釘。

幾個人坐了電車，到西單牌樓，往東轉，到六部口，再往南，走兩站路，就到和平門。一出和平門，就是廠甸兒。整條大街封閉了，不許走車，全是人在馬路當中走，所有的人都穿著新衣服，紅紅綠綠。小娃娃們最高興，在人群裡鑽出鑽進，歡聲喊叫。

街兩邊，沿著鉛灰色的磚牆，都是擺攤的，賣什麼的都有。這邊攤上賣凍柿子，又大又黃又軟，攤邊的人稀里呼嚕地吸食如蜜的柿漿。那邊攤上支了泥火爐，賣糖炒栗子，一把大鐵鏟，在大鐵鍋裡，攪得山搖地動，烏黑的沙子裡，那些飽滿的大栗子，散發出誘人的香氣。許多攤位上，掛了畫大胖小子或者鯉魚跳龍門的年畫，還有幾尺高彩色繽紛的大風箏。許多攤位上，擺了各色各樣精美的蛐蛐罐兒，大大小小細竹編織的鳥籠。廠甸兒賣的風車紮得特別高大，有的一個架上綁了幾十個大大小小的風車，頂上插著兩三個彩色小紙旗。最讓人吃驚的是大糖葫蘆，有好幾尺高，都是小拳頭那麼大的山楂果穿的，其實不蘸多少糖，只能叫葫蘆，不能叫糖葫蘆，一排排插在攤子上的草捆裡，像旗杆子似的。許多逛廠甸兒的人都在肩膀上扛著葫蘆走路，一個葫蘆能吃上個把鐘頭。

媽媽不要那東西，大姑娘家，扛個大糖葫蘆算什麼樣子。所以大糖葫蘆讓泰來舅扛著，媽媽只從上面一個一個揪山楂果下來吃。風車是小孩子玩的，媽媽不要，恆生舅舉了一個。媽媽這個攤轉轉，那個攤看看，只是看些小玩藝、小擺設、小首飾，偶爾也看看中國字畫，可一樣沒買。家公什麼也不看，只跟著三個兒女瞎逛。

走一陣，就到了琉璃廠，這是家公最喜歡來的地方。他帶了媽媽、舅舅們，信步走進街去。春節廠甸兒算廟會，琉璃廠街上的古玩字畫店，也都在門前街邊擺了攤位，展示各種稀奇玩物。

家公順著走，停在榮寶齋門前。紅柱綠窗，掛滿了字畫軸卷，旁邊一溜桌子擺滿紙墨筆硯。攤裡一個店員走過來招呼，四十幾歲年紀，穿著綢衫，頭頂瓜皮帽，戴副圓片茶鏡，兩手打拱，微微笑，說：「您先生要買字畫，還是文房四寶？本店新進了一批上好的宣紙端硯，這邊看。」

家公拱拱手，說：「我們逛廠甸兒，隨便走走。」

那甸員依然笑著，手一指，說：「請看看那邊，新進一幅王大令的〈洛陽賦〉，先生一定愛看。」

家公點頭應著，走過去，看那幅〈洛陽賦〉。此件珍品是三國曹植著文，晉朝王獻之書寫。這王獻之跟他父親王羲之，都是晉代大書法家，史稱二王。王獻之曾官至中書令，所以人稱王大令。〈洛陽賦〉乃十三行小楷，又稱玉版十三行，虛和簡靜，寬綽靈秀，飄逸多姿，骨格風華。家公看了，不由讚出聲來：「真小楷之極品。」

媽媽在一邊問：「爸爸，要給我買字帖嗎？」

家公轉過身，說：「你有柳公權和顏真卿，夠你學了。」

旁邊那店員聽到，插嘴說：「小姐公子在習字，不妨看看這裡新出的歐陽詢《九成宮醴泉銘》，乃是歷代學楷者必臨之帖。」

家公點頭說：「當然，楷書四大家，顏柳歐趙，我家裡其實都有。小女不過才剛習字，還是臨顏柳二公，稍微簡單一些。這歐公的率更體，人稱唐楷之冠，險勁瘦硬，法度森嚴，意態精密，小姑娘學起來，不大容易。」

那店員忙彎腰點頭說：「先生果然是行家，適才班門弄斧，不勝惶恐。」

家公笑了，說：「哪裡，你在這裡，見多識廣，還望指教。我們今日不過來此閒步，不多打擾了。」

媽媽隨著家公走過榮寶齋，對家公說：「我們還是去前門吧，那兒小書店多，也沒這麼講究。」

家公說：「和平門離前門大柵欄不過幾站路，可以走去。你想買什麼書嗎？」

媽媽說：「買一本曹禺的劇本。」

家公像沒聽見，停住腳問：「什麼？」

媽媽說：「曹禺的《雷雨》。」

家公臉有些沉下來，問：「為什麼？古今中外，那麼多優秀的文學傑作，足夠你看的，足夠你學的。要看白話文學，徐志摩也不壞，為什要看這些共產黨文人的拙劣文章？不許看。」

媽媽叫起來：「偏要看。」

看見媽媽發脾氣，家公的口氣便軟下來，說：「我過去看過不少古典文學，也寫過一些文學評論，自以為略知一二。這些左翼革命文學，實在不敢恭維。郭沫若、茅盾、夏衍，我都老早認識，曉得他們半斤八兩。他們說好的東西，一定好不了。他們這些人，判斷文學好壞，沒有美學標準，也不尊重事實。他們只用一個實用政治作標準，對他們有利，可以指鹿為馬。」

「我們學校老師、同學都說好。」

「你們學校老師、同學懂得什麼，一些人搧動搧動，就跟著胡亂喊叫。胡適先生就說曹禺的東西不好。

「胡適先生說不好就不好麼？」

「如果一邊是郭沫若這批人說好，一邊是胡適先生說不好，我當然相信胡適先生。胡適先生是懂得文學的專家。他說《雷雨》實不成個東西，曹禺自序的態度很不好。胡適先生為人向來寬厚，很少說人不是。他說曹禺的戲不是個東西，很嚴厲了。」

「那也不見得。」

「胡適先生不會亂說，他有根據。他說，《雷雨》照搬易卜生和奧尼爾的戲，故事不是中國的故事，人物也都是外國人，沒有一個是中國人。別人看得不多，胡適先生全看過，而且看原文，所以比較得出。曹禺新出了一個戲，叫做《日出》，上海左翼文人又吹捧得不得了。胡適先生看了，說有進步，可問題還是很多，有的人物不近情理。小東西早讓金八淫過，賣到下處，卻因太小，接不得客，矛盾百出。這種東西，亂寫一通，你不要去學。」

媽媽聽家公這樣講了一通，沒話可說，站在那裡發一陣楞，又覺得下不來台，仍然賭氣，連聲說：「我就要讀，就要讀。」

家公終於也動了氣，大聲說：「我們哪兒也不去了，回家。」

媽媽暴跳起來，大叫：「你不去，我自己去，我不要回家。」

街上都是大聲喊叫的人，沒人注意他們。家公不理媽媽，一手拉泰來舅，一手拉恆生舅，大步朝前走。兩個舅舅一人舉著大風車，一人扛著大糖葫蘆，走著，不住回頭望媽媽。

媽媽獨自一人站著不動，看著家公三人在人群裡不見了，便放聲大哭起來。才哭出一兩聲，意識到自己是站在大街上，哭鬧沒有意思，只好收住嚎聲，流著淚，轉身朝東，不管什麼街名，鑽進一條胡同向前走。她知道，前門在和平門東邊。

走過一個交插胡同口，好像已經出了廠甸兒區域，人立刻少了。再走兩個路口，不再見行人，只有小胡同裡的住戶偶然出門來。

媽媽心裡有些不安起來，她從來沒有這樣獨自一人在陌生地方走過路，萬一走丟了怎麼辦。她放慢腳步在這小胡同裡蹭，最後停下來，轉過身朝來路張望，已經看不見廠甸兒。又轉過身朝前張望，還看不見前門，前後左右只是這條小胡同，灰房灰牆，也不知道這小胡同是不是通到前門。要問問胡同裡的住戶吧，媽媽又不敢。這裡住的人，跟家公和他的朋友們不一樣，這裡住的都是窮人，過年也不穿新衣服，臉上髒髒的，走路低著頭，看見媽媽，都用一種奇怪的眼光盯住她望一會，讓媽媽心裡發毛。

最後，媽媽跺了跺腳，無可奈何，轉過身，慢慢地順著來路，又走回到廠甸兒去。然後，順著大街走進和平門，到六部口。走在長安街上，她才像醒過來，眼淚又要流下。她委屈，她生氣，她憤怒。家公家婆從來沒有這樣把她一個人丟開不管過。她不願意回家，便轉路走到朋友姜碩賢家去。她想坐電車，可是身上沒有錢，只好走路。

到姜碩賢家時，天已經矇矇黑了。媽媽肚又餓，腿又痛，氣都消完了，只覺得委屈。一見門裡驚訝的姜碩賢，媽媽便抱住朋友大哭起來。姜碩賢忙把媽媽拉進屋坐下，給她倒一杯開水，把姜伯母叫出來。媽媽這才停住哭，抽著氣，斷斷續續把一天經過說給姜碩賢娘兒倆聽。

「爸爸不喜歡我，不要我了。」媽媽說完，又哭起來，「我怎麼辦，我沒有爸爸了，沒有家了。」

姜碩賢陪著掉眼淚，說：「你可以住我家。」

「瞎說。」姜伯母想笑又不能笑，嗔著臉對兩個女孩子說：「哪有親生父母不愛自己孩子的，不過一時生氣就是了。我看，還是你的不對，惹爸爸生氣。小孩子不可以跟父母頂嘴叫喊，真是大小姐，脾氣太大了些。你爸爸不過要罰你一下，哪裡就不要你了。碩賢不聽話的時候，我也會把她關出門去。關一會，又怕她真的跑了，又出去找。你不回家，父母早不知已經急成什麼樣子了。」

「他們才不急，他們不要我了。」媽媽說，口氣已經完全軟了。

「再胡說，我也要生氣了。可憐天下父母心，把你拉扯這麼大，不是件容易事。」姜伯母說著站起身，對兩個女孩說：「肚子餓了呢，就先吃一口飯，再送你回家。我這裡只有兩塊烙餅，沒有什麼好吃的。不要吃呢，我現在就送你回家去。」

媽媽坐著不說話。

姜碩賢說：「你先吃飯，還是先回家？」

「我，我，」媽媽低著頭，喃喃著說，聲音簡直聽不見，「先回家。」

姜伯母說：「那就快走吧。」

姜碩賢說：「我也去。」

「那還少得了。」姜伯母說著，拉開房門，先走出去。

媽媽和姜碩賢跟著，走出門，隨著姜伯母。一路上，媽媽低頭不說話。姜碩賢見了，也只好不吭聲。

轉進學院胡同，遠遠看見自家院門口有個人影。天差不多全黑了，人影模模糊糊。媽媽一眼就認出，那是家婆。

「姆媽！」媽媽大聲叫著，張開手衝過去，撲在家婆懷裡大哭。

「回來了，回來了。」家婆摟著媽媽，摸著媽媽的頭髮。過了一分鐘，家婆又突然把媽媽從懷裡推開，大聲罵，「你長大了，是不是？脾氣大了，是不是？敢跟我們頂嘴，還敢一個人跑掉，是不是？你曉得，你把一家人都急死了。你越長大越不懂事了，混丫頭。大年初二，你發什麼……」

家婆看見姜碩賢母女走到跟前站住，就停住罵，抬頭看著面前的兩個人。

姜伯母開口說：「我們家碩賢是陶小姐的同學。陶小姐鬧氣，跑到我們家去哭。我說一定是陶小姐惹大人生氣，才有這事。她跑掉了，家裡大人一定急死，趕緊把她送回來。」

「啊呀，那實在不好意思，麻煩你們了。」家婆趕忙放開媽媽，朝姜伯母彎腰致謝，並說：「快請進屋，大冷天，煩你們大年初二摸黑跑這麼遠的路。」

姜伯母說：「也沒什麼，只要大小平安就好了。您過年好。」

「過年好，過年好。快請進屋，還沒吃晚飯吧，一定坐下吃一點。」家婆一邊說著，一邊拉著姜伯母走進院子，又朝廚房叫，「老邢，熱一桌晚飯來，有客。」

老邢在廚房大聲應了。

姜伯母推讓著說：「您別那麼客氣，我們都已經吃過晚飯了。」

媽媽對家婆說：「她們家就兩塊烙餅，沒有晚飯。」

「我曉得，我曉得。」家婆一邊說，一邊把姜伯母、姜碩賢拉進飯廳坐下。媽媽也跟著坐下。

家婆看了媽媽一眼，說：「餓死了吧？自己害自己。」

姜伯母說：「到這個年紀，小孩子都會這樣鬧一陣子。您老也不必太在意。像您家這……咳，反正人家都說，有錢人家大小姐嘛，脾氣總要大一點。」

老邢端進茶水來，笑著說：「先喝點熱茶，暖暖身，飯馬上就得。」

姜伯母說：「真的，您可別張羅，兩手空空的來，真是不敢當。」

家婆說：「你把女兒給我送回來了，我應該給你磕頭呢。以後叫姜小姐常來玩。」

姜伯母說：「您可別管我們家女兒叫小姐，當不起。我們窮人家孩子，成天價跟著我們做工賺錢餬口活命，哪裡有小姐命，只配叫個名字。」

家婆說：「哪裡像你說的這樣，姜小姐長得體體面面，將來能嫁個好人家，生兒育女，好日子就有了。」

姜伯母說：「託您的吉言，但願能這樣。」

媽媽笑了，插嘴：「姆媽，你說什麼，人家早有男朋友了，就是陳洞，也來過咱家，你見過。」

家婆聽說，略略吃了一驚。姜碩賢紅著臉，橫了媽媽一眼。

姜伯母馬上說：「不過是同學，常來幫我些忙。並沒有定親，將來怎樣，誰也還不知道。」

家婆說：「小孩子的話，誰去聽。不知您夫婦二位做什麼工？」

姜伯母說：「碩賢的父親在前門外瑞福祥布莊，年初二店也開門，要上工。我身子不好，只在家做點針線，逢年過節去哪兒擺個攤，賣一點。碩賢有時也幫我做點粗活。」

家婆嘆了一聲：「呵……」

姜伯母問：「您這是……」

家婆說：「我剛生下一個老五，月子剛完。我一個人實在顧不過來了。我們商量，想請個人幫忙我看管兩個小的，只是……」

姜伯母沒接話頭。家婆也便不再說下去。屋子裡靜了片刻。

老邢端個托盤進來，放滿碗碟，打破沉默。

姜伯母一看，驚得站起身，連聲說：「這……這…太…多了，太多了。」

老邢一碗一碟把飯菜從托盤上取下，放到桌上。一碗粉蒸肉，一條紅燒魚，一碟香酥鴨，一盤油菜，一盆水餃，一罐雞湯，一鍋米飯，一大塊年糕，還有三個飯碗，三雙筷子，三把調羹。

家婆臉紅著說：「請莫客氣，沒什麼好的，並不是特別做的，都是剩菜，熱過幾次了。實在不好意思，大過年的，拿剩菜招待客人，實在是來不及現做，別嫌棄，隨便吃。」

姜伯母重新坐下，說：「一回生，二回熟。鄉裡鄉親的，其實陶小姐常去我家玩，在我家粗茶淡飯，吃過一兩次。」

老邢說：「對呀，所以，你們母女也要多吃我老邢燒的飯。」

姜碩賢母女沒法再推辭，只好拿起碗筷，開始吃飯。

問。

「爸爸呢？」媽媽半天不見家公出來，以為家公還在生氣，不肯出來，心裡害怕，抖著膽子

「天都黑了，還不見你回家，又回廠甸找你去了呀，你這個小冤家。」家婆說，聽那口氣，又要罵人，礙著姜家母女，忍了下來。

媽媽不說話了，低下頭，眼淚落進手中的碗裡。

五舅范生出世，家裡又多一口人，再加個新雇的佣人周媽，學院胡同房子住不下了，家公家婆便把家搬到西直門內南草廠的大乘巷一號。這條胡同原名大丞相，一號恐怕原是丞相府，房子很大，一副官宅氣派。紅漆大門洞前立了石獅子，飛簷砌著刻花青磚，一尺高的大紅門檻。照例，按風水八卦，大門不在院子正中，而在東南角上。進了大門，便是一面大影壁。外院不大，東西各有兩間廂房，老邢和周媽各住一間，另一間小張沒事坐著喝喝茶，下下棋。還有一間，空著，堆堆東西。再進去，過垂花門，便是正院，東南西三面一圈抄手遊廊，正房七間，兩側廂房各三間。家公家婆和三個年幼的舅舅住在這裡，還有家公的書房、客廳、飯廳、廚房。院裡青磚鋪地，雖沒有學院胡同家裡那麼多花樹，卻有一棵幾百年的老槐樹，樹冠巨大，給整個院子遮了陰涼。後院一進，四間屋子，只有媽媽和泰來舅兩個人住。院裡有一口水井，一棵柳樹。

媽媽高興得跳腳，大喊：「泰ㄚ，我們可以從井裡提水，冬天在院子裡潑水凍冰，我們不用去北海，在家裡就可以滑冰。」

家婆聽見了，大聲說：「不許，誰家院裡凍冰場。」

媽媽說：「我們在後院裡凍，你們又不到後院來，不礙你們事。」

家婆說：「把人家院子弄壞了。」

家公說：「算了，算了，才到春天，離冬天還遠呢，何必現在就吵。琴薰，先不要想冬天的事，想想春天的事情吧。」

媽媽又大喊大叫：「我早想好了。從西直門騎腳踏車去頤和園香山近多了，我和姜碩賢、陳洞，要騎車子去春遊。」

家公說：「又去頤和園嗎？去過許多次了吧。唉，現在的人可憐，習俗日衰，雅趣全無了。史書上說，明清盛世，每逢春天，北京的紳士淑女，相約出城，到法源寺去賞丁香，到崇效寺去賞牡丹，到豐台去賞芍藥。那是何等情景。」

媽媽說：「我到頤和園去賞玉蘭花，雅趣也不低。」

家婆不滿意，又罵：「從大到小，整天只想玩，這樣玩，那樣玩，只是不想著多做些功課。」

家公不再說話，只抿嘴微笑。

媽媽說：「還要我怎樣做？學校功課我全是一百分，全班第一名，老師又不能打一百二十分，怎麼辦。」

家婆沒話可說。媽媽曉得用功，學校成績優秀，倒是真的。

家公笑了，說：「去吧，去吧，不過回來要寫一篇遊記我看，要寫玉蘭花的。書香門第，當有賞花之趣。」

媽媽聽了，兩腳一跳，說：「寫好了，你還送到晚報上去發表。」

家公說：「只有寫得好，我才會送給人家，寫得不好，誰要看。」
媽媽說：「我用心寫，當然寫得好。」

三十四

「這裡有一封信，是北平農學院總務處一位吳先生發來的。」家婆從大門口走回來，朝屋裡喊。

家公在書房裡聽到，很覺奇怪，說：「農學院？我認識北平城裡許多教授，各校都有，但是從來沒跟農學院的人打過交道，更不認識任何一位總務處的科員。難道我的文章有益於養豬種瓜，或者干擾了修理桌椅不成？拿來我看看。」

家婆把信拿進書房，遞給家公。

家公拆開信，看了一眼，說：「這位吳先生約我後天到他家小坐，會見凱豐先生，調停社會史大論戰。」

「哪個是凱豐？」

家公笑了一笑，說：「前幾日收到過一封信，連寄信人地址都沒有寫，只有凱豐二字。我不記得在哪裡見過這個名字，所以看了一看。他說願意出面調停這場大論戰。哈，何許人也，竟敢自稱能調停論戰。幾方衝突，多派論爭，他一人如何調停得了，口氣未免過大。那信我順手丟掉了。不料那位凱豐先生竟已經來……」

家婆說：「那麼……」

家公忽然大叫：「字紙簍拿過來，快。」

家婆忙把字紙簍拿來。

家公不及說話，彎下腰，到字紙簍裡翻，一個腦袋險些扎進簍裡去。一會兒，他直起身，舉著一張信紙，說：「在這裡，這位凱豐先生的親筆信。」

家婆問：「你要怎樣？」

「欣然前往。」

「不許去，那種人，沒來頭，誰曉得他會怎樣？」

家公慢條斯理地問：「他能把我怎樣？」

「天下那麼多人恨你入骨，每天報上文章，恨不得砍你一千刀才解恨。北平城裡講道理的人，你大都認得。這兩個人，你不認得，誰知道是什麼人。」

「那還用猜麼？只可能是共產黨。其他任何黨派的人，要跟我談話，寫信來一定會寫地址，何至於如此神祕。」

「怕的就是共產黨，你自己曉得他們的厲害。萬一真是個共產黨，你怎麼辦法？」

「那黨裡面的一些人，高層人士，不都是個個青面獠牙。我認識不少老共產黨，陳獨秀、惲代英、施存統幾個，人都很好。如果真是共產黨要來見我，只要不是獨夫民賊，或者無恥文人，去談一談，未嘗不可。」

「你莫忘了，武漢革命的時候，一個農會會長也殺人。」

「那樣的人哪裡會有這樣的膽量，自稱能夠調停社會史論戰。共產黨裡等級森嚴，我料定，只有高層領導，才敢開這個口，說不定是他們最高領導集體決定了的，所以不必怕。」

「那是鴻門宴。」

家公笑了，說：「他既寫信來約，我有了準備，他便不至動粗。他們真想要殺我的話，早就已經派了人來，在大乘巷一號放一把火，我們一家也活不到今天。」

「他們哪裡敢，一把火要燒的不是我們一家，恐怕要燒一條街，多少人性命。」

家公搖搖頭說：「我說你一會兒好像懂得共產黨的手段，一會兒又還是不明白。他們真要殺人，哪還管有多少人陪葬。真顧及眾人性命的話，哪裡還會鬧共產革命。共產革命，本就是殺人放火。」

「所以呀，這種人的話，你還聽信了，要去見面。」

家公揮揮手裡的信，說：「我這裡白紙黑字留了底，此去不歸，你當晚去報警就是。」

家婆想了一想，說：「我要琴薰跟你一起去。」

家公有些猶豫：「呵？」了一聲。

媽媽在一邊聽到了，跑來說：「爸爸，我跟你去。」

家公想了一想，說：「不可以。」

媽媽說：「為什麼？」

家公說：「冒險不冒險，我可以去走一遭。你不可以。」

媽媽虎著臉，提高聲音：「我就要去。後天我盯著你，你走哪兒，我走哪兒。你不要跟我一塊兒走。你走前，我走後，還是要跟著你去。」

家公說：「後天你要上學。」

媽媽說：「我請假。」

家公說：「我不給你寫假條。」

家婆接口說：「我給她寫，我要她跟著你去。」

媽媽樂了。

家公看看家婆媽媽兩個，嘆口氣說：「你們贏，你們贏，我帶你去就是。」

媽媽說：「什麼時候？」

家公說：「下午五點。」

「下午五點，早放學了，還說我要上課。」媽媽說了一聲，轉身走出書房。

家公笑了一笑。家婆也笑一笑。

家公帶了媽媽，如約前去會見那位神秘的凱豐先生。家公要稍微早一點到，先在那個農學院總務科吳先生家外面四周看看情況，到了時間再進去。吳先生家住北海後街，媽媽跟著去，但不進吳家，看哪裡近，或在什剎海或在北海逛一逛，一個鐘頭以後，如果家公不出來會她，她就去敲門打問。

父女兩個坐了小張的洋車，跑去北海後門。西直門到什剎海，經新街口、護國寺、平安里、廠橋，就到了，不太遠。小張腿快，也沒費事，就找到了吳先生家的門牌。那是一個典型的北京小雜院，從外頭看進去，那院裡住了好幾戶人家，平平常常。家公和媽媽坐在洋車上，慢慢繞著那胡同走了幾分鐘，覺得沒有什麼異樣，也沒有多少人在附近走動。

回到胡同口，家公和媽媽下了車。

小張樂呵呵地說：「得了，您二位要上哪兒溜達，就上哪溜達去，我呢，就把車擱這兒了，把著這口兒，往上這麼一坐，一蹺腿兒，打個盹兒，齊了。您什麼時候完事兒，咱什麼時候走，甭著急。」

家公說：「這樣合適嗎？咱們早說好了的，你這就回家去……」

小張說：「沒事，沒事，我這也小不溜的替您照看著點兒，有個情況兒，也能給您通個信兒。」

家公說：「你這可……」

小張說：「得了，您二位就走吧，上北海裡頭遛遛彎兒，瞧瞧垂楊柳兒。我這拉車的，大街上睡，不新鮮，沒人留神。得了，回見。我這就打上盹兒了。」

家公還想說什麼，可是終於止住了，什麼也沒說出來。

小張在車上坐著，把頭上的黑氈帽蓋在眼睛上，蹺起個腿，不說話，睡了。

家公只好一笑說：「那就辛苦你了。」然後拉著媽媽，過了大街，走到北海後門。

北海像個鴨梨形狀，裡頭的熱鬧地方，都在前門，鴨梨的大頭一邊，主要是個人造湖，湖中有一座瓊島。瓊島是一座人造的小山，挖湖的泥堆成。山上種了許多樹，蒼翠叢綠之中，顯現一些紅牆黃瓦。山頂修了一座高大渾圓的白塔，緬印樣式，據說塔裡埋著佛經和舍利子，誰也沒見過。從北海後門進去，就在鴨梨的尖底一頭，除了湖，什麼都沒有，離前門挺遠，也沒有橋可以通上瓊島。只有順湖邊一溜大垂楊柳，很好看。樹幹多朝湖水傾斜下去，搖曳柔軟的柳枝都臨湖垂下，柳梢觸入水面，風一吹，柳枝擺動，撥出水面圈圈不盡的漣漪。時值初秋，柳條上碧葉豐滿，時而散落一二，悠悠入水。柳葉細長，落在水面上，像片片小舟，翹著兩端，久久不沉，漂浮蕩漾。遠處清清湖水，倒映瓊島上綠樹叢中紅牆白塔，實在是一幅風景畫。

家公和媽媽進了後門，並不走遠，坐在湖邊一條長椅上，望著藍綠的湖水，湖邊的垂柳，水面的柳梢，和水中的倒影。

媽媽說：「放假了，我要來畫這幅畫。」

「大好河山，景色如畫。」家公說著，眼光有些憂鬱的樣子，「何以非得槍炮相加，毀於戰火。唉……」

媽媽問：「你說日本人嗎？」

家公沒有答，默默坐著，搖搖頭，嘆口氣。過了一會，忽然問：「學校裡功課怎樣？」

「我功課很好，我知道用功。」

「我上大學那陣子，除了念書，每天還寫兩百個小楷毛筆字。你們現在學校有沒有毛筆字。」

「有，我們每星期有兩節毛筆字課。下學期開始要學外文。爸爸，我學英文，還是法文，還是日文。」

「第一，不學日文。你以後出國留學，只去西洋，不去東洋。」

「那麼學英文還是法文？」

「這兩種語言，我在大學是都學過，可是現在法文大概都還給老師了。英文常常要用，至今還記得，我主張學英文。」

「對，將來還可以到英國去留學。」

「為什麼到英國？不去美國嗎？」

「美國只有電影，英國才有文學，我喜歡英國文學。」

「呵，說起學法文。我倒想起個好笑的事。」家公還沒說，自己先笑起來，又繼續說道，「我們那時做學生，沒有錢，坐火車坐三等，一上車就搶座位，一人占一條三人坐的長椅，可以躺下睡覺，人來了也不讓。」

媽媽問：「你也那樣嗎？」

家公答：「當然。」

媽媽笑了，說：「爸爸，看不出來，你年輕時也是個大鬧將。」

家公笑了，接著說：「那年，我們湖北老鄉夏安修和張濟民兩個，從武漢坐三等火車回北京。我上大學的時候，北平還叫北京，不叫北平。好了，這二人各躺一條長椅，走了半路。到了信陽，上來一個人，穿西服，戴呢帽，一手抱大衣，一手提皮箱，模樣精幹。他找不到座位，便請求夏張二位讓一讓。這兩人看看他說：你這樣整齊的西裝，應該去坐頭等二等，何必來要我們三等座位，不讓。那人說：那麼讓我把東西放一放，輕鬆些，去找座位。夏張二位也不肯。那人硬把大衣皮箱放下，走開了。過了一會，他回來說：找到座位了，來拿東西。他的皮箱還在原處，大衣可溜到痰盂上去了。那人很生氣，臉都紅了。可還是很客氣，一聲不響走了。到了北京，各走各路。北大開學，第一天上法文課，教授走進來，原來是火車上那位穿西裝戴呢帽的精幹先生。那一年，夏張兩位的法文課，總是不及格。」

媽媽大笑起來，拍著手叫：「這叫善有善報，惡有惡報。活該。」

家公說：「所以呀，人不可貌相，做人還是厚道一點才好。」

媽媽說：「看你還敢不敢躺一條長椅不讓人。」

家公說：「從知道夏張兩位的故事以後，見人要座位，我總是讓。誰曉得他是不是北京大學的教授。」

媽媽笑著說：「你們這些渾男生，就得這麼治。」

家公看看手表，說：「呀，差不多到了，該去吳先生家了。」

兩個人慢慢走出北海後門，來到吳先生家的胡同。小張還坐在洋車上打盹，氈帽扣在眼上。他們走近，小張忽地坐起，拿下氈帽，對他們一笑，說：「這半天，沒一個人走過，瞧著挺靜。」

家公說：「那好，我就進去了。琴薰，你回北海裡頭去等著好了。一個鐘頭為限，在這裡會合。我早出來了呢，也到北海去等。」

媽媽說：「你一個鐘頭不出來，我就去敲門。」

家公點點頭，又看看表，邁步走到吳先生家院門口，走進去了。

小張說：「小姐站這兒幹麼?先生說了……」

媽媽說：「我在這兒等，不去北海。」

小張跳下車，戴好氈帽，說：「別喈，別喈。你大小姐，日頭底下，站在當街，算是怎麼回事兒。咱們這麼著吧，這兒離地安門鼓樓就幾步路，我拉你去那兒逛逛。過不了一鐘頭，咱們就回來了。」

媽媽高興了，說：「行。」

小張拉上媽媽，一溜小跑，上地安門，逛鼓樓去了。媽媽心裡有事，哪兒也不想多待，整一個鐘頭，他們便回到北海後街。不想家公倒已經在那兒等著，倒背著手踱步。

小張忙問：「您早出來？不是說早出來了，您去北海等嗎？幹麼在街上站著？」

家公擺擺手說：「才出來幾分鐘，也沒必要去北海了。」

小張說：「得，那您上車吧。您還去哪兒轉轉嗎？」

家公抬腿上車，說：「不了，直接回家。」

小張說：「您二位坐穩，咱起身了。」

車跑起來，迎著習習涼風，很覺爽快。

家公說：「我說沒事就沒事，和和平平，聊會兒天而已。」

媽媽問：「那個凱豐是什麼人？」

「我進了這位吳先生家，一共就我們三人，吳先生、凱豐先生，和我。那吳先生不過是個打雜的小嘍囉，遠遠坐在一邊，話也不敢說。那凱豐，可一看就知大有來頭。小坐讓茶之後，那位凱豐先生說明，他從延安來，專程來北平跟我面談。我聽了，有些吃驚，不知該憂該喜。你知道不知道延安是什麼地方。」

「延安在陝西北邊，是共產黨的地方。」

「呵，你知道。」

媽媽笑了，說：「整天跟你在一塊兒，這種事，我稍帶幾耳朵也記住了。」

家公也笑了，說：「不錯，那是個不毛之地，所以共產黨待得下去。」

「凱豐先生說什麼？」

「呵，他說：中國共產黨中央已經決定要聽從蔣委員長指揮，參加國民政府領導的全國抗戰。北平各大學裡的左派教授，多年反對國民黨和國民政府，現在忽然要他們接受三民主義和統帥命令，不大容易。我聽了講不出話來。他們很多年極盡所有可能，詆毀三民主義和國民政府。開瓶的時候，只顧開瓶，不想關瓶的辦法。現在魔頭放出來，又想要關瓶子，關不住了吧。急功近利，實用主義，一幫小人。凱豐先生說：我這次來北平與先生見面，是想調停你們之間的這場鬥爭。我說：鬥爭的動力不在我。他們要分裂中國，我反對分裂中國。凱豐先生說：我們會動員左派教授們停止攻擊國民政府，也請先生不要再攻擊共產黨的理論和那些左派教授們了。」

「他們做得到麼？」

「我在武漢見過，共產黨裡，只要上級決定要做什麼，下級只有照做。不管想通想不通，不管真心假意，反正只能照做。不做，馬上當叛徒綁起來殺頭。農會書記每次開農民大會，一定要殺兩個農民頭。農民只好跟著書記，說什麼做什麼。如果這次真是延安說了，他們中央要停止爭論，北平城裡若是哪個不聽，繼續爭論，說不定第二天就失蹤了。我想那些左派教授心裡也明白。」

果然，沒過幾天，北平的左派教授們便都安靜下來。一場轟轟烈烈的中國社會史大論戰就此淡出，五幾個月，過了年後，漸漸消聲匿跡。

那年初夏，家公接到南京國民政府的請帖，請他到廬山牯嶺，出席中央政治會議。北平秦德純市長又邀出席牯嶺會議的人士吃一次宴席，設在中南海乾隆皇帝的書房裡。乾隆皇帝在滿清歷史上最有力量，學識也最淵博，他的書房也最豪華，滿屋都用玻璃裝飾。席後，秦市長請大家到陽台吃茶。夜空晴朗，玉兔高懸，一二細雲割月而過，如畫一般。園中湖水，倒映月影，漣漪起處，便有千萬絲銀光閃耀。家公不免多喝了兩杯，告辭時很有些醉意。

回到家，家公洗著臉，家婆說：「飯一吃，會一開，眾人一爭論，你決定要去廬山了。」

「我想，我應該去。」

「下半年休假，遊西南各省的計畫又作廢。」

家公擦著臉，說：「不一定。對日作戰，估計最早在九月左右發動。牯嶺會議不過幾天而已，會後我們還是可以休假。」

「你這一去，又參加政府公務，由得了你麼。」

家公把臉盆裡的水倒進洗腳盆，坐下脫鞋子，沒有回答。

家婆接著說：「我們又要終日不寧，東跑西顛。」

家公一邊洗著腳，一邊說：「那不是因為我，也不是因為參加政府公務。那是因為中國到了生死存亡的關頭。如果日本人打進北平，我們能有平安日子嗎？如果中國滅亡了，我們怎能苟且偷生？我的教授還做得做不得？我們的兒女怎麼可能有安全和幸福？現在看來，要保衛我們的兒女，首先要保衛我們的國家。」

家婆不言語。現在無論願意不願意，喜歡不喜歡，為公為私，別無選擇，家公只好去幫南京政府一把。

突然聽到遠遠響起一陣槍炮聲。家公家婆都停住手，靜靜地聽。好一陣後，家婆才開口：「好像北平附近在開戰。」

家公說：「今天是七月七號吧。」

家婆說：「真打起仗來，你還走得出北平麼？」

當代名家
嗩吶煙塵三部曲 之一 艱辛童年

2015年6月初版 定價：新臺幣360元
有著作權・翻印必究
Printed in Taiwan.

著者 沈寧
發行人 林載爵

出版者 聯經出版事業股份有限公司
地址 台北市基隆路一段180號4樓
編輯部地址 台北市基隆路一段180號4樓
叢書編輯電話 (02)87876242轉224
台北聯經書房：台北市新生南路三段94號
電話：(02)23620308
台中分公司：台中市北區崇德路一段198號
暨門市電話：(04)22312023
台中電子信箱：e-mail：linking2@ms42.hinet.ne
郵政劃撥帳戶第0100559-3號
郵撥電話：(02)23620308
印刷者 世和印製企業有限公司
總經銷 聯合發行股份有限公司
發行所：新北市新店區寶橋路235巷6弄6號2樓
電話：(02)29178022

叢書主編 胡金倫
叢書編輯 邱靖絨
校對 吳美滿
封面設計 顏伯駿

行政院新聞局出版事業登記證局版臺業字第0130號

本書如有缺頁，破損，倒裝請寄回台北聯經書房更換。 ISBN 978-957-08-4578-5 (平裝)
聯經網址：www.linkingbooks.com.tw
電子信箱：linking@udngroup.com

國家圖書館出版品預行編目資料

嗩吶煙塵三部曲 之一 艱辛童年/沈寧著．
初版．臺北市．聯經．2015年6月（民104年）．392面．
14.8×21公分（當代名家）

ISBN 978-957-08-4578-5（平裝）

874.57 104009014